B.C. SCHILLER

TOTES SOMMERMÄDCHEN

Sämtliche Figuren und Ereignisse dieses Romans sind der Fantasie entsprungen. Jede Ähnlichkeit mit echten Personen, lebend oder tot, ist zufällig und von den Autoren nicht beabsichtigt.

ISBN: 1514703416
ISBN-13: 9781514703410

Lektorat: Wolma Krefting, www.bueropia.de
Korrektorat: Sybille Weingrill, www.swkorrekturen.eu
Titelgestaltung: www.afp.at
Bildernachweise: copyright shutterstock,
Vintage interior of stone wall and gray cement floor: 107244227, cluckva.
Beautiful rose petals on a white background: 95008321.
Preserved museum specimen of a Malachite Beetle (Malachius bipustulatus) - lying on its back, angled view - isolated on white: 200257652, Chris Moody.

ANMERKUNG

Wir haben uns erlaubt einige Namen und Örtlichkeiten aus Spannungsgründen neu zu erfinden, anders zu benennen und auch zu verlegen. Sie als Leser werden uns diese Freiheiten sicher nachsehen.

ÜBER DIE AUTOREN B.C. SCHILLER

Barbara und Christian Schiller leben und arbeiten mit ihrem Rhodesian Ridgeback Jabali in Wien und auf Mallorca. Gemeinsam waren sie über 20 Jahren in der Marketing- und Werbebranche tätig und haben ein totales Faible für packende Thriller. B.C. Schiller sind das erfolgreichste Selfpublisher-Autorenpaar im deutschsprachigen Raum. Bisher haben sie mit ihren Thrillern über 600.000 Leser begeistert.

DIE TONY BRAUN THRILLER:

TOTES SOMMERMÄDCHEN geht 7 Jahre zurück und erzählt den Werdegang von Tony Braun bis zum Chefinspektor. Für bestehende Tony Braun Fans, ist es interessant, zu erfahren, wie alles begann. Für neue Leser ist der Thriller der optimale Einstieg in die spannende Welt von Chefinspektor Tony Braun.

Die Tony Braun Thriller Reihe:

TÖTEN IST GANZ EINFACH – der erste Tony Braun Thriller

FREUNDE MÜSSEN TÖTEN – der zweite Tony Braun Thriller

ALLE MÜSSEN STERBEN – der dritte Tony Braun Thriller

DER STILLE DUFT DES TODES – der vierte Tony Braun Thriller

Alle Tony Braun Thriller waren monatelang Bestseller in den Kindle-Charts bei amazon und erreichten alle die Nummer 1.

Wenn Sie laufend die **B.C.SCHILLER-NEWS** erhalten wollen, dann senden Sie uns doch bitte Ihre E-mail-Adresse an bc.schiller@blue-velvet.com oder melden Sie sich einfach auf unserer website an: www.bcschiller.com

Tauchen Sie ein in die B.C. Schiller Thrillerwelt.

Wir freuen uns über jeden Fan auf Facebook und Follower auf Twitter – DANKE!

www.facebook.com/BC.Schiller

www.twitter.com/BCSchiller

www.bcschiller.com

http://www.amazon.de/B.C.-Schiller/e/B005DD6HHO

B.C. SCHILLER

TOTES SOMMERMÄDCHEN

THRILLER

„In der Schwärze der Nacht schien die rote Glut die Mädchen wie ein Auge zu beobachten, jeden ihrer Schritte zu verfolgen und als ein glühender Zweig zur Seite rollte, schien es, als würde Blut über den Boden rinnen."
(Christian Schiller)

Prolog

ES IST SO WEIT

Meine Großmutter, das Medium, holt mich zurück und schickt mir ein Bild: Ich sehe meine Liebsten blutüberströmt auf dem Boden liegen.

Nachdem ich mit eiskaltem Wasser geduscht und mir die letzten Reste von diesem Todesbild aus dem Kopf gespült habe, gehe ich nach unten, wo mein Mann Theo und meine Tochter Sarah bereits am Frühstückstisch sitzen und mich mit bedeutungsvollen Blicken anstarren, als wäre ich ein seltenes Tier.

„Hast du schon wieder die schrecklichen Bilder gehabt, Mama?“ Sarah beißt in ihr Brot und ihre dunklen Augen leuchten. Mit ihren fünf Jahren ist das alles für sie nur ein großes Abenteuer und sie findet meine Albträume spannend. Anders Theo, der mich mit sorgenvoller Miene betrachtet.

„Du solltest wirklich einmal zum Arzt gehen“, meint er leise und stiert in seine Tasse, als würde in dem Kaffeesatz die Lösung all meiner Probleme liegen.

„Mir fehlt nichts“, sage ich wie immer und stehe kurze Zeit später vor den verschlossenen Türen des Tankstellenshops und atme tief durch. Theo bringt Sarah in den Kindergarten und nichts ist passiert. Ein Knoten in meinem Magen löst sich, und das Todesbild, das sich wie ein ungebetener Gast in meinem Inneren eingenistet hat, verschwindet langsam, als ich die Tür aufsperre. Während ich die Tageszeitungen auf dem Tresen ordne, fährt draußen ein Auto vor. Es ist ein Lieferwagen mit schmutzigen Scheiben und einer zerkratzten Aufschrift, die ich nicht entziffern kann, da das Türblech die Sonne reflektiert.

Ein kühler Luftzug weht herein, als die Tür aufgestoßen wird, und es ist, als wäre damit eine Schleuse geöffnet worden, durch die das Todesbild mich wieder ungehindert heimsuchen kann.

„Überfall!", höre ich eine gedämpfte Stimme und sehe eine Gestalt mit einem Motorradhelm, dessen Visier das Gesicht verdeckt. Dahinter taucht eine zweite Person auf, auch sie trägt einen Helm und ist schwarz gekleidet, wirkt düster wie meine Träume. Aber diese Gestalt hat eine große klobige Waffe in der Hand, eine Waffe, die ich in den Bildern des Mediums genau gesehen habe.

„Kohle her!"

„Dort hinten ist die Kasse", krächze ich. Mein Mund ist plötzlich so trocken, dass ich kein vernünftiges Wort mehr hervorbringe. Wie in Trance gehe ich zum Tresen und öffne die Geldlade, lege die paar Scheine und Münzen auf das Pult.

„Hallo, Mama!", höre ich plötzlich meine kleine Tochter Sarah fröhlich rufen und gleich darauf die brummige Stimme von Theo:

„Wir haben etwas vergessen!"

„Ja, den Bio-Riegel für die Pause!", kreischt Sarah und läuft zum Regal.

Das Medium holt mich zurück und schickt mir erneut das Todesbild.

„Was ist hier los?" Theo ballt die Fäuste, als er die Situation erfasst. „Haut bloß ab!" Die Gestalt mit der Waffe dreht sich um und feuert ohne Vorwarnung. Theo wird von dem Schuss zurückgeworfen, doch er geht nicht zu Boden, erst nach einer zweiten Kugel fällt er rücklings gegen die Schaufensterscheibe, die zerbirst und in unzähligen winzigen Splittern wie Diamantenstaub auf ihn herabregnet.

Sarah kreischt entsetzt und die Gestalt dreht sich schnell zu ihr um und feuert sofort los. Der Schuss trifft Sarah, sie schlittert über den Boden und ihr Blut breitet sich auf dem Boden aus wie eine leuchtend rote Blume.

Das Medium hat mich jetzt fest in der Gewalt, und ich sehe nur noch Todesbilder, die sich mit der Realität decken. Die Uhr an der Wand zeigt sieben Uhr, als es mich erwischt. Die Kugel schlägt knapp oberhalb meines Herzens durch den Pullover, zerreißt die dünne Haut, bleibt irgendwo in meinem schmalen Körper stecken. Der zweite Schuss trifft mich mitten in die Brust und ich falle in ein tiefes Koma.

Es ist sieben Uhr, und die Todesbilder, die mir meine Großmutter, das Medium, geschickt hat, wurden Wirklichkeit.

1

DREI MONATE SPÄTER

Die Mutter der Zwillinge Britta und Ulla Walek wurde im Zuge eines heftigen Streits von ihrem Mann erschlagen, der anschließend Selbstmord beging. Die beiden fünfjährigen Mädchen lebten noch einige Monate in dem abgeschiedenen Waldhaus neben den Leichen der Eltern und wurden als die Waldmädchen in ganz Österreich bekannt.

Doch weder Ulla noch Britta wollten an diese Zeit denken und auch nicht an die folgenden Jahre, die sie in verschiedenen Heimen und bei Pflegefamilien verbracht hatten, wo sie als nicht vermittelbar weitergereicht wurden, bis sie schließlich mit siebzehn Jahren endlich in eine eigene Wohnung mit anderen Mädchen ziehen konnten. In dieser Wohngemeinschaft in Linz wurden sie von einem Sozialarbeiter betreut, der sich auch darum kümmerte, dass sie einem regelmäßigen Job nachgingen, was bei Britta kein Problem war, bei Ulla hingegen fast unmöglich schien. Bei einem psychologischen Test wurde bei Ulla ein latentes dissoziatives Verhalten festgestellt, das mit ihrer überdurchschnittlichen Intelligenz eine unheilvolle Verbindung einging. Nachdem Ulla beinahe jeden verfügbaren Job durchprobiert und es nie länger als maximal eine Woche ausgehalten hatte, warf auch Magnus Herzfeld, der engagierte Sozialarbeiter, entnervt das Handtuch und sorgte dafür, dass Ulla einen Pseudojob in einer sozialen Einrichtung bekam, wo sie kommen und gehen konnte, wie es ihr passte.

Es war der 21. Juni und es war der Tag der Sommersonnenwende. Die Mädchen waren gemeinsam mit ihrem Freund Manuel, einem zwanzigjährigen Mechaniker, aufgebrochen, um die Nacht der Sommersonnenwende auf einem einsamen Hügel mitten im Böhmerwald an der tschechischen Grenze zu feiern. Der Nachmittag war drückend schwül, die Luft flirrte und mit den Hunderten von Insekten schwirrten auch Tausende von Gedanken durch die heiße Luft, bereit, sich wie ein reinigendes Gewitter zu entladen. Ulla und Britta trugen abgeschnittene Jeans, hatten beide ihre blonden Haare zu ähnlichen Zöpfen geflochten und waren auf den ersten Blick nicht voneinander zu unterscheiden. Auf den zweiten Blick wäre einem scharfen Beobachter allerdings die schwarze Wand hinter den blauen Augen von Ulla aufgefallen, die ein unüberwindliches Hindernis darstellte und den Blick in das Innere von Ulla und in ihre Gedankenwelt versperrte.

Die Sonne stand bereits tief, als sie den Hügel erreicht hatten, und blendete Ulla. Mit der Hand schirmte sie ihre Augen ab und bemerkte den Blick von Manuel, der dieser aufregenden Spur der Schweißtropfen folgte, die sich zwischen ihren Brüsten angesammelt hatten und ihr T-Shirt durchnässten. Sie ignorierte diesen Blick und konzentrierte sich auf das Zelt, das ausgepackt vor ihnen auf dem Boden lag. Während Manuel und Britta sich kichernd abmühten, das Gestänge in der richtigen Reihenfolge zusammenzustecken, stand Ulla abseits und sah in die Ferne, wo Hinweistafeln die

Grenze zu Tschechien markierten. Ein sanfter Wind kam auf, der aber keine Abkühlung brachte, sondern im Gegenteil die schwüle Hitze noch verstärkte. Ulla hasste diese Hitze, die sich wie ein schmieriger Film auf die Haut legte, die Poren verstopfte und in der sie sich wie in einer Taucherglocke tief unter der Wasseroberfläche fühlte, in der sie keine Chance hatte, Luft zu holen und die Beklemmung zu lindern. Diese Beklemmung, die sie seit ihrer Kindheit heimsuchte und die sich mit den Jahren zu einem fixen Bestandteil ihres Lebens entwickelt hatte.

„Weshalb stehst du so herum?“, riss sie die Stimme von Britta aus ihren düsteren Gedanken. „Hilf uns doch, das Zelt aufzustellen!“

„Bin ja schon dabei. Ich habe nur etwas nachgedacht.“

„Ulla denkt immer so viel nach“, lachte Britta und knuffte Manuel in die Seite.

„Aber das ist doch schön, wenn man sich über das Leben Gedanken macht“, antwortete Manuel leise. Britta warf ihm einen schnellen Blick zu, und Ulla wusste, was sie dachte. Manuel war in sie verknallt und nahm sie daher grundsätzlich in Schutz, egal was sie sagte oder tat.

Versonnen betrachtete sie Manuel, der mit nacktem Oberkörper versuchte, die Zeltstangen in eine Ordnung zu bringen.

Manuel sah gut aus, und er hatte einen schwarzen Humor, den sie mit ihm teilte. Außerdem konnte er Motorräder zusammenbauen und nahm sie manchmal auf eine Spritztour mit. Aber Manuel war kein Typ, auf den man sich verlassen konnte, das hatte Ulla sofort bei ihrer ersten Begegnung festgestellt. Und sie brauchte jemanden, von dem sie wusste, dass er immer für sie da war, ganz gleich, was passieren würde. Und dieser Mann existierte, es war ihr heimlicher Geliebter, von dem niemand etwas wissen durfte. Sie nahm einen Anlauf und sprang Manuel direkt auf den Rücken.

„Hey, spinnst du?“ Beinahe wären sie gemeinsam in das halb fertige Zelt gestürzt, aber Manuel war stark und hielt sich mit Ulla auf dem Rücken aufrecht. Als er seine Balance wiedergefunden hatte, begann er sich wie rasend zu drehen, und Ulla musste die Arme fest um Manuels Brust schlingen, um nicht von ihm abgeworfen zu werden.

„Mein starker Held“, schnurrte Ulla und drückte Manuel einen spielerischen Kuss auf den Hals. Abrupt stoppte Manuel, schüttelte Ulla ab und drehte sich mit dem Gesicht zu ihr. Sein Mund war leicht geöffnet und die Lippen glänzten einladend. Doch wieder schob sich die schwarze Wand vor Ullas Denken und sie strich ihm nur zärtlich über die Schulter.

„Ich mag dich“, spielte sie mit Manuels Gefühlen, drehte sich weg und zog Britta, die noch immer vor dem halb fertigen Zelt kniete, in die Höhe. „Aber Britta liebe ich!“

„Aus euch soll einer schlau werden“, lachte Manuel, den nichts verstimmen konnte, und umarmte die Zwillinge. „Dann nehme ich eben euch beide.“

„Das könnte dir so passen“, kreischten die Mädchen und tauchten unter Manuels Armen weg, verschwanden im hohen Gras der Wiese, um Sekunden später mit erhitzten Gesichtern und leuchtenden Augen wieder aufzutauchen.

Als sie endlich das Zelt aufgebaut hatten, schlenderten Ulla und Britta Hand in Hand zum Waldrand, um Holz für ihr Sonnwendfeuer zu suchen. Als sich Britta bückte, um einen Ast aufzuheben, bemerkte Ulla zum ersten Mal, dass sich ihre Schwester verändert hatte.

„Hast du in letzter Zeit zugenommen?“

„Wie kommst du darauf?“ Britta schoss in die Höhe und strich sich mit den Händen über die Hüften. „Findest du wirklich?“

„Nein, ich habe mich getäuscht“, beschwichtigte sie Ulla, denn die Figur war natürlich ein wichtiges Thema bei den Mädchen und sie wollte Britta auf keinen Fall beleidigen. Doch ihre Schwester reagierte ganz anders, als sie erwartet hatte.

„Möglich wäre es schon", sagte Britta kryptisch, und als ein Sonnenstrahl durch die dichten Äste des Waldes drang und ihr blondes Haar golden aufleuchtete, da wirkte sie sehr glücklich. „Es ist mein großes Geheimnis, aber du wirst es als Erste erfahren."

„Na los, sag schon", hakte Ulla nach. Doch Britta hatte sich bereits umgedreht und war einen schmalen Waldweg entlanggegangen.

„Ich habe nur Spaß gemacht", rief Britta zurück. „Vielleicht, vielleicht aber auch nicht", schränkte sie sofort wieder ein. „Warte, bis es dunkel wird."

Ulla wollte noch etwas darauf erwidern, da bemerkte sie ein Blitzen, das aus dem Wald kam, dort, wo die Bäume eng beisammenstanden und die Sonne nur vereinzelt bis auf den Boden dringen konnte. Es war ein Blitzen, als hätte ein verirrter Sonnenstrahl ein Stück Metall gestreift und es zum Leuchten gebracht.

„Hast du das Blitzen dort hinten bemerkt?", fragte sie ihre Schwester, doch Britta zuckte nur mit den Schultern.

„Was soll da gewesen sein?"

„Ich habe ein Leuchten gesehen, so als würde die Sonne auf Metall oder Glas scheinen."

„Du irrst dich, wahrscheinlich ist es nur eine leere Glasflasche, die am Boden liegt und die Sonne reflektiert."

„Ja, kann sein", meinte Ulla, obwohl sie diese Erklärung nicht so recht glauben wollte. Schweigend sammelten sie weiter abgebrochene Äste zusammen, doch Ulla riskierte immer wieder einen Blick in den dichten Wald.

„Ich hab's schon wieder gesehen", sagte sie plötzlich und richtete sich auf. „Ganz deutlich. Und es war kein Metall oder eine Glasscherbe. Es war rund, wie das Glas von einem Fernrohr."

Jetzt drehte sich auch Britta zum Wald und schirmte ihre Augen mit der Hand ab, um etwas zu erkennen.

„Ich sehe noch immer nichts."

„Aber wenn ich es dir sage. Jemand beobachtet uns mit einem Fernrohr. Ich schaue mir das einmal an."

„Ulla, bleib hier", sagte ihre Schwester. „Da gibt es nichts zu sehen. Wir brauchen doch noch mehr Holz für das Feuer. Los, hilf mir."

Aber Ulla kümmerte sich nicht um ihre Schwester, sondern ging mit schnellen Schritten auf den dunklen Wald zu. Mit einem Mal wurde es kühl und feucht und ein modriger Hauch zog zwischen den Baumstämmen zu ihr herüber. Als sie die Stelle erreichte, wo sie das Leuchten gesehen hatte, fand sie nur Gestrüpp und auf dem Boden liegende Äste.

„Siehst du, da ist niemand."

Britta stand plötzlich hinter ihr und legte ihr die Hand auf die Schulter.

„Los, komm schon, sonst wird Manuel wieder nervös, wenn wir nicht genügend Holz gesammelt haben. Er will doch, dass unser Feuer am höchsten brennt."

Widerstrebend ging Ulla zurück zum Waldrand, sah sich aber mehrmals um. Der Wald wirkte wie eine schweigende Wand, ein schwarzes Loch, das alles in sich aufsaugt und keine Spuren zurücklässt. Trotzdem wurde Ulla das Gefühl nicht los, als würde jede ihrer Bewegungen genau beobachtet, als würde jemand nur darauf warten, dass die Dunkelheit hereinbrach und er sein Ziel erreichte.

2

Ein Blick auf ihre seidigen blonden Haare genügte und er war dem Mädchen rettungslos verfallen. Er folgte dem Schwung der langen Zöpfe, die vom Wind umhergepeitscht wurden und im Sonnenlicht glänzten wie Goldschnüre. Nervös leckte er sich über die Lippen und wetzte auf dem Holzbalken herum, konnte einfach nicht aufhören, sie zu beobachten. Er drehte an den verschiedenen Rädern des alten Feldstechers und zoomte sie näher, holte sie zu sich, bis sie direkt vor ihm stand und er jede Pore in ihrem schönen Gesicht erkennen konnte. Er japste leise, als eine lose Haarsträhne über ihr Gesicht fiel und es wie eine goldene Klinge zerteilte. Vorsichtig streckte er den Arm aus, um ihr die Haare aus der Stirn zu streichen, vielleicht noch näher an sie heranzurücken und im Duft dieser Haare zu versinken. Sie waren weich wie Seide und rochen nach frischen Blüten und Mädchenlachen. Tief atmete er das Mädchen ein, verschlang ihren Geruch und verirrte sich in diesem goldenen Haarlabyrinth.

Plötzlich begann sein Hund in der Ferne zu bellen und er ließ den Feldstecher sinken. Er wurde wieder zu Leo Hauser, der mit seiner Hündin Ginger durch die Wälder streifte und mit seiner Mutter und dem gewalttätigen Bruder in einer stillgelegten Mühle nahe der tschechischen Grenze lebte. Leo hatte acht Jahre eine Sonderschule besucht. Das war schon eine Zeit lang her und seither war Leo ziellos mit seinem Bogen durch die Wälder gezogen und hatte Hasen, Füchse und andere Tiere lautlos getötet. Sein einziger Freund war sein Jagdhund Ginger, denn Menschen überforderten ihn. Leo hatte auch eine geheime Leidenschaft: Er beobachtete gerne junge Mädchen.

„Was ist los, Ginger?"

Der Hund wedelte im Laufen mit dem Schwanz und blickte ihn treuherzig an. Leo hatte schon einige Stunden auf dem Hochstand verbracht und die beiden Mädchen zunächst beim Zeltaufbau, dann beim Holzsammeln genau studiert. Sie sahen sich so ähnlich! Wahrscheinlich waren sie Zwillinge und er hatte die Qual der Wahl. Welche von den beiden würde ihm gehören? War es das Mädchen, das immerzu lachte und gerne in die Luft sprang, oder doch die andere, die einen leicht umwölkten Blick hatte und mit ihren aufgeworfenen Lippen immer ein wenig trotzig wirkte?

Welches dieser Mädchen würde ihm gehören? Das war eine schwierig zu beantwortende Frage. Er musste sich entscheiden. Doch Leo hasste Entscheidungen, dafür musste er überlegen, und das Denken fiel ihm so schwer, dass er Kopfschmerzen bekam oder wütend wurde. Dann pfiff er nach Ginger und hetzte hinaus in den Wald, schoss Pfeil um Pfeil auf die flatternden Vögel, die sich in lichte Höhen schwangen, während er mit seinem Verstand nur unter der Erde kriechen konnte.

Als er Ginger nach den Mädchen fragte, blickte ihn die Hündin nur verständnislos an und begann zu gähnen. Das tat sie immer, wenn sie verwirrt war oder Stress hatte. Er packte sie am Halsband und zog sie ganz nahe an sein Gesicht heran, spürte ihre kalte Schnauze auf seiner Stirn.

„Welches der Mädchen soll mir gehören?", flüsterte er und der Hund leckte ihm über die Wange. „Wir nehmen das lachende Mädchen", gab er sich selbst die Antwort. „Ja, ihr Lachen bringt Farbe und Licht in den Wald."

Leo ließ sich rücklings ins Gras fallen und schloss die Augen, dachte an die blonden Haare, die ihn wie ein kostbarer Vorhang aus Begierden und Versprechungen kaskadengleich umfangen würden, wenn sich das Mädchen über ihn beugte. Er würde dieses Mädchen mitnehmen, sie würde sein kostbarer Schatz sein, den er vor fremden Blicken verstecken würde, den er hegen und pflegen musste. Ja, täglich würde er diesem Mädchen die Haare waschen, sodass sie immer glänzten und funkelten wie kostbare Seide.

Aber die beiden Mädchen waren ja nicht alleine auf den Hügel gekommen, sondern hatten einen Begleiter dabei. Er vertröstete seinen Hund und stieg missmutig wieder auf den Hochstand. War das ihr Bruder oder ihr Freund? Wollte ihm dieser Mann die Mädchen streitig machen? Vielleicht wollte dieser Mann das lachende Mädchen, genauso wie er? Er hob den Feldstecher und beobachtete den Mann. Er war jung und hatte ein hübsches Gesicht. Die schwarzen Locken hingen ihm ins Gesicht und jetzt umarmte er eines der Mädchen. Sein Mädchen!

Konzentriert griff Leo in seinen unförmigen Rucksack, zog ein Eisengestell hervor, das er sich wie eine Grubenlampe über den Kopf stülpte. Daran befestigte er das Fernglas und tastete nach seinem Bogen. Er legte einen Metallpfeil ein, einen Taiga Arrow aus russischen Armeebeständen, und spannte den Bogen. Die Nylonsehne sirrte leicht und das klang wie Musik in seinen Ohren. Manchmal zupfte er einfach an der Sehne herum wie auf einer Harfe und komponierte Melodien, aber jetzt hatte er anderes zu tun.

Durch den Feldstecher visierte er die Kehle des Mannes an, hielt die Luft an, konzentrierte sich auf den Schuss. Es war wie bei einem Kaninchen, man musste eins werden mit dem Opfer, der Pfeil wurde zum verlängerten Arm des Schützen. So entstand diese Verbindung, und der Pfeil raste lautlos wie auf einer unsichtbaren Schnur entlang, bis er auf sein Ziel traf und es durchbohrte. Als er gerade eins wurde mit dem Mann drüben auf dem Hügel, trat eines der Mädchen plötzlich lachend ins Bild und ihr Lachen wirkte auf ihn so befreiend, dass seine trüben Gedanken verschwanden. Sie trug jetzt eine rote Jacke und wirkte in dem satten Grün der Wiese wie ein loderndes Feuer. Wie das lodernde Sonnwendfeuer, das sie in der Nacht entzünden würden. Leo ließ den Bogen sinken, zog sich das Eisengestell vom Kopf und wusste, dass er das Feuer abwarten musste, ehe das Mädchen ihm gehören würde.

3

Die Flammen schossen in den Himmel und erleuchteten die Dunkelheit. In dem flackernden Feuer wirkten die tanzenden Mädchen wie Feen, die aus einem Märchenbuch entsprungen waren. Das Gefühl, beobachtet zu werden, war verschwunden und Ulla fühlte sich so leicht wie schon lange nicht mehr.

„Wir haben das höchste Feuer", sagte Manuel stolz und deutete auf die zahlreichen Feuer, die auf den anderen Hügeln loderten. „Und natürlich habe ich die schönsten Mädchen", fügte er grinsend hinzu.

„Aber wir gehören dir nicht", antwortete Ulla. „Wir sind bloß Erscheinungen, die du nie besitzen wirst."

„Das wollen wir doch sehen!" Manuel sprang nach vorne und packte Ulla. Durch den Schwung stürzten sie beide zu Boden, und für einen kurzen Moment stieg Panik in Ulla auf, als Manuels Körper schwer auf ihr lag. Doch genauso schnell rollte er sich wieder zur Seite und stand auf.

„Habe ich dir wehgetan?", fragte er und hielt ihr die Hand hin.

„Lass nur, es geht schon", murmelte Ulla und griff nach der Wodkaflasche, die Britta ihr hinhielt.

„Komm“, sagte Britta und fasste sie unter dem Arm. „Gehen wir ein Stück. Ich muss dir jetzt mein Geheimnis erzählen.“ Sie nahm Ulla die Wodkaflasche aus der Hand und zögerte plötzlich: „Nein, Alk ist nicht gut für mich.“

„Wie du meinst.“

„Du kannst dich doch noch an den Abend erinnern, als wir in der Wohnung zu dritt waren und du diese merkwürdige Idee gehabt hast. Wir haben ihn damit überrascht und er hat natürlich nichts bemerkt“, begann Britta und redete weiter. „Jetzt habe ich eine Überraschung für ihn.“ Nachdem Britta ihre Geschichte zu Ende erzählt hatte, fühlte sich Ulla traurig und trank still ihren Wodka.

„Was ist mit dir?“, fragte Britta besorgt, doch Ulla winkte ab.

„Ach nichts! Ich brauche noch Wodka, so wird mir wieder warm ums Herz.“ Dann umarmte sie ihre Schwester. „Es gibt für alles eine Lösung“, flüsterte sie und einträchtig gingen beide zurück.

Als sie abends gemeinsam rund um das Feuer saßen und Joints kreisen ließen, war das meiste von Brittas Geschichte bereits weit hinten in Ullas Gedächtnis gestrandet, und je höher das Feuer loderte, desto glücklicher fühlte sie sich wieder. Sie lag mit dem Kopf im Schoß von Manuel und blickte hinauf zu den Sternen, während Britta auf ihrer Gitarre leise Lagerfeuersongs spielte.

Ulla hatte keine Ahnung, wie sie in ihren Schlafsack gelangt war, aber als sie erwachte, war es finstere Nacht, und Manuel schnarchte an ihrer Seite, eine leere Wodkaflasche wie ein Kuscheltier im Arm. Der Wind blähte die Zeltbahnen und von überall waren die Geräusche des Waldes zu hören. Äste knackten und Gräser raschelten und eine flüsternde Stimme war zu vernehmen.

Eine Stimme? Wieso war hier im Wald eine Stimme zu hören? Ulla schreckte hoch, presste die Augen zusammen und konzentrierte sich auf die Geräusche. Sie versuchte alles, was zur Natur und zum Wald gehörte, einfach auszublenden, bis nur noch das fremde Geräusch übrig blieb. Genau, zwischen all dem Knacken und Rascheln und Flattern und Rauschen war ganz deutlich eine leise Stimme wahrzunehmen. Worte, die vom Wind zu ihr getragen wurden, die sie aber nicht verstand, da sie durch die aufgewühlte Luft in bedeutungslose Buchstaben aufgelöst worden waren. Dazwischen leises Hecheln und Schnauben, so als würden Wölfe oder Hunde um das Zelt streichen.

„Britta, los, wach auf!“ Sie rüttelte ihre Schwester, die unter heftigem Gestöhne endlich die Augen aufschlug.

„Was ist denn los?“, murrte Britta verschlafen.

„Da draußen ist jemand.“

„Nein, da ist niemand.“ Britta drehte sich wieder auf die Seite.

„Doch, eine Stimme ist da draußen. Weiter weg, aber sie ist da! Der Wind hat sie bis zu uns herübergetragen.“

„Du hast dich getäuscht. Los, lass uns weiterschlafen.“

„Nein. Konzentriere dich!“ Wieder zog sie ihre Schwester in die Höhe und hielt ihr die Hand wie einen Trichter hinter das Ohr. „Hörst du sie?“

„Ja, kann sein. Vielleicht hast du recht“, sagte Britta auf einmal zweifelnd. ‚Wahrscheinlich will sie mir nur einen Gefallen tun‘, dachte Ulla.

„Und wenn schon. Mit Manuel kann uns doch nichts passieren“, redete Britta verschlafen weiter.

„Wir müssen nachsehen, was da draußen los ist!“

„Alleine gehen wir da nicht raus. Es ist mitten in der Nacht. Weck doch einfach Manuel auf.“

„Manuel ist zu besoffen. Er hat den ganzen Wodka leer getrunken.“

„Oh nein“, seufzte Britta.

„Was tun wir jetzt?", ließ Ulla nicht locker. „Wir vergewissern uns doch nur, ob draußen alles in Ordnung ist. Kommst du mit? Sonst gehe ich alleine."

„Okay, ich komme mit", seufzte Britta gottergeben, schlüpfte aus ihrem Schlafsack und griff nach ihrer roten Strickjacke.

„Immer zusammen, niemals allein", flüsterte Ulla und ballte ebenso wie Britta die Faust. Beide stießen ihre Fäuste gegeneinander und krochen aus dem Zelt. ‚Immer zusammen, niemals allein … das ist unser Leitspruch, solange ich mich erinnern kann', dachte Ulla. Stimmt, sie war von ihrer Zwillingsschwester noch nie länger als einen Tag getrennt gewesen und konnte sich das auch nicht anders vorstellen. Niemand würde sie ihr wegnehmen.

Das Feuer war bereits zu einem glühenden schwarzen Haufen niedergebrannt, in dem noch vereinzelte Flammen züngelten und von der Klinge des Jagdmessers reflektiert wurden, das Manuel mitgenommen hatte.

Rasch drehte sich Ulla zur Seite und presste die Fingerspitzen an die Schläfen, um die beginnenden Kopfschmerzen in Schach zu halten. Teile des Gesprächs, das sie mit Britta geführt hatte, flogen als leuchtende Sätze durch ihren Kopf, Worte blinkten verhängnisvoll, aber sie war zu müde und zu betrunken, um den Sinn dieser Botschaften zu erfassen.

Der Wind hatte sich ein wenig gelegt, aber das Knacken und Flattern war lauter geworden. Angestrengt lauschte Ulla, horchte auf die Stimme, hörte plötzlich einen leisen Pfiff am Waldrand, so als würde jemand nach einem Hund pfeifen.

„Von den Bäumen dort, von dort kommt das Geräusch. Am Rand der Lichtung ist es", flüsterte sie ganz aufgeregt. „Da hat jemand gepfiffen!"

„Das ist doch die Grenze!“ Die Stimme von Britta klang ein wenig ängstlich. „Dort drüben ist Tschechien.“

„Na und? Du fürchtest dich doch nicht, oder?“

„Nein, natürlich nicht. Da haben wir schon Schlimmeres erlebt“, gab sich Britta mutig. „Mir ist nur furchtbar schlecht. Was hast du denn da bei dir?“

„Ach, nichts weiter.“

Hand in Hand schlichen die Mädchen über die Lichtung. Plötzlich hatte Ulla wieder das Gefühl, als würde sie beobachtet. Aber sie wollte ihre Schwester nicht erschrecken, deshalb sagte sie nichts, sondern starrte nur angestrengt in den Wald. Für einen kurzen Moment bildete sie sich ein, auf einem Baum ein Gesicht mit einer unförmigen dicken Brille zu sehen, aber als sie genauer hinschaute, war dort nur der undurchdringliche schwarze Wald.

Der Mond leuchtete still auf sie herab, und als sich Ulla kurz umdrehte, war noch das Glimmen des niedergebrannten Feuers zu erkennen. Die Glut war rot, und dieses Rot verstärkte sich noch, als eine Wolke den Mond verdeckte und sich die Lichtung schlagartig verfinsterte. In der Schwärze der Nacht schien die rote Glut die Mädchen wie ein Auge zu beobachten, jeden ihrer Schritte zu verfolgen, und als ein glühender Zweig zur Seite rollte, schien es, als würde Blut über den Boden rinnen.

4

Fünf Männer und eine Frau warteten bereits seit einer Woche in einer abgeschiedenen Hütte auf der tschechischen Seite der Grenze auf ihren Einsatz. In der Nacht der Sommersonnenwende war es endlich so weit und sie erhielten das Signal zum Aufbruch. Während sie den Anweisungen zuhörten, sich Details einprägten, schwärzten sie mit Farbe ihre Gesichter und überprüften ihre Sturmgewehre mit den Zielfernrohren. Sie mieden die Forstwege und bewegten sich im Schutz der hohen Bäume weiter, bis sie ihr Ziel erreicht hatten. Dort sammelten sie sich und krochen bis an den Rand des Waldes. Auf einem nahen Hügel war ein Sonnwendfeuer fast niedergebrannt, glühte aber immer noch wie ein Höllentor in der Finsternis. Plötzlich tauchten zwei Schatten aus dem Dunkel auf und näherten sich einer Lichtung, die sich von dem Hügel bis zum Waldrand erstreckte. Durch die Nachtsichtgeräte wirkten die beiden Personen, die durch das Gras schlichen, wie Schatten aus einer anderen Welt. Sie mussten jung sein, denn ihre Silhouetten waren schmal und sie bewegten sich geschmeidig. Zügig huschten sie auf den Wald zu, und die Einsatztruppe wusste, dass jede weitere Verfolgung zwecklos sein würde, wenn die beiden den Wald erreichten. Im Dickicht würden sie zwischen Gestrüpp und Geäst verschwinden und sich in der Dunkelheit auflösen wie Spukgestalten, die sich nur zur Sommersonnenwende materialisieren.

„Ich schneide ihnen mit Francesca den Weg ab. Überall auf den Hügeln waren die Sonnwendfeuer. Da fällt ein Pärchen auf der Lichtung nicht weiter auf", flüsterte einer der Männer, der mittelgroß war und seine längeren schwarzen Haare zurückstrich. Als das Mondlicht auf sein kantiges Gesicht fiel, konnte man sehen, dass seine braunen Augen vor Energie leuchteten.

Wortlos hielt ein anderer Mann seinen Daumen nach oben und die beiden machten sich auf den Weg. Gebückt rannten sie durch die niedrigen Büsche und versuchten dabei so wenig Lärm wie möglich zu machen. Von ferne waren noch Gelächter und leise Musik zu hören und der Schein der niedergebrannten Feuer tauchte die Ränder des Waldes in ein orangefarbenes Licht. Es war eine unwirkliche Szenerie, in die der Mann und die Frau eintauchten, eine Welt der Freude und des Lebens, doch sie waren nicht hier, um zu feiern, sondern um ihren Auftrag auszuführen.

Als sie den Rand des Waldes erreicht hatten, warfen sie ihre Ausrüstung bis auf zwei Pistolen ab und sprangen auf den Forstweg. Unauffällig wischten sie sich die schwarze Farbe von den Wangen. Auf den ersten Blick würde man die beiden jetzt für ein Paar halten, das die Nacht der Sommersonnenwende durchfeiert. Doch in Wirklichkeit waren es Inspektor Tony Braun und Francesca Alicante. Francesca griff noch schnell nach ihrer Wasserflasche und hielt sie so, dass man sie in der Dunkelheit auch für eine Wodkaflasche halten konnte.

„Achtung, noch zehn Sekunden", hörte Braun eine Stimme aus dem winzigen Kopfhörer, den er im Ohr trug. Dann sah er bereits die beiden schlanken Silhouetten am Rand der Lichtung auftauchen und ihnen auf dem Forstweg entgegenkommen.

„Ich muss das jetzt tun, Francesca“, flüsterte er und drückte der Frau an seiner Seite einen Kuss auf den Mund, als die beiden Gestalten mit gesenkten Köpfen auf sie zugingen.

„Wollt ihr auch was trinken?“, fragte er dann mit lallender Stimme und hielt den beiden die Wasserflasche entgegen, die daraufhin kurz stehen blieben und sich ansahen.

„Ja, warum nicht“, sagte eine der beiden Personen und nahm die Flasche. Zu spät sah sie die Pistole, die Braun auf sie gerichtet hatte, schrie noch eine Warnung und beide ließen sich seitlich in die Büsche fallen, zogen gleichzeitig ihre Waffen und schossen. Doch da waren schon drei andere Männer zur Stelle und eröffneten das Feuer. Im Kugelhagel stürzten die beiden Gestalten zu Boden, und entspannt traten die Männer näher, um die Schussmarkierungen auf der Kleidung der „Erschossenen“ zu begutachten und ihnen anschließend vom Boden aufzuhelfen. Die Männer klopften sich gegenseitig auf die Schultern und beglückwünschten Braun zu dem gelungenen Training, während Francesca ein wenig abseits stand und sich eine Zigarette anzündete.

„War eine gute Idee, das mit dem Ablenkungsmanöver, Braun“, sagte Anders Moeller anerkennend. Moeller war Ausbilder bei EUROPOL und hatte Kandidaten in einem Trainingslager in Tschechien zu schulen und auszusieben, denn bei dieser Spezialeinheit waren nur zwei Plätze zu vergeben. Braun war Inspektor der Mordkommission Linz und hatte sich für die Spezialeinheit von EUROPOL beworben, da er mit seinen neununddreißig Jahren an einem Wendepunkt stand und hoffte, seinem Leben vielleicht doch noch einen Karrierekick geben zu können. Braun war seit gut zehn Jahren verheiratet und hatte einen neunjährigen Sohn, Jimmy, der im Moment auf einem Ferienlager war. Auch seiner

Familie würde ein Ortswechsel ins Ausland nach Brüssel guttun, gab sich Braun optimistisch, obwohl er nicht so recht wusste, wie er seiner Frau Margot die Neuigkeiten beibringen sollte, falls er das Ausleseverfahren bestehen würde. Aber bis dahin hatte er noch Zeit, eine Art Gnadenfrist, bevor er mit der Wahrheit gegenüber seiner Familie herausrücken musste. Denn diese EUROPOL-Spezialeinheit war eine große Herausforderung, ein Ziel, das er gerne noch vor seinem vierzigsten Lebensjahr erreicht hätte.

Das alles ging Braun durch den Kopf, als er mit Francesca und den anderen Kandidaten in die abgeschiedene Hütte zurückkehrte. Er legte sich angekleidet auf die spartanische Pritsche und starrte durch die Dachluke hinauf in den nachtschwarzen Himmel, der von leuchtenden Sternen übersät war, die wie blitzende Diamanten auf einem mitternachtsblauen Seidentuch wirkten und genauso unwirklich schön aussahen. Es war eine Atmosphäre aus Adrenalin, Emotion und Wachsamkeit, die ihn umgab, als er das Atmen der anderen EUROPOL-Kandidaten hörte, die sich in ihren schmalen Betten von einer Seite auf die andere drehten. Plötzlich wusste er, dass er diesen Job annehmen musste, wenn er das Ausleseverfahren bestehen würde.

Irgendwann musste er doch eingeschlafen sein, denn erst ein lautes Klopfen an der Tür schreckte ihn hoch. Francesca war bereits von ihrem Feldbett aufgesprungen, hielt ihre Pistole schussbereit in der Hand. Sie trug ein enges Tanktop und im einfallenden Mondlicht glänzte ihre olivfarbene Haut wie Samt.

„Jemand ist draußen!", flüsterte sie und stellte sich so neben die Tür, dass sie sich im toten Winkel befand. „Ist das schon wieder eine Übung?"

Braun zuckte bloß mit den Schultern, auch er hatte keine Ahnung, ob das noch ein weiterer Test war.

„Helfen Sie mir!“, hörten sie plötzlich jemanden rufen. Es war die Stimme eines jungen Mannes und sie klang verstört. „Bitte, ich brauche Hilfe!“

Braun zählte bis drei, riss die Tür auf und orientierte sich blitzschnell.

Ein schmächtiger junger Mann in einem verschmierten T-Shirt stand draußen und starrte sie entsetzt an. Er hatte ein völlig verdrecktes Gesicht und spreizte die Hände wie Krallen in die Luft. Mit geübtem Griff packte ihn Braun am Arm und zog ihn in die Hütte, Francesca schlug ihm mit dem Fuß die Beine weg und der Mann landete stöhnend auf dem Boden. Sofort war Francesca über ihm, drückte ihm die Pistole ins Genick und sagte ganz ruhig:

„Hände nach oben! Ich will Ihre Hände sehen!“

„Ich habe sie nicht ermordet“, flüsterte der junge Mann, und seine Stimme verebbte in einem Schluchzen, das von ganz tief aus seinem Inneren zu kommen schien und so heftig war, dass es ihn schüttelte, als ob er Krämpfe hätte.

„Langsam, langsam. Erzählen Sie einfach der Reihe nach.“

Francesca richtete sich wieder auf und steckte ihre Pistole ein. Braun half dem Jungen auf die Beine und führte ihn zu einem Stuhl am Tisch. Im Schein der nackten Glühbirne sah er, dass der Junge vielleicht zwanzig Jahre alt war, und noch etwas anderes fiel ihm auf. Gesicht und T-Shirt des jungen Mannes waren blutverschmiert, und es war nicht das Kunstblut, das sie für ihr Training verwendeten, sondern echtes Blut. Er hatte sofort den charakteristischen Duft nach Eisen und Tod und Schrecken in der Nase.

„Bitte helfen Sie mir!“ Der junge Mann starrte auf Braun, dann auf Francesca und die anderen EUROPOL-Kandidaten. Immer wieder versuchte er etwas zu sagen, doch es kam nur abgehacktes

Gestammel aus seinem Mund. Der Junge hatte einen schweren Schock erlitten, das konnten sie alle erkennen.

„Wie heißen Sie?", fragte Braun und versuchte, ruhig und sachlich zu bleiben. „Woher kommt dieses viele Blut in Ihrem Gesicht und auf Ihrer Kleidung?"

„Sie lag einfach auf dem Boden. Ich bin darübergestolpert, und als ich mich aufgerichtet habe, da war ich voller Blut. Ich sah überall nur Blut. Da bin ich einfach weggelaufen."

„Was ist passiert?"

„Wie?" Verständnislos blickte ihn der Junge an.

„Was passiert ist, möchten wir gerne wissen", sagte Francesca, die mit verschränkten Armen hinter Braun stand.

„Sie können ihr nicht mehr helfen. Niemand kann ihr mehr helfen. Ich habe das gesehen, ihr ganzer Körper war aufgeschnitten, zerstochen und blutig."

Der Junge machte eine Pause und schluckte heftig.

„Kann ich bitte eine Zigarette haben?"

Francesca schnippte eine Zigarette aus ihrer Packung, steckte sie ihm in den Mund und zündete sie an.

Der Junge inhalierte tief und entspannte sich ein wenig.

„Ich bin aufgewacht und da waren beide aus dem Zelt verschwunden. Es war noch dunkel und natürlich habe ich mir Sorgen um sie gemacht. Zwei Mädchen alleine in der Nacht im Wald."

„Sagen Sie uns, wo das ist", fragte Braun. Doch der Junge presste nur die Lippen zusammen und schüttelte den Kopf. „Ich kann das nicht."

„Na gut." Francesca atmete hörbar ein. Ihr ging dieser junge Mann gehörig auf die Nerven, das spürte Braun. Kein Wunder, Francesca war eine heißblütige Spanierin und ihr Einsatzgebiet war das Barrio Alto von Barcelona, einem harten Stadtteil, wo man keine Zeit hatte, Verdächtige mit Samthandschuhen anzufassen. Dort wurde nicht lange gefackelt. „Bring uns einfach dorthin“, sagte sie so ruhig wie möglich und beugte sich zu dem jungen Mann hinunter. „Hast du verstanden, du führst uns jetzt zu der Toten.“

„Natürlich!“ Von Francescas Präsenz sichtlich eingeschüchtert, nickte der junge Mann. „Ich bringe Sie dorthin. Aber ich habe sie nicht getötet. Ich war das nicht. Das müssen Sie mir glauben!“

Als sie die Hütte verließen, hatte sich die Atmosphäre stimmungsvoll verändert. Die Dunkelheit war einer sanften Morgenröte gewichen, die Bäume, Felsen und die Wiesen mit einem rötlichen Schimmer überzog, die Farben verwischte und die Konturen auflöste. Braun konnte fast nicht glauben, dass in dieser schönen Landschaft ein hässlicher Mord passiert sein sollte.

5

Greg Keller wurde durch das Klingeln seines Handys geweckt und wusste in dem Moment, in dem er die Augen aufschlug, dass es schon wieder kein guter Tag werden würde.

Nur einige spärliche Sonnenstrahlen drangen durch die Vorhänge und strichen über seine mit grauen Stoppeln übersäten Wangen. Er war in seinen Kleidern in dem bequemen Stuhl in seinem Wohnzimmer einfach eingenickt, nachdem er aufgewühlt, aber gleichzeitig todmüde nach Hause zurückgekehrt war. Wie lange hatte er geschlafen? Vielleicht eine Stunde. Ehe er das Gespräch annahm, drückte er noch schnell eine Tablette aus der Phiole, die auf dem Tisch lag, und schluckte sie ohne Wasser hinunter.

„Keller, was gibt's?“ Seine Stimme klang ruhig und bedächtig, so als wäre er richtig ausgeschlafen.

„Wir haben ein totes Mädchen“, hörte er eine atemlose Stimme. Natürlich wusste er, wen er da in der Leitung hatte, es war Tony Braun, der schon am Morgen voller Tatendrang war. Greg, der eigentlich mit Vornamen Gregor hieß, aber von allen wegen seines

Faibles für Amerika nur Greg genannt wurde, war Brauns Chef und Leiter der Mordkommission von Linz.

„Der Mord ist im Böhmerwald passiert. Ein junges Mädchen wurde brutal erstochen."

„Oben im Böhmerwald? Geht das nicht die tschechischen Kollegen etwas an?", fragte Greg vorsichtshalber nach.

„Es ist auf österreichischer Seite passiert. Ich bin bereits vor Ort, und du solltest dich beeilen, denn ein zweites Mädchen ist verschwunden. Es sind Zwillinge."

„Ich bin schon unterwegs." Greg legte auf und dachte angestrengt nach. ‚Jetzt ist die Lawine losgetreten, und sie donnert in den Abgrund, wird groß und immer größer und reißt jeden mit, der sich ihr in den Weg stellt. Ich muss also aufpassen, dass ich nicht überrollt werde', dachte er. Gleichzeitig setzte auch das altbekannte Gefühl von Spannung und Aufgeregtheit ein, das er auch noch nach vierzig Jahren Polizeidienst verspürte, wenn sich ein neuer Fall ankündigte.

Er ging ins Bad, um sich notdürftig zu rasieren. Im Spiegel sah ihm ein alter Mann entgegen, der Tränensäcke hatte und in dessen Augen das Feuer am Erlöschen war. Aber noch war er Chefinspektor und Chef der Mordkommission. In einem Monat würde sich das alles ändern, dann war er ein Pensionist. Mit seinen 62 Jahren würde er allerdings kein tragischer Rentner sein, sondern mit einem Indian-Chief-Vintage-Motorrad die Route 66 entlangfahren. Er würde bis zum Joshua Tree Inn kommen, wo sich Gram Parsons, der Space Cowboy, getötet hatte. So würde er seine Tage, Wochen, Monate und vielleicht auch Jahre verbringen.

Greg ging zurück ins Wohnzimmer und zog die Vorhänge auf. Der Ausblick war nicht sonderlich berauschend, er sah auf eine Wiese und das Gewirr der Eisenbahnschienen. Von dort vernahm er auch das gewohnte Geräusch der Verladewaggons vom alten Güterbahnhof. Er lebte schon seit Jahren in dieser Wohnung, die eine typische Junggesellenbehausung war, denn er war weder verheiratet gewesen noch hatte er Kinder. Dafür sammelte er kleine Motorradmodelle, je ausgefallener, desto besser. Gerade erst hatte er einen Baukasten von einem Kollegen aus London erhalten, mit dem er sich regelmäßig zum Erfahrungsaustausch traf. Greg war an mehreren internationalen Fällen beteiligt gewesen und genoss hohes Ansehen in Polizeikreisen. Deshalb ärgerte es ihn doppelt, dass er dieses Kapitel seines Lebens in einem Monat beenden musste. Ja, musste war das richtige Wort.

Wenn es nach ihm gegangen wäre, dann hätte er ruhig bis zu seinem fünfundsechzigsten Lebensjahr weitermachen können wie bisher. Doch der neue Polizeipräsident Wagner wollte die Mordkommission komplett umstrukturieren und verjüngen. Da war für alte Bullen wie Greg einfach kein Platz mehr, da mussten junge ehrgeizige Polizisten wie Braun heran.

Er schlug die Eingangstür seiner Wohnung hinter sich zu und ging in die Parkgarage, wo sein altgedienter Opel Kombi auf ihn wartete. Greg ahnte, dass er sich jetzt wohl oder übel den Tatsachen stellen musste.

6

Während Greg auf der Stadtautobahn Richtung Norden um diese Uhrzeit zügig vorankam, dachte er wieder an den Anruf vor einigen Wochen, der ihn ziemlich wütend gemacht hatte. Noch immer hatte er die freche Stimme im Ohr, die unverblümt sofort auf das Wesentliche kam, und dieses Wesentliche bedeutete wie immer Geld.

„Hallo, ich bin's."

„Warum rufst du an? Wir haben abgemacht, dass du dich in der nächsten Zeit nicht mehr meldest."

„Hab's mir anders überlegt."

„Aber ich nicht. Ich lege jetzt auf."

„Würde ich an deiner Stelle nicht machen. Du verstehst?"

„Soll das vielleicht eine Drohung sein?"

„Drohung? Ich habe dich nur auf Konsegruenzen hingewiesen."

„Das heißt Konsequenzen!"

„Tja, egal. Du weißt, was ich meine."

„Was willst du?"

„Ich brauche 3.000 Euro."

„So viel habe ich im Moment nicht."

„Das ist dein Problem. Ich brauche das Geld bis zwölf Uhr. Wir treffen uns unten am Raucherplatz bei der Plus City. Das ist unverfänglich und du hast ja mit dem Rauchen sicher noch nicht aufgehört."

Das war nicht der erste Anruf in dieser frechen Art gewesen. Doch der letzte Anruf war noch schlimmer, und als er die Stimme hörte, wusste er sofort, dass sich ein Gewitter zusammenbraute und er verflucht aufpassen musste.

„Einen Monat noch", murmelte er und klopfte auf das Lenkrad. „Noch einen Monat, dann könnt ihr mich alle am Arsch lecken. Dann bin ich in Amerika."

Als die Autobahn zu Ende war, kam er nur noch im Schritttempo hinter einem altersschwachen tschechischen Laster weiter, der ihm mit seinen Abgasen die Luft im Wageninneren verpestete. Die Zeit verstrich, und die aufgehende Sonne verwandelte das obere Mühlviertel in ein Märchenland, bei dem man sich nicht vorstellen konnte, dass hier jemand einen Mord beging. Aber Greg wusste aus Erfahrung, dass es gerade in den schönsten Gegenden die brutalsten Morde gab. Denn mit der Schönheit der Landschaft nimmt auch die Niederträchtigkeit seiner Bewohner zu. So oder ähnlich hatte es ein österreichischer Schriftsteller ausgedrückt, den Greg gerne zitierte, um sich einen intellektuellen Anstrich zu geben.

Als er in die Forststraße einbog, die ihm Braun beschrieben hatte, war es schon ziemlich heiß geworden, und die Luft flimmerte. Greg hatte die Fenster seines Opels geöffnet und paffte eine Zigarre, da er wusste, dass das Rauchen an einem Tatort nicht gerne gesehen wurde. Mehrere Kilometer fuhr er die Forststraße entlang, dann sah er vor sich einen kleinen Hügel, der zwischen den Bäumen hervorragte. Als er näher kam, standen ein tschechischer Jeep und ein österreichisches Polizeifahrzeug auf der Straße und versperrten ihm den Weg.

Greg schnippte die Glut in den Aschenbecher und steckte sich die erloschene Zigarre wieder in den Mund. Dann fuhr er sich mit beiden Händen durch die grauen Haare und stieg aus. Als er an den beiden Fahrzeugen vorbeiging, sah er bereits Braun, der ihm zuwinkte.

„Hallo, Greg. Der Tatort ist am Rand der Lichtung, dort wo der Wald beginnt. Ich habe mich dort nur kurz umgesehen und wollte dann auf dich warten", sagte Braun. „Auf dem Hügel haben die Mädchen übernachtet." Braun wies mit der Hand auf die kleine Erhebung, auf der ein rotes Zelt zu erkennen war.

„Es gibt ein totes Mädchen. Und ein zweites Mädchen ist verschwunden. Richtig?"

„Ja, das hat uns ein Zeuge erzählt."

„Wir haben einen Augenzeugen?" Greg hob überrascht die Augenbrauen. „Wer ist das?"

„Ein junger Mann, der mit den beiden Mädchen unterwegs war."

„Ist er verdächtig?", fragte Greg.

„Darüber bin ich mir noch nicht im Klaren."

Hintereinander gingen sie den schmalen Weg nach oben. Auf halber Höhe kam ihnen eine Frau entgegen, die über ihrem T-Shirt ein Holster mit einer Pistole trug und wie eine Spanierin oder Brasilianerin aussah.

„Wer ist das?", fragte Greg.

„Das ist Francesca Alicante. Wir machen gerade gemeinsam die EUROPOL-Ausbildung", antwortete Braun über die Schulter nach hinten. „Der Zeuge hat uns hingeführt."

„Verstehe." Greg nickte und konzentrierte sich wieder auf den Aufstieg.

Als sie auf dem Hügel angekommen waren, deutete Braun auf die Lichtung, wo am Waldrand zwei Polizisten im Schatten standen. Zwischen den beiden hockte ein junger Mann, der den Kopf auf die Knie gelegt hatte, so als würde er weinen.

„Dort hinten ist der Tatort. Ich habe nur einen schnellen Blick auf die Leiche geworfen. Ich weiß ja, du willst gerne einen unverfälschten Tatort. Der Junge, der dort sitzt, hat sie gefunden."

„Ist das unser Zeuge, den du verdächtigst?"

„Sagen wir so, es gibt einige Ungereimtheiten, die einer Klärung bedürfen."

Greg bückte sich und sah in das Zelt. Drei Schlafsäcke, leere Flaschen, Pullover und Sneakers. Keine Tasche.

„Die Spurensicherung soll sich zuerst um das Zelt kümmern. Dann haben wir mehr Zeit, uns den Tatort genauer anzusehen." Greg drängte die Gedanken, die ihn die ganze Zeit über beschäftigt hatten, weit nach hinten und war jetzt nur noch Polizist. Ein Polizist, der einen Mord aufklären musste. Deshalb wollte er auch immer den unverfälschten Tatort sehen, um die Situation zu begreifen, um sich den Mord vorstellen zu können.

„Wir gehen jetzt den gleichen Weg, wie ihn die beiden Mädchen aller Wahrscheinlichkeit nach zur Lichtung genommen haben", sagte Braun. Sie mussten sich möglichst authentisch in die Situation versetzen. Außerdem hatte Braun gewartet, bis er eingetroffen war, und hatte nichts Voreiliges unternommen.

Je näher sie an den Tatort kamen, desto mehr konzentrierte sich Greg auf die Details am Wegrand. Er sah abgerissene Blätter, zertretene Blumen, zerquetschte Blüten, er sah den Verschluss einer Flasche, den er aufhob und in eine Plastiktüte steckte. Dann waren sie am Tatort und Greg atmete tief durch.

„Mach dich auf das Schlimmste gefasst. Das junge Mädchen ist ziemlich übel zugerichtet“, warnte ihn Braun. „Mehrere Messerstiche in den Bauch mit größter Heftigkeit.“

„Messerstiche?“, wiederholte Greg und suchte ein adäquates Bild in seinem Gedächtnis, um auf den Anblick vorbereitet zu sein.

„Haben wir schon einen Namen?“

„Das Mädchen heißt Ulla Walek.“

„Ulla Walek?“, wiederholte Greg fragend, als hätte er den Namen nicht richtig verstanden.

Ein Polizist in Uniform versperrte ihm die Sicht, doch als er zur Seite trat und den Blick auf das tote Mädchen freigab, erstarrte Greg. Mit einem Mal wusste er, dass der heutige Tag genauso schlimm zu Ende gehen würde, wie er begonnen hatte.

7

„Du darfst die Augen nicht vor dem Schicksal verschließen", hörte sie ihre Großmutter mit beschwörender Stimme reden. „Es ist eine Sünde, diese Gabe nicht zu nutzen."

Weshalb konnte sie die Stimme ihrer Großmutter so deutlich hören? Wie war das möglich, wo doch die Großmutter schon viele Jahre tot war? War vielleicht auch sie gestorben und bewegte sich in einem Schattenreich, in dem man auf Personen trifft, mit denen man noch eine Aufgabe zu erfüllen hat?

„Ja, du hast eine Aufgabe, und ich werde dir dabei helfen." Wieder war es die Stimme der Großmutter, und wieder sträubte sich alles in ihr, daran zu glauben. Mit aller Gewalt versuchte sie, diese Stimme, die so vertraut klang, aus ihrem Kopf zu verbannen. Warum nur dauerte es diesmal so lange? Sonst war das doch nach wenigen Augenblicken vorüber? Hatte das mit den Vorfällen zu tun, die irgendwo in ihrem Kopf umherspukten, die sie aber niemals richtig fassen konnte, diese Ereignisse, die sie in diesen Zustand befördert hatten, der sich nicht richtig einordnen ließ, der wie ein Raum aus dünnem Papier war, der alles durchließ, Stimmen, Geräusche und manchmal auch die Schatten, der aber trotzdem ein Raum war, in dem sie sich wie eine Gefangene fühlte?

Das Zimmer, von dem sie träumte, war weiß vom Boden bis zur Decke. Sie hatte keine Ahnung, wie sie hierher gelangt war, sie hatte diesen Raum noch nie gesehen. Sie wollte den Kopf drehen, doch ein stechender Schmerz durchzuckte sie und sie konnte sich keinen Millimeter bewegen. Neben sich hörte sie ein gleichförmiges summendes Geräusch, und dann sah sie eine dünne Metallstange neben dem Bett, an der ein Plastikbeutel befestigt war, aus dem eine gelbliche Flüssigkeit in einen dünnen Schlauch tropfte. Mit ihrem Blick folgte sie dem Schlauch, der an ihrem Handrücken endete. Noch etwas fiel ihr auf: Sie trug einen weißen Kittel, wie man ihn in einem Krankenhaus bekam. Lag sie etwa in einem Krankenbett? Was war passiert? Sie fühlte sich, als hätte sie monatelang geschlafen. Ihr Denken funktionierte nur schwerfällig und selbst die einfachsten Überlegungen dauerten unendlich lange.

Plötzlich spürte sie einen pochenden Schmerz in der Brust. Mit all ihren Sinnen konzentrierte sie sich darauf, versuchte die Ursache zu ergründen und Bilder tauchten vor ihrem inneren Auge auf. Sie sah ein kleines dunkelhaariges Mädchen, das lachend auf sie zulief. War das Sarah, ihre Tochter? Sie sah einen bärtigen Mann, der sie verliebt anblickte. ‚Das ist doch Theo, mein Mann', dachte sie. Sie sah das Kassenpult ihres Shops. Wie in einem Schnelldurchlauf rasten jetzt die Bilder durch ihren Kopf: Sie sah den Kassentresen, dann eine Gestalt, noch eine Gestalt, beide waren schwarz gekleidet, jemand zielte mit einer Pistole, drückte ab. Auf wen wurde geschossen? Doch sie bekam keine Antwort auf diese Frage, denn die Bilder rasten unerbittlich weiter, wollten nicht aufhören zu laufen, waren eine Endlosspule aus Bildern und Filmsequenzen.

„Du hast gesehen, was passiert, wenn du nicht richtig mit deiner Gabe umgehst. Wenn du sie ignorierst."

Die ruhige Stimme der Großmutter in ihrem Kopf umgarnte sie, kroch durch ihre Haut, umschmeichelte ihr Herz, schob sich immer weiter nach oben, wie eine kleine unscheinbare Raupe, um dann aus ihrem Mund zu schlüpfen und sich mit den Worten „Ich will aufwachen!" wie ein schöner Schmetterling zu entfalten. Rings um sie begannen mit einem Mal seelenlose Maschinen zu erwachen, rote Lampen pulsierten wie große Herzen durch die Papierwände ihres Seins und eine gezackte grüne Linie symbolisierte ihren Pulsschlag.

„Du musst deine Gabe endlich zum Wohl anderer nützen", hörte sie die sanfte Stimme. „Ich werde dich so lange danach fragen, bis du endlich dazu bereit bist. Du brauchst nur diese beiden Worte auszusprechen: ‚Ich will!' Du bist es deiner Familie schuldig."

„Olivia, können Sie mich hören?"

„Sie hat geredet."

„Kann das kein Irrtum sein?"

„Ganz bestimmt nicht. Sie hat etwas gemurmelt. Olivia, Sie können mich hören. Sprechen Sie mit mir. Versuchen Sie es einfach noch einmal."

„Keine Chance. Aber beobachten Sie die Patientin weiter. Vielleicht redet sie ja noch einmal."

Wie gerne würde sie das tun. Wie gerne würde sie sprechen, wie gerne alles ungeschehen machen, wie gerne würde sie leben. Aber nein, sie konnte nicht sprechen, niemand konnte sie hören, die Wände aus Papier waren widerstandsfähiger, als sie gedacht hatte, und deshalb tauchte sie wieder ab in jene grauen Bereiche, wo ihre tote Großmutter schon auf sie wartete. Dort, wo keine Menschen waren, wo nur schwarze Muscheln darauf warteten, von ihr geöffnet zu werden, die aber keine Perlen enthielten, sondern nur schwarze Kerne, die sie an ihre verdorrte Seele erinnerten.

Als sie an die Bilder dachte, die wie ein Kaleidoskop durch ihren Kopf geschwirrt waren, da wusste sie, dass sie den Rat ihrer Großmutter befolgen würde: Sie würde ihre Gabe dafür einsetzen, um zu erfahren, was mit ihrer Familie passiert war.

8

Der Wind hatte sich gelegt, und das leise Rauschen, das bisher im Wald zu hören gewesen war, hatte einer bedrückenden Stille Platz gemacht. Selbst die Vögel waren verstummt und schienen angespannt darauf zu warten, was weiter geschah. Das einzige Geräusch kam von einem Polizisten, der zur Seite trat, um Braun und Greg vorbeizulassen.

Das Mädchen lag am Rand der Lichtung und ihr blondes Haar wirkte in der Sonne wie ein goldener Feuerschein. Als Braun nähertrat, sah er, dass sie mit Jeansshorts und einem weißen Shirt bekleidet war. Der Stoff ihres Oberteils war völlig mit Blut durchtränkt und durch die zahlreichen Messerstiche zerfetzt, sodass es sich beinahe aufgelöst hatte. Um den Hals trug das Mädchen eine schmale silberne Kette mit einem Herzmedaillon. Im Gegensatz zu den brutalen Verletzungen an ihrem Körper wirkte ihr Gesicht sanft und friedlich. Sie hatte die Augen geschlossen und machte auf Braun den Eindruck, als würde sie schlafen. Ein glänzender schwarzer Käfer krabbelte über eine goldene Haarsträhne, und ihre eine Hand lag direkt auf einer Stichwunde, so als würde durch dieses Handauflegen die Verletzung verschwinden.

Braun kniete sich nieder, um die Szenerie intensiver zu erfassen. Noch immer war es still, nur ab und zu sirrte eine Mücke durch die vom Blutdunst durchzogene Luft. Auf den ersten Blick könnte dieses Mädchen zu viel gefeiert haben und hier eingeschlafen sein. Ihre Haut war von der Sonne zart gebräunt und sie wirkte aus der Nähe wie ein hübsches Sommermädchen.

Wie jedes Mal, wenn er an einen Tatort kam, wurde Braun vollkommen von der Atmosphäre absorbiert. Er konnte nicht einfach eine Mauer zwischen sich und dem Geschehen errichten, wie das viele seiner Kollegen taten und ihrer Anspannung mit müden Witzen Luft machten. Doch in diesem Fall war es besonders tragisch, denn es war ein junges Mädchen, das vielleicht achtzehn oder neunzehn Jahre alt war und am Beginn seines Lebens stand. Aber jemand hatte dieses aufblühende Leben einfach brutal zerstört und ausgelöscht. Aber noch etwas war anders an diesem Mord. Sein Bauchgefühl sagte ihm, dass dieser Fall ungewöhnlicher sein würde als die Tötungsdelikte, mit denen er es bisher zu tun gehabt hatte. Langsam richtete er sich auf und sah zum Wald. Über einen Ast schlängelte sich ein roter Wurm, doch als er genauer hinsah, bemerkte er, dass es ein roter Wollfaden war. Vorsichtig zog er den Faden von dem Ast und steckte ihn in eine Plastiktüte. Gerade als er versuchte, sich in den Tatort zu vertiefen, wurde er von einer Stimme aus seiner tranceartigen Verfassung gerissen.

„Es wurden ihr ungefähr zwanzig Messerstiche mit großer Heftigkeit zugefügt. Das ist aber nur eine grobe Schätzung. Näheres gibt's erst nach einer genaueren Untersuchung."

Trotz der Hitze trug der neue Gerichtsmediziner Paul Adrian eine nietenbesetzte Lederjacke und wirkte in seinen schwarzen

Klamotten merkwürdig deplatziert in dieser paradiesischen Landschaft.

„Ist sie an den Messerstichen sofort gestorben?", fragte Braun weiter.

„Das kann ich nicht mit Bestimmtheit sagen. Wahrscheinlich war dieser tiefe Stich in den Bauch tödlich. Dort, wo die Hand darübergelegt wurde." Adrian wies auf den Unterleib des Mädchens. „Alles Weitere kann ich dir nach der Obduktion sagen."

„Danke, Paul."

„Was war das für ein Messer?", schaltete sich jetzt auch sein Chef Keller ein, der die ganze Zeit, genauso wie Braun, schweigend den Tatort betrachtet hatte. „Sie waren aber ziemlich schnell hier", sagte er mit einem Blick auf Adrian. Dieser zuckte bloß mit den Schultern und Greg fragte weiter: „Was können Sie mir über die Tatwaffe sagen?"

„Sie wurde mit einem Messer erstochen", antwortete Adrian. „Aber es war kein normales Küchenmesser, so viel kann ich jetzt schon sagen. Ich tippe auf ein Jagdmesser."

„Wie kommst du darauf?", fragte ihn Braun.

„Die ausgefransten Ränder bei den Wunden könnten von der gezackten Klinge eines Jagdmessers stammen."

„Die Tote heißt Ulla Walek, wie ich schon erwähnt habe. Sie hat gemeinsam mit ihrer Zwillingsschwester Britta und diesem jungen Mann die Nacht der Sommersonnenwende dort drüben auf dem Hügel gefeiert."

Braun wies mit dem Kopf auf den jungen Mann, der noch immer regungslos auf dem Boden hockte und die Hände über seinen Kopf hielt, so als wolle er ihn vor dem Zerspringen schützen.

„Hat der auch einen Namen?", fragte Greg und drehte sich zur Seite. Braun sah noch, wie er sich hastig eine Tablette in den Mund schob.

‚Ob er wieder Schmerzen hat?', dachte Braun. Greg hatte vor ein paar Jahren eine Flüchtlingsfamilie aus einem von Neonazis angezündeten Haus gerettet und sich dabei selbst schlimme Verbrennungen zugezogen. An manchen Tagen schienen ihn die Narben besonders zu schmerzen und er musste Tabletten nehmen, so wie jetzt.

„Der junge Mann heißt Manuel Kühbauer. Er war mit den beiden Mädchen unterwegs."

„Das andere Mädchen ist in der Zwischenzeit wohl nicht gefunden worden?" Greg blickte nach hinten zum Hügel, wo bereits mehrere Polizeifahrzeuge zu sehen waren, aus denen Polizisten mit Suchhunden stiegen.

„Nein, die Suche nach Britta Walek wird intensiviert, wir bekommen auch noch einen Hubschrauber zur Unterstützung und eine zweite Hundestaffel ist angefordert."

„Gut. Hoffen wir das Beste. Aber jetzt befragen wir Manuel Kühbauer. Vielleicht kann er ein wenig Licht in dieses Dunkel bringen. Hast du schon mit ihm geredet?" Greg kaute auf seiner kalten Zigarre herum, während er Braun fragend ansah.

„Ja, auf der Fahrt hierher. War aber nicht viel aus ihm herauszubekommen. Hat einen Schock erlitten. Nur so viel, dass er ständig beteuert, Ulla Walek nicht getötet zu haben."

„Das sagen sie doch alle."

Manuel Kühbauer stand langsam auf, als ihn Braun zu sich winkte. Sie setzten sich an einen als Provisorium aufgebauten Klapptisch, der in einem abgegrenzten Teil der Lichtung stand, den die Spurensicherung inzwischen schon untersucht hatte.

„Kannst du uns noch einmal sagen, was sich in der Nacht zugetragen hat?", fragte Greg ruhig.

„Ich bin aufgewacht und Ulla und Britta waren weg." Manuels dunkle Augen huschten hin und her, wirkten auf Braun wie die verschreckten Augen eines in die Enge getriebenen Tiers. Er schwieg und konzentrierte sich auf Mimik und Körpersprache von Manuel.

„Wo sind Sie aufgewacht?" Greg beugte sich ein wenig vor und legte seine gefalteten Hände auf die Resopalplatte des Klapptischs. „Sie wollen doch auch, dass wir den Mörder von Ulla finden, nicht wahr?"

„Natürlich will ich das!" Manuel nickte heftig und wieder huschten seine Augen nervös umher.

„Na, dort oben im Zelt." Der Junge deutete auf das rote Zelt, das in der Sonne leuchtete. „Blöde Frage, das ist doch logisch."

„Nicht frech werden, Junge", zischte Braun, doch Greg hob beruhigend die Hand. „Er meint es nicht so. Nicht wahr, Manuel, ich darf Sie doch so nennen?"

Der Junge nickte und vermied es dabei, Braun anzusehen.

„Was geschah dann?"

„Ich bin nach draußen und habe sie gesucht. Habe gerufen, es war ja noch Nacht und im Mondlicht konnte ich fast nichts erkennen. Also bin ich über die Lichtung zum Waldrand gelaufen."

„Im Dunkeln den Hügel hinunter", vergewisserte sich Braun und Manuel zuckte ängstlich zusammen.

„Ja, im Dunkeln. Es war doch Vollmond, da konnte ich ganz gut sehen."

„Erzähle ruhig weiter, wir hören dir zu." Greg schlug ein Bein über das andere und lächelte Manuel aufmunternd an.

„Plötzlich bin ich am Rand der Lichtung über etwas gestolpert und der Länge nach hingeschlagen. Ich habe mich am Boden umgedreht, denn ich wollte sehen, was das ist. Doch zunächst konnte ich nichts erkennen, nur dass alles nass war." Manuel streckte seine noch immer blutverkrusteten Hände in die Luft. „Es war Blut, das dachte ich mir gleich. Dann habe ich Ulla gesehen. Es war entsetzlich."

„Das ist nicht gut, dass deine DNA jetzt auf der Leiche ist“, sagte Braun und Greg nickte zustimmend.

„Manuel, ich dachte, es war Vollmond?“ Greg setzte sich wieder aufrecht. „Weshalb hast du Ulla nicht am Boden gesehen?“

„Die Bäume haben einen Schatten gemacht. Alles war dunkel.“ Manuel rutschte unruhig auf seinem Stuhl hin und her.

„Verstehe. In welcher Beziehung stehst du zu dem Mädchen, zu den beiden Mädchen“, verbesserte sich Greg.

„Ich bin mit Ulla befreundet. Und Britta ist halt immer dabei gewesen.“

„Wenn das Zwillinge sind, woher weißt du dann, dass die Tote Ulla ist?“, fragte Braun dazwischen.

„Ich erkannte sie an dem Anhänger an ihrem Hals. Der Anhänger ist von ihrer Mutter, deshalb nimmt sie ihn nie ab, denn er ist ihr Talisman. Nicht einmal beim Schlafen.“

„Alles klar.“ Braun nickte zustimmend.

„Hast du eigentlich ein Messer?“, fragte Greg mit treuherzigem Blick.

„Natürlich habe ich eines. Das muss oben beim Zelt sein. Glaube ich eben.“ Manuel fuhr sich mit den Fingern durch die Haare und presste dann die Lippen zusammen. „Kann ich vielleicht eine Zigarette haben?“, fragte er schüchtern und schielte zu Braun.

„Ich rauche nicht mehr.“ Braun hob bedauernd die Hände, während Greg seine Zigarre aus der Tasche fischte.

„Ich rauche leider nur Zigarren. Das war’s fürs Erste. Danke, dass Sie unsere Fragen so ausführlich beantwortet haben, Manuel. Bleiben Sie noch sitzen, man muss Ihre Aussage noch aufnehmen.“

Braun stand auf und winkte einen Kollegen von der Spurensicherung zu sich.

„Habt ihr bei dem Zelt ein Messer gefunden?"

Der Mann überlegte und nickte dann.

„Ja, wir haben ein Messer gefunden. Die Überprüfung wird zeigen, ob es die Tatwaffe ist oder nicht."

„Ja, schickt das Messer ins Labor", sagte Braun und war sich ziemlich sicher, dass mit diesem Messer Ulla Walek nicht ermordet worden war. „Und sucht die Umgebung um den Tatort gründlich ab. Vielleicht finden wir noch ein anderes Messer." Er blickte umher, konnte aber Greg zunächst nirgends entdecken. Schließlich sah er ihn vor dem toten Mädchen stehen. Greg hatte den Kopf gebeugt und schien tief in Gedanken versunken. ‚Er versucht, die letzten Gedanken der Toten zu erfassen', dachte Braun, der immer, wenn er an einem Tatort war, auch zunächst mit dem Opfer stille Zwiesprache hielt. Greg schien zu spüren, dass Braun ihn beobachtete, denn er räusperte sich und kam dann schnell zu ihm.

„Du übernimmst die Leitung des Falls."

„Wieso das?", fragte Braun überrascht, denn es war überhaupt nicht Gregs Gewohnheit, einen Fall gleich zu Beginn aus der Hand zu geben. „Wir stehen doch erst am Anfang und wissen noch überhaupt nichts. Das ist doch sonst immer deine Spezialität, das Aufspüren von Ungereimtheiten in der Vergangenheit von Opfern, um so zum Täter zu gelangen."

„Das heißt ja nicht, dass ich das nicht weiter so mache. Nur möchte ich, dass du die Leitung hast. Stelle eine SOKO zusammen, am besten mit dem Namen Sommermädchen."

Greg wandte sich zum Gehen, drehte sich aber dann doch noch einmal zu Braun um. Sein Gesicht war eingefallen, auf Braun wirkte er an diesem Tag tatsächlich wie ein alter Mann.

„Du erstattest mir jeden Tag Bericht. Nur mir, sonst keinem. Hast du das kapiert?"

„Geht dir der Fall tatsächlich so nahe oder warum benimmst du dich heute so verdammt merkwürdig?"

„Hier geht es um ein junges Mädchen, das ermordet wurde. Du hast einen besseren Zugang zu jungen Menschen, ich bin zu alt dafür. Ich ersuche dich doch nur als Freund, nicht als dein Vorgesetzter."

Hier machte Greg eine wohldosierte Pause.

„Als Freund bitte ich dich, den Fall zu leiten. EUROPOL kann sicher noch einige Wochen warten, bis dann hast du ja den Fall aufgeklärt, ich bin in Pension, und du kannst tun, was du willst."

In der Zwischenzeit tauchten noch andere Personen am Rand der Lichtung auf, unter ihnen auch ein junger Mann, der eine unpassende gepunktete Fliege trug. Als Greg ihn bemerkte, stieß er einen lauten Seufzer aus.

„Die Presse ist auch schon hier."

„Wer ist das?", fragte Braun.

„Das ist Philip Zauner, seinem Vater gehören die Z & Z-Medien in Linz. Der junge Zauner hält sich für einen besonders begabten Journalisten, ist aber nur ein arroganter Schnösel."

„Soll ich mit ihm reden?", fragte Braun.

„Nein, ich mache das schon."

Während Greg zu Zauner stapfte, zündete er sich seine Zigarre wieder an und blies elegante Rauchringe in die kristallklare Luft, die sich immer mehr verjüngten, um dann wie ein Strudel nach oben im gleißenden Sonnenlicht zu verschwinden. Für einen kurzen Moment erschien es Braun so, als würde sich Greg selbst in dem strahlenden Licht auflösen und verschwinden, ohne eine Spur zu hinterlassen. Er hörte, wie sich Greg mit Zauner unterhielt, und der Wind trieb einen Satz zu ihm, den er verstand: „Alles, was wir bisher haben, ist ein totes Sommermädchen."

9

„Ich habe gehört, dass Keller Ihnen die Leitung der Ermittlungen im ‚Sommermädchenmord' übertragen hat. Der Fall hat äußerste Priorität, das brauche ich Ihnen ja nicht zu sagen. Es sind junge Zwillingsmädchen, da stürzt sich die Presse mit Sicherheit sofort darauf: eine tot, die andere verschwunden. Gibt's da schon greifbare Spuren?"

„Mehrere Hundestaffeln und ein Hubschrauber sind im Einsatz, bisher leider ohne Ergebnis", erklärte Braun Stunden später dem frisch ernannten Polizeipräsidenten Wagner im Aufzug, in dem beide nach oben in die Mordkommission fuhren.

„Wir müssen den Fall so schnell wie möglich aufklären." Wagner stoppte den Lift zwischen zwei Stockwerken und beugte sich konspirativ zu Braun vor.

„Ich finde es richtig, dass Sie den Fall übernehmen. Chefinspektor Keller fehlt das innere Feuer, er ist müde geworden, uninspiriert, ihm fehlen die Ideen. Na ja, er geht auch demnächst in Pension. Sie dagegen arbeiten mit unkonventionellen Methoden, und das gefällt mir."

„Ich sehe zu, dass wir den Fall so schnell wie möglich lösen", antwortete Braun, ohne auf die Kritik an seinem Chef einzugehen. Greg hielt auch nicht viel von Wagner und das beruhte anscheinend auf Gegenseitigkeit. Er wollte schon den Lift wieder in Bewegung setzen, aber Wagner war noch nicht fertig.

„Es geht nicht nur um das tote Mädchen, sondern um ein großes Bauprojekt, das genau dort direkt an der Grenze entstehen soll. Ein Naturerlebnispark für die ganze Familie. Es wurden schon Hunderttausende von Euro in die Planung investiert. Wenn die Investoren Wind davon bekommen, dass sich dort ein Mädchenmörder herumtreibt, dann springen sie sofort ab."

„Geht es hier um das Beruhigen von Investoren oder um ein verschwundenes Mädchen und die Aufklärung eines Mordfalls?"

„Es geht um beides. Das Bauprojekt schafft Arbeitsplätze und der Erlebnispark kurbelt den Fremdenverkehr in der Region an. Eine radikale Gruppe von Umweltschützern ist übrigens strikt dagegen; vielleicht haben die etwas mit dem verschwundenen Mädchen zu tun. Bei diesem Fall muss man ein wenig in größeren Dimensionen denken, aber da mache ich mir bei Ihnen keine Sorgen, Sie können das. Das wäre dann alles."

Wagner ließ den Aufzug weiterfahren.

„Da fällt mir noch etwas ein", sagte er mit bedeutsamer Miene, „Chefinspektor Keller geht doch in Kürze in Pension, und da wäre es natürlich wünschenswert, wenn ein fähiger Mann seine Nachfolge antritt. Sie verstehen."

„Ich hab's begriffen", antwortete Braun schroffer, als er es beabsichtigte. „Aber danke, dass Sie an mich gedacht haben. Ich lasse es mir durch den Kopf gehen", fügte er ruhiger hinzu.

„Aber nicht zu lange, Inspektor Braun. Sie wissen ja, die Schnellen fressen die Langsamen."

„Ich bin der Schnellste", antwortete Braun spontan und verzog den Mund zu einem angedeuteten Grinsen.

„Das gefällt mir, Inspektor. Genau so stelle ich mir den Leiter der Mordkommission vor. Jung und dynamisch, mit Biss und Verstand. Überlegen Sie nicht zu lange."

Wagner stieg aus, blieb aber noch kurz in der Aufzugtür stehen.

„Wie geht es übrigens Ihrer bezaubernden Frau? Sicher will sie auch, dass Sie in unserer schönen Stadt bleiben und nicht zu EUROPOL gehen."

10

Als Polizeipräsident Wagner verschwunden war, drückte Braun seine Stirn an die kühle Aluminiumwand des Aufzugs. Ganz bewusst hatte Wagner einen wunden Punkt angesprochen. Margot war alles andere als erfreut gewesen, als Braun ihr sagte, dass er sich um einen Posten bei EUROPOL beworben hatte.

Zurück in seinem Büro suchte Braun im Internet Informationen über die offensive Umweltgruppe, von der Wagner gesprochen hatte. Er fand mehrere Artikel und schließlich auch ein Foto der Initiatoren der Gruppe: Hendrik und Eva Schwarz. Braun lehnte sich in seinem Stuhl zurück und verschränkte die Arme hinter dem Kopf. Dieser Gruppe würde er gleich morgen einen Besuch abstatten. Als sein Mailprogramm klingelte, sah er, dass die Spurensicherung die Fotos der toten Ulla Walek geschickt hatte. Braun druckte die Bilder aus, dazu auch ein Foto ihrer verschwundenen Schwester Britta, das ihnen der Sozialarbeiter geschickt hatte, der die Wohngemeinschaft der Mädchen betreute.

Er stand auf und heftete die Bilder an die riesige Pinnwand gegenüber seinem Schreibtisch. So hatte er die Bilder immer im

Blick, wurde stets daran erinnert, dass es hier ein Opfer gab, das darauf wartete, dass sein Tod gesühnt würde. Das waren jedoch nicht die einzigen Bilder auf seiner Pinnwand. Es gab noch einen anderen Tatort und eine Frau, die noch immer im Koma lag.

Das war eigentlich Gregs Fall gewesen, doch auch hier hatte er sich merkwürdig unengagiert gezeigt, und deshalb war der Tankstellenüberfall, der sich vor drei Monaten zugetragen hatte, noch immer nicht aufgeklärt. Vielleicht war Greg tatsächlich ausgebrannt und reif für die Pension.

Auf seinem Schreibtisch lag der Bericht der Ballistik zu dem Tankstellenüberfall. Greg hatte ihn einfach auf Brauns Schreibtisch geworfen, so als würde ihn der Fall nichts mehr angehen. Aber auch dabei ging es um Mord, und deshalb las Braun die Ergebnisse. Die Patronen, die man gefunden hatte, stammten aus einem Colt Anaconda .44 Magnum. Eine ziemliche Kanone und nicht gerade üblich in Linzer Verbrecherkreisen. Braun runzelte die Stirn und dachte nach. Wo war ihm ein Colt Magnum schon untergekommen?

Dann fiel es ihm wieder ein, und er ging in das Nebenbüro, wo Greg gerade die Fotos der ermordeten Ulla Walek studierte, die er ebenfalls bekommen hatte.

„Was gibt's?", fragte Greg, ohne von seinem Bildschirm aufzusehen. „Wann können wir uns die Leiche genauer ansehen?", redete er weiter. Greg vergrößerte ein Foto, das Ulla von oben zeigte und bei dem die Stichverletzungen und das Blut noch stärker ins Auge sprangen. „Ich will wissen, wie das passiert ist."

„Die Obduktion ist morgen. Dann wissen wir Genaueres über Todeszeitpunkt und darüber, welche Stiche tödlich waren."

„Wie sehen die Messerstiche für dich aus?" Greg drehte sich zu Braun und blickte ihn fragend an.

„Sie wurden mit großer Wucht und wie in einem Blutrausch durchgeführt." Braun dachte kurz nach. „Für mich sieht das nach einer Affekttat aus und weniger nach einem geplanten Mord."

„Ich denke dasselbe. So ein junges Mädchen und so ein elender Tod", sagte er. „Ist irgendwie ungerecht."

„Wie meinst du das?"

„Nun, das Schicksal ist oft ungerecht. Du gehst auf die Straße und wirst überfahren. Nur eine Minute später und dir wäre nichts passiert."

„Du solltest Philosoph werden, Greg."

„Ich bin ein Philosoph." Greg kramte eine erloschene Zigarre aus seiner Schreibtischlade und deutete dann auf die Mappe, die Braun in den Händen hielt. „Was ist das?"

„Das ist der Bericht der Ballistik zu dem Tankstellenüberfall." Braun wedelte mit der Plastikmappe. „Weshalb liegt der auf meinem Schreibtisch?"

„Du hast dich doch schon beklagt, dass in diesem Fall nichts weitergeht. Da kannst du ihn gleich selbst machen."

„Ich werde aus dir nicht recht schlau. Du hast dich in letzter Zeit ziemlich verändert. Was ist los mit dir? Angst vor der bevorstehenden Pension?"

„Was steht so Interessantes in dem Bericht, dass du zu mir kommst?" Greg ging mit keinem Wort auf Brauns Frage ein.

„Die Waffe, mit der geschossen wurde, ist ein Colt Anaconda .44 Magnum."

„Colt .44 Magnum. Hübsches Kaliber, damit kann man eine Wand durchschießen." Greg pfiff durch die Zähne und versetzte seinen Computer in den Ruhemodus. „Das ist zwar eine nicht alltägliche Waffe, aber das beantwortet nicht meine Frage: Was ist daran so interessant?" Greg sah Braun auffordernd an.

„Du hast doch auch einen Colt .44 Magnum! Das ist eine ziemlich ungewöhnliche Waffe für einen Überfall, findest du nicht?"

„Ja und nicht leicht zu schießen. Der Revolver hat einen ziemlichen Rückstoß. Da sollte man geübt sein." Greg kaute auf seiner Zigarre herum, ehe er weitersprach. „Ich hatte einen Colt Anaconda .44 Magnum, silber glänzend." Greg nickte wehmütig. „Aber ich habe den Colt schon vor längerer Zeit an einen Sammler verkauft. Im Nachhinein tut es mir leid, war eine wirklich beeindruckende Waffe. Jetzt habe ich nur noch eine Smith & Wesson 38er Special, die mit dem kurzen Lauf. Habe ich von Agent John Hood vom FBI bekommen. Als Dank für die Unterstützung bei der Jagd nach einem internationalen Killer."

„Na, dann ist ja alles klar. Ich dachte, du hättest den Colt noch."

„Was ist eigentlich mit der Frau?" Greg ging nicht weiter auf Braun ein. „Ist sie endlich aus dem Koma erwacht? Sie ist unsere Hauptzeugin bei dem Tankstellenüberfall. Gib mir Bescheid, wenn sich ihr Zustand verändert."

„Geht klar!" Braun nickte und setzte sich dann unaufgefordert gegenüber von Greg auf einen Stuhl.

„Wagner hat mir deinen Job angeboten", sagte er, ohne groß zu überlegen.

„Ach, Chef der Mordkommission, und das unter vierzig Jahren. Gratuliere. Und? Hast du angenommen?"

„Ich habe mir Bedenkzeit erbeten." Braun beugte sich vor und betrachtete Greg, suchte vergeblich seinen Blick, aber Greg sah an Braun vorbei an die Wand. „Warum gehst du mit 62 Jahren in Pension? Weshalb? Du bist doch mit Leib und Seele Polizist. Du bist der Mann, von dem ich alles gelernt habe. Der Mann, der immer auf der richtigen Seite steht."

„Das hast du schön gesagt.“ Erst jetzt sah ihm Greg in die Augen und redete weiter. „Vielleicht habe ich eine Leiche zu viel gesehen. Vielleicht hat das mein Inneres erschüttert. Vielleicht habe ich mir auch ein Gefängnis rund um mein Herz gebaut, um nichts hereinzulassen.“ Mit der Faust schlug er sich auf die Brust. „Aber vielleicht will ich einfach nur mit meinem Motorrad nach Kalifornien fahren.“

„In das berühmte Joshua Tree Inn, von dem du so schwärmst.“

„Du hast ja aufgepasst, wenn ich etwas erzähle“, lachte Greg und steckte sich die Zigarre in den Mund. „Vielleicht will ich dort sterben.“

11

Britta Walek erwachte wie aus einem bleischweren Schlaf und tastete sich langsam über den Boden, der aus Stein oder Beton zu bestehen schien. Ihr Kopf schmerzte, und als sie mit den Fingern über ihre Schläfe tastete, spürte sie die Wunde. Er hatte sie einfach niedergeschlagen.

Rings um sie waren nur Schwärze und Dunkelheit, die sich immer enger an sie heranschmiegten, sodass sie sich fast nicht mehr rühren konnte. Doch dann nahm sie all ihren Mut zusammen und bewegte sich langsam über den Boden, bis sie an eine Mauer stieß. Auch diese Wand war aus Beton, und als sie in die entgegengesetzte Richtung kroch, stieß sie auch dort bald gegen eine Mauer.

„Ulla?", flüsterte sie zaghaft und drückte gleichzeitig beide Hände auf ihre Ohren, um dieses Wispern nicht nach draußen zu lassen, dieses Schnattern und Zischen, das durch ihren Kopf spukte und nicht enden wollte.

„Ulla? Wo bist du?"

Immer wieder rief sie nach ihrer Schwester und erhielt keine Antwort. Nach und nach sickerte die Erkenntnis in ihren Kopf, dass sie hier alleine eingesperrt war, dass sie sich nicht frei bewegen konnte, dass sie alleine niemals einen Ausgang finden würde. Vor Wut ballte sie die Fäuste und kroch an der Wand entlang. Stieß gegen eine Wasserflasche und trank gierig. Jetzt konnte sie endlich wieder einen klaren Gedanken fassen und über die Dinge nachdenken, die sich ereignet hatten.

Sie war durch ein Geräusch geweckt worden, ein entfernter Ruf, den sie auch jetzt noch ganz deutlich hörte, wenn sie sich konzentrierte. Dann waren Ulla und sie aus dem Zelt nach draußen geschlüpft und Hand in Hand über die Lichtung geschlichen. Und sie hatte wieder das Gefühl gehabt, als würden sie beobachtet werden, als würde jemand in einem Baum sitzen und wie ein Raubvogel regungslos zu ihnen herunterstarren, um dann überraschend zuzuschlagen. So war es auch geschehen. Aber es waren nur schattenhafte Erinnerungen, verschwommen und fragmentarisch. So als hätte jemand eine Milchglasscheibe in ihrem Kopf installiert, die jede Klarheit in einem grauen Nebel verschwinden ließ.

Was war wirklich geschehen und wo war Ulla? Wieso war sie nicht bei ihr?

„Immer zusammen, niemals allein", flüsterte sie und klopfte mit der Faust gegen die Wand. Aber sie war jetzt allein und würde es immer bleiben, dachte sie mutlos. Sie hatte ihre andere Hälfte verloren.

Sie war eine Gefangene, eine Gefangene ihrer eigenen Ängste, eine Gefangene dieses Mannes, der sie unter Drohungen hierhergeschleppt hatte. Ihr würde nichts passieren, das hatte ihr der Mann versprochen, sie musste sich nur ruhig verhalten. Auf gar keinen Fall dürfe sie schreien, dann würde alles wieder gut werden. Doch das bezweifelte sie. Nichts würde gut werden, sie würde hier nicht wieder lebendig herauskommen, nein, das war ganz ausgeschlossen, nicht nach dem, was sie mitbekommen hatte.

Mit einer unendlichen Langsamkeit, die sie ganz kribbelig machte, gewöhnten sich ihre Augen schließlich doch an die Dunkelheit, und sie konnte zumindest erahnen, wie das Gefängnis aussah, in dem sie sich befand. Es war ein Bunker, das erkannte sie an dem fugenlosen Beton, der sich wie gegossen über Boden, Wände und Decken zog. Dieser Würfel erinnerte sie an einen Bernstein, mit ihr als exotischem Insekt darin gefangen wie in einer glänzenden Hülle, in der es nur eine Tür gab, die der Mann verschlossen hatte.

Erneut griff sie sich an den Kopf, zuckte zusammen, als sie die Wunde spürte. Es war also doch wirklich und kein Traum. In dem Bunker war sie aufgewacht und hatte keine Ahnung, wo sie war.

Plötzlich kam ihr etwas in den Sinn, und sie lehnte sich an die Wand, tastete an ihrem Bein entlang nach unten, die Augen starr in die Dunkelheit gerichtet, so als würde sie auf geheime Kameras achtgeben müssen, die sie rund um die Uhr beobachteten. Mit ihren Fingerspitzen erreichte sie den Rand ihrer Sneakers, fuhr über die ausgefransten Enden, schob einen Finger zwischen Bein und Stoff, spürte das Plastik und zog es langsam heraus.

Es war ein Prepaidhandy, das eine Nummer gespeichert hatte, eine Nummer, die sie anrufen würde, um die Stimme zu hören, die Stimme, die sie retten würde. Trotzdem war sie sich nicht sicher, ob sie beobachtet wurde, deshalb ließ sie das Handy in ihrer hohlen Hand verschwinden, wünschte sich selbst, auch unsichtbar zu werden, mit einer Tarnkappe auf dem Kopf aus diesem Bunker zu verschwinden und hinaus in das Licht zu treten. Aber das war nicht möglich, deshalb musste sie telefonieren.

Mit geschlossenen Augen drückte sie auf die Kurzwahltaste, doch nichts passierte. Wieder und immer wieder drückte sie die

Taste, presste das Handy an ihr Ohr, aber sie hörte nichts, nur ein entferntes Rauschen, das sie an einen Ozean erinnerte, ein Meer aus Daten, Signalen und Wellen, in denen ihr digitaler Hilferuf einfach verschluckt wurde oder überhaupt nicht nach draußen drang, denn in dem Betongefängnis des Bunkers gab es keinen Empfang.

Als Britta begriffen hatte, dass kein Kontakt zur Außenwelt möglich war, ließ sie die Hand mit dem Handy sinken und lehnte ihren Kopf an den kalten Beton. Sie schlug mit den Fäusten gegen ihre Schläfen, und die Wunde platzte auf, Blut lief über ihre Wange, aber das bemerkte sie nicht. Sie wünschte sich nur, alles wäre niemals passiert und sie noch immer mit Ulla zusammen. Britta begann zu weinen, zwirbelte ihre blutverkrusteten blonden Haare und ihre Tränen tropften auf das blutverschmierte T-Shirt.

Als ihre Tränen getrocknet waren, hörte sie das Geräusch. Augenblicklich war sie auf den Beinen und strich ängstlich an den glatten Betonwänden entlang, weg von dem engen Durchlass in den Gang.

„Hallo! Ist da jemand?“ Ihre Stimme zitterte und sie musste vor Aufregung heftig schlucken. Wenn das ihre Schwester war, dann konnte alles ja auch nur ein böser Traum sein, aus dem sie bald erwachen würde.

„Bist du das? Bitte erschrecke mich nicht so!“

Stille, nichts als Stille umhüllte sie. Trotzdem wusste sie, dass jemand in dem Bunker war. Panisch riss sie die Augen auf, versuchte durch die Düsterheit etwas zu erkennen. Ihre Augen hatten sich so weit an die Finsternis gewöhnt, welche die Dunkelheit in ein verwaschenes Schwarz verwandelte, das manchmal Konturen zum Vorschein brachte. Am Rande dieser Linien zog sich Britta entlang, um diese Umrisse zu einer Umgebung zusammenzufügen. Bei dem niedrigen Eingang des Bunkers wuchsen diese Konturen zu einem

Wesen zusammen, zu einem Mann, der regungslos an der Wand lehnte. Auf dem Kopf trug er ein merkwürdiges Eisengestell und vor den Augen dicke Brillengläser, durch die er sie unentwegt anstierte.

„Wer sind Sie?", flüsterte sie.

Doch der Mann antwortete nicht, sondern starrte sie bloß weiter regungslos an.

„Bitte tun Sie mir nichts!"

Es war nur mehr ein Wispern, das sie hervorstieß, als sie sich in der hintersten Ecke des Bunkers verkroch, dort, wo das Dunkel am dunkelsten ist. Sie schloss die Augen, wollte nichts mehr sehen, wollte, dass dieser Albtraum endlich verschwand. Als sie nichts mehr hörte, wagte sie es, wieder die Augen zu öffnen.

Der Mann war plötzlich weg, und Britta glaubte noch, dass ihr ihre Fantasie einen Streich gespielt hätte, doch dann bemerkte sie, dass auch ihre rote Strickjacke verschwunden war.

12

Das Bild der toten Ulla wollte nicht aus seinem Kopf, als Braun nach Hause kam. Deshalb führte ihn sein erster Weg auch zum Kühlschrank, wo er sich eine Dose Bier genehmigte, um den Stress des Tages abzubauen. Er setzte sich an den Küchentisch und ließ den Tag noch einmal Revue passieren. Weshalb war nur eines der Mädchen ermordet worden? Wo war das andere Zwillingsmädchen? War es verschleppt worden oder in Panik geflohen? Aber dann hätte die Suchmannschaft sie bereits gefunden. Also hatte sie der Mörder entführt. Um in Ruhe sein grausames Spiel mit ihr zu treiben?

War Britta bereits tot? Aber dann hätte man sie doch finden müssen, die Suchmannschaft war den ganzen Tag im Böhmerwald unterwegs gewesen. Morgen würde er auch die tschechischen Kollegen bitten, sich an der Suche zu beteiligen. Die neuerliche Befragung von Manuel Kühbauer hatte auch nichts Neues ergeben. Manuel war bei seiner Aussage geblieben, dass er aus dem Zelt getorkelt sei und im dunklen Wald die Mädchen gesucht habe, dabei sei er über die tote Ulla gestolpert und Britta sei verschwunden gewesen. Bei der Blutabnahme hatte er noch über 1,3 Promille Alkohol im Blut, das deckte sich mit seiner Aussage.

Seufzend zog Braun die Ausdrucke der toten Ulla aus seiner Jackentasche und fächerte sie auf dem Küchentisch auf. ‚Was willst du mir sagen?', dachte er und bildete sich ein, die Gestalt auf dem Foto würde sich aufbäumen, um ihm eine Botschaft mitzuteilen. Er kniff die Augen zusammen und starrte so lange auf das Bild, bis die Konturen zu einem einzigen Brei aus Blut und Tod verschwammen.

„Das geht jetzt zu weit!" Die Stimme von Margot riss ihn aus dieser geheimen Kommunikation mit der toten Ulla. Das Bild wurde wieder nichtssagend und brutal grausam.

„Du kannst nicht diese entsetzlichen Bilder hierher mitnehmen." Mit einem Schwung stellte Margot ihren Einkaufskorb mitten auf die Bilder. „Ich will nicht, dass du deine Mordfälle mit nach Haus bringst."

„Du regst dich auf, wenn ich bis spät in die Nacht im Präsidium sitze, ermittle und dort übernachte. Und jetzt stört es dich, dass ich zu Hause über einen Mordfall nachdenke, der sich heute ereignet hat."

„Ich hab's in den Nachrichten gehört. Ein junges Mädchen ist ermordet worden, oben an der tschechischen Grenze. Aber du musst auch einmal abschalten. Los, hilf mir beim Kochen!" Sie fuhr sich durch die blonden Haare.

„Ich verstehe nicht, dass du so einfach das Thema wechseln kannst." Braun schüttelte den Kopf. Ja, es war schwer, seine Frau zu verstehen. Sie hatte sich verändert, genauso wie er ein anderer geworden war. Es war im Grunde nie etwas Dramatisches passiert, es hatte eine schleichende Entfremdung stattgefunden, die sich jetzt manchmal in heftigen Streits ihren Weg an die Oberfläche bahnte.

„Was glaubst du? Soll ich bei jedem Mord, von dem ich im Radio höre, in Tränen ausbrechen?“, fragte Margot und legte verärgert das Gemüse in die Spüle. „Ich hatte heute einen anstrengenden Tag im Bio-Laden, fast keine Kunden und wie immer zu wenig Umsatz. Und jetzt sehe ich ein aufgeschlitztes Mädchen auf den Fotos. Das reicht mir einfach.“

„Ich habe es verstanden. Das wird auch nicht mehr vorkommen.“

„Ein Glück, dass Jimmy das nicht mitbekommen hat. Das würde ich dir nie verzeihen.“

„Jimmy geht es gut in dem Ferienlager. Ich habe heute mit ihm telefoniert“, antwortete Braun und musste dabei lächeln, als er an seinen neunjährigen Sohn dachte. Jimmy war ein aufgeweckter Junge, der einen Dickschädel hatte und gleichzeitig überaus sensibel war, also das genaue Ebenbild seines Vaters. „Er macht viel Sport, hat mit dem Boxen angefangen.“

„Boxen? Der Junge ist doch dafür noch viel zu jung.“ Margot drehte sich zu Braun und lehnte sich an die Spüle. „Warum lernt er nicht eine intelligente Sportart, so wie Golfspielen?“

„Golf? Das ist doch nur etwas für reiche Schnösel.“ Braun schüttelte den Kopf. „Das kommt nicht infrage.“

„Bloß, weil du aus einer Hausmeisterfamilie kommst, muss doch nicht alles blöd sein, was die Reichen machen. Da würde Jimmy sicher auch wichtige Kontakte knüpfen, die ihm für später nützlich sein können.“

„Der Junge soll einfach eine glückliche Jugend haben und Dinge tun, die ihm Spaß machen. Das ist alles.“

„Stimmt“, lenkte Margot ein. „Du hast ja recht. Tut mir leid, wenn ich so negativ aufgeladen bin, aber im Laden läuft es einfach nicht rund.“ Seit Beginn der Wirtschaftskrise waren die Leute immer weniger bereit, für biologische Lebensmittel und

Fair-Trade-Klamotten mehr Geld auszugeben. Deshalb lief der Laden auch schlecht, und Margot hatte die Befürchtung, dass sie bald zusperren müsste. Doch im Augenblick ließ sie sich diese Ängste nicht anmerken, sondern beugte sich spontan vor und gab Braun einen Kuss auf die Stirn. „Steht dir gut, wenn du dich nicht rasierst", meinte sie sanft, und für einen kurzen Moment war sie wieder da, diese Liebe, die sie vor zehn Jahren so verrückt nach einander gemacht hatte.

Diese momentane Vertrautheit war jetzt aber auch ein guter Zeitpunkt, um mit der Frage herauszurücken, die Braun schon den ganzen Tag neben dem Mordfall beschäftigt hatte und die wie ein schwarzer Schatten nicht von seiner Seite wich.

„Was hältst du davon, wenn ich mich beruflich verändere und ein besseres Einkommen erhalte?", meinte er ganz nebenbei, während er Tomaten für den Salat in dünne Scheiben schnitt.

„Was soll das heißen, beruflich verändern?" Margots Stimme bekam einen besorgten Unterton und zitterte leicht. „Hast du Probleme in deinem Job? Etwa mit Greg?" Margot kannte natürlich Brauns Chef von verschiedenen gemeinsamen Abendessen, doch Gregs Machosprüche und seine Liebe zu schnulziger Countrymusik hatten ihn Margot nicht gerade sympathisch gemacht.

„Wieso Greg? Nein, der geht doch in einem Monat in Pension. Es ist etwas ganz anderes." Braun räusperte sich und schnitt bedächtig eine Tomate nach der anderen. „Ich hatte die ganze Woche ein Training in Tschechien."

„Ich weiß, das ist die grenzüberschreitende Zusammenarbeit mit der tschechischen Polizei."

„Das stimmt so nicht ganz. Es war ein EUROPOL-Training."

„Wo liegt da der Unterschied?", fragte Margot und trocknete sich mit einem Geschirrtuch die Hände. „Was möchtest du mir eigentlich sagen?"

„Dieses EUROPOL-Training war ein Kandidatentraining. Es sind Polizisten aus ganz Europa beteiligt. Die Kandidaten, die am besten abschneiden, haben die Chance, zu einer Spezialeinheit von EUROPOL zu kommen."

„Was macht ihr da bei EUROPOL?" Margot bemühte sich um einen neutralen Gesichtsausdruck, aber Braun konnte ganz deutlich spüren, dass sie sich ziemlich zusammenreißen musste, um nicht sofort alle Fragen zu stellen, die ihr auf der Zunge lagen.

„Es geht um die grenzüberschreitende Verbrechensbekämpfung. Hauptsächlich Menschenhandel, illegale Prostitution und Geldwäsche."

„Klingt doch ganz gut", sagte Margot kurz angebunden, denn natürlich ahnte sie, dass bei der ganzen Sache ein Haken war. Sie konnte in seinen Gedanken lesen wie in einem Buch, da machte er ihr nichts vor.

„Wir müssten allerdings nach Brüssel ziehen, in die Zentrale."

„Kommt nicht infrage", sagte sie spontan. Schlagartig war es vorbei mit der Harmonie, die noch vor Kurzem geherrscht hatte. Margot ließ die Pfanne sinken, in die sie gerade die Fleischstücke geben wollte, und ging hinüber in das geräumige Wohnzimmer.

„Was wird dann aus Jimmy? Hast du darüber schon nachgedacht?"

„In Brüssel gibt es internationale Schulen, da lernt er Fremdsprachen und hat sicher schnell neue Freunde. Ich wäre da in einem Team mit Pavel und Francesca, wenn sie das Ausleseverfahren bestehen."

„Pavel und Francesca? Wer sind die beiden?"

„Pavel Hajek ist mein tschechischer Kollege und Francesca Alicante arbeitet bei der Mordkommission in Barcelona."

„Warten wir ab, ob du das Ausleseverfahren bestehst."

„Es sieht gut aus."

„Warum willst du nicht in Linz bleiben? Hast du hier keine Möglichkeiten?"

„Doch. Wagner, der Polizeipräsident, hat heute mit mir gesprochen. Ich könnte Chef der Mordkommission werden, wenn Greg in Pension geht."

„Du wirst das ablehnen, oder? Du hast dich doch schon entschieden. Das spüre ich."

Schwungvoll öffnete Margot die Terrassentür und trat hinaus. Als Braun ihr nachging und einen Arm um ihre Hüfte legte, rückte sie von ihm ab.

„Lass das bitte. Das war ziemlich schäbig, dass du mir nichts von diesem Ausleseverfahren erzählt hast. Und dann auch noch Brüssel, da regnet es doch immer." Sie drehte sich zu Braun und sah ihn prüfend an, erforschte sein Gesicht, versuchte wahrscheinlich hinter seine Maske zu gelangen, dort wo seine geheimen Wünsche lagen. Margots Augen waren noch immer so hell und klar wie die Luft nach einem plötzlichen Regenschauer im Sommer. In diese Augen hatte er sich verliebt, doch das war schon lange her.

13

Vorsichtig schlich er in seine Kammer, die unter dem Dach lag. In der Dachschräge hatte er ein Brett der Holzverschalung gelöst und in dem Hohlraum dahinter seine Schätze versteckt. Jetzt würde ein weiterer Schatz dazukommen. Er wühlte in seinem Rucksack herum und zog eine rote Strickjacke hervor. Sie war völlig mit Blut besudelt, trotzdem glänzten die silbernen Zierfäden in den Nähten in dem trüben Licht seiner Tischlampe wie ein geheimes Versprechen, wie ein Pakt, den er mit dem blonden Mädchen eingegangen war.

Leise zog er seine Schuhe aus und legte sich auf das Bett, dachte an den Bunker und das Mädchen. Mit geschlossenen Augen griff er nach der Jacke, krallte seine Finger in den Stoff, strich wütend, dann wieder zärtlich über die silbrigen Nähte, schob die Jacke höher und höher, um sie dann über sein Gesicht zu legen. Gierig atmete er den Duft des Mädchens ein. Es war ein Geruch nach Blut, Schweiß und Angst, ja, er atmete ihre Angst ein, um sie ihr zu nehmen. Immer heftiger sog er diese Angst in sich hinein, bis in der Jacke nichts mehr übrig blieb als ein Geruch nach frischen jungen Mädchen.

„Essen, Leo!“, rief ihn eine blecherne Stimme von unten, die gleich darauf von einem heftigen Hustenanfall erstickt wurde.

„Ja, ich komme.“ Ausgerechnet jetzt, ausgerechnet in dem Moment, in dem er das schimmernde Haar auf der Jacke entdeckt und es auf sein Gesicht gelegt hatte. Dieses helle Haar, das wie ein Goldfaden glitzerte und funkelte und ihm zeigte, dass dieses Mädchen ihm gehörte. Nur ihm ganz alleine.

„Hast du nicht gehört. Das Essen steht auf dem Tisch!“

„Ja, ja, bin schon unterwegs.“ Wohin mit dem Goldhaar? In die Schublade? Nein, dort würde es verschwinden, verweht werden und wäre unrettbar verloren. Also in ein Buch. Ja, ein Buch, aber im Regal war nur ein Kinderbuch, ein zerlesenes Abenteuerbuch, übrigens das einzige Buch, das ihn je interessiert hatte. Gut, gut, dann legen wir das Haar in das Buch. Als er das Buch zuklappte, hörte er bereits die schweren Schritte auf der Treppe, und kurz darauf wurde seine Tür so heftig aufgerissen, dass sie an die Wand schlug und das ganze Zimmer zum Beben brachte.

„Hast du Dreck in den Ohren?“ Joe, sein Bruder, stand raumfüllend da, stemmte die Arme in die Seiten und maß ihn von oben bis unten.

„Mutter will, dass wir gemeinsam essen. Also los, oder muss ich dich hinuntertragen?“

„Nein, ich habe nur gelesen.“ Zum Beweis hielt Leo das Buch in die Höhe. „Nur ge-gelesen“, wiederholte er und ärgerte sich über sein Stottern, das ihm immer wieder passierte, wenn er nervös war.

„Du kannst doch gar nicht lesen“, höhnte sein Bruder und tippte sich an die Stirn. „Dafur braucht man Grips.“

„Ich habe Grips, ich kann lesen“, widersprach er. „Außerdem mögen mich die Mädchen.“ Verdammt, das hätte er jetzt nicht rauslassen sollen. Erschrocken hielt er sich die Hand vor den Mund, aber es war zu spät, die Worte hatten bereits seinen Mund verlassen wie die Vögel ihr Nest.

„Was? Spionierst du schon wieder den Mädels hinterher?" Joe kam drohend näher. „Ich will das sofort wissen."

„Nein, nein. Das war nur so dahergeredet. Das steht da in dem Buch, da ist auch ein Mädchen mit zwei Jungen unterwegs und erlebt Abenteuer. Deshalb habe ich das gesagt."

„Mann, du bist echt bescheuert." Mitleidig schüttelte Joe den Kopf. „Liest noch immer Kinderbücher. Los komm, sonst wird das Essen kalt."

Joe drehte sich um und stapfte zur Tür. Er musste den Kopf einziehen, um nicht an den Türbalken zu stoßen. Ja, sein Bruder Joe war groß und klug, er machte Geschäfte mit den tschechischen Soldaten. Aber zurzeit versteckte er sich die meiste Zeit im Keller ihres Hauses vor den Behörden, die ihn wegen illegalen Waffenhandels suchten. Von ihm hatte er die metallenen Taiga Arrows, seine Metallpfeile, geschenkt bekommen, diese lautlosen Todesboten.

Mit der Hand strich Leo über das Buch, das auf dem Tisch lag und in dem das Haar ruhte, dieses blonde Versprechen. Aber das war noch nicht alles. Unauffällig glitt sein Blick zu der Holzverkleidung der Dachschräge. Dort war sein kostbarster Schatz, die Jacke des Mädchens. Bald würde er dieses Mädchen aus dem Bunker holen und sie seinem Bruder vorstellen, vielleicht auch seiner Mutter. Aber da war er sich nicht so sicher. Joe konnte mit Mädchen umgehen, das hatte er schon öfter beobachtet, wenn er mit seinem Nachtsichtgerät durch Joes Fenster geblickt hatte, wo Joe mit einem dieser tschechischen Mädchen, die überall an den Straßen standen, im Bett gelandet war, schreiend, laut, gewalttätig.

Und jetzt hatte er auch ein Mädchen für sich, und deshalb ging er gut gelaunt die Treppe hinunter in die spartanisch möblierte Wohnküche. Während er an dem abgeschlagenen Tisch saß und schweigend seine Suppe schlürfte, beobachtete er verstohlen seine Mutter und wunderte sich, wie sie es schaffte, mit der gleichen Hand den Löffel und eine Zigarette zu halten. Dann glitten seine Gedanken wieder zurück in den Bunker, wo das Mädchen auf ihn wartete, wie ein Geschenk, das ganz alleine ihm gehören würde.

14

Braun kam mürrisch in sein Büro, hatte kaum geschlafen, die Atmosphäre zu Hause war angespannt gewesen, denn Margot hatte ihm seine Lüge über das EUROPOL-Training noch immer nicht verziehen und ihm nur einen flüchtigen Kuss auf die Wange gedrückt, als er in der Früh die Wohnung verließ.

Während er einen Kaffee trank, um seine grauen Zellen wieder zu aktivieren, checkte er seine Mails, um zu sehen, ob es einen Hinweis oder eine Spur von der verschwundenen Britta gab. Die Suchmannschaften hatten bis spät in die Nacht den Wald durchsucht und die Bewohner der einsamen Gehöfte befragt. Es waren eine Menge Hinweise eingegangen, die alle überprüft werden mussten. Braun hatte dafür mehrere Polizeischüler angefordert, die jetzt alle in einem eigenen Raum diesen Hinweisen nachgingen.

Plötzlich öffnete Polizeipräsident Wagner die Tür, und er wirkte verdammt ausgeschlafen, so als wäre er bereits seit Stunden wach. Wortlos legte ihm Wagner die Morgenausgabe einer Zeitung auf den

Schreibtisch. Die Schlagzeile ließ an Deutlichkeit nichts zu wünschen übrig: „Tragödie um schöne Zwillinge. Polizei tappt im Dunkeln."

„Da haben wir die Bescherung", seufzte Wagner. „Der Fall ist noch ganz frisch und schon sitzt uns die Presse im Nacken. Wenn wir nicht bald einen Verdächtigen präsentieren können, dann lyncht uns die Öffentlichkeit."

„Im Augenblick machen wir uns ein Gesamtbild und verfolgen verschiedene Spuren. Später werde ich mir einmal diese Umweltgruppe genauer ansehen. Und dann gibt es auch noch Manuel Kühbauer."

„Ach ja, der Zeuge. Was halten Sie von ihm?"

„Er ist verdächtig, aber für mich kein Mörder. Und er bleibt bei seiner Aussage."

„Machen Sie Druck, Inspektor. Präsentieren Sie ihn meinetwegen als Verdächtigen, auch wenn wir noch nicht genügend Indizien haben. Wo ist eigentlich Keller?", fragte er dann und blickte sich suchend um.

„Keller sitzt nicht unter meinem Schreibtisch, sondern ist in seinem Büro", sagte Braun und gestattete sich ein leichtes Lächeln.

„Ach, Sie mit Ihrem eigenartigen Sinn für Humor", antwortete Wagner und verschwand im Nebenzimmer.

„Ich habe einen Anschiss bekommen", sagte Greg wenige Minuten später, als er zu Braun ins Büro kam. „Wagner, dieser Karrierist, sitzt mir im Nacken. Er und dieser ehrgeizige Staatsanwalt Ritter machen mir die Hölle heiß. Ritter will, dass wir diesem Manuel ein Geständnis entlocken."

„Aber das ist doch mein Fall. Ich habe gerade mit Wagner darüber gesprochen. Da klang alles nicht so schlimm."

„Wagner ist ein Mann, der mit gespaltener Zunge spricht, würden die Indianer sagen. Er spielt uns gegeneinander aus. Zu dir ist er freundlich und mich setzt er unter Druck. Damit er einen Sündenbock hat, wenn wir den Fall verbocken."

„Das tun wir nicht", antwortete Braun und wunderte sich einmal mehr über Gregs Verfassung. Er wirkte äußerlich ruhig und gelassen, manchmal vielleicht ein wenig zu ruhig, aber Braun spürte, dass es in seinem Inneren brodelte und er mit Problemen kämpfte, die ihm längst über den Kopf gewachsen waren.

„Ich treffe jetzt Magnus Herzfeld", sagte Braun. „Willst du mitkommen?"

„Herzfeld?" Greg sah ihn fragend an.

„Das ist der Sozialarbeiter, der die Wohngemeinschaft betreut, in der Ulla und Britta gelebt haben."

Die Wohnung befand sich in einem umgebauten Kloster und lag mitten in der Stadt in einer engen Seitengasse der Landstraße, der Shoppingmeile von Linz. Auf den ersten Blick merkte man, dass es ein ehemaliges Kloster war, denn die Fenster zur Straße waren klein wie Schießscharten und alle vergittert. Von außen betrachtet wirkte das riesige Haus wie ein mittelalterliches Gefängnis. Ein Eindruck, der sich auch nicht besserte, als sie durch ein großes Tor in einen zugeparkten Hof fuhren. Der Innenhof war von Arkaden eingefasst, die einen Miniaturkreuzweg bildeten, aber die Heiligenporträts waren durch moderne Plastiken ersetzt worden. Hier hatten die einzelnen Wohnungen winzige Balkone, auf die man gerade einen Stuhl stellen konnte. In der Mitte des Hofs ragte ein großer knorriger Baum in die Höhe, der aber trotz des Sommers beinahe ohne Blätter war und einen abgestorbenen Eindruck machte. Unter diesem Baum stand ein Mann mit verschränkten Armen und wartete bereits auf sie.

„Magnus Herzfeld. Ich bin der Sozialarbeiter", begrüßte er Braun und Greg. Herzfeld war blond, braun gebrannt und gut aussehend, er hätte eher auf einen Tennisplatz gepasst als in diese triste Umgebung. ‚Höchstwahrscheinlich sind alle Mädchen in der Wohngemeinschaft insgeheim in ihn verknallt', dachte Braun. Britta und Ulla waren da sicher keine Ausnahme.

„Schrecklich, was da passiert ist", sagte Herzfeld, nachdem er gewissenhaft die Ausweise von Braun und Greg kontrolliert hatte. „Hoffentlich finden Sie die arme Britta bald. Das ist eine Tragödie. Was muss das arme Mädchen nur durchmachen, so in der Gewalt eines Verrückten."

„Wie kommen Sie darauf, dass es ein Verrückter ist?", fragte Braun, während sie die Treppe nach oben in die Wohnung gingen. Sie traten in einen engen Flur, von dem mehrere Türen abgingen, die alle geschlossen waren. An einer Wand lehnte ein breiter Spiegel und daneben lagen einige Paar Schuhe.

„Die Mädchen sind ein wenig unordentlich", entschuldigte sich Herzfeld und wies auf die Schuhe.

„Wieso sollte ein Verrückter Britta entführt haben?", fragte Braun erneut.

„Nun, wer sollte das denn sonst machen? Das kann nur ein Verrückter gewesen sein", gab Herzfeld zur Antwort.

„Man muss nicht unbedingt nur verrückt sein, um solch eine Tat durchzuführen. Da gibt es noch andere Motive wie Hass, Eifersucht, vielleicht auch enttäuschte Liebe", meinte Braun.

Ein Mädchen mit blauen Haaren und großen Piercings in Nase und Wange sah kurz aus ihrem Zimmer und knallte dann sofort die Tür wieder zu.

„Wer war das?", fragte Braun.

„Das ist Anja. Sie wohnt noch hier. Das Mädchen ist natürlich geschockt. Britta war sehr beliebt, auch bei den früheren WG-Mitbewohnerinnen", sagte Herzfeld entschuldigend. „Sie hat immer ein Ohr für die Probleme und Nöte der anderen gehabt. Und sie ist sehr ehrgeizig, wollte studieren und hat vor ein paar Tagen auch den Bescheid für ein Stipendium bekommen. Britta will etwas aus ihrem Leben machen."

„Hat sie einen festen Freund?"

„Nein, das hätte sie sicher erzählt. Britta ist sehr mitteilsam."

„Sie reden nur von Britta. Aber ihre Zwillingsschwester Ulla ist tot. Ist Ihnen das völlig egal?" Greg klang entrüstet, und Braun mutmaßte, dass ihm der Mord an dem Mädchen näher ging, als sich Greg das eingestehen wollte. „Sie haben noch kein Wort des Bedauerns über Ulla verloren."

„Natürlich tut es mir um Ulla leid, das ist doch klar", antwortete Herzfeld auf Gregs Frage und bemühte sich, ein betroffenes Gesicht zu machen.

„Hatte Ulla denn einen Freund?" Braun wollte das Gespräch nicht abreißen lassen.

„Nein, sie war nicht der Typ für eine feste Beziehung."

„Was heißt das im Klartext?", hakte Braun schnell nach.

„Nun, Ulla war speziell, sehr speziell, wenn Sie verstehen, was ich damit meine", druckste Herzfeld herum.

„Ich verstehe nicht, tut mir leid." Braun blieb mit Herzfeld auf dem Flur stehen. Greg ging inzwischen zielstrebig weiter und öffnete im hinteren Teil des Flurs eine Tür. Ehe er eintrat, rief er noch über die Schulter zurück:

„Ich sehe mich mal im Zimmer von Britta und Ulla um."

„Willst du nicht auf mich warten?"

„Ich brauche kein Kindermädchen."

Braun schüttelte den Kopf und drehte sich wieder zu Herzfeld.

„Was bedeutet speziell?"

„Nun." Herzfeld beugte sich ganz nahe zu Braun und seine Stimme war nur ein Flüstern. „Man darf das nicht laut sagen, aber

Ulla hatte eine leichte dissoziative Störung, das haben die Psychiater herausgefunden. Das hängt wahrscheinlich mit dem kindlichen Trauma der Mädchen zusammen."

„Ich weiß, die Zwillinge wurden als Waldmädchen bezeichnet, weil sie als Kinder eine Zeit lang neben ihren toten Eltern im Haus im Wald alleine lebten."

„Genau. Britta hat das gut weggesteckt, aber Ulla bekam einen Knacks. Sie kannte zum Beispiel nicht den Unterschied zwischen Gut und Böse."

Braun strich sich über die Bartstoppeln.

„Reden wir doch Klartext. Ulla war also böse. Was genau hat sie denn gemacht?"

„Ich bin auch die Vertrauensperson der Mädchen und darf daher keine Informationen weitergeben." Herzfeld zog die Stirn in Falten, machte einen verzweifelten Eindruck. „Die Mädchen vertrauen mir."

„Hier geht es um Mord, das ist Ihnen doch hoffentlich klar. Jemand hat Ulla ermordet, und wenn sie so unbeliebt war, wie Sie behaupten, dann gibt es ja sicher jemanden, der ein Motiv gehabt hätte."

„Na gut. Sie hat die Tagebücher der anderen Mädchen gestohlen und sie dann mit privaten Dingen erpresst, die sie dort gelesen hat. Sie hat Geld verlangt. Hat den Mädchen gedroht, dass sie alles ins Internet stellen wird."

„Wussten Sie davon?"

Herzfeld nickte bejahend.

„Ich habe Ulla zwar des Öfteren zur Rede gestellt, aber sie hat das abgestritten. Die anderen Mädchen wollten natürlich keine Gegenüberstellung mit ihr, deshalb ist nichts dabei herausgekommen. Alle haben sich davor gefürchtet, dass sie ihre Geheimnisse ausplaudert."

„Hat Ulla vielleicht auch Sie mit etwas erpresst?"

„Mich? Wie kommen Sie darauf? Nein, natürlich nicht." Herzfeld antwortete eine Spur zu schnell, zu laut und sah dabei auf den Boden. Es war also eine glatte Lüge, aber Braun wollte Herzfeld nicht sofort damit konfrontieren, sondern zunächst noch mehr Informationen. Und dazu musste Herzfeld kooperativ sein.

„Weshalb war Ulla gegen eine feste Beziehung?", wechselte Braun das Thema.

„Sie mochte eben keine feste Beziehung, aber natürlich hatte sie gewisse Freunde."

„Was sind gewisse Freunde?", unterbrach ihn Braun und hob die Stimme.

„Na, sie hatte eben Freunde für gewisse Dinge, Sie wissen schon?"

Plötzlich fiel bei Braun der Groschen.

„Ach, Sie meinen, sie war leicht für Sex zu haben."

Herzfeld nickte wortlos.

„Hatten Sie Sex mit ihr?"

„Wo denken Sie hin? Ich bin Sozialarbeiter und darf doch nichts mit meinen Schützlingen anfangen. Ulla bekam viele Geschenke von ihren Verehrern."

„Was für Geschenke. Sind die in ihrem Zimmer?"

„Nein, sie hat alles nach und nach verkauft. Ulla hatte immer chronische Geldnot. Sie verdiente auch nicht sehr viel in ihrem Job."

„Ehe ich es vergesse: Wo waren Sie in der Nacht der Sommersonnenwende?" Braun wechselte schnell die Inhalte seiner Fragen, um Herzfeld keine Zeit zum Überlegen zu geben. Auf diese Weise konnte man die Reaktion testen.

„Ich war alleine im Kino und anschließend in der Altstadt noch etwas trinken." Herzfeld zuckte mit keiner Wimper, so als hätte er sich die Antwort auf diese Frage schon früher zurechtgelegt.

„Gibt es dafür Zeugen?"

„Möglich. Aber es war viel los an diesem Abend. Überall auf den Hügeln brannten die Sonnwendfeuer. Es herrschte Partystimmung, da erinnert man sich nicht an einzelne Personen."

„Woher wissen Sie von den Sonnwendfeuern? Hier in Linz sieht man doch keine?", fragte Braun und beobachtete die Reaktion von Herzfeld.

„Aber das ist doch bekannt", antwortete Herzfeld ohne die geringste Nervosität.

„Ich werde Ihr Alibi natürlich überprüfen. Weshalb konnten Britta und Ulla denn über Nacht allein in den Böhmerwald?"

„Die Zwillinge sind siebzehn und die Regeln gelten nur bis zum vollendeten sechzehnten Lebensjahr. Wenn sie älter sind, können die Mädchen tun und lassen, was sie wollen. Sie müssen nur die Hausordnung einhalten. Außerdem war Manuel mit ihnen unterwegs."

„Kennen Sie Manuel Kühbauer?"

„Ja, er ist Mechaniker auf einem Gebrauchtwagenplatz, drüben in Urfahr. Dort gibt es auch eine kleine Garage, wo er herumbastelt."

„Hatte er ein Verhältnis mit Ulla?"

„Nein, sie wollte das nicht. Das hat er mir einmal im Vertrauen bei einem Bier erzählt."

„Sie sind eine Art Beichtvater, wie mir scheint."

„Manuel ist auch ein Heimkind, da kennt man sich eben."

Als sie an der Küche vorbeikamen, blieb Braun erneut stehen und trat ein.

„Wie haben denn die Mädchen die Hausarbeit geregelt?", fragte er, denn er konnte sich nicht vorstellen, dass Ulla daran besonders interessiert gewesen war.

„Es gibt einen Wochenplan." Herzfeld deutete auf einen Zettel, auf dem allerdings nur noch Ulla, Britta und Anja standen, die restlichen Namen waren ausgestrichen.

„Haben nur diese drei Mädchen hier gewohnt?"

„Ja, alle anderen waren volljährig und sind ausgezogen. Wahrscheinlich wegen Ulla."

Braun sagte nichts, sondern öffnete den Kühlschrank. Er sah die übliche Supermarktware, aber auch russischen Kaviar und Fischpasteten.

„Die Mädchen haben es sich aber gut gehen lassen", meinte er und deutete auf die Dosen.

„Das gehört Ulla. Das sind eben die Geschenke, die sie erhalten hat."

„Woher wissen Sie das?"

„Die anderen Mädchen beschriften ihre Dosen und Flaschen. Ulla hat so etwas ziemlich spießig gefunden."

„Tja, wie man es nimmt", antwortete Braun unbestimmt und holte ein paar Latexhandschuhe aus seiner Jacke. Während er Ullas Luxusdelikatessen in eine Plastiktüte steckte, drehte er sich zu Herzfeld.

„Na gut, sehen wir uns einmal das Zimmer der Mädchen an."

Als sie vor dem Zimmer von Ulla und Britta standen, fragte Braun nebenbei:

„Mit welchen Männern hatte Ulla denn nun Sex. Hat sie Ihnen davon erzählt?"

„Nicht direkt. Ulla hat nur damit geprahlt, dass sie einen gestandenen Kerl am Haken hat, den sie um den Finger wickelt. Wie sie das anstellt, das liegt doch wohl auf der Hand."

15

Mit dem Morgengrauen war Leo schon auf den Beinen gewesen und hatte sich schnell angezogen. Ganz leise war er die Treppe hinuntergeschlichen und stahl sich nach draußen. Sein Bruder Joe hatte schnarchend auf dem Diwan in der guten Stube gelegen, in dem Aschenbecher auf dem Boden lagen einige ausgedrückte Joints. Leo hatte einen schnellen Blick in die Küche riskiert, aber seine Mutter war bereits im Hühnerstall, um die Eier einzusammeln. Bisher hatte ihn wahrscheinlich niemand vermisst.

Er winkte Ginger, seine Hündin, zu sich und beide machten sich auf den Weg in den Wald. Natürlich wusste Leo, dass es falsch war, am helllichten Tag zu seinem Mädchen zu gehen, er konnte einer Grenzpatrouille in die Hände laufen, wenn er auf tschechischer Seite unterwegs war. In der Ferne hörte er das Knattern eines Hubschraubers, im Fernsehen war ein Bericht über die Suche zu sehen gewesen. Niemals würden sie sein Mädchen finden, kicherte Leo in sich hinein. Aber er durfte natürlich auch keinen Fehler machen, musste vorsichtig sein und sich abseits der Waldwege vorwärtsbewegen, bis er sein Ziel erreicht hatte.

Die Sonne stand bereits hoch, als er am ausgetrockneten Bachbett ankam, und sein Herz begann vor Aufregung regelrecht zu hüpfen. Um sich zu beruhigen, musste er sich mit dem Rücken auf die Steine legen und unverwandt in die grelle Sonne starren, bis vor seinen Augen die schwarzen Felder tanzten und das Mädchen mit den goldenen Haaren verschwunden wäre. Das hatte ihm seine Mutter geraten. „Wenn du wieder an Mädchen denkst, dann starre so lange in die Sonne, bis vor deinen Augen alles schwarz ist. Dann siehst du sie nicht mehr." Das machte er jetzt auch, aber es half nichts.

„Du bleibst hier. Platz!", befahl er Ginger und räumte das Gestrüpp weg, das den niedrigen Eingang zu dem Bunker verdeckte. Was für ein Glück, dass er die Mädchen beobachtet hatte, was für ein Glück, dass dieses Mädchen jetzt ihm gehörte. Das andere Mädchen war tot, aber was hätte er auch mit zwei anfangen sollen? Das wäre nur kompliziert geworden. Aber ein Mädchen war in Ordnung, darauf konnte man sich konzentrieren, ein Mädchen konnte man nach Herzenslust anstarren und vielleicht auch mit ihm reden oder es angreifen.

Wieder stahl sich das Bild des Mädchens in seinen Kopf und wieder schämte er sich dafür. Aber nicht lange. Als er alles Gestrüpp entfernt und den dicken Baumstamm zur Seite geräumt hatte, mit dem die Bunkertür verschlossen wurde, holte er das alte Nachtsichtgerät aus seinem Rucksack, das er seinem Bruder aus der Scheune gestohlen hatte und mit dem er aussah, als würde er eine dicke Brille tragen. Dann schob er die dicke Stahltür auf und tauchte ein in eine Welt der Stille und Dunkelheit.

In dem Augenblick, in dem Leo im Bunker verschwand, war er ein anderer, und es veränderte sich auch die Umgebung. Durch das Nachtsichtgerät wirkten die Wände wie lebendige Wesen, deren Kanten vibrierten und auseinanderstrebten, so als würde Wasser vom Boden zur Decke laufen. Ganz leise tastete er sich den Gang entlang, vorbei an zugemauerten Türen, hinter denen früher die tschechoslowakischen Waffenmagazine gewesen waren. Endlich hatte er den großen Raum erreicht, in dem sein Mädchen war.

Er blieb bei der niedrigen Öffnung stehen und versuchte, so leise wie möglich zu atmen. Sein Mädchen lag zusammengerollt auf dem Boden, neben sich eine halb leere Wasserflasche. Im grünlichen Schimmer des Nachtsichtgeräts wirkten ihre langen Haare, die auf dem Boden ausgebreitet waren, wie Algen und sie selbst wie ein Wassermädchen aus einem Märchen, das ihn verzaubern wollte. Ohne zu blinzeln, starrte er minutenlang auf das Mädchen und ließ gleichzeitig einen Farbfilm in seinem Kopf ablaufen. Er sah ihre gebräunte Haut und den winzigen weißen Streifen ihres Slips am oberen Rand der Jeans, als sie sich einmal gebückt hatte. Das hatte ihn völlig verwirrt und so mündeten seine Tagträume ständig in diesem einen Bild.

Ganz langsam sog er die Luft ein, die zunächst abgestanden und schal roch, aber dann plötzlich den Duft von unschuldigen Mädchen annahm, ein Duft, der ihn umschmeichelte, sich mit dem Bild des hervorschauenden Slips vermischte, sodass er keuchen musste.

Sofort regte sich sein Mädchen und zuckte in die Höhe. Mit angezogenen Beinen rutschte es auf dem Beton in den hintersten Winkel des Bunkers, blickte ängstlich umher, starrte dann zum Eingang, kniff die Augen zusammen, so als könne sie ihn sehen, doch das glaubte er nicht.

„Ist da jemand. Bist du das?“

Ja, ich bin es, aber du brauchst keine Angst zu haben. In seinem Kopf redete er mit dem Mädchen, in Wirklichkeit aber schwieg er.

„Warum muss ich so lange hierbleiben?“

‚Weil ich dich immer und immer wieder anschauen will', dachte er.

„Ich habe Hunger und mir ist kalt."

Du musst dir keine Sorgen machen. Ich bringe dir etwas zu essen. Denn du wirst lange hier bei mir bleiben. Unglaublich, wie schnell er in Gedanken die Antworten auf ihre Fragen wusste, so wie er es im wirklichen Leben nie gekonnt hätte.

„Wieso kann ich nicht einfach gehen?"

Weil du mein Mädchen bist und weil du mir gehörst. Vielleicht sollte ich mit dir sprechen, deine Hand nehmen, dich aus dieser Dunkelheit hinausführen ins Licht und dich zu deiner toten Schwester legen.

16

Braun stand in dem Zimmer von Britta und Ulla und sog den Duft tief durch die Nase ein. Deprimierend, absolut deprimierend dieser Geruch. Es roch nach Liebe und Einsamkeit, aber auch nach Bösartigkeit und Intrige. Alles vermischt mit dem Geruch nach billigen Putzmitteln und verschwitzten Klamotten.

„Hast du etwas gefunden?", fragte er Greg, der teilnahmslos und phlegmatisch auf einem Bett saß.

„Bin noch nicht dazu gekommen. Mein Kreislauf spielt schon wieder verrückt bei diesem Wetter." Greg deutete nach draußen, wo die Sonne selbst die Gitter vor den Fenstern in etwas Kostbares verwandelte.

„Wem gehört dieses Bett?", fragte Braun zu Herzfeld gedreht und wies auf das Bett, auf dem Greg saß.

„Das ist das Bett von Ulla."

„Würde es Ihnen etwas ausmachen, draußen zu warten, während wir die Durchsuchung des Zimmers vornehmen?" Braun gab sich übertrieben höflich, denn er wollte Herzfeld auf gar keinen Fall verstimmen, sondern ihn als kooperativen Informanten auf seiner Seite haben.

„Was ist los mit dir, Greg?", fragte Braun, als Herzfeld verschwunden war. „Du sitzt auf dem Bett eines Mordopfers. Hast du sie noch alle? Jetzt sind natürlich auch Spuren von dir auf dem Bett." Braun holte tief Luft und wartete darauf, dass Greg explodierte und ihm über das Maul fuhr. Aber Greg stand bloß gleichgültig auf.

„Sorry, tut mir leid. Mein Fehler", war das Einzige, was er erwiderte. In letzter Zeit wirkte Greg auf Braun wie jemand, der bereits mit seinem Leben abgeschlossen hat, wie jemand, der die noch verbleibende Zeit einfach absitzt und wartet, bis er endlich tot umfällt. Da war nicht nur Gregs Gelassenheit, sondern auch sein nachlässiger Kleidungsstil. In jungen Jahren hatte Greg sogar den Spitznamen „der schöne Greg" verpasst bekommen, weil er immer in Anzug und Krawatte im Büro erschien. „Wir repräsentieren Recht und Gesetz, das ist für die Leute da draußen die heile Welt. Deshalb sollten wir uns auch so kleiden, dass sich die Leute sicher fühlen, wenn sie uns sehen." So hatte Greg auch mit Braun geredet, wenn er ihn wegen seiner längeren Haare oder der Jeans angemotzt hatte. Doch davon war nichts mehr übrig geblieben, Greg wirkte in seiner grauen Jacke wie ein Pensionist.

„Dann lass uns mit der Durchsuchung beginnen", sagte Braun und konzentrierte sich auf das Zimmer.

Wo beginnen? Zwei Schreibtische standen links und rechts vor den schmalen vergitterten Fenstern, daneben jeweils ein enges Bett an die Wand gerückt. An der Wand je ein Schrank. Auf Braun wirkte die Anordnung der Möbel so, als hätten die Zwillinge ihr absolut identisches Aussehen auch auf dieses Zimmer übertragen. Sogar die Bettdecken hatten die gleichen Farben. Mit spitzen Fingern öffnete er die Schreibtischlade, die Ulla gehörte. Zuoberst lagen Hefte mit ihrem Namen darin. Er fand aber sonst nichts Wichtiges, nur den üblichen Mädchenkram. Er zog die Lade völlig heraus, drehte sie um, doch auch auf der Unterseite war nichts aufgeklebt.

Dann widmete er sich dem Bett, warf einfach die Matratze auf den Boden und wurde bei dem Lattenrost fündig. Eine kleine Broschüre steckte zwischen zwei Brettern. Braun zog sie hervor und stieß einen überraschten Pfiff aus. Es war eine Broschüre über Verhütung und Hilfe bei ungewollten Schwangerschaften.

„Sieh dir das einmal an“, sagte er und wedelte mit der Broschüre. „Vielleicht war Ulla schwanger.“

„Schwanger?“ Greg verzog das Gesicht. „Das kann uns Adrian von der Gerichtsmedizin sicher bald sagen.“

In der Zwischenzeit hatte sich Braun dem Schrank zugewandt, auf dessen Tür in absichtlich rotziger Handschrift „Ulla“ mit Leuchtstift geschrieben stand.

„Abgesperrt“, murmelte er. „Hat man bei Ulla einen Schlüssel gefunden?“

„Nicht, dass ich wüsste“, brummte Greg. „Warten wir auf die Spurensicherung. Die sollen das machen.“

„Sie hat den Schlüssel sicher hier versteckt. Braun kniete sich auf den Boden und fuhr mit der Hand unter der Abschlusskante des Schranks entlang, fand aber nichts. Dann rückte er ihn einige Zentimeter von der Wand ab und tastete mit den Fingern über die Rückwand. Schon beim ersten Versuch fand er einen mit Klebestreifen befestigten Schlüssel.

Der Schrank enthielt nur einige wenige Kleidungsstücke, ein Paar ausgelatschte Sneakers und abgewetzte Doc Martens. Doch von ganz hinten zog Braun ein paar High Heels unter einem Berg Schmutzwäsche hervor, die mit ihren Lederbändern und Schnallen wie Beinfesseln aussahen.

„Jimmy Choo?" Braun sah Greg fragend an. „Eine der teuersten Schuhmarken, die es gibt. Darauf fahren alle Frauen ab."

„Wie kommt ein junges Mädchen zu so teuren Schuhen?"

„Herzfeld hat mir erzählt, dass sie gerne Geschenke von Männern annahm."

„Komm schon, Braun. Das klingt, als wäre Ulla eine Nutte gewesen."

„Das hier war zwar einmal ein Kloster, aber deshalb müssen nicht alle Bewohner gleich Heilige sein", antwortete Braun und sah sich dann die Innenseite der Schranktür an.

Dort klebten verschiedene Fotos, darunter auch zwei verblichene Polaroids. Auf einem davon waren die Zwillinge als kleine Mädchen zu sehen, auf dem anderen eine junge Frau, die ziemlich hübsch gewesen wäre, wenn nicht Alkohol und Drogen ihr Gesicht vorzeitig verwüstet hätten.

‚Das war die Mutter', dachte Braun und erinnerte sich an die tragischen Umstände ihres Todes, den er in den Akten gelesen hatte. Sie war von ihrem Mann im Drogenrausch getötet worden und dieser hatte sich anschließend den „Goldenen Schuss" gesetzt. Britta und Ulla hatten das alles mit ansehen müssen und waren wochenlang mit den Leichen ihrer Eltern alleine, bis sie endlich jemand fand. Ein ziemlich hartes Schicksal für die fünfjährigen Mädchen.

„Sieh mal, hier wurde erst kürzlich ein Foto entfernt." Braun wies auf die leere Stelle, wo noch ganz deutlich die Spuren des Klebstoffs zu sehen waren. Vorsichtig tippte Braun mit der Fingerspitze darauf.

„Der Klebstoff ist noch gar nicht besonders schmutzig. Das Foto wurde also erst kürzlich weggenommen. Warum hat Ulla ein Bild entfernt und was war darauf?"

Greg zuckte bloß müde mit den Schultern und steckte die Hände in seine graue Jacke.

„Widmen wir uns jetzt Britta“, sagte er und ging auf die andere Seite des Zimmers.

Wieder begann dasselbe Prozedere, aber Britta hatte anscheinend keine Geheimnisse, denn unter ihrer Matratze waren weder Broschüren noch sonst etwas.

In ihrem Schrank klebte ein Jugendbild ihrer Mutter und ein Foto, das die dreijährigen Zwillinge vor einer riesigen Geburtstagstorte zeigte. Nichts deutete darauf hin, dass hier ein Foto entfernt oder etwas verändert worden war. Die Kleider waren bis ins Detail identisch mit denen von Ulla, und als Greg die Schuhe herausnahm, sahen sie ganz hinten eine Schuhschachtel mit dem Aufdruck „Jimmy Choo“.

Greg öffnete den Deckel auf und drehte sich dann zu Braun.

„Das ist der Unterschied. Diese sind nicht getragen.“ Er wies auf die völlig unbeschädigten Unterseiten. „Diese Sohlen sind geradezu jungfräulich. Aber beide Mädchen mussten die gleichen Schuhe haben.“

„Wenn wir wissen, wer die Schuhe gekauft hat, dann kennen wir auch den Mann, mit dem Ulla ein Verhältnis hatte“, gab sich Braun optimistisch.

„Freu dich nicht zu früh“, brummte Greg pessimistisch und erhob sich. „Keines der Mädchen hatte ein Tagebuch. Was fällt dir auf, Braun?“

„Es gibt keine Fotos, weder von Partys noch von Freundinnen. Keine Schnappschüsse, die sie mit Jungs zeigt oder beim Herumalbern. Es sieht so aus, als hätte jemand alles Private vernichtet.“

17

„Willst du mitkommen?“, fragte Braun, als sie zu Anjas Zimmer gingen.

„Nein, ich befrage die Nachbarn in den anderen Wohnungen“, antwortete Greg und blieb stehen. Er sah Braun hinterher, der vor dem Zimmer von Anja Halt machte und an die Tür klopfte.

„Hallo, ich bin Braun“, sagte dieser salopp und lehnte sich mit einem Arm an den Türpfosten. „Kann ich ein wenig mit dir quatschen?“ Das wäre ihm nie über die Lippen gekommen. Aber Braun war eben die neue Generation der Polizei, da stellte man sich psychologisch auf sein Gegenüber ein.

„Na ja, ich weiß aber nichts“, hörte er Anjas Stimme, sie selbst war für Greg nicht zu sehen, nur der Rauch ihrer Zigarette verriet ihm, dass sie hinter der Tür stand.

„Kann ich reinkommen?“

Die Tür schloss sich hinter Braun und Greg ging nachdenklich nach unten in den Innenhof und sah sich die verschiedenen Namensschilder an. In dem Haus gab es noch zwei weitere

Wohnungen, doch bei beiden war niemand zu Hause. Greg nahm sich vor, einen Polizeiassistenten vorbeizuschicken, der die Bewohner befragen sollte.

„Anja hat das bestätigt, was wir ohnehin schon wussten", meinte Braun einige Zeit später, als er nach Anjas Befragung wieder zu Greg in den Flur zurückkam. „Ulla war böse und Britta war gut."

„Das ist alles?" Greg war verstimmt. Der Tag begann sich wieder ins Negative zu drehen, sie hatten nichts Greifbares. Und im Präsidium lauerten bereits Wagner und der Staatsanwalt wie die Großinquisitoren – bereit, ihn für eine positive Schlagzeile auf dem Scheiterhaufen zu opfern. Aber diesen einen Monat würde er schon noch durchhalten. Und er wollte gar nicht an den Anruf denken, den er in ein paar Stunden wieder würde erledigen müssen.

„Die Mädchen sind Ulla aus dem Weg gegangen. Sie hat sofort Streit angefangen, wenn ihr etwas nicht gepasst hat. Deshalb sind auch die anderen Zimmer leer. Alle bis auf Anja haben sich vor Ulla gefürchtet. Britta war, wie gesagt, das genaue Gegenteil. Britta hat allen bei den Tests für die Berufsschule geholfen und auch ihre Kleider hergeliehen."

„Bis auf die Jimmy-Choo-Schuhe", warf Greg ein.

„Aber Britta war wie ein schöner Schmetterling", sagte Braun. „Sie ist von einem zum anderen geflattert, aber bei niemandem länger geblieben. Alle finden sie nett, können aber nicht sagen weshalb, weil niemand enger mit Britta befreundet war."

„Wir versiegeln das Zimmer und die Spurensicherung soll alles noch einmal gründlich auf den Kopf stellen", entschied Greg und ging mit Braun die Treppe hinunter in den Innenhof.

Auf dem Parkplatz trafen sie auf Herzfeld, der an seinem Auto lehnte und auf sie wartete.

„Brauchen Sie mich noch?", fragte Herzfeld und betrachtete beide mit einem abschätzigen Lächeln.

„Ja, Sie kommen jetzt mit uns in die Gerichtsmedizin."

„Wozu das denn?", fragte Herzfeld und sein Lächeln erstarb.

„Sie müssen Ulla Walek identifizieren."

„Muss das denn sein? Ich kann keine Toten sehen."

„Ja, es muss sein", antwortete Greg müde. „Die Mädchen haben keine anderen Angehörigen."

„Ich habe aber noch einige Dinge zu erledigen. Ich kann erst in einer Stunde bei Ihnen sein."

„Das reicht schon. Die Toten laufen uns ja nicht davon", sagte Greg, doch niemand lachte über seinen Scherz.

„Was hältst du von Herzfeld?", fragte Greg, als sie zum Auto zurückgingen. „Hat er uns die Wahrheit gesagt?"

„Ich glaube schon, weshalb sollte er uns belügen?"

„Weshalb lügen uns denn die Leute an? Streng mal deinen Grips an. Weil sie etwas zu verheimlichen haben", antwortete Greg und zog eine Zigarre hervor.

„Mir ist allerdings aufgefallen, dass die Mädchen mit einer gewissen Ehrfurcht von Ulla sprechen. Britta ist die Hilfsbereite, die jedes Mädchen unterstützt hat, die sich die Sorgen angehört hat. Ulla hingegen schwebte immer nur wie eine schwarze Wolke über den Mädchen und konnte sich jederzeit mit einem fürchterlichen Gewitter entladen. Doch insgeheim scheinen sie diese Rücksichtslosigkeit ja doch bewundert zu haben."

„Das Böse ist immer anziehend, besonders wenn es in Gestalt eines hübschen Mädchens daherkommt."

„Mir erscheint trotzdem diese Schwarz-Weiß-Zeichnung ein wenig zu einfach", redete Braun weiter. „Womit kann ein Mädchen mit einer dissoziativen Störung alle anderen so einschüchtern? Ulla war alleine, alle waren doch gegen sie. Ich verstehe das nicht. Das kommt mir alles ein wenig zu eindimensional vor."

„Das Leben ist aber nicht immer mehrdimensional", warf Greg ein. „Es gibt eben Menschen, die stehen im Licht und die anderen sind im Schatten."

18

„Wenn ich meine Gabe akzeptiere, kann ich dann diese Wände aus Papier zerreißen und aus diesem Gefängnis wieder nach draußen ins Leben gelangen?“, hielt Olin Zwiesprache mit ihrer toten Großmutter.

„Aber werde ich dann jemals wieder ein normaler Mensch sein können?“ Tief in ihrem Inneren hörte sie die Stimme der Großmutter, hörte die leise flüsternden Worte, dass sie nie wieder ein normales Leben führen würde. Das sei eben der Preis dafür.

Die dünnen Wände aus Papier, hinter denen sie noch immer gefangen war, begannen wieder stärker durchzuscheinen, und jetzt konnte sie schon Einzelheiten außerhalb ihres Gefängnisses erkennen. Sie sah schattenhafte Gestalten an ihr vorbeihuschen, die sich um fremdartige Gerätschaften kümmerten oder mit sorgenvollen Mienen Berichte lasen. Aber woher wusste sie, dass die Mienen der schattenhaften Gestalten sorgenvoll waren? Sehen konnte sie das nicht, denn sie hatte noch die Augen geschlossen. Also musste sie es spüren, und jetzt erkannte sie, dass sie bereits im Besitz dieser Kräfte war, dass sie von ihrer Großmutter geleitet wurde.

„Können Sie mich hören? Man will Ihnen so bald wie möglich ein paar Fragen zu dem schrecklichen Vorfall in Ihrer Familie stellen."

Die Stimme kam von außerhalb, kam aus der realen Welt, drang durch die Papierwände ihres Geistes und versuchte sie nach draußen zu reißen, aber noch sträubte sie sich, noch war sie nicht bereit.

„Wenn Sie mich verstanden haben, dann nicken Sie einfach oder geben mir sonst ein Zeichen."

Wieder diese Stimme von draußen. Sie war hartnäckig, ließ nicht locker, versuchte ein Band der Verständigung zwischen ihnen zu knüpfen, einen Faden, ähnlich wie eine Nabelschnur, um sie ins Leben zurückzuholen. Der Gedanke an ihre Familie gab ihr Kraft und sie nickte ganz leicht, und plötzlich fühlte sie sich befreit. Sie wollte wissen, wo ihr Mann und ihre Tochter waren. Weshalb waren sie nicht hier? Und warum hörte sie nur fremde Stimmen?

„Wunderbar! Sie können mich hören. Das ist fantastisch. Wir versuchen jetzt, Sie langsam zurückzuholen. Keine Sorge, alles wird gut."

Es war eine fremde, aber eine tröstliche Stimme, die „Alles wird gut" sagte, aber sie wusste natürlich, dass nichts gut werden würde, die Stimme hatte von einem „schrecklichen Vorfall in Ihrer Familie" gesprochen. Was war geschehen?

Sie spürte, wie ihr eine Kanüle in den Arm gesteckt wurde und eine Flüssigkeit durch ihre Venen pumpte. Die papiernen Wände wurden immer durchsichtiger, waren jetzt schon transparent wie kostbares Seidenpapier und von außen hörte sie wieder eine beruhigende Stimme.

„Sie haben bereits das Schlimmste überstanden."

Das stimmte so nicht, das wusste sie, denn sie hatte soeben an ihre Familie gedacht, an die glücklichen Momente, wenn sie alle drei auf dem Sofa saßen und über eine Komödie im Fernsehen so lange lachen mussten, bis ihnen die Tränen in die Augen traten.

Welche Katastrophe würde sie draußen erwarten? Das wollte sie wissen, denn jetzt konzentrierte sie sich darauf, das dünne Seidenpapier, das sie umhüllte, zu zerreißen und wieder in die Wirklichkeit zu gelangen, auch wenn das schrecklich war.

„Versuchen Sie jetzt einmal die Augen zu öffnen."

Das Seidenpapier war so kostbar, sollte sie es zerreißen, durch einen Lidschlag zerstören? Egal, sie musste es machen, denn etwas hatte sich mit den Worten der Großmutter in ihrem Kopf festgesetzt: eine Gabe. Eine Mission.

„Fantastisch! Können Sie mich klar erkennen?"

Natürlich konnte sie ihn klar sehen. Es war ein Arzt mit einem rötlichen Schnurrbart und auf dem Namensschild an seinem weißen Mantel stand Dr. Huber. Innerhalb weniger Augenblicke hatte sie ihre Situation erkannt. Die Geräte, die rings um ihr Bett wie um einen Altar des Lebens aufgebaut worden waren, dienten dazu, sie am Leben zu erhalten. Das war die Intensivstation der Klinik und sie war gerade aus dem Koma erwacht.

„Bravo, jetzt haben Sie es geschafft, Olin", sagte der Arzt mit aufrichtiger Bewunderung.

Olin, ja, das war ihr Rufname. Ein merkwürdiger Name, aber ihre Familie war auch ein wenig merkwürdig gewesen, besonders ihre Großmutter. Hatte sie wirklich das zweite Gesicht gehabt oder wollte sie sich nur wichtigmachen? Egal, sie durfte das jetzt nicht länger hinterfragen, sie hatte einen Pakt geschlossen und eine Entscheidung getroffen. Sie würde ihre Gabe akzeptieren.

Sie öffnete den Mund und wollte sprechen, wollte fragen, wo denn ihre Tochter war und ihr Mann und wie lange sie denn hier auf der Intensivstation gelegen hatte, doch der Arzt hob beschwichtigend die Hände.

„Reden Sie jetzt nicht. Das kostet nur Kraft. Sie müssen sich erst erholen. Bald hat Sie die Welt wieder vollständig zurück."

19

Die Katakomben befanden sich im Keller eines Gebäudes direkt neben der Nibelungenbrücke und waren das Reich des neuen Gerichtsmediziners Paul Adrian, der erst seit Kurzem in Linz war. Adrian war ein international anerkannter Pathologe und hatte unter anderem auf der Body Farm in Quantico gearbeitet. Nach Linz war er gemeinsam mit seiner Assistentin Anthea Fleury gekommen und beide kultivierten ihr „Leichensezierer-Image“, indem sie sich ausschließlich schwarz kleideten.

„Ich bin mir nicht sicher, ob ich das durchstehe“, sagte Magnus Herzfeld schon von Weitem, als er nervös auf Braun zuging.

„Keine Angst, es sieht so aus, als würde Ulla schlafen.“

„Ich weiß nicht, ob ich der richtige Mann für die Identifikation bin.“

„Sie sind der vom Amt bestellte Sozialarbeiter. Und da Ulla keine Angehörigen mehr hat und ihre Schwester Britta verschwunden ist, müssen Sie die Identifikation vornehmen. Das sind nun einmal die Vorschriften.“

Herzfeld wollte noch etwas sagen, aber Braun hatte keine Lust mehr auf lange Diskussionen und so fuhren sie mit dem Aufzug nach unten. Die Pathologie lag in einem düsteren Gewölbe, das mit seinen roten Ziegelmauern an einen alten Weinkeller erinnerte. In der Mitte des großen Raums standen mehrere glänzende metallene Tische und auf einem dieser Tische lag ein mit einem grünen Tuch bedeckter Körper.

Herzfeld schluckte, als er eine blonde Haarsträhne bemerkte, die unter dem grünen Leintuch hervorschaute und sich im Luftzug der Klimaanlage auf und ab bewegte, so als wäre das Leben des toten Mädchens in den Haarspitzen konserviert worden.

„Muss das wirklich sein?“, fragte er zögernd, doch Braun ging überhaupt nicht auf seine Frage ein.

„Warten wir auf den Gerichtsmediziner Paul Adrian. Er fungiert als Zeuge, dass Ihre Angaben auch richtig waren.“

„Aber ich könnte mich doch irren. Schließlich waren es Zwillinge“, wand sich Herzfeld.

„Sie schaffen das schon.“

Als Adrian auftauchte, zuckte Herzfeld zusammen, denn Adrian wirkte in seiner schwarzen Lederjacke und mit dem rasierten Schädel wie ein Abgesandter aus einer anderen Welt. Wortlos schlug Adrian das Tuch zurück, und Herzfeld trat einen Schritt zurück, seine Bräune verflüchtigte sich, er wurde weiß im Gesicht, holte tief Luft und runzelte die Stirn. Mit den Fingern fuhr er sich über die Augen und schwieg.

Ullas Gesicht machte einen so friedvollen Eindruck, dass Braun sich im ersten Moment überhaupt nicht vorstellen konnte, dass dieses Mädchen so böse gewesen war, wie sie alle beschrieben hatten. Aber man durfte nicht immer nach dem Äußeren gehen, denn aus Erfahrung wusste er, dass alle Menschen Masken trugen, er war da keine Ausnahme. Herzfeld hatte noch immer kein Wort gesprochen, sondern vorsichtig mit zwei Fingerspitzen das Leichentuch weiter hochgehoben, so als würde er auf Ullas Körper etwas suchen.

„Was machen Sie da, Herr Herzfeld?", fragte Adrian mit einem leisen Befremden in der Stimme.

„Ich? Ich wollte nur sehen, wo man Ulla verletzt hat. Tut mir leid, das macht mich alles so nervös." Hastig ließ Herzfeld das Tuch wieder sinken.

„Schon gut, entspannen Sie sich", beruhigte ihn Braun. „Ist das Ulla Walek? Sie brauchen nur zu nicken. Das genügt schon. Schauen Sie genau hin."

Wieder Schweigen, und Braun hatte die Befürchtung, dass Herzfeld gleich zusammenklappen würde. In diesem Moment trat Anthea zu ihnen, die ein silbernes Medaillon an einer Kette in der Hand hielt. Sie schwenkte den Anhänger wie ein Pendel und blickte Herzfeld an.

„Das hat die Tote getragen, als wir sie gefunden haben", sagte Braun und nahm Anthea den Anhänger aus der Hand. „Kennen Sie ihn?"

„Ja natürlich, das ist die Kette von Ulla. Es war ihr Talisman mit dem Bildnis von sich mit ihrer Mutter drinnen. Den hat sie nie abgenommen, nicht einmal beim Duschen."

Herzfeld schluckte mehrmals und sagte dann leise:

„Ja, das ist Ulla Walek."

Die Stimme von Herzfeld versagte, und er musste sich räuspern, ehe er weitersprechen konnte. „Kann ich ein Glas Wasser haben. Bitte."

„Gehen wir nach nebenan." Anthea fasste Herzfeld unter den Arm und führte ihn in einen angrenzenden Raum. Dort setzte sie ihn auf einen Stuhl und reichte ihm ein Glas Wasser.

Braun blieb bei Adrian und ließ sich den Obduktionsbericht zeigen.

„Die Messerstiche wurden mit großer Heftigkeit ausgeführt. Drei Stiche waren oberflächlich, haben aber zu starken Blutungen geführt. Zwei weitere Stiche haben dann die inneren Organe schwer verletzt und in der Folge ist sie verblutet."

„Aber es gab doch noch mehr Messerstiche, mindestens zehn?", fragte Braun und studierte die Fotos in dem Bericht.

„Die anderen fünf Stiche wurden post mortem zugefügt. Jeder für sich wäre natürlich auch tödlich gewesen, doch zu diesem Zeitpunkt war Ulla Walek bereits tot."

„Der Mörder hat also mit großer Wut auf Ulla eingestochen."

„Den Stichkanälen zufolge wurde sehr aggressiv zugestochen."

„Danke, Paul." Braun rollte den Bericht zusammen. Wut, Hass und Aggression. Was war hier passiert, wer hatte einen derartigen Hass auf Ulla, dass er rücksichtslos zustach, auch nachdem sie bereits tot war? Er wandte sich zum Gehen, wurde jedoch von Adrian zurückgehalten.

„Ulla Walek war schwanger", sagte er und hob die Augenbrauen.

„Oh! Das passt zu der Broschüre, die wir in der Wohnung der Mädchen gefunden haben", antwortete Braun. „Kann man feststellen, wer der Vater ist?"

„Das ist in diesem frühen Stadium zwar schwierig, aber Anthea wird sich darum kümmern."

„Gib mir sofort Bescheid, wenn ihr etwas herausgefunden habt."

„Geht klar."

Wer könnte der Vater gewesen sein? Manuel Kühbauer oder einer der zahlreichen Verehrer, die Ulla gehabt hatte? Er ging zum Aufzug, wo Herzfeld wartete. Er war noch immer leichenblass und musste sich mit den Händen an der Wand abstützen.

Als Braun und Herzfeld endlich draußen vor dem Gebäude standen und auf die Donau blickten, atmete Herzfeld tief durch und seine Seglerbräune kehrte zurück.

„Das war wirklich schlimm."

„Stimmt. So ein junges Mädchen. Ach, da fällt mir noch etwas ein", sagte er.

„Was denn?", fragte Herzfeld überrascht.

„Sie sagten vorhin, dass Ulla die Kette niemals abnahm, auch nicht beim Duschen. Woher wissen Sie das?"

„Äh, habe ich das gesagt?"

Als Braun nichts darauf sagte, seufzte Herzfeld.

„Na gut, Ulla hat immer die Badezimmertür offen gelassen, wenn sie geduscht hat. Und sie hat oft geduscht, wenn ich gekommen bin. Aber ich liebe meinen Job und fange nichts mit den Mädchen an. Ehrenwort!"

Herzfeld kramte in seiner Umhängetasche umher und zog schließlich ein Notizbuch hervor, aus dem er ein verknittertes Foto nahm.

„Das habe ich übrigens im Papierkorb unten im Hof gefunden", sagte er und hielt Braun das Foto hin. „Hier, nehmen Sie es, und geben Sie es Britta zur Erinnerung an ihre Schwester, wenn sie endlich gefunden wird."

Auf dem Foto war Ulla gemeinsam mit ihrer Mutter zu sehen. Es musste im Sommer aufgenommen worden sein, denn beide trugen Shorts und Ulla ein bauchfreies Top. Braun drehte das Bild um. Auf der Rückseite entdeckte er Klebstoffspuren, die noch nicht dreckverschmiert waren. ‚Die passen zu dem Klebestoff an der Schranktür', dachte er und tütete das Bild ein. Was war an diesem Bild so interessant, dass Ulla es wegwerfen wollte oder war es Zufall gewesen?

„Wann haben Sie das Bild aus dem Papierkorb geholt?", fragte Braun.

„Es war der Tag, an dem die Mädchen mit Manuel aufgebrochen sind. Ich war in der Wohnung, um nach dem Rechten zu sehen. Da hat Ulla den Müll nach unten gebracht und wie üblich die Hälfte danebengeleert."

„Das heißt, Ulla hat das Bild weggeworfen?"

„Wahrscheinlich war es Ulla. Sie hatte manchmal den Drang, sich von den Dingen, die sie liebte, zu lösen."

Braun nickte und das Gesicht des toten Mädchens tauchte wieder vor ihm auf. Mit aller Gewalt wollte sie ihrem Schicksal entfliehen, das sie wie ein Gefängnis einschloss, in dem sie sich fühlte wie ein Raubtier, das müde von den ewig gleichen Bewegungen nur darauf wartete, endlich loszuschlagen. Ohne Rücksicht auf die eigene Verletzlichkeit und das deshalb selbst zum Opfer wurde.

20

Das Opfer hockte im Gras und fühlte sich sicher. Die Windrichtung war so, dass es seinen Geruch nicht aufnehmen konnte. Er hatte alles ganz genau geplant. Damit würde er das Mädchen mit den goldenen Haaren überraschen. Er würde ihr sein Geschenk durch den Luftschacht in den Bunker werfen und zum Dank würde ihre blonde Mähne über sein Gesicht fließen und ihn in eine andere Welt entführen.

Aber zuvor musste das Opfer noch getötet werden. Er konzentrierte sich auf das Wesentliche: ‚Das Auge, der Pfeil und das Opfer müssen in einer Linie sein. Dann muss der Schütze zu einem Granitblock erstarren und die Finger öffnen. Mit einem leisen Surren schnellt die Sehne nach vorne und der Pfeil zischt auf sein Opfer zu und tötet es lautlos', dachte er.

So hatte es ihm sein Bruder Joe eingetrichtert und deshalb erinnerte er sich immer wieder an dessen Worte. So wurde er zu einem ausgezeichneten Bogenschützen und erlegte seine Opfer, ohne auch nur einen einzigen der geschenkten Taiga Arrows zu vergeuden.

Das Opfer reagierte im letzten Moment und richtete sich auf, drehte den Kopf in die Richtung des Pfeils, aber da war es schon zu spät. Lautlos sackte es im hohen Gras zusammen und starb, noch ehe es den Boden berührte. Die Sonne brach sich an dem Schaft des Stahlpfeils, der wie ein Todesbote glitzerte.

„Ginger!", befahl er, und gehorsam rannte die Hündin zu dem Opfer, packte es vorsichtig mit dem Maul und kam wieder zu ihm zurück.

„Braves Mädchen!" Er gab dem Hund die erwartete Belohnung und zog den Pfeil aus dem gesprenkelten Fell. Konzentriert wischte er das Blut von der Spitze und dem Schaft und verstaute ihn wieder in seinem Rucksack. Dem toten Kaninchen band er die Läufe zusammen und legte es sich über die Schulter. Schweigend stapfte er durch den Wald, seine Gedanken waren wie immer bei dem Mädchen in dem Bunker. Sie würde sich freuen, wenn er ihr sein Geschenk brachte. Sicher hatte sie den ganzen Tag noch nichts gegessen, und er wollte natürlich nicht, dass sie verhungerte. Nein, das Mädchen musste leben, denn es gehörte ihm.

In einem halb eingestürzten Schuppen hängte er das Kaninchen an einen Haken und schlitzte es mit seinem Messer auf. Umsichtig, wie er es noch von seinem Vater gelernt hatte, zog er das Fell ab, schnitt vorsichtig rund um den Hals, damit der pelzige Kopf erhalten blieb. Das Gleiche machte er mit den Läufen, auch hier ließ er die weich behaarten Ballen unberührt. Durch die Bretter schien die Sonne in den Schuppen und beleuchtete die blutige, nackte Haut des Kaninchens wie ein geheimer Beobachter, ja, genauso, wie er es immer mit den Mädchen machte. Aber dieses Mädchen würde nicht das Schicksal des Kaninchens erleiden, nein, mit diesem Mädchen hatte er noch viel vor.

Als die Sonne hinter den Bäumen verschwand und es langsam dunkel wurde, nahm er das blutige Kaninchen von dem Haken, stopfte es in einen schwarzen Sack. Dann pfiff er nach seinem Hund und machte sich auf den Weg. Mit zügigen Schritten folgten sie einem ausgetrockneten Flussbett und gelangten zu einer schmalen Öffnung, die man auf den ersten Blick übersehen konnte. Aber Leo kannte sich hier aus, und er wusste, dass diese Öffnung für die Luftzufuhr in dem Bunker sorgte.

Er griff nach seinem Nachtsichtgerät und stellte die Zoomfunktion ein. Dann starrte er durch die Öffnung in das schwarze Loch, das weit nach unten reichte und in den hinteren Raum des Bunkers mündete. Dort lag das Mädchen auf dem Boden und stöhnte in ihrem unruhigen Schlaf. Nachdem er sie eine Weile beobachtet hatte, nahm er den Sack und ließ ihn durch das Loch hineingleiten. Gleich würde sie sein Geschenk finden und wissen, dass er immer für sie da war.

21

Ein dumpfer Knall schreckte Britta aus ihrem unruhigen Dämmerschlaf. Was war das? Hektisch kroch sie über den Boden, versuchte mit dem Display ihres Handys über den Boden zu leuchten, aber der Akku war fast leer, deshalb schaltete sie es wieder ab. Vorsichtig tastete sie mit den Händen über den Beton, spürte plötzlich einen rauen Jutesack, der zuvor nicht dort gelegen hatte.

Er war hier gewesen, während sie schlief, durchfuhr es sie. Der Mann mit der dicken Brille hatte sie im Schlaf beobachtet. Was wollte er von ihr? Immer wieder strich sie über den Sack, fand schließlich die Schnur, mit der er zugebunden war. Konzentriert öffnete sie den Knoten und griff in den Sack, spürte etwas Weiches, Glitschiges zwischen ihren Fingern, zuckte zurück, hielt sich die Hand ganz nahe an die Augen, roch Fleisch, Blut, sah eine Flüssigkeit langsam an ihrer Hand heruntersickern.

‚Was ist das?', dachte sie. Sie griff erneut in den Sack und zog den Inhalt heraus. Zunächst konnte sie nicht erkennen, was es war, doch dann erkannte sie Stück für Stück, dass sie ein totes und abgehäutetes Kaninchen in der Hand hielt. Mit einem schrillen Schrei ließ sie das tote Tier auf den Boden fallen und fuhr sich mit der Hand über die Augen, spürte in diesem Moment, dass sie sich das Tierblut über ihr Gesicht gewischt hatte, und begann nervös zu zittern.

„Ich darf jetzt nicht den Verstand verlieren", sagte sie laut zu sich selbst und tippte den Kadaver mit ihrem Sneaker an. „Er will mich verrückt machen. Er will, dass ich durchdrehe."

‚Wenn nur Ulla hier wäre. Sie wüsste, was zu tun ist. Ulla hätte sicher keine Angst vor dem Mann mit der dicken Brille, sie kennt sich mit Männern aus. Ulla hat immer für jedes Problem eine Lösung', dachte sie.

Aber es gab hier keine Ulla, sondern nur einen blutigen Kadaver und einen Mann, der nie etwas zu ihr sagte. Der Unbekannte mit der dicken Brille wollte sie in den Wahnsinn treiben. Deshalb brachte er diesen toten Tierkörper in den Bunker und beobachtete sie, wenn sie schlief. Aber weder wollte sie verrückt werden noch wollte sie sterben, sie wollte leben, verdammt noch einmal. Sie wollte aus diesem Gefängnis entkommen und wieder das Licht sehen und die Sonnenstrahlen auf ihrer Haut fühlen.

Hastig stopfte sie das tote Kaninchen in den Sack zurück, wischte sich spontan die blutverschmierten Hände an ihren nackten Beinen ab und stand auf. Während sie den niedrigen Ausgang fixierte, ballte sie die Fäuste, sie würde sich nicht einsperren lassen, würde nicht hier sterben. Gebückt stieg sie durch den Eingangsbereich des Bunkers, gelangte in den lichtlosen Gang und spürte bereits wieder die Anwesenheit des Mannes, sie roch den Moder in seiner Kleidung. Ihre Beklemmung wurde groß und immer größer. Wie angewurzelt blieb sie stehen und hielt den Atem an.

Direkt vor sich sah sie das Gesicht mit der dicken Brille. Still, zunächst regungslos, doch dann hob der Mann langsam die Hand.

Britta stieß einen Schrei aus, drehte sich um und rannte zurück in ihr Betongefängnis.

„Lass mich hinaus! Bitte, lass mich hinaus“, rief sie und trommelte mit den Fäusten gegen die glatte Wand. Langsam rutschte sie nach unten auf den Boden und drehte sich wieder zu dem Ausgang. Doch als sie mit ihren vom Weinen verschwollenen Augen auf die schwarze Öffnung blickte, war der Mann mit der dicken Brille bereits wieder verschwunden.

22

Braun parkte seinen Range Rover auf einem Kiesplatz, der mit bunt bemalten Steinen eingefasst war. Als er ausstieg, bemerkte er, dass die Steine mit originellen Tiermotiven verziert waren. Es waren Tiere, die früher die Wälder im oberen Mühlviertel bevölkert hatten und zum Teil schon längst ausgestorben waren. Achselzuckend ging er weiter und kam zu einem schmalen, mit Steinplatten ausgelegten Pfad, der in den Wald führte. Als er auf den Weg trat, stutzte er für einen Moment, denn die Bodenplatten waren ebenfalls bemalt, allerdings nicht mit Tiermotiven, sondern mit den Köpfen von Menschen. Instinktiv zögerte Braun, auf eines dieser Gesichter zu treten, und ging stattdessen seitlich durch die Wiese.

„So geht es zunächst allen Besuchern." Ein großer Mann in Pluderhose und mit einem langen Zopf kam über die Platten auf ihn zu. „Keiner will auf ein Gesicht treten. Das ist psychologisch sehr interessant."

„Ich finde das ein wenig menschenverachtend. Ist nicht meine Vorstellung von Kunst", antwortete Braun.

„Das müssen Sie einmal Eva sagen", lachte der Mann. „Sie ist die Künstlerin."

„Und Sie sind?", fragte Braun und zückte dabei seinen Ausweis. „Inspektor Braun, Mordkommission."

„Ich bin Hendrik Schwarz. Ich leite die Seminare hier." Das Lächeln des Mannes erstarb. „Was kann ich für Sie tun?"

„Es geht um das tote Mädchen, das wir vor einigen Tagen wenige Kilometer von hier entfernt gefunden haben. Ich habe ein paar Fragen an Sie."

„Das ist ein ungünstiger Zeitpunkt. Ich habe im Augenblick die Presse hier wegen unseres Protests gegen das geplante Bauvorhaben", sagte Schwarz und wies mit der Hand nach oben. Auf einem der ausladenden Bäume war ein hölzernes Haus mit einer großen, rundum verlaufenden Veranda zu sehen. Eine roh gezimmerte Treppe führte am Baumstamm entlang hinauf. „Wir sind natürlich gegen dieses Investorenprojekt."

„Tut mir leid, wenn ich Ihr Journalistengespräch stören muss", sagte Braun. „Ich führe aber die Ermittlungen in einem Mordfall, und das hat Vorrang."

„Verstehe", sagte Schwarz, ohne im Geringsten verstimmt zu sein. „Dann gehen wir doch am besten in mein Büro." Wieder deutete er nach oben, doch diesmal zu einem anderen Baum. Dort war in schwindelerregender Höhe auf einem dicken, weit abstehenden Ast ein hölzerner Rundbau errichtet worden, von dem eine Strickleiter nach unten baumelte. Als Braun das sah, winkte er ab.

„Danke, aber ich bleibe lieber hier unten. Ich bin nicht schwindelfrei."

„Dann wäre unser Seminarangebot ideal für Sie. Sie bekämpfen Ihre Schwindelgefühle und stehen im Anschluss sicher auf dem Boden. Das stärkt Ihr Selbstbewusstsein enorm."

„Ich bin nicht wegen der Seminare hier." Brauns Stimme wurde härter. Schwarz und diese bescheuerten Baumhäuser begannen ihm auf die Nerven zu fallen. „Hier in der Gegend soll ein Erlebnispark entstehen, richtig?"

„Das ist noch nicht entschieden", warf Schwarz ein.

„Ich weiß, Sie bekämpfen dieses Projekt, das wäre auch das Aus für Ihre Baumhausseminare."

„Was wollen Sie eigentlich von mir wissen?", ging Schwarz nicht weiter auf Brauns Bemerkung ein.

„Sie haben die Verantwortlichen des Projekts bedroht. Es liegen Anzeigen gegen Sie vor."

„Das war nicht ich, das war Eva, meine Frau."

„Egal, mit Ihrer Frau rede ich später. Aber seit hier ein Mädchen ermordet wurde und ein zweites verschwunden ist, ist das Projekt gefährdet. Das muss Ihnen doch gefallen."

„Jetzt verstehe ich. Sie glauben, wir haben etwas mit dem Mord und dem Verschwinden des Mädchens zu tun." Schwarz schüttelte ungläubig den Kopf. „Das ist doch nicht Ihr Ernst."

„Merken Sie sich eines: Mord ist immer eine ernste Sache", sagte Braun. „Wo waren Sie in der Nacht der Sommersonnenwende?"

„Du meine Fresse. Hendrik und ich waren hier und haben unseren Baumgott gespürt."

Eine Frau stand so plötzlich hinter Braun, dass er sich überrascht umdrehte. Die Frau trug ein indisches Top, das mit kleinen Spiegeln verziert war, von denen die Sonnenstrahlen reflektiert wurden. Sie hatte kurze, hochstehende Haare und einen silbernen Stecker in der Nase. Hinter ihr stand ein junger Mann, der trotz der Hitze ein zugeknöpftes Hemd mit einer gepunkteten Fliege trug. Braun seufzte innerlich, es war Philip Zauner, der Journalist, der ihm schon am Tatort unangenehm aufgefallen war.

Aber er beschloss, sich diesmal nicht provozieren zu lassen. Zauner hielt sich abseits und fotografierte mit seinem Handy einige der Gesichter auf den Steinplatten.

„Sie sind Eva Schwarz, richtig?", sagte er stattdessen zu der Frau.

„Genau! Ich habe die Steinplatten mit den Gesichtern von Politikern und Investoren bemalt, damit jeder, der zu uns kommt, ihnen eins auf die Fresse gibt."

„Originelle Idee", antwortete Braun. „Etwas menschenverachtend, würde ich sagen."

„Ach, finden Sie? Mit dem Erlebnispark verschwindet der Wald und die Tierwelt wird ausgerottet. Das ist der eigentliche Skandal. Aber jetzt mit dem Mord und dem verschwundenen Mädchen besteht immerhin die Chance, dass dieses Projekt noch gekippt wird."

„Dafür billigen Sie sogar Mord?", fragte Braun, dem Eva vom ersten Augenblick an eigenartig erschien.

„Aber klar doch. Hier geht es um das große Ganze, der Einzelne zählt nicht, hat Lenin gesagt – oder war es Mao?"

„Das ist doch total daneben." Verdammt, er hatte sich provozieren lassen. Doch Eva war aggressiv und als militante Umweltschützerin so verblendet, dass sie durchaus für den Mord und die Entführung infrage kommen konnte. Aber sie hatte ein Alibi.

„Verschwinden Sie von unserem Grundstück", fauchte Eva und kam drohend auf Braun zu. Sie war einen Kopf kleiner als er, verströmte aber eine intensive negative Energie, sodass er unwillkürlich zurückzuckte. „Wir haben mit den Leuten gesprochen, die auf den Hügeln ihre Sonnwendfeuer angezündet haben, wollten sie für unsere Sache begeistern. Aber diese Idioten hatten nur Feiern im Kopf."

„Ich denke, Sie waren in der Mordnacht in Ihrem Baumhaus?“, hakte Braun nach und sah zu Hendrik, der ihm als der Vernünftigere der beiden erschien. Doch noch ehe Hendrik antworten konnte, hatte Eva bereits wieder das Wort ergriffen.

„Das war am Nachmittag“, antwortete Eva kurz angebunden. „Wir haben am Nachmittag Flugzettel verteilt und zum aktiven Widerstand gegen das Projekt aufgerufen.“

„Hier ist eins davon.“ Hendrik reichte Braun ein Flugblatt, das mit einem roten Stern und einer geballten Faust als Logo ziemlich gewalttätig aussah. „Abends und nachts waren wir in unserem Baumhaus und haben uns von dem Baumgott Kraft für unseren Kampf geholt.“

Während Hendrik redete, winkte Eva dem Journalisten zu, der sofort interessiert näher kam. „Da siehst du, Philip, wir Umweltschützer werden von der Polizei sofort pauschal verdächtigt. Anstatt dass sie sich um diesen Mord kümmern, belästigen sie uns.“

„Reg dich nicht auf, Eva“, sagte Zauner und steckte die Daumen unter seine Hosenträger. „Inspektor Braun macht doch nur seine Arbeit. Allerdings ist er mit diesem Mord etwas überfordert. Stimmt’s, Inspektor? Gibt es vielleicht schon eine Spur der verschwundenen Britta Walek?“

„Ich darf über eine laufende Ermittlung keine Auskunft geben“, sagte Braun und ärgerte sich, dass er bei dieser Hitze seine Lederjacke angezogen hatte. „Es gibt morgen eine Pressekonferenz, da erfahren Sie alles Weitere.“

„Sie haben also nichts in der Hand.“ Zauner grinste und ließ seine Hosenträger schnalzen. „Sie tappen noch immer im Dunkeln. Wie lange wollen Sie warten? Bis beide Zwillinge tot sind?“

„Jetzt hören Sie mir einmal zu, Sie Zeitungsfritze!“ Braun steuerte auf Zauner zu und blieb knapp vor ihm stehen. „Sie stören eine Ermittlung. Ich befrage hier Zeugen und Sie mischen sich ein. Hauen Sie bloß ab."

Ehe er ging, drehte er sich noch einmal zu Zauner um. „War übrigens eine ganz miese Schlagzeile. ‚Tragödie um bildschöne Zwillinge.'"

„Warten Sie nur auf die nächste Schlagzeile", rief ihm Zauner höhnisch hinterher.

23

„Ich bin heute mit Zauner, dem Journalisten, zusammengekracht“, sagte Braun, als er in die Mordkommission zurückkam.

„Pass bloß auf, dass dich Zauner nicht auf seine schwarze Liste setzt“, meinte Greg und blickte von seinen Unterlagen auf. „Der kann deine Karriere ganz schön blockieren.“

„Muss ich jetzt Angst vor diesem Typen haben?“

„Brauchst du nicht, aber sei vorsichtig und gehe ihm aus dem Weg. Lass mich das mit der Presse machen. Du bist manchmal zu hitzköpfig.“

„Schon gut.“ Braun wollte noch eine böse Bemerkung über Zauner nachliefern, entschied sich aber dann doch dagegen und berichtete Greg von seinem Besuch bei Eva und Hendrik Schwarz.

„Eva Schwarz ist ziemlich aufbrausend“, sagte er und schwenkte einige Ausdrucke, die er mitgenommen hatte. „Sie wurde schon öfter wegen Widerstand gegen die Staatsgewalt festgenommen. Und sie hat eine Latte an Vorstrafen.“

„Sie wäre also durchaus der Typ, der im Affekt tötet, willst du mir damit sagen."

„Theoretisch ja, aber ich weiß nicht. Was hätte sie für ein Motiv? Ulla hatte doch nichts mit dem Projekt zu tun."

„Aber ihr Tod kann die Investoren verschrecken, die um das Image fürchten."

„Eva Schwarz als Auftragsmörderin? Das ist eine ziemlich gewagte Theorie."

„Denk darüber nach", sagte Greg.

In diesem Moment schrillte Brauns Handy.

„Das war die Klinik. Wenn es keine Komplikationen gibt, dann kannst du morgen Olivia Maldone befragen."

„Olivia Maldone liegt drei Monate im Koma und dann geht das so schnell?" Greg war wie immer der geborene Pessimist. Wann war Greg so ein Pessimist geworden? Das war einfach schleichend gekommen und hatte sich in den letzten Monaten verstärkt. „Wenn jemand aus dem Koma erwacht, geht das immer schnell. Ich kann nur wiedergeben, was die Ärzte sagen. Sie wird wieder ganz gesund, das Koma hat zur Genesung beigetragen", antwortete Braun. „Für uns ist das nur von Vorteil. Dann kann sie uns vielleicht endlich sagen, was damals in dem Tankstellenshop wirklich passiert ist."

„Ja, das ist wichtig für uns." Greg machte eine fragende Handbewegung. „Mir tut nur die Frau leid. Wer weiß, ob das so positiv für sie ist, dass sie überlebt hat."

„Du wirst es ihr schon schonend beibringen, Greg."

„Tja." Greg machte eine bedeutungsvolle Pause, und Braun ahnte schon, was gleich kommen würde. Greg wollte nicht in die Klinik zu Olivia Maldone fahren. Nicht seit dem Vorfall mit der Flüchtlingsfamilie in dem brennenden Haus. Fast die ganze Familie hatte er gerettet, bis auf den Vater. Die Mutter war bewusstlos gewesen, und als er ihr in der Klinik die Nachricht vom Tod ihres Mannes mitteilte, brach sie zusammen. Am nächsten Tag fand man sie tot im Bad mit aufgeschnittenen Pulsadern. Seit damals konnte Greg keine schlechten Nachrichten mehr überbringen. Braun wusste das zwar, aber sie spielten zu Beginn immer das gleiche Ritual durch.

„Ich schaffe das nicht mit den Krankenhäusern. Da werde ich ganz nervös. Ist so etwas wie eine Phobie. Verstehst du das?"

„Heißt das, ich soll sie befragen?"

„Du sollst ihr zunächst schonend beibringen, was passiert ist und weshalb sie auf der Intensivstation liegt. Dann stellst du ihr einige Fragen zum Tathergang. Ist doch nicht so schwierig. Und wundere dich nicht, wenn Olivia Maldone ein wenig anders auf dich wirkt."

„Was soll das denn wieder heißen?" Braun runzelte die Stirn.

„Hat mit ihrer Familie zu tun. Die sind alle ein wenig merkwürdig."

„Weshalb ist eine Frau, die einen Tankstellenshop betreibt, merkwürdig?"

„Die ganze Familie war nicht merkwürdig, nur die Großmutter von Olivia Maldone", korrigierte Greg ihn. „Das hat alles mit der Großmutter zu tun. Die alte Dame war eine Art Medium. Konnte Dinge voraussagen, in die Zukunft sehen."

„Eine Hellseherin?", fragte Braun überrascht. „Deshalb wurde so negativ über den Fall berichtet? Da hätte ich mir aber das Gegenteil erwartet."

„Die Großmutter hat in den sechziger Jahren das große Hochwasser von Linz vorausgesagt. Aber niemand hat ihr geglaubt. Es sind da ja an die 100 Personen ertrunken."

„Da kann sie doch nichts dafür."

„Sie ist einige Tage zuvor einfach verschwunden. Hat nicht versucht, die Menschen ein zweites Mal zu warnen. Sie hat einfach alle im Stich gelassen. Das hat man ihr nie verziehen."

„Schöne Scheiße. Und Olivia Maldone ist die Enkelin dieser Wahrsagerin?"

Greg nickte.

„Was ist mit ihren Eltern? Weshalb war sie mit der Großmutter zusammen?"

„Die Eltern sind stinknormale Leute. Als die festgestellt haben, dass ihre Tochter genauso schräg drauf ist, wollten sie nichts mehr mit ihr zu tun haben. Sie wollten sie in ein Heim stecken, doch dann hat die Großmutter das Sorgerecht übernommen. Die beiden haben in einem alten Wohnwagen am Stadtrand gehaust. Da waren sie ständig zusammen und Olivia hat ihre medialen Fähigkeiten verfeinert. Als Olivia die Tankstelle gepachtet hat, kam der Wohnwagen samt Großmutter mit auf das Grundstück. Vor einigen Jahren ist die Großmutter dann gestorben und seither war Ruhe."

„Aber was kann die Enkelin für ihre Großmutter? Das klingt ja nach Sippenhaftung."

„Habe ich doch eben gesagt: Die Enkelin hat die Hellseherei von ihrer Großmutter geerbt."

„Woher weißt du das denn so genau?"

„Das haben uns damals die Nachbarn erzählt. Sie versuchte eine Zeit lang, als eine Art Medium unter dem Namen ‚Olin' Geld zu verdienen. Bis sie mit ihrem Mann den Tankstellenshop übernommen hat und dann ihre Tochter auf die Welt kam. Da hat sie damit aufgehört."

„Aber etwas verstehe ich nicht ganz. Wenn sie schon so eine Art Medium ist, warum hat sie dann nichts unternommen, um den Überfall auf die Tankstelle zu verhindern. Das ist doch merkwürdig, findest du nicht?"

24

„Es gibt Abende, da helfen weder die Tabletten noch die ‚Flying Burrito Brothers', um die düsteren Gedanken zu verscheuchen, die wie die Geier um dich kreisen und nur darauf warten, dass du einfach zusammenklappst. Dann kommen sie mit trägen Schlägen ihrer großen Schwingen herbeigeflattert, und ihre federlosen Hälse recken sich gierig, wenn sie dir das Herz aus dem Leib reißen."

Greg legte den Stift zur Seite und las sich alles noch einmal durch. Klang fast zu poetisch für einen Typen, wie er es war. Aber er hatte immer wieder dieses Bild des Joshua Tree Parks vor Augen, dieser steinernen Wüste mit den kreisenden Geiern und der magischen Aura, wo er mittendrin gefangen in seiner Geschichte umherirrte und vergebens einen Ausweg aus seinem Dilemma suchte.

Mit einer wütenden Handbewegung entfernte er die Seite aus seinem Notizbuch, knüllte sie zusammen und warf sie in den Aschenbecher. Mit den Fingerspitzen klopfte er auf sein Sprüchebuch. Jeden Tag einen klugen Satz, das hatte er sich vorgenommen, aber man konnte einfach nicht jeden Tag klug sein. Und er war schon lange nicht mehr klug gewesen.

Er riss ein Streichholz an und sah zu, wie das Papier mit seinen wehleidigen Ergüssen langsam verbrannte. Ehe die Flamme ganz erlosch, zündete er sich noch seine Zigarre damit an und drückte sich erneut eine Beruhigungstablette aus der Blisterpackung. Eingehüllt in eine Wolke aus Zigarrenrauch und müdem Selbstmitleid stand er auf, ging zu dem großen Büroschrank und ließ den Rollladen nach oben schnappen. An den oberen Rand des Schranks hatte er ein Schild mit der Aufschrift „Wells Fargo Company" geschraubt. Es war das Geschenk eines Kollegen aus Phoenix in Arizona, den er bei einer internationalen Kriminalistentagung kennengelernt hatte und der von seiner US-Leidenschaft wusste.

Doch das waren alles alte Geschichten aus seiner glorreichen Zeit und interessierten Greg jetzt nicht im Geringsten. Wie so oft zog er die einzelnen Regale heraus, durchwühlte wohl zum hundertsten Mal alle Laden. Zum Schluss hockte er sich hin und tastete mit den Fingern nach dem geheimen Mechanismus, der die Schublade öffnete, die hinter dem Sockel des Schranks verborgen war und die sich ihm zum wiederholten Mal mit dem Objekt präsentierte.

„Dieses verdammte Biest", murmelte Greg und fuhr mit den Fingern über das schimmernde Objekt. „Warum hat sie das bloß gemacht? Oh, du Biest!" Aus seinem Mund klang dieses Wort wie eine Liebeserklärung, denn er wusste, dass ihn der Dreck magisch anzog. Deshalb war er auch Polizist geworden. Um dem Dreck und dem Abschaum nahe zu sein. Ruckartig stand er auf und alles begann vor seinen Augen zu verschwimmen. Er musste sich an dem Büroschrank abstützen, um nicht der Länge nach hinzuschlagen, dann wankte er zu dem Safe, der hinter einer elegant drapierten Konföderiertenflagge in der Wand versteckt war. ‚Die Tabletten haben es aber in sich‘, dachte er und spürte, dass seine Koordination schon ein wenig nachließ. Er wurde eben alt, musste Tabletten schlucken und machte trotzdem Fehler.

Die Fehler waren das Entscheidende. Schon der kleinste Fehler konnte sich zu einer Katastrophe auswirken. Weshalb hatte er damals nicht genauer aufgepasst, als sie bei ihm gewesen war? Wie konnte sie die geheime Lade mitbekommen haben? Jetzt steckte er bis zum Hals in dem Schlamassel und wusste nicht, wie er da jemals wieder rauskommen konnte. Alles, was er sich so mühsam über die Jahre aufgebaut hatte, begann zu bröckeln, es war wie ein Erdbeben, das sich ausbreitete und alles im Umkreis in Schutt und Asche legte.

Beim dritten Anlauf hatte er die richtige Safe-Kombination geschafft und öffnete die Tür. Beruhigt atmete er auf. Die 38er Special Smith & Wesson mit dem kurzen Lauf lag noch in der Schachtel, genau so, wie er sie hineingelegt hatte. Wenigstens einen Teil hatte er noch unter Kontrolle. Er schloss die Safetür und setzte sich an den Schreibtisch. Der Anblick der Waffe hatte ihn beruhigt, hatte ihm seltsamerweise wieder die Kraft gegeben, klar zu denken, eine Strategie zu entwickeln. Er würde nicht klein beigeben, sondern alles genauso machen wie geplant. In einem Monat würde er in Amerika sein. Auf seiner Maschine sitzen und den Westen im Blick haben.

Mit einem leisen Piepsen erwachte der Computer zum Leben und auf dem Monitor verschwand der Screenshot aus *Easy Rider*. Greg loggte sich in das System der Kriminalpolizei ein und scrollte durch die verschiedenen Berichte. Schließlich wurde er fündig. Es war eine Analyse der Ballistik, die Flugbahn und Drall der Kugeln vom Tankstellenüberfall untersucht hatten. Hektisch suchte Greg nach seiner Brille, denn die Schrift auf dem Bildschirm war verdammt klein und nur sehr schwer zu entziffern. Er überflog die lähmenden Details, die alle in einem wissenschaftlichen Kauderwelsch verfasst worden waren, und widmete sich dem Resümee. Dort stand, dass die Patrone eine charakteristische Abnutzung durch den Lauf hatte, sie also leicht der Waffe zuzuordnen sei, wenn man diese finden würde. Aber bisher hatte man weder die Waffe noch die Täter gefunden, ja, es gab nicht einmal einen leisen Anhaltspunkt. Braun hatte natürlich recht, er hatte den Fall nicht gerade mit höchster Dringlichkeit bearbeitet, sondern immer nur darauf gewartet, dass dieses Medium Olin aus dem Koma erwachte.

Greg lehnte sich zurück, verschränkte die Arme im Nacken, überlegte kurz, dann tippte er einige Zeilen in den Computer und schloss das Programm. Als er sich ausgeloggt hatte, fühlte er sich leicht und entspannt. Es war doch ganz einfach, die Dinge wieder in die richtige Reihenfolge zu bringen.

Ein Blick auf die Uhr zeigte ihm, dass es bereits drei Uhr morgens war. Verdammt, er hatte die Zeit wirklich komplett übersehen. Schnell ging er in seine Küche, packte hastig Wasserflaschen und zellophanierte Sandwiches in eine Tasche und ging über die Treppe in die Tiefgarage, wo sein Opel Kombi stand. Als er die Autoschlüssel in seiner Jackentasche suchte, kam ihm ein junges Pärchen entgegen, das auf seiner Etage wohnte.

„Hallo, Herr Keller. So spät noch unterwegs?“, sagte die junge Frau fröhlich, und Greg kam es vor, als hätte sie ihm zugeblinzelt.

„Muss zum Dienst“, brummte er und ging weiter. Hinter sich hörte er die beiden jungen Leute kichern.

Tja, er würde leugnen müssen, wenn man ihn darauf ansprechen würde, was er so spät in der Tiefgarage zu suchen hatte. Leugnen würde ihm nicht schwerfallen. Damit kannte er sich aus.

Die Stadt war still und die Straßen waren leer. Das war seine Stadt, und seit über vierzig Jahren war er Polizist und hatte dafür gesorgt, dass die Bewohner dieser Stadt ruhig schlafen konnten. Er hatte eine der höchsten Aufklärungsquoten bei Tötungsdelikten und hatte sich einen fähigen Nachfolger herangezüchtet.

Bei dem Gedanken an Tony Braun musste Greg lächeln. Braun war wie er selbst. Ehrgeizig, unkonventionell und ein Einzelgänger. Er sah nur besser aus. Hatte dunkelbraune Augen und schwarze Haare, war aber kein Schönling, sondern auf seine Weise interessant. Aber Braun hatte noch etwas, was ihm selbst schon seit Langem verloren gegangen war: Integrität. Braun würde nie in den Sinn kommen, einen Pakt mit dem Teufel zu schließen.

Braun war ein Mann mit Prinzipien, der stundenlang vor den Fotos der Mordopfer stehen konnte, um sich in deren Leben und Sterben hineinzuversetzen, um so eine Spur des Täters zu finden. Braun war der richtige Nachfolger für ihn, wenn er nicht zu EUROPOL ging. Vielleicht wäre das aber besser für ihn. Den ganzen Sumpf dieser Stadt mit ihren Intrigen und kleinkarierten Eifersüchteleien einfach hinter sich lassen und in Brüssel bei EUROPOL neu beginnen. Das hätte auch er machen sollen, damals, als es für ihn noch eine Zukunft gab.

Greg fuhr und fuhr und hörte dabei seine geliebte Countrymusik. Schade, dass die Straßen hier in Österreich nicht einfach endlos waren und bis an den Pazifik führten, sondern nur in die Berge oder durch die Wälder. Aber das war besser als nichts. Autofahren war schon immer die beste Therapie für ihn gewesen, und er spürte, dass er sich mit den Kilometern, die ihn von Linz entfernten, immer mehr entspannte, wieder ganz der Alte wurde: selbstbewusst, energiegeladen, ein Mann aus Stein, ein Monument aus Granit, das aus diesem ganzen menschlichen Müll hinausragte und sich eine eigene Wirklichkeit erschuf.

25

Durch ein schmales Gangfenster betrachtete Braun am frühen Morgen die Frau, die in dem Krankenbett lag und an die Decke starrte. Sie war sehr dünn, ihre Haut wirkte durchscheinend und sie hatte kurze brünette Haare. Soweit er erkennen konnte, war ihr Gesicht schmal und zart, ihre Lippen waren voll und verliehen ihren Zügen einen sinnlichen Ausdruck. Olivia Maldone war neunundzwanzig Jahre alt und sah so ganz anders aus, als Braun sich ein Medium vorgestellt hatte. Er hatte zwar Fotos von ihr im Büro gesehen, aber auf diesen Bildern hatte sie noch lange Haare und ihre feinen Züge waren überhaupt nicht zu erkennen gewesen. Es waren einfach Tatortfotos, auf denen die nummerierten Tafeln von den Opfern ablenkten – und von dem anderen Grauen.

Das andere Grauen, ging es Braun durch den Kopf. Das war jetzt seine Aufgabe, Olivia damit zu konfrontieren. Er hatte keine Ahnung, wie er ihr das beibringen konnte, aber es musste sein. Wenn sie tatsächlich ein Medium war, dann musste sie doch bereits etwas fühlen oder wenigstens erahnen. Aber dieses ganze esoterische Getue war sowieso nur Unsinn, keine Sekunde glaubte er diesen Scheiß.

Plötzlich drehte Olivia den Kopf in seine Richtung, so als hätte sie gespürt, dass Braun über sie nachdachte. Überrascht stellte er fest, dass sie ein blaues und ein grünes Auge hatte, etwas, das er noch nie gesehen hatte. Außer bei David Bowie, der ja auch zwei unterschiedliche Augen hatte. Grüßend hob er die Hand, räusperte sich und öffnete die Tür.

„Inspektor Braun, Mordkommission", sagte er. „Ich hoffe, es geht Ihnen ein wenig besser. Können Sie sich noch erinnern, was vor drei Monaten passiert ist?"

„Ich weiß nur von zwei maskierten Personen, die in den Shop gestürmt sind."

„Sie wissen also nicht, was weiter geschehen ist."

Olivia schüttelte den Kopf und betrachtete Braun mit ihren merkwürdigen Augen. Scheiße, jetzt musste er dieser jungen Frau die Wahrheit sagen, das war hart, sehr hart sogar.

„Frau Maldone", begann er und räusperte sich.

„Nennen Sie mich bitte Olin. Alle nennen mich Olin."

„Na gut, also Olin, ich muss Ihnen leider etwas mitteilen. Etwas sehr Trauriges", begann er von Neuem.

„Kommen Sie näher", flüsterte Olin und setzte sich ein wenig auf. In ihrem Handrücken steckte noch eine Kanüle und aus einem Beutel, der an einer Metallstange hing, tropfte eine gelbliche Flüssigkeit in ihre Venen.

„Es dauert auch nicht lange", sagte Braun entschuldigend und schob mit seinem Fuß einen Stuhl heran, um sich an das Bett zu setzen.

„Geben Sie mir Ihre Hand." Die Stimme von Olin war weich, hatte aber etwas Bestimmendes, dem man sich nicht widersetzen konnte. Gehorsam streckte ihr Braun seine Hand entgegen und spürte die kalten Finger, die langsam seinen Handrücken entlangfuhren.

„Ziehen Sie bitte die Lederjacke aus und krempeln Sie den Ärmel Ihres Hemds hoch", sagte sie.

„Bitte? Muss das sein?"

„Ja, es muss sein." Olins Stimme duldete keine Widerrede. Braun seufzte, hängte seine Lederjacke über die Stuhllehne und krempelte seinen Ärmel hoch. Olin schloss die Augen und fuhr mit ihren Fingerspitzen über seinen Unterarm, dabei bewegte sie die Lippen, als würde sie mit jemandem eine geheime Zwiesprache halten. Als sie die Augen wieder öffnete, bemerkte Braun, dass sie weinte.

„Sie reden von meiner Familie", flüsterte sie und sah ihn verzweifelt an. „Sie sind hier, um mir zu sagen, dass ich keine Familie mehr habe."

„Ja!" Brauns Stimme war rau und er nickte betreten. „Das stimmt. Ihr Mann und Ihre Tochter sind tot. Sie haben nur ganz knapp überlebt. Es tut mir leid." Er machte eine kurze Pause. „Sind Sie in der Lage, uns zu helfen? Können Sie uns helfen, die Täter zu finden?"

Olin schwieg und lag mit geschlossenen Augen auf dem Bett. Ihr Gesicht war noch durchscheinender geworden und löste sich beinahe in dem weißen Bezug auf. Vorsichtig tippte Braun auf ihren Arm.

„Olin? Geht es Ihnen nicht gut? Soll ich einen Arzt rufen?"

„Nein, ich brauche keinen Arzt. Geben Sie mir bitte das Foto aus der Lade dort." Sie drehte leicht den Kopf zu dem metallenen Nachttisch neben ihrem Bett.

Braun zog die Lade auf und griff nach dem Foto, das ganz zuoberst lag. Es zeigte Olin mit einem kleinen, vielleicht fünfjährigen Mädchen und einem schwarz gelockten Mann, der beide umarmt hielt. Braun fühlte einen Stich in seinem Herzen. Die Frau hatte bei dem Überfall ihren Mann Theo und ihre kleine Tochter Sarah verloren. Die beiden waren einfach ohne ersichtlichen Grund erschossen worden. Es war ein vollkommen sinnloser Tod gewesen. Olin hatte nur durch Zufall überlebt.

„Es war kein Zufall, dass ich überlebt habe", sagte Olin und Braun zuckte zusammen. Konnte sie vielleicht auch Gedanken lesen?

„Ich habe überlebt, weil ich eine Mission habe."

„Was für eine Mission?", fragte Braun und überlegte, ob es nicht besser wäre, die Befragung auf einen anderen Tag zu verschieben, denn Olin wirkte ein wenig durcheinander. Was kein Wunder war.

„Ich habe meine Gabe lange verleugnet, wollte mit meiner Familie ein normales Leben führen. Aber das geht jetzt nicht mehr."

Olin griff nach dem Foto, das auf ihrer Brust gelegen hatte, und ließ es auf ihre Stirn gleiten. Sie schien ständig zu reden, denn ihre Lippen bewegten sich, aber Braun konnte nichts hören. Plötzlich wurde Olin von einem Krampf geschüttelt, ballte die Fäuste und drückte den Kopf fest in die Kissen.

„Bitte nehmen Sie das Bild weg", rief sie. „Schnell!"

„Ich hole eine Schwester!"

„Nein, ich brauche niemanden. Es geht mir gut."

Stirnrunzelnd legte Braun das Foto wieder zurück in die Lade und Olin entspannte sich. Sie schlug die Augen auf und betrachtete ihn prüfend. Er war sich nicht sicher, ob sie das alles ernst meinte oder noch immer unter Medikamenteneinfluss stand. ‚Das bringt nichts!', dachte er und wollte gerade aufstehen, doch Olin hielt ihn am Arm zurück.

„Es waren zwei Personen", sagte sie. „Sie trugen Motorradhelme und eine der Personen wirkte sehr nervös. Die andere Person hat sofort geschossen und nur einer der beiden hat geredet."

„Wer hat geschossen?", fragte Braun und holte sein kleines Notizbuch aus seiner Lederjacke. „Können Sie den Schützen beschreiben? Gab es vielleicht ein charakteristisches Merkmal an ihm, woran Sie sich noch erinnern können?“

„Ich weiß es einfach nicht. Ich sah nur die Pistole und wusste im selben Moment, dass es eine Katastrophe geben würde. Die Waffe hatte übrigens einen sehr langen Lauf.“

„Ja, das haben wir festgestellt.“ Braun nickte. Das deckte sich mit den Analysen der Ballistik. Es war ein Colt Anaconda .44 Magnum mit langem Lauf gewesen. Aber die Nachforschungen bei Waffenverkäufern hatten nichts ergeben. Niemand hatte in letzter Zeit in Österreich einen Colt Magnum gekauft. Wahrscheinlich stammte die Waffe auch aus dem Ausland. In Tschechien gab es einen regen Handel mit illegalen Schusswaffen. Vielleicht stammten die Täter auch aus dem benachbarten Ausland, wollten nur schnell eine Tankstelle überfallen und die ganze Sache war einfach komplett aus dem Ruder gelaufen.

„Könnten die Täter vielleicht Ausländer gewesen sein? Oder der Wagen, können Sie sich vielleicht an den Wagen erinnern? Denken Sie nach und lassen Sie sich ruhig Zeit.“

Bedächtig schüttelte Olin den Kopf.

„Es war kein normaler Überfall.“

„Wie kommen Sie darauf?“

„Das Verhalten der beiden Personen. Sie wirkten so gegensätzlich. Eine Person war fahrig und nervös, die andere zielgerichtet und auf das Töten fixiert. Mehr weiß ich nicht. Ich bin keine sehr gute Zeugin, ich weiß.“

„Sie machen das sehr gut.“

Braun dachte kurz nach, ehe er seine nächste Frage stellte.

„Entschuldigen Sie, wenn ich das jetzt so direkt frage: Aber als Hellseherin müssen Sie doch etwas mehr wissen. Hellseher wissen doch, mit wem sie es zu tun haben. Egal, ob das Gegenüber einen Helm mit Visier trägt oder nicht.“

„Ich bin keine Hellseherin. Ich bin ein Medium."

„Wo liegt da der Unterschied?"

„Ein Medium hat in der Welt der Toten oder in dem Zwischenreich jemanden, der ihm Ratschläge und die richtigen Antworten gibt. Bei mir ist das meine Großmutter, mit der ich Zwiesprache halte."

Olin beugte sich zur Seite und griff wieder nach Brauns Arm.

„Es läuft alles ganz falsch für Sie! Jemand aus Ihrem engen Umkreis hintergeht Sie", flüsterte sie. „Nehmen Sie sich in Acht."

26

Britta hätte sich gerne das Blut aus dem Gesicht gewaschen und ihr T-Shirt gereinigt, das ebenfalls voll verkrustetem Blut war. Aber dafür war das Trinkwasser zu wertvoll, denn sie wusste nicht, wann man ihr wieder etwas zu essen und zu trinken bringen würde.

Mit dem Handy in der Hand war sie irgendwann eingeschlafen und hatte von ihrer Schwester und der Wohnung geträumt, die sie vielleicht niemals wieder sehen würde. Als sie erwachte, lagen eine Wasserflasche und Brot neben der Öffnung, die in den Gang führte. Auf allen vieren schlich Britta zu dem Wasser, erwartete jeden Moment, dass der Mann mit der dicken Brille aus der Dunkelheit auftauchen und sie töten würde. Aber es kam niemand.

Gierig verschlang sie das Brot und trank schnell in großen Schlucken, bis sie husten musste und das zerkaute Brot wieder ausspuckte. Weinend sackte sie zusammen und vermisste Ulla schmerzlicher denn je.

Denn jetzt war sie wieder alleine und fror und zitterte, denn sie hatte nichts weiter als ihr blutverkrustetes, dünnes T-Shirt und ihre abgeschnittenen Jeans. Mit dem Fuß stieß sie gegen den Sack, der durch den Luftschacht zu ihr heruntergefallen war und dessen Inhalt bereits zu stinken begann. Sie wollte diesen Sack auf gar keinen Fall noch einmal öffnen, denn noch immer verfolgte sie das Bild des gehäuteten Hasen, dessen Kopf und Läufe noch von Fell überzogen waren, der aber ansonsten nur aus glasig-grauem Fleisch bestand.

Doch dann kam ihr wieder dieser Schacht in den Sinn. Weshalb war ihr diese Öffnung nicht schon früher aufgefallen? Auf Zehenspitzen schlich sie zu dem engen Loch, das in eine enge Röhre führte, die schmal wie ein Abwasserrohr war und durch den sie einen leisen Lufthauch spürte. Einen Lufthauch, der Freiheit und Licht bedeuten konnte. Mit einer Hand erwischte sie einen vorstehenden Eisenhaken und zog sich daran in das Rohr hinauf. Mit den Fingerspitzen zog sie sich höher und höher durch die schmale Röhre, die immer enger und niedriger wurde. Bald hatte sie die Luft zum Atmen verbraucht und musste sich zusammenreißen, um nicht zu kollabieren, um nicht wieder nach unten in den Bunker zu rutschen. Sie konnte einfach nicht länger in diesem Bunker bleiben, nicht mit der Angst, die sie vor dem Mann mit der dicken Brille empfand. Es war einfach unmöglich. Niemand konnte von ihr verlangen, dass sie wartete, einfach tatenlos auf dem Boden hockte, bis etwas passierte. Und es würde etwas passieren, das ahnte sie. Der Mann würde ihr etwas antun, und dann war sie genauso tot, wie vielleicht ihre Schwester jetzt tot war.

„Ulla, wo bist du?"

Bange Sekunden lauschte sie in die Stille. Doch sie erhielt keine Antwort.

Britta spürte, wie ihre Haut an den rauen Wänden der Röhre entlangschrammte, aufgerissen wurde, aber jetzt gab es kein Zurück mehr, und so schob sie sich Zentimeter um Zentimeter weiter nach oben, doch noch immer herrschte eine undurchdringliche Dunkelheit rings um sie. Als sie schon dachte, ihre Kräfte würden sie verlassen und sie müsste in dieser engen Betonröhre elend zugrunde gehen, sah sie einen feinen Lichtstrahl, der sich seinen Weg bis zu ihr bahnte, ihre Fingerspitzen umstrich, und mit letzter Anstrengung schob sie sich weiter. Plötzlich war die Helligkeit da, und das Licht blendete sie, so als würden tausend Schweinwerfer auf sie gerichtet sein und mit einem Schlag alles erleuchten.

Mit geschlossenen Augen lag sie auf dem Rücken und spürte Steine und Geröll unter sich, vorsichtig tastete sie umher, drehte sich auf den Bauch, wagte aber noch immer nicht, die Augen zu öffnen. Erst als die Sonne heiß auf ihren Nacken brannte, öffnete sie die Augen und erkannte, dass sie in einem ausgetrockneten Flussbett lag. Ächzend erhob sie sich, sah, dass ihre nackten Arme und Beine aufgeschürft und blutig waren, aber das war ihr im Moment egal. Sie fingerte das Handy aus ihrem Sneaker und wählte die Nummer. Nichts, sie hatte noch immer keinen Empfang. Schnell kroch sie die Böschung hinauf, um sich einen kurzen Überblick zu verschaffen, um vielleicht einen Weg, eine Straße zu finden und sich in Sicherheit zu bringen. Als sie den Rand der Böschung erreicht hatte, sah sie nur einen dichten Wald, der dunkel und bedrohlich fast bis an den Rand des Flussbetts reichte und auf Britta undurchdringlich wirkte. Mit dem Handy in der Hand stolperte sie weiter, starrte auf das Display, auf dem noch immer kein Signal angezeigt wurde. An einem Busch riss sie sich ein großes Stück Stoff aus ihrem T-Shirt, doch sie achtete nicht weiter darauf. Die Sonne trocknete das Blut auf ihrer Haut, und in dem gleißenden Licht des anbrechenden Tages wusste Britta, dass sie nicht aufgeben durfte.

Wie eine Betrunkene torkelte sie an dem Flussbett entlang und stieg über das Geröll abwärts. Plötzlich lichtete sich der Wald, und sie sah eine Forststraße mit einer Holzbrücke, die über das Flussbett führte. Schon wollte sie die Böschung hinaufklettern, um auf der Forststraße weiterzugehen, da hörte sie plötzlich Schritte, die knirschend über das lockere Gestein in ihre Richtung kamen, und instinktiv versteckte sie sich wieder hinter großen Felsbrocken. War das der Mann mit der dicken Brille, der sie immer still beobachtet hatte? Britta legte sich flach auf den Bauch und robbte ein Stück zur Seite, um sich noch weiter hinter dem Felsbrocken zu verbergen. Die scharfkantigen Steine schnitten wie Messer in ihre Haut, aber sie spürte keinen Schmerz. All ihre Sinne waren auf die Schritte gerichtet, diese Schritte, die unaufhaltsam näher kamen, kleine Steine vor sich her kickten. Ganz vorsichtig hob sie den Kopf und sah die Gestalt, die durch das ausgetrocknete Flussbett ging. Die Sonne schien direkt auf den Mann, deshalb konnte sie sein Gesicht nicht genau sehen, aber an den Umrissen seiner Figur erkannte sie ihn. Es war der Mann, der sie im Bunker eingesperrt hatte. Jetzt hörte sie auch zum ersten Mal die hohe Stimme des Mannes, der ein Kinderlied sang. Es war ein Lied, das sie als kleines Kind gekannt hatte, ein Lied, das auch ihre Mutter oft gesummt hatte, wenn Ulla und sie nicht einschlafen wollten. Plötzlich hörte der Mann auf zu singen, und die Stille, die sich schlagartig ausbreitete, dröhnte in Brittas Ohren, als würden in ihrem Kopf die Sturmglocken mit aller Kraft geläutet.

„Was ist, Ginger?“, hörte sie die hohe dünne Stimme. „Riechst du schon wieder ein Tier?“

Ein Hund knurrte leise und begann zu hecheln. Oh mein Gott, der Mann hatte einen Hund! ‚Ein Hund wird mich sofort finden und über mich herfallen‘, dachte sie voller Entsetzen.

„Wir haben jetzt keine Zeit für die Jagd. Wir müssen zu unserem Mädchen im Bunker. Los, komm!“

Der Mann pfiff leise und der Hund hörte auf zu knurren. Langsam entfernten sich die Schritte, doch Britta fand keine Ruhe, im Gegenteil, sie begann am ganzen Körper zu zittern.

Die Panik, die sich Britta als kleines pelziges Tier vorstellte, das bisher in ihren Eingeweiden ruhig geschlafen hatte, erwachte jetzt zu neuem Leben, kroch langsam in ihrem Inneren nach oben, fraß sich rücksichtslos durch die schützenden Hautschichten, bis nichts mehr von ihr übrig blieb als eine durchscheinende Hülle, die jeden Augenblick zerreißen und ihr wahres Ich zum Vorschein bringen konnte. Sie musste dieses Paniktier in ihrem Inneren wieder unter Kontrolle bekommen, erst dann konnte sie sich zu erkennen geben. Regungslos hockte sie auf dem Geröll, krallte ihre Hände in ihren Bauch, um der Panik zu zeigen, wer hier der Stärkere war.

Mit geschlossenen Augen kämpfte Britta gegen das Paniktier in ihrem Körper, und als sie es endlich wieder in die hintersten Winkel verbannt hatte und langsam die Augen öffnete, da waren der Mann mit der dicken Brille und sein Hund verschwunden und die Brücke lag einsam und leblos vor ihr im Licht der Nachmittagssonne. Schwankend richtete sich Britta auf und kletterte zurück auf den Forstweg. Wie in Trance ging sie bergab, die Sonne blendete sie und der Wind spielte mit ihren blutverkrusteten Haaren, liebkoste ihre Haut, wisperte ihr ins Ohr. „Du kannst jetzt ganz beruhigt sein. Alles wird gut. Sei du selbst. Sei einfach Britta."

27

„Wo bist du?“ Er trug das Nachtsichtgerät des Jägers und tastete sich durch das Bunkerlabyrinth bis in den hintersten Raum, der ihr Gefängnis war. Auf dem Boden lagen noch der Sack mit dem abgehäuteten Hasen und eine leere Wasserflasche. Ein angebissenes Stück Brot leuchtete wie eine verbotene Frucht durch das Nachtsichtgerät.

„Wo bist du?“, fragte er leise und sah sich prüfend um. Nichts zu sehen, der Bunker war leer und sie war verschwunden. Doch das konnte nicht sein, denn sie hatte das noch nie versucht. Sie hatte in dem Bunker immer nur auf dem Boden gesessen und versucht, mit ihrem Handy zu telefonieren. Außerdem hätte sie die Tür niemals öffnen können, denn er hatte doch den Baumstamm davorgelegt. Dann sah er den schmalen Schacht, durch den er den Sack mit dem Hasen geworfen hatte. Der Luftschacht. Natürlich, sie war durch den Luftschacht gekrochen. Er hätte niemals den Sack durch diese Röhre zu ihr werfen dürfen, denn erst dadurch hatte sie ihn bemerkt. Aber wie konnte sie durch den Luftschacht verschwinden? Er war doch viel zu eng.

Deprimiert schlich er wieder durch den niedrigen Gang nach draußen. Er hörte den Hund leise hecheln. Ja, Ginger, sein Mädchen, liebte ihn. Aber das war nicht dasselbe. Der Hund war ein Tier, aber das Mädchen im Bunker war ein Mensch und gehörte ihm. Deshalb durfte sie nicht einfach ausbrechen und verschwinden. Das konnte er nicht zulassen. Als er das Nachtsichtgerät wieder in seinem großen unförmigen Rucksack verstaut hatte, drehte er sich ratlos umher, denn er wusste nicht weiter. Wohin war sie verschwunden?

Jetzt kam sie wieder, diese hilflose Wut, die keinen Ausweg fand. Er ballte die Fäuste und starrte in die Sonne, bis die schwarzen Flecken vor seinen Augen tanzten. Aber auch das half nicht gegen die Wut. Sein Mädchen war weg, das konnte er nicht zulassen. Er erinnerte sich an damals, als Joe ihn geärgert hatte. Dann zertrat er Spinnen, Käfer und riss den Fliegen die Flügel aus. Die konnten sich nicht wehren, konnten ihn nicht beleidigen, konnten nicht sagen: Du bist doch dumm, blöde und jagst die Mädchen. Ein Vogel zwitscherte und flatterte ruhig von Ast zu Ast, bis er anmutig sitzen blieb. Leo griff nach seinem Bogen, holte einen Taiga Arrow heraus und wurde eins mit der Waffe. Der Pfeil sirrte durch die Luft und traf den Vogel direkt in die Brust, spießte ihn an den Baum. Leo atmete tief aus und ein, als er den Pfeil aus dem Stamm zog und den Vogel herunternahm. Er hatte ein schönes Gefieder, schwarz mit einer roten Brust. Sein Schnabel war gelb. Leo streichelte über das Gefieder, das sich weich und flaumig anfühlte. Dann ließ er den Vogel zu Boden fallen und zerquetschte ihn mit seinem Schuh.

„Wir müssen sie finden“, sagte er zu Ginger und die Hündin sah ihn mit ihren großen braunen Augen treuherzig an. Langsam ging er über das ausgetrocknete Flussbett, suchte den Luftschacht zwischen all dem Geröll.

Ginger hatte das Stück Stoff sofort entdeckt. Wenn der Hund nicht gewesen wäre, dann hätte es Leo glatt übersehen. So aber wusste er mit Bestimmtheit, in welche Richtung sein Mädchen aus dem Bunker geflohen war. Ginger schnüffelte und leckte über das noch feuchte Blut, das überall auf den Steinen klebte. Natürlich, sie musste sich ziemlich aufgeschürft haben, denn der Luftschacht war eng, so eng, dass es Leo niemals geschafft hätte, durch ihn hindurchzukriechen.

„Los, Ginger, braves Mädchen, such!", befahl Leo und hielt dem Hund das Stück Stoff unter die Nase. Sofort zerrte Ginger an der Leine und rannte das ausgetrocknete Flussbett entlang. Seit wann mochte das Mädchen aus seinem Gefängnis entkommen sein? Dem Blut auf den Steinen nach zu urteilen, keine zehn Minuten. Er hatte also gute Chancen, sie einzuholen und wieder zurückzubringen. Hinter einem großen Steinbrocken fand Ginger eine blutige Spur auf den scharfkantigen Steinen. Ein Stück Jeansstoff. Er war auf der richtigen Fährte, er würde sie fangen. Denn sie gehörte ihm. In seinen Träumen sah er sie vor sich. Wenn er im Stall arbeitete, hatte er ihr Gesicht vor Augen, ihre blonden Haare, die er so gerne berührt hätte, aber natürlich getraute er sich das nicht. Noch nicht. Doch wenn er sie jetzt einholen würde, dann wäre alles anders, dann würde er diese schönen Haare berühren, seinen Kopf in ihnen verbergen wie in einem Seidenkissen.

Weiter vorne hörte er Motorengeräusche. Hastig versteckte er sich hinter dem Felsschutt, spannte seinen Bogen. Wer kam um diese Zeit den Forstweg entlang? Er holte den Feldstecher aus seiner Hosentasche und stellte ihn scharf, dann sah er einen tschechischen Jeep mit der Aufschrift „Policie". Wahrscheinlich suchte man auch in Tschechien nach dem verschwundenen Mädchen. Noch gestern hatte er den Hubschrauber gehört, der im Tiefflug über den Wäldern gekreist war. Doch niemand außer ihm wusste von der Existenz des Bunkers.

Der Jeep fuhr im Zeitlupentempo über den Forstweg und Leo duckte sich noch tiefer und legte seine Hand auf die Schnauze von Ginger. Heute wollte er nicht gesehen werden, heute war er viel zu nervös für ein Gespräch, er konnte nicht gleichzeitig denken und reden und würde sich verplappern. Deshalb war es besser, heute den Menschen aus dem Weg zu gehen. Denn sonst könnte man ihn sofort mit dem verschwundenen Mädchen in Verbindung bringen. Und das wäre sehr schlimm. So viel kapierte sogar er. Aber er musste sie unter allen Umständen finden, denn sie hatte seine Träume mit Beschlag belegt und ließ ihn einfach nicht mehr aus ihren Klauen. Sie war wie eine Spinne, die ihr Netz über ihn geworfen hatte.

Als der Jeep verschwunden war, nahm er sofort wieder die Verfolgung auf. Ginger machte ihre Sache richtig gut und schnüffelte an allen Büschen, fand die richtigen Abzweigungen und sogar eine einzelne Haarsträhne, die sich in einem Gebüsch verfangen hatte. Sie hatte sich versteckt; hatte sie ihn etwa bemerkt? Aber das war unwahrscheinlich, denn er war noch weit hinter ihr und außer Sichtweite. Langsam senkte sich die Sonne blutrot hinter dem Horizont und tauchte die Landschaft in ein unerhörtes Farbenspiel. So oft hatte er dieses Spiel von Sonne und Natur schon beobachtet, aber noch nie war es ihm so intensiv erschienen wie jetzt. Im Licht der untergehenden Sonne sah er eine Silhouette ein Stück weit vor sich. Er sah die wehenden Haare, und ein Glücksgefühl durchströmte ihn. Dort vorne war sie, und sie würde es nicht bis zum Haus hinter dem Hügel schaffen, denn dann wäre er schon bei ihr und würde sie wieder zurückbringen in seine Wunderwelt.

28

„Niemand kümmert sich darum, ob der Mörder deiner Familie gefunden wird. Es ist bereits viel Zeit verstrichen, in der du dich geweigert hast, deine Gabe anzunehmen. Wenn du sie jetzt nutzt, dann wirst du auch zu dem Mörder deiner kleinen Tochter geführt."

Olin hatte das Gefühl, als würde ihre Großmutter direkt neben ihr stehen und ihr diese Worte ins Ohr flüstern. Sie lehnte den Kopf wieder zurück auf die Kissen und dachte nach. Inspektor Braun, der Polizist mit den sensiblen Augen, hatte ihr versprochen, den Mörder ihrer Familie zu finden, aber er war auf ihre Hilfe angewiesen.

Er hatte ihr wieder neuen Mut gegeben, sich mit der unfassbaren Tragödie auseinanderzusetzen, die ihr Leben völlig zerstört hatte. Noch vor wenigen Monaten war die Welt für sie lichtdurchflutet gewesen, und innerhalb weniger Sekunden war ein Todessturm aufgezogen und hatte Licht und Leben ausgelöscht.

„Was soll ich machen?"

„Du wirst den Täter auf eigene Faust suchen. Du hast die Kraft dazu, du wirst dich ganz auf deine Intuition verlassen."

„Aber ich muss noch in der Klinik bleiben. Die Ärzte finden es zu gefährlich, wenn ich jetzt schon aufstehe."

„Seit wann vertraust du den Ärzten? Folge deiner Bestimmung und kümmere dich nicht um die Meinung der anderen."

„Gut, ich folge dem Schlag meines Herzens."

Olin schloss die Augen und ließ den verhängnisvollen Morgen wie einen Film vor ihrem geistigen Auge ablaufen: Sie hatte den Tankstellenshop aufgesperrt. Theo, ihr Mann, war mit Sarah in den Kindergarten gefahren. Wie üblich hatte sie die Überwachungsanlage auf Tagesmodus umgestellt und sich geärgert, dass Theo die Kameras noch immer nicht ausgetauscht hatte. Die Kameras sind teuer, hatte er gesagt, und sie mussten sparen. Immer das verdammte Geld. Daran hatte sie gedacht, als die Tür aufging und zwei Maskierte in den Shop stürmten.

„Wo ist das Geld?"

„Hier in der Kasse. Bitte tun Sie mir nichts."

„Halt die Fresse. Los, her mit dem Geld."

Die Tür ging auf und sie hörte die glockenhelle Stimme von Sarah.

„Mama, habe was vergessen."

„Olin, Sarah will noch eine Lakritzenstange mitnehmen."

„Du hast es mir versprochen, Mama. Papa, die beiden, was tun die da?" Sarahs Stimme war schrill geworden, sie hatte Angst.

„Lasst sofort meine Frau in Ruhe und schert euch zum Teufel, ihr Gesindel! Bei uns gibt's nichts zu holen!" Theo war mutig, Theo fürchtete sich nicht. Doch als ein Schuss knallte, war Theo nicht mehr auf den Beinen, sondern lag auf dem Boden und presste die Hand auf seinen Bauch.

„Theo?" Olin erstarrte und konnte den Blick nicht von Theos Händen losreißen, sie sah auch jetzt noch das Blut zwischen den

Fingern hervorquellen, sah Theos Gesicht mit dem panischen Blick, der ihr sagte: Ich sterbe.

„Los, hauen wir ab!“, schrie die nervöse Gestalt, kramte das wenige Geld zusammen, und etwas blitzte auf, als er es in die Tasche seiner Jacke stopfte. Doch die andere schattenhafte Gestalt, deren Umrisse von dem flackernden Neonlicht zerhackt wurden, diese andere Person hob ruhig eine Pistole und zielte auf Sarah.

„Nein!“, hörte sich Olin schreien, als sie sich dazwischengeworfen hatte, aber da war es schon zu spät. Sie wurde hinabgestoßen in eine Welt des Eises und der Finsternis, wo nur noch der Schrecken regierte.

Olin spürte, wie ihr die Tränen über die Wangen liefen, als sich die Bilder ruckartig durch ihren Kopf bewegten. Sie versuchte sich an Details zu erinnern, die sie Braun sagen konnte, damit man die Mörder ihrer Familie endlich fasste.

Aber sie war zu unkonzentriert, das sterile Krankenzimmer lenkte sie ab, das Weiß der Wände war irritierend. Sie nahm ihre ganze Kraft zusammen und schwang sich aus dem Bett, zuckte leicht zusammen, als die Nähte der Schusswunde zu ziehen begannen. Sie biss die Zähne zusammen und stand auf. Langsam wie eine alte Frau ging sie zu dem weißen Schrank und suchte ihre Kleider. Olin fand sie in einem weißen Reinigungssack, den sie auf dem Bett ausleerte. Es war nicht viel, Jeans und der dicke Pullover, den sie an jenem schwarzen Morgen getragen hatte. Das Krankenhaus hatte ihn gereinigt, aber die Einschusslöcher grinsten sie noch immer höhnisch mit dunklen Rändern auf dem blauen Gestrick an und mit einem leisen Seufzer legte sie den Pullover zurück auf das Bett und weinte wieder.

Deutlich spürte sie die Kugel, die durch den Pullover, durch ihre Haut bis knapp oberhalb des Herzens drang, und sie schaffte es gerade noch ins Bad, wo sie in das Waschbecken kotzte.

Unmöglich konnte sie diesen Pullover noch einmal anziehen, da würde sie tausend Tode sterben. Deshalb stopfte sie das weiße Krankenhaushemd in ihre Jeans und schlüpfte in ihre Sneakers. Sie steckte den Pullover mit spitzen Fingern in die Reinigungstüte und klemmte sie sich unter den Arm. Mit den Schlüsseln für die Wohnung und den Tankstellenshop in der Hand verließ sie das Zimmer und schleppte sich zum Aufnahmetresen.

„Ich will nach Hause!" Jedes Wort war eine unglaubliche Anstrengung, und sie atmete heftig, alles drehte sich vor ihren Augen. Die Wunde schmerzte und pochte, so als wolle sie mit diesem Schmerz ständig an ihre Mission erinnern: Sie musste den Mörder ihrer Familie finden.

„Sie können doch nicht einfach so gehen, Olin", sagte die Krankenschwester mit einem leichten Tadel in der Stimme. „Sie sind noch nicht ganz gesund."

„Mir geht es gut. Ich fühle mich ganz ausgezeichnet." Olin fixierte die Schwester und lehnte sich auf den Tresen. „Ich brauche meine gewohnte Umgebung. Nur dann kann ich wirklich gesund werden. Auch hier drinnen." Sie tippte sich an die Schläfe und die Krankenschwester nickte verständnisvoll.

„Ich rufe den zuständigen Arzt. Er soll das entscheiden."

„Gut. Machen Sie das."

Olin spürte, wie eine bleierne Müdigkeit langsam von ihren Beinen aufwärts kroch. Am liebsten hätte sie sich in einen der bequemen Stühle gesetzt, die gegenüber der Anmeldung standen. Aber sie wusste, dass sie dann sofort einschlafen würde, und dann konnte sie ihr Vorhaben, das Krankenhaus zu verlassen, vergessen.

„Frau Maldone, was machen Sie denn für Geschichten."

Der Oberarzt hatte ein offenes klares Gesicht und wirkte überarbeitet. Mit müden Augen studierte er das Krankenblatt.

„Frau Maldone, ich kann Sie nicht gehen lassen. Ihre Werte sind noch nicht im normalen Bereich, und die Nähte müssen kontrolliert werden, um eine Infektion zu vermeiden. Nein, mit ruhigem Gewissen kann ich Sie nicht entlassen." Er legte das Krankenblatt wieder auf den Tresen und blickte Olin ins Gesicht.

„Interessante Augen haben Sie", meinte er plötzlich, und es klang nicht wie ein Kompliment, sondern wie eine klinische Feststellung.

„Ich unterschreibe eine Erklärung, dass ich auf eigene Gefahr gegangen bin. Das muss doch möglich sein."

„Ich weiß nicht so recht", druckste der Oberarzt herum und machte ein verzweifeltes Gesicht. Sein Pager piepste kurz auf und er las die Nachricht.

„Also was ist? Kann ich nach Hause?" Olin spürte ganz deutlich, dass der Oberarzt unter Stress stand und dringend zu einem Patienten musste.

„In Ordnung, aber Sie kommen morgen im Laufe des Tages zu einer Nachuntersuchung. Versprechen Sie mir das, Frau Maldone."

„Ja, ich verspreche es."

„Gut." Er hatte es so eilig zu verschwinden, dass er sich nicht einmal von Olin verabschiedete.

Als sie den Revers unterschrieben hatte und durch die Türen der Klinik nach draußen trat, fühlte sie sich plötzlich so winzig und alleine, so einsam, dass sie am liebsten losgeweint hätte. Sie fühlte sich wie ein winziger Stern, der auf sich gestellt in einem schwarzen Universum kreist und verzweifelt versucht, mit seinem einsamen Licht die Mächte der Finsternis in ihre Schranken zu weisen.

Sie winkte einem Taxi und ließ sich auf den Rücksitz fallen.

„Wohin wollen Sie denn?", unterbrach der Taxifahrer ihren schwarz mäandernden Gedankengang.

„Fahren Sie mich durch die Stadt. Dorthin, wo Lokale, Lichter und Menschen sind", sagte Olin und der Taxifahrer zuckte bloß mit den Schultern und meinte:

„Das kann teuer werden."

Die bunten Neonlichter der Stadt glitten an den Autofenstern vorüber und die Menschen auf den Straßen bewegten sich wie in einem Film. Selbst durch die geschlossenen Fenster fühlte sie, dass die Luft heiß, sinnlich und lebensbejahend aufgeladen war. Doch hier im Inneren des Taxis fröstelte es sie und sie schlang die Arme um ihren Oberkörper und die Wunde schmerzte, erinnerte sie an ihre Mission. Als sie an einem grell erleuchteten Hotel vorbeifuhren, ließ sie das Taxi anhalten. Ehe sie ausstieg, tippte sie noch eine SMS: „Danke für die Hilfe. Ich weiß, was ich jetzt zu tun habe. Olin."

29

Die Ausflugsschiffe, die unterhalb der Terrasse durch die Donau glitten, waren hell erleuchtet und jedes der vielen Lichter schien eine Botschaft durch die Nacht zu senden, eine Einladung, an Bord zu kommen. Die Musik, die von den Schiffen heraufwehte, klang wie ein Versprechen, eine Anleitung zum Glücklichsein.

Dieses Glück hätte auch Braun gebraucht, der mit Margot schweigend auf der Terrasse eines griechischen Restaurants direkt an der Donau saß und auf die Schiffe blickte. Braun war vor einer Stunde aus dem Polizeipräsidium nach Hause gekommen und ziemlich aufgewühlt gewesen. Gemeinsam mit Greg war er nochmals die Berichte der Suchtrupps durchgegangen, hatte die Hubschraubereinheit befragt und auch mit den tschechischen Kollegen telefoniert. Aber Britta Walek war wie vom Erdboden verschwunden. Mittlerweile hatte man erwogen, die Suche vom österreichisch-tschechischen Grenzgebiet auf ganz Europa auszudehnen und EUROPOL und INTERPOL um Unterstützung zu bitten. Doch Greg wollte zunächst nur mit den tschechischen Kollegen zusammenarbeiten.

„Wahrscheinlich hat der Entführer das Mädchen bereits weit nach Tschechien verschleppt“, hatte Greg gemutmaßt. „Dort finden wir sie ohne die Tschechen nie wieder. Die versackt wahrscheinlich schon in irgendeinem Puff.“

„Deshalb dürfen wir ja nicht aufgeben. Wir müssen sie finden. Ich habe so ein Bauchgefühl, dass sie noch immer in dem Grenzgebiet ist. Wir müssen die Suche intensivieren.“

„Mach das einmal Wagner klar.“ Greg seufzte und spielte mit seinem Feuerzeug. „Die Hundestaffel hat nichts gefunden. Die beiden Hubschrauber sind wieder zurück in Hörsching und die Freiwilligen brauchen einfach auch einmal ein freies Wochenende. Genauso wie du.“

Er deutete mit dem Zeigefinger auf Braun.

„Wann hast du deine Frau zum letzten Mal ausgeführt?“

„Weiß nicht, ist aber schon eine Weile her.“

„Da siehst du es. Deine Ehe geht den Bach hinunter, weil du dich nur für tote Mädchen interessierst. Hast du sonst keine Hobbys?“

„Doch, ich jogge fast jeden Tag.“

„Joggen? Das ist doch auch wieder so ein Egosport. Mach doch das Laufen gemeinsam mit deiner Frau.“

„Margot macht sich nichts aus Joggen.“

„Tja, dann geh meinetwegen abends mit ihr aus.“

So war das Gespräch weiter verlaufen, hatte sich von der toten Ulla Walek langsam zu Margot verlagert, und Greg hatte Braun geraten, doch das griechische Restaurant an der Donau aufzusuchen.

„Das ist etwas für Romantiker“, hatte ihm Greg hinterhergerufen. „Ach übrigens, Braun, in diesen Klamotten wirst du nie Chefinspektor.“

Das war ein Running Gag zwischen den beiden, denn Braun trug immer abgerissene Jeans, seine alte Lederjacke und seine schwarzen Haare reichten ihm fast bis auf die Schultern. Sommer wie Winter trug er seine geliebten Springerstiefel, auf die würde er auch später nicht verzichten, sie gehörten zu seiner Persönlichkeit wie das Fluchen, wenn er verärgert war.

„Du musst dich an coolen Persönlichkeiten orientieren. Sieh mal, Johnny Cash, der trägt immer schwarze Anzüge. Das nenne ich Stil."

„Ich werde es mir überlegen", hatte Braun wie immer gesagt und war in seinen alten Range Rover geklettert. Da war schon etwas Wahres dran. Immerhin war er keine dreißig mehr und würde bald den vierzigsten Geburtstag feiern. Da musste etwas geschehen.

Doch darüber redete er nicht mit Margot, sondern über den Mordfall Ulla Walek. Vielleicht auch, weil er sonst nicht wusste, was er im Augenblick mit seiner Frau reden sollte. Vielleicht auch, weil ihm der Fall so naheging, denn bald würden sie eine zweite Leiche haben, nämlich die von Britta, wenn sie das Mädchen nicht rechtzeitig fanden.

„Sie war schwanger, kannst du dir das vorstellen. Ein siebzehnjähriges Mädchen wird ermordet, und wir stellen fest, dass sie schwanger ist. Das ist die totale Scheiße."

„Können wir nicht über etwas anderes reden", unterbrach ihn Margot nach einiger Zeit. „Diese Mordfälle sind so deprimierend."

„Das ist nun einmal mein Job. Tut mir leid, aber du wusstest ja, dass du keinen Bankbeamten heiratest."

„Stimmt, das wusste ich", antwortete Margot leise und stocherte lustlos in ihrem Bananensplit herum. Auf Braun wirkte diese Szene ziemlich ernüchternd, deshalb versuchte er Margot ein wenig aufzuheitern.

„Ich habe da eine andere Zeugin kennengelernt. Eine äußerst interessante, aber ein wenig merkwürdige Frau."

„Auch wieder eine Leiche?"

„Spar dir deinen Zynismus. Sie ist Zeugin eines Mordfalls und außerdem ein Medium."

„Ach, ein Medium?“ Margot setzte sich aufrecht und Braun hatte plötzlich ihre ungeteilte Aufmerksamkeit.

„Ja, sie bildet sich ein, Kontakt mit Verstorbenen zu haben und in die Zukunft blicken zu können. Klingt alles ziemlich verworren, ich halte ja von diesen ganzen Dingen nicht so viel.“

„Bloß weil du deine Mutter Renate hasst, muss nicht jeder ein Idiot sein, der sich mit esoterischen Phänomenen beschäftigt“, konterte Margot und hatte bei Braun einen wunden Punkt getroffen. Renate, seine Mutter, beschäftigte sich neuerdings mit Tarotkarten, das hatte er von Margot erfahren.

„Ich bin eben Realist und kann mich bei meiner Arbeit nicht auf irgendwelche übersinnlichen Eingebungen verlassen. Die beiden Mädchen Ulla und Britta sind real, verstehst du. Eine der beiden ist tot und die andere verschwunden. Das ist meine Realität, nicht dieser Esoterikscheiß.“

„Ach, du denkst doch nur so, weil du aus einer Hausmeisterfamilie kommst. Da findest du immer alles albern, was ein wenig außerhalb der Norm liegt.“ Margot legte ihre ganze Verachtung in diese Worte, und sie wusste, dass sie Braun damit verletzen würde.

„Nein, ich stehe zu meiner Herkunft. Wenn du dich für mich schämst, dann musst du dich eben trennen.“

„Ich schäme mich nicht für dich, aber ich finde deine Ignoranz beschämend. Ein Medium ist etwas Besonderes, das ist doch keine dumme Tussi.“

„Olin ist auch etwas Besonderes. Sie hat zwei unterschiedliche Augen, genauso wie David Bowie. Das macht sie unglaublich interessant. Außerdem ist sie verdammt hübsch.“

Scheiße, das hatte er nicht sagen wollen, aber jetzt war es zu spät. Margot presste den Mund zusammen und ihre Augen sprühten

Funken, die heller und leuchtender waren als die Beleuchtung der Schiffe, die lautlos über den schwarzen Fluss trieben.

„Ach, du stehst also auf dieses Medium. Nennst sie ja schon mit dem Vornamen: Olin."

Margot betonte den Namen übertrieben, jeder einzelne Buchstabe trieb in die Nacht hinaus, schwebte über den Fluss und versank wie eine Sternschnuppe in dem Lärm eines Partyschiffes.

„Und zu mir sagst du, dass sie ein dummes Medium ist." Gekränkt zerhackte Margot mit ihrem Löffel die Banane, zerdrückte dann das Eis, bis nur noch ein formloser Brei übrig blieb.

„Du kotzt mich an, Tony Braun. Weißt du das, entweder es sind die toten Frauen, von denen du schwärmst, oder die lebendigen. Eine Zeugin, dass ich nicht lache. Was hat sie denn gesehen mit ihren David-Bowie-Augen?"

„Ihr Mann und ihre kleine Tochter wurden bei einem Überfall erschossen. Sie selbst hat mit knapper Not überlebt. Das ist passiert."

„Oh, das tut mir leid. Das wusste ich nicht. Bitte verzeih mir." Margot griff über den Tisch und legte ihre Hand auf Brauns Arm. Es war dieselbe Berührung wie von Olin, aber diesmal empfand er seltsamerweise nichts dabei. War dieses elektrisierende Knistern, das ihn mit Margot verbunden hatte, verschwunden, hatte es sich im Alltagsgeplänkel und den kleinlichen Streitereien aufgelöst und seine fesselnde Wirkung verloren?

Margot schien das zu spüren, denn schnell zog sie ihre Hand wieder zurück, als würde Brauns Arm in Flammen stehen, und widmete sich wieder ihrem zerronnenen Nachtisch.

Es war ein trauriger Abend, das konnte er in den hellen Augen von Margot lesen, die Eis, Schnee, Hitze, Wüste, Liebe und Hass gesehen hatten und jetzt resignierten. Es war ein trauriger Abend, denn zwischen ihnen war das Feuer niedergebrannt, flackerte noch manchmal hell und mächtig auf und gab ihnen die Illusion, dass sich alles zum Guten wenden konnte, dass sie eine goldene Ehe führen würden.

Brauns Handy klingelte, und er sah, dass er eine SMS bekommen hatte. Noch ehe er danach greifen konnte, hatte Margot das Handy schon in der Hand. Sie las die SMS und hielt sie Braun mit einem verbitterten Zug um den Mund entgegen.

„Das muss ja eine ziemlich intensive Zeugenbefragung gewesen sein. Dass du sogar deine Privatnummer weitergibst."

Braun las die SMS:

„Danke für die Hilfe. Ich weiß, was ich jetzt zu tun habe. Olin."

30

Das weiße Haus leuchtete im Sonnenlicht. Die vordere Front war mit Blumengirlanden geschmückt, und auf der großen Wiese vor dem Haus hatte man eine Bühne aufgebaut, auf der eine Band spielte. Neben der Bühne befand sich eine große Tafel, in deren Mitte eine mehrstöckige Torte thronte. Männer in schwarzen Anzügen saßen an dem Tisch und tranken Bier aus tönernen Krügen. Die Frauen trugen weiße Kleider und ihre Haare leuchteten in der Sonne. Aus der Ferne betrachtet wirkte dieses Haus mit den vielen festlich gekleideten Menschen davor wie aus einer anderen Welt. Es war, als wäre die Zeit stehen geblieben und hätte diese Szene konserviert. Es hätte vor fünfzig und vielleicht auch vor hundert Jahren gewesen sein können. Aber es war ein Samstag und eine Woche zuvor war ein Mädchen brutal ermordet worden und ein anderes verschwunden.

Dutzende von Polizisten hatten in dem Grenzgebiet die Wälder durchsucht, aber die Suche war vergebens gewesen. Jetzt hatten sie das erste freie Wochenende und waren abgezogen. Es war, als wäre ein Stück Normalität wieder in die Landschaft zurückgekehrt, als wäre die Zeit wieder zurückgedreht worden, in eine Epoche, als alles viel schöner und viel sicherer gewesen war. Aber diese Sicherheit war trügerisch, denn wenn man einen Blick auf den Forstweg riskieren würde, dann hätte man eine Silhouette am Waldrand entdeckt, die gebannt das bunte Treiben beobachtete. Neben dieser Gestalt hätte man einen braunen Hund regungslos sitzen sehen, doch das wäre noch nicht besonders erwähnenswert gewesen. Interessant war, dass die Gestalt am Waldrand einen Bogen in der Hand hielt und ein entferntes Ziel anvisierte.

Jetzt könnte man sich genauer auf den Forstweg konzentrieren und die anmutig schwankende Gestalt entdecken, die man zunächst beinahe übersehen hätte. Es war ein junges Mädchen, dessen lange Haare wie aus Gold gewirkt schienen und schwer auf ihren Schultern lagen. Ihre nackten Arme und Beine waren mit brauner Farbe bedeckt, auch im Gesicht könnte man diese Schlieren entdecken, wenn man genauer hinsah. Fast könnte man glauben, das junge Mädchen hätte eine Kriegsbemalung im Gesicht und auf ihrem Körper. Dazu passte auch die Gestalt mit Pfeil und Bogen am Waldesrand, die wirkte, als wäre sie auf dem Kriegspfad. Aber keiner der Gäste, die vor dem Haus feierten, warf einen Blick auf das Mädchen, das den Forstweg entlangwankte, und niemand beachtete die Gestalt mit dem Bogen, die am Waldesrand stand und zögerte, einen in der Sonne blitzenden Metallpfeil abzuschießen.

Denn jetzt war alle Aufmerksamkeit auf die Frau gerichtet, die gerade aus dem Haus kam und deren langes, weißes Kleid im Wind flatterte. Die Frau trug einen dünnen Schleier, der von einem leichten Windhauch von ihren Schultern geweht wurde, und in der Hand hatte sie einen bunten Blumenstrauß. Am Blick der Frau konnte man sofort erkennen, dass sie glücklich war. Sie hatte soeben geheiratet. Mit strahlendem Gesicht und leuchtenden Augen blickte sie in den blauen Himmel mit einer Sonne, die nur noch für sie glühte und funkelte. Dann warf sie den Hochzeitsstrauß durch die Luft. Mit einem glücklichen Lächeln verfolgte sie den Flug, der Strauß segelte über die Gäste hinweg, und dann sah sie das blutverschmierte Mädchen auf dem Forstweg …

31

Mit schmerzenden Gliedern ging Britta weiter und wagte nicht, sich umzudrehen. Sie wusste, dass der Mann mit dem Hund sie vom Waldrand aus beobachtete. Sie hatte sich die letzte Nacht über in einem hohlen Baum versteckt, hatte sich gefürchtet, aber ihr Verfolger war nicht aufgetaucht. Erst mit den ersten Sonnenstrahlen hatte sie ein Knacken im Wald vernommen, dann das laute Bellen eines Hundes und war durch einen trüben Wasserlauf weiter nach unten gelaufen, bis sie den Rand des Waldes erreicht hatte.

Der Forstweg, auf dem sie sich befand, mündete plötzlich in ein großes Feld und weiter vorne sah sie ein weißes Haus im Sonnenlicht. Vor dem Haus hatte man eine Bühne aufgebaut und der Wind trug Musik bis zu ihr. Eine Frau in einem langen, weißen Kleid drehte sich zur Musik auf der Bühne. Ihr durchsichtiger Schleier wehte im Wind und alle Leute klatschten rhythmisch zu ihren Bewegungen. Mit einer schnellen Handbewegung warf die Frau in dem weißen Kleid einen Blumenstrauß in die Luft und Brittas Augen folgten dem Flug durch den sattblauen Himmel. Der Strauß schwebte wie auf einer Woge des Glücks über die ausgefächerten Sonnenstrahlen, über die Köpfe der Gäste und landete direkt vor Brittas Füßen.

Langsam bückte sich Britta, hob den Blumenstrauß auf, hielt ihn an ihr Gesicht, um den verführerischen Duft auszukosten, und ging dann langsam auf die Gäste zu. Schlagartig hatte die Musik aufgehört zu spielen und die Gäste waren von ihren Stühlen aufgesprungen. Niemand sagte ein Wort, alle Blicke waren starr auf Britta gerichtet, die langsam wie in Trance an dem Tisch entlangging und den Blumenstrauß fest an ihre Brust gedrückt hielt, so als wäre sie eine geheimnisvolle Braut.

„Wer ist das?“, hörte sie eine ängstliche Stimme, und als sie sich umdrehte, sah sie, dass diese Stimme der wirklichen Braut gehörte, deren strahlende Augen jetzt fahl und glanzlos waren und deren Glück mit einem Mal von Britta so empfindlich gestört worden war. Britta streckte ihr die aufgerissenen, blutverschmierten Arme entgegen, wollte die Braut trösten, sie um Verzeihung bitten, doch diese zuckte nur entsetzt zurück. Wortlos wandte sich Britta ab, stieg langsam die wenigen Stufen zur Bühne hinauf und im Sonnenlicht wirkten die blutigen Schnitte an ihren Armen und Beinen grausam und verstörend. Mit einer Hand strich sie sich die blonden Haare aus dem Gesicht, versuchte, sich das eingetrocknete Blut von der Schläfe zu wischen. Ihr Mund fühlte sich trocken, ausgedörrt an, und sie wusste plötzlich nicht mehr, was sie hier auf der Bühne eigentlich verloren hatte. Suchend blickte sie umher, sah einen Bierkrug, hob ihn hoch und trank gierig. Bierschaum tropfte ihr über das Kinn, das Top und vermischte sich mit dem Blut darauf.

Dann nahm sie dem verdutzten Sänger, der in seinem glänzenden Sakko unglaublich hilflos wirkte, das Mikro aus der Hand.

„Ich bin Britta Walek. Ich wurde entführt.“

Britta Walek war das Zauberwort gewesen, das die Schleusen der Erstarrung aufbrach und die Hochzeitsgesellschaft in einen Hexenkessel verwandelte. Alle Gäste redeten gleichzeitig durcheinander, rasten mit Tellern voller Kuchen, mit Weingläsern zur Bühne, um einen Blick auf Britta zu erhaschen, um Teil der Wirklichkeit zu werden.

Britta sah, dass einige Männer hektisch telefonierten, und atmete auf. Bald, ja, sehr bald würde sie in Sicherheit sein, dann könnte ihr nichts mehr passieren und sie könnte endlich alles vergessen. Sie riskierte einen schnellen Blick zum Waldrand, aber die Gestalt mit dem Hund war verschwunden. Erleichtert atmete sie auf und die Tränen der Erleichterung rannen über ihre mit Blut verkrusteten Wangen.

„Ich bin gerettet!", schluchzte sie und umarmte den verblüfften Sänger der Band, der fürsorglich den Arm um sie legte. Ein hochgewachsener Mann mit einer weißen Blume im Revers bahnte sich den Weg durch die Gästeschar und sprang elegant auf die Bühne.

„Hans von Jarov. Ich bin der Hausherr und heute ist mein Hochzeitstag", stellte er sich vor, doch Britta hörte ihm nicht zu, sie hatte nur Angst. Angst, dass der Mann mit dem Hund wieder auftauchen könnte, aber auch Angst, dass noch viel schlimmere Dinge passieren konnten.

„Bin ich hier in Sicherheit?", fragte sie leise und ließ sich von Jarov von der Bühne geleiten.

„Ja, hier sind Sie in Sicherheit. Hier kann Ihnen nichts mehr passieren. Kommen Sie, ich bringe Sie ins Haus, dort können Sie sich ausruhen und auf die Polizei warten. Ich glaube, man hat sie bereits informiert."

„Danke, danke. Das ist sehr nett von Ihnen", schniefte Britta. „Ich habe eine schlimme Zeit hinter mir."

„Das kann ich mir denken", sagte Jarov und streckte seinen Arm aus, um sich einen Weg zwischen den Gästen hindurch zu bahnen.

Mit gesenktem Kopf trottete Britta an seiner Seite entlang, gerne hätte sie sich die Hände über die Ohren gelegt, um die Stimmen in ihrem Inneren zu verbannen, um sie zum Schweigen zu bringen, aber sie hatte nicht die Kraft dazu. Immer wieder tauchten die Bilder des abgehäuteten Kaninchens vor ihrem geistigen Auge auf und sie konnte das Tierblut überall auf ihrer Haut und auf ihren Kleidern riechen. Sie selbst roch jetzt wie ein Tier.

„Was ist los? Warum bleiben Sie stehen? Geht es Ihnen nicht gut?“ Jarov sah sie fragend an. „Kommen Sie, im Haus können Sie sich waschen.“

Was hatte sie gesehen? Ein Sonnenstrahl war über die Köpfe der Gäste gefegt, hatte Gesichter, Körper und Haare in das goldene Licht des Nachmittags getaucht und es hatte gelodert. Sie hatte die Flammen gesehen, aber es war kein Feuer, das jemand entzündet hatte, es waren fahle rötliche Haare, die aber im Licht der Sonne wie Flammen wirkten.

Britta sah genauer hin. Ganz hinten, am Rand des Hauses, so als wäre er ein zufällig zu der Hochzeitsgesellschaft gestoßener Gast, sah sie den Mann mit dem Hund. Der Hund saß regungslos an seiner Seite und der Mann hatte den eleganten Bogen in der Hand.

„Dort, dort hinten ist der Mann, der mich verfolgt hat!“, schrie sie gellend und wies mit ihrer Hand in die Richtung, wo der Mann soeben noch gestanden hatte. Sie riss sich von Jarov los, tappte durch die Menge der Gäste, die ihr sofort den Weg frei machten.

„Er ist noch immer hinter mir her und will mich töten“, schrie sie erneut.

Doch noch ehe sie die Ecke des Hauses erreicht hatte, verfinsterte sich der Himmel rasend schnell und eine nie gekannte Dunkelheit legte sich über die Landschaft. Mit einem letzten Schrei auf den Lippen brach Britta zusammen und verlor sich im Dunkel.

32

Es ist verwunderlich, wie wenig von einem Leben übrig bleibt. Gerade mal so viel, dass man es in eine amerikanische Mülltonne stopfen kann. Und die ist nicht einmal ganz voll; heißt das vielleicht, man hat ein unerfülltes Leben geführt? Wieder ein Spruch für sein Sprüchebuch. Bald war es voll, bald gab es aber auch nichts mehr zu sagen. Keine klugen Sprüche mehr, nur noch Dummheiten.

Akten, Notizbücher, Papiere, Belobigungen, Urkunden, Fotos, immer wieder Fotos. Ganze Schuhschachteln voller Fotos landeten in der Mülltonne. Fotos, die in rasender Abfolge das Leben von Greg dokumentierten, ein Leben, das viele Höhen, aber noch mehr Tiefen gehabt hatte. Ja, die Tiefen, diese machten es aus, dass man ein ganzer Mann wurde.

Er blätterte in seinem Sprüchebuch: Einmal öfter aufstehen, als man zu Boden geht, wer hat das gesagt? Keine Ahnung, das Hirn ist wie ein Sieb. Zu viel getrunken, zu viel Stress, zu viel von den verbotenen Früchten genascht.

Ausgerechnet jetzt fiel ihm das wieder ein. Jetzt, wo er reinen Tisch machen wollte, wo er einfach nur seine Ruhe haben wollte.

Dem Polizeidienst würde er keine Träne nachweinen. Braun war schon der richtige Mann auf diesem Posten, er würde nicht nach Brüssel gehen, da war sich Greg fast sicher. Braun war kein Stratege, sondern arbeitete aus dem Bauch heraus, auch wenn es um seine Karriere ging, und was sollte er bei diesen ganzen Strategen in Brüssel machen? Und dieses Bauchgefühl würde ihm sagen, dass er hierbleiben musste. Aber Braun hatte noch einen langen Weg vor sich, bevor er sich Linz zu seiner Stadt machen würde, so wie er es die letzten vierzig Jahre getan hatte.

‚Das ganze Leben passt in zwei Satteltaschen', dachte Greg, als er die Bikertaschen mit seinem persönlichen Kram angefüllt hatte. Alles sentimentales Zeug, von dem er sich einfach nicht trennen konnte. Darunter auch ein abgegriffenes Notizbuch, in dem er seine Eindrücke von seinem ersten Amerikaaufenthalt in den siebziger Jahren festgehalten hatte. Damals, als es noch keine Handys und diesen neumodischen Scheiß gegeben hatte, damals, als das Land noch wirkliche Freiheit verströmte. Doch damals hatte er in New Orleans dieses junge Mädchen kennengelernt und hatte eine wirklich tolle Zeit mit ihr verbracht. ‚Vielleicht hätte ich sie heiraten sollen, dann wäre alles ganz anders gekommen', dachte er wehmütig.

Als er das Notizbuch zurückstecken wollte, fiel eine Fotografie heraus und flatterte in anmutigen Drehungen zu Boden. Greg bückte sich und hob das Bild auf. Das Foto war in einem seiner glücklichen Momente aufgenommen worden und zeigte ihn mit einem zufriedenen Lächeln Arm in Arm mit ihr, die ebenfalls lächelte. Schweren Herzens schob er das Foto in seine Bikerjacke, um es später mit dem anderen Krempel zu verbrennen. Doch als er das Bild einsteckte, wusste er bereits, dass er das nicht übers Herz bringen würde.

Sein Handy klingelte und er schnellte aus seinem Stuhl. Als er abhob, war er ein wenig enttäuscht, nur Brauns Stimme zu hören, die ihm atemlos die letzten Neuigkeiten berichtete.

„Wir haben das Mädchen gefunden."

„Was?", rief Greg. „Wo habt ihr sie gefunden!"

„Britta Walek ist ihrem Entführer entkommen und bei einer Hochzeitsgesellschaft aufgetaucht."

„Was hat sie gesagt?"

„Immer langsam. Sie hat angeblich nur wirres Zeug geredet, war voller Blut und kennt den Mann, der sie entführt hat."

„Sie kennt ihn? Was hat sie noch gesagt?"

„Nichts. Sie ist zusammengebrochen und wurde sofort ins Spital gebracht. Im Augenblick ist sie nicht vernehmungsfähig, sagen die Ärzte."

„Wo bist du?", fragte er Braun.

„Ich war gerade bei der Hochzeitsgesellschaft oben im Grenzgebiet und wollte mir aus erster Hand ein Bild machen. Jetzt bin ich zurück im Büro und sichte die möglichen Spuren."

„Ich komme sofort ins Präsidium." Greg legte auf und warf seine Bikertaschen auf das Sofa. Der Abend hatte eine überraschende Wende genommen. Jetzt war nichts mehr mit sentimentalem Grübeln über vergeudete Chancen und falsche Abzweigungen, die man auf dem Highway des Lebens genommen hatte, jetzt hatte man das Mädchen gefunden, und Greg war begierig zu erfahren, was sie alles erzählt hatte.

Vor dem Polizeipräsidium parkte einsam der ramponierte Range Rover von Braun. Wie üblich schräg und über zwei Parkplätze. Das hatte irgendwie Stil, fand Greg. Sowohl das eingedellte Fahrzeug als auch diese fast ein wenig neurotischen Parkmanöver. Braun war ein cooler Polizist, aber noch ein wenig unentschlossen, was sein Image betraf, da hatte er sich noch nicht entschieden, dachte Greg, als er einen schnellen Blick in Brauns Range Rover warf, dessen Rückbank mit Musikkassetten zugemüllt war. Braun und sein Musiktick. Immer nur Vinylschallplatten hören und im Auto eiernde Musikkassetten. Das war schon große Klasse. Greg konnte zwar nichts mit Brauns Musikgeschmack anfangen, besonders David Bowie war ihm ein Gräuel, aber Braun liebte die Musik, und das genügte doch fürs Erste. Aber wieso dachte er jetzt an Braun und nicht an den Mordfall? Weil du bereits mit deinem derzeitigen Leben abgeschlossen hast und diesen letzten Fall nur noch wie ein Roboter erledigst. Du willst nichts mehr an dich herankommen lassen, so ist das.

‚Sie sieht entsetzlich aus', das war das Erste, was Greg dachte, als er den Schnappschuss von Britta sah, den Braun an die Wand geheftet hatte. „Mein Gott, was muss sie durchgemacht haben."

„Sie sieht ziemlich durchgedreht aus, nicht wahr." Braun hatte Gregs Miene richtig gedeutet. „Diese braunen Streifen in ihrem Gesicht sind Blut. Britta sagt, es sei Tierblut, sie hat etwas von einem abgehäuteten Hasen geredet."

„Das arme Mädchen. Sie fantasiert, war wohl alles ein wenig zu viel für sie in der letzten Zeit."

„Das kann man ihr auch nicht verdenken."

„Wer hat dieses Foto gemacht?", fragte Greg.

„Ich habe es mit meinem Handy geschossen, ehe sie in den Rettungswagen gekommen ist."

„Gibt's noch mehr Bilder?"

„Ja, eine ganze Menge." Braun hielt Greg sein Handy hin und dieser scrollte sich durch die Aufnahmen. Das Blut in ihrem Gesicht war nicht das einzige, auch ihre Arme und Beine waren aufgeschürft und blutverkrustet. Das zerfetzte T-Shirt wirkte durch das viele Blut, als hätte es ein psychedelisches Muster.

„Hatte sie nichts bei sich?“, fragte Greg und gab Braun das Handy zurück.

„Was sollte sie denn bei sich haben?“ Braun runzelte die Stirn. „Glaubst du, sie ist mit einem Beautykoffer geflüchtet?“

„War ja nur eine Frage“, knurrte Greg. „Wann können wir sie vernehmen, damit sie uns Anhaltspunkte über den Täter geben kann?“

„Britta hat ihren Entführer angeblich bei der Hochzeitsgesellschaft gesehen und erkannt.“

„Was ist das denn für ein Blödsinn“, geiferte Greg und streckte sich. Langsam begann dieser komplizierte Fall auf eine einfache Lösung zuzusteuern. „Einer aus der Hochzeitsgesellschaft ist der Entführer?“

„Nein, das doch nicht. Aber der Entführer hat sie anscheinend verfolgt, und Britta hat behauptet, er hätte sich unter die Hochzeitsgäste gemischt. Dann ist sie zusammengebrochen.“

„Glaubst du das? Das ist doch eine bloße Schockreaktion.“

„Kann schon sein, aber sie hat gesagt, der Mann hätte rötliche Haare und einen Hund dabei.“

„Wenn Britta wieder halbwegs o. k. ist, dann werden wir sie genauer dazu befragen und fertigen ein Phantombild an. Was sagen die Ärzte?“

„Britta ist nicht vor Montag vernehmungsfähig“, gab Braun knapp zur Antwort.

„Dann gibt's hier im Augenblick nichts für mich zu tun. Ruf mich an, wenn sich was tut.“ Er klopfte Braun anerkennend auf die Schulter.

„Das war gute Arbeit, Braun.“

Noch auf dem Korridor zündete sich Greg eine frische Zigarre an und zog sich genüsslich den Rauch in den Mund, ließ ihn dort kreisen und stieß ihn zu einem Rauchring geformt wieder aus. Eigenartigerweise war er guter Dinge, und die Depressionen, die ihn die letzten Tage heimgesucht hatten, waren wie weggeblasen. Montag würden sie das Mädchen befragen und nach ihrer Beschreibung ein Phantombild des Entführers anfertigen. Es war also ein Mann mit rötlichen Haaren, der würde doch nicht so schwer zu finden sein.

Im Auto legte Greg den Kopf an die Nackenstütze und paffte seine Zigarre, bis der Innenraum des Wagens in einen undurchdringlichen Nebel gehüllt war. Langsam zog er das Bild aus der Innentasche seiner Bikerjacke und betrachtete es. Strich mit seinen Fingerspitzen über ihre lachenden Lippen, fuhr an den Konturen ihres Kinns entlang. Dann nahm er die Zigarre aus dem Mund und hielt die Glut über das Foto. Schob die Zigarre immer näher an das Foto heran, doch im letzten Moment zuckte sein Arm zurück und die Glut leuchtete in dem Rauchnebel wie ein Rubin, ein Edelstein, an dem er verbrennen würde. Seufzend steckte er sich die Zigarre wieder in den Mund.

„Es sind die kleinen sentimentalen Fehler, die einem das Genick brechen", murmelte er und schob das Bild wieder in seine Jacke. „Es ist immer das Herz, das über den Verstand triumphiert."

33

Sie trat aus dem Hotel und winkte einem Taxi. Während sie wartete, dass der Wagen kam, fuhr sie sich gedankenverloren mit der Hand über die Brust und verzog das Gesicht, so als hätte sie Schmerzen. Anders als am Abend zuvor war die Straße jetzt ausgestorben und wirkte im Licht der aufgehenden Sonne ohne die zuckenden Neonlichter verfallen, ungeschminkt und hässlich. Sie drückte den Arm fester gegen ihre Brust und stieß einen leisen Schrei aus.

„Es schmerzt, aber dieser Schmerz muss sein. Diese Narbe erinnert mich immer an meine Mission“, sagte sie zu sich selbst.

Mit dem Taxi ließ sie sich bis ans Ende der Wienerstraße fahren und stieg an einer Kreuzung aus. Seit sie das letzte Mal hier gewesen war, hatte sich nichts verändert. Die Straße war noch immer von denselben trostlosen Wohnblöcken gesäumt und links krochen die Ausläufer des riesigen Stahlwerks bis zu den Schienen der Straßenbahn. Einen Moment lang war sie unschlüssig, doch dann packte sie ihre Tasche, in der sie ja nichts anderes als ein paar

Toilettenartikel und den durchschossenen Pullover hatte, und ging entschlossen los.

Das Sonnenlicht malte freundliche Schatten auf die grauen Mauern und selbst die winzigen verstaubten Rasenflecken vor den Häusern begannen zu leuchten. Sie kniff die Augen zusammen, denn diese Helligkeit war sie nicht mehr gewohnt. Weiter vorne, dort wo die Straße einen Knick machte und auf einen Autobahnzubringer führte, funkelte ein Schild und warf helle Muster auf den aufgeplatzten Asphalt. Es gab zwar einen Sonntag, aber dieser Sonntag war nur für die Familien bestimmt, und eine Familie hatte sie nicht mehr. Sie war eine einsame Frau, der man alles geraubt hatte, deren Leben von einem Augenblick zum nächsten nicht mehr existierte. Deshalb war es ihr auch gleichgültig, ob die Sonne schien oder nicht, denn alles, was sie vor sich sah und spürte, war Dunkelheit und Schmerz.

Olin stand vor der Tankstelle und starrte zwischen den Zapfsäulen auf die großen Fenster des Shops. Alle Rollläden waren heruntergelassen und würden wohl nie wieder geöffnet werden. Auch die Außenjalousien im ersten Stock waren geschlossen, dort war ihre Wohnung. Diese Rückzugshöhle, die sie gemeinsam mit ihrem Mann Theo geschaffen hatte und die durch Sarah zu einer Insel des Glücks geworden war. Aber damit war es jetzt vorbei, und sie wusste, dass diese Schatzinsel, wie sie insgeheim ihre Wohnung genannt hatte, für immer von ihrem Horizont verschwinden würde. ‚Keinen Fuß setze ich mehr in die Wohnung!', dachte sie. Mit festen Schritten ging sie an den Zapfsäulen, an dem Shop vorbei, bis zu der verschlossenen Garage, vor der noch immer das Auto ihres Mannes stand, so als würde er gleich ihre Tochter in den Kindergarten fahren. Sie riskierte einen schnellen Blick ins Innere. Auf dem Rücksitz lag die Kindergartentasche von Sarah und auf dem Armaturenbrett eine geöffnete Packung Kaugummi. Theo hatte sich das Rauchen abgewöhnt, um gesund zu leben. Aber gegen eine tödliche Kugel war jeder Gesundheitscheck wirkungslos. Sie riss sich von dem Anblick los, um nicht verrückt zu werden und vielleicht etwas Unüberlegtes zu tun und damit ihre Mission zu gefährden. Neben der Garage war eine halb eingestürzte Betonmauer mit einem verrosteten Eisentor und dahinter eine ungemähte Wiese, die ebenfalls zu der Tankstelle gehörte und an eine Straße mit grauen Häusern grenzte.

Olin öffnete das Eisentor und balancierte über gesprungene Betonfliesen, die früher einmal einen Weg markiert hatten, der jetzt allerdings von Gras und Unkraut fast völlig überwuchert war. Der Weg führte zu einem vergammelten Wohnwagen, der schon jahrelang nicht mehr benutzt worden war. Zum Schutz gegen Schnee und Regen hatte Theo eine graue Plane über das Dach gespannt, die allerdings über die Jahre aufgerissen und schmutzig in der Sonne verschimmelte.

Achtlos warf Olin ihre Tasche in das Gras und ging langsam um den Wohnwagen herum, zog eine Schneise durch das hüfthohe Gras, drehte Runde um Runde, bis sie einen Kreis niedergetrampeltes Gras rund um den Wohnwagen gezogen hatte. Verschwitzt blieb sie hinter ihm stehen und drückte ihre Stirn an die gesprungene Plastikverkleidung.

„Was willst du mir sagen? Dass ich jetzt alles richtig mache, genau so, wie du es willst? Dass ich meine Mission erfüllen werde?"

Fragen, so viele Fragen gingen ihr durch den Kopf, als sie die Tür öffnete und der vertraute Geruch nach Plastik, Moder und Magie ihr entgegenschlug, sie begrüßte wie eine alte Freundin, wie jemand, der endlich an den Ort seiner Bestimmung zurückgekehrt ist.

‚Alles ist genau so, wie ich es in Erinnerung hatte', dachte Olin, als sie sich in dem Wohnwagen umsah. Als ihre Eltern sie verstoßen hatten – so jedenfalls hatte sie es empfunden –, war sie als kleines Mädchen zu ihrer Großmutter in diesen Wohnwagen geflüchtet, hatte jahrelang mit ihrer Großmutter darin gewohnt, so lange, bis sie ihren Mann Theo kennengelernt und eine Familie gegründet hatte. Als ihre Großmutter gestorben war, brachte es Olin nicht fertig, sich von dem Wohnwagen zu trennen, sondern stellte ihn auf die Wiese hinter der Tankstelle. Dort war er ein sich langsam auflösendes Denkmal an ihre einzigartige Großmutter.

Die Windspiele klimperten leise, als sie die Tür hinter sich wieder zuzog, um einzutauchen in diese Atmosphäre aus Vertrautheit und Verfall. An den Wänden klebten die verblichenen Bilder von indischen Heiligen, und das von Motten zerfressene bunte Kleid hing noch an dem Haken an der Tür, die in den winzigen Waschraum führte. Doch am meisten faszinierte sie die bunte Patchworkdecke, die hinter einem Verschlag über der Rückbank lag, die man in ein Bett verwandeln konnte. Als Olin diese Decke sah, traten ihr die Tränen in die Augen. Wie oft hatte sie mit ihrer Großmutter unter dieser Decke gelegen und atemlos ihren Erzählungen aus dem fernen Indien gelauscht. Immer wieder hatte sie sich ausgemalt, wie sie als schöne Prinzessin mit dem roten Brahmanenpunkt auf der Stirn auf einem geschmückten Elefanten durch die Stadt ritt oder auf einem fliegenden Teppich durch die Lüfte schwebte.

Langsam zog sie den Pullover aus ihrer Tasche und legte ihn auf die Patchworkdecke. Die Blutflecke waren nach der Reinigung nur noch als undefinierbare Inseln auf dem Stoff zu erkennen, aber die Einschusslöcher hoben sich drohend und gewalttätig ab, grinsten sie schwarz und böse an. Entschlossen packte sie den Pullover und hängte ihn neben das Kleid der Großmutter an die Tür. So kam alles wieder zusammen. Der Tod und das Leben, die Stimme aus dem Jenseits und das Medium.

Dann verließen sie mit einem Mal die Kräfte und sie musste sich hinlegen. Sie griff nach der Decke, die sich sofort vertraut anfühlte, so als wäre Olin nie weg gewesen. Im Grunde war sie das auch nicht. Sie hatte nur einen Umweg gemacht, um ihrer Berufung zu entrinnen. Dieser Umweg war tödlich gewesen, jetzt galt es, die Konsequenzen zu tragen und sich dem Unausweichlichen zu stellen. Jetzt galt es, bis zum bitteren Ende weiterzumachen. Wie eine schützende Haut lag die Decke über Olin und sie rollte sich zusammen, versuchte den Schmerz der Narbe und den Schmerz in ihrem Inneren zu vergessen, sie wollte die Stimme ihrer Großmutter hören, wollte mit ihr geheime Zwiesprache führen.

„Ich werde meine Wohnung nie wieder betreten", flüsterte sie in die modrige Decke hinein und schluchzte. „Ich bleibe für immer bei dir."

34

„Wer sind Sie?“ Die Stimme des Mädchens klang schrill, halb ängstlich, halb verärgert. „Was wollen Sie von mir?“

„Ich bin Inspektor Tony Braun. Ich will Ihnen nur ein paar Fragen stellen. Wir haben übrigens schon kurz miteinander geredet, vor zwei Tagen auf der Hochzeitsfeier. Erinnern Sie sich noch?“

„Nein, ich habe keine Ahnung. Da ist alles wie weggeblasen.“ Britta machte eine unbestimmte Handbewegung über ihr Gesicht. Jetzt, nachdem man ihr im Krankenhaus das Blut aus dem Gesicht gewischt und ihr die Haare gewaschen hatte, sah sie sehr jung und auch ziemlich hübsch aus. Es war erstaunlich, wie sehr sie ihrer toten Schwester Ulla ähnelte. Braun konnte nicht das kleinste Unterscheidungsmerkmal feststellen. Ob sie wohl wusste, was mit ihrer Zwillingsschwester passiert war? Dass man Ulla ermordet hatte? Verdammt, deshalb war Greg nicht mitgekommen. Er wollte wie üblich einfach nicht den Todesbotschafter spielen.

„Frau Walek, Sie wissen, was mit Ihrer Schwester Ulla passiert ist?“, fragte Braun vorsichtig und ließ die Frage irgendwo in der Luft hängen.

„Ich bin Britta.“ Sie atmete tief durch und schloss die Augen. „Es ist etwas Entsetzliches mit meiner Schwester passiert, stimmt’s?“, fragte sie mit banger Stimme.

„Ja, das stimmt.“ Braun räusperte sich, ehe er fortfuhr. „Ihre Schwester ist tot.“

„Tot!“, wiederholte Britta und griff nach Brauns Hand. „Tot!“, sagte sie erneut und drückte sie heftig.

„Es tut mir aufrichtig leid.“ Vorsichtig zog Braun seine Hand zwischen Brittas Fingern heraus. Sie schien es nicht einmal zu merken, sondern lag noch immer mit geschlossenen Augen in dem Krankenbett.

„Wir tun alles, um den Mörder zu finden, der wahrscheinlich auch derjenige ist, der Sie entführt hat. Aber dafür brauchen wir Ihre Unterstützung. Es wäre sehr hilfreich, wenn Sie sich an etwas erinnern könnten, das uns weiterbringt.“

„Was ist mit Manuel?“, fragte Britta und schlug die Augen auf. Ihre Augen waren intensiv blau, und sie blickte Braun so lange unverwandt an, bis er verlegen nach unten sah. Fast hatte er den Eindruck, als wollte sie mit ihm kokettieren, doch dann sagte sie: „Ist er auch tot?“

„Nein, Manuel lebt, er hat übrigens Ulla gefunden und ist ein wichtiger Zeuge.“

„Alles ist so entsetzlich traurig“, flüsterte Britta und Tränen traten ihr in die Augen. „Sie müssen den Mörder von Ulla finden.“

„Natürlich. Sie sollten sich auch nicht aufregen.“ Fürsorglich tätschelte Braun ihre Hand und Britta atmete erleichtert auf.

„Verzeihen Sie, ich sehe nur viele verwirrte Bilder in meinem Kopf. Ich weiß nicht, was stimmt und was ich mir nur einbilde."

„Schon gut. Ich stelle nur einfache Fragen: Wie sah der Mann aus, der Sie entführt und dann verfolgt hat?" Braun blätterte in seinem Notizbuch. „Sie haben gesagt, der Mann hätte rötliche Haare und einen Hund gehabt."

„Ja, und außerdem eine merkwürdige dicke Brille", seufzte Britta. „Er hat mich vom Eingang immerzu nur angestarrt."

„Was war sonst noch Auffälliges an ihm? Was hat er für eine Stimme gehabt? Hat er mit Ihnen überhaupt gesprochen?" Fragend sah Braun von seinen Notizen auf. „Jedes auch noch so unbedeutende Detail hilft uns bei der Suche."

„Er hat mir einen toten Hasen und verwestes Ungeziefer durch den Luftschacht hereingeworfen. Vielleicht wollte er mich verrückt machen. Ein Psycho."

„Hat er mit Ihnen gesprochen oder versucht, Sie zu ..." Braun machte eine verlegene Pause. Wie sollte man ein junges Mädchen, das so etwas Schlimmes erlebt hatte, fragen, ob sie vergewaltigt worden war? Das war doch eher ein Job für eine Psychologin. Verdammt, warum war denn keine Psychologin bei dieser Befragung dabei. Aber Britta wusste genau, was Braun sagen wollte.

„Ob er mich vergewaltigt hat? Nein, der Typ hat nur die ganze Zeit vor mir gestanden, hat mich in der Dunkelheit durch seine dicke Brille angestarrt."

„Es war dunkel, sagen Sie, woher wissen Sie, dass er Sie angeschaut hat?"

„Ich weiß nicht, es war so ein Gefühl, er hat immerzu regungslos dagestanden. Was hätte er denn sonst tun sollen?"

„Stimmt, was hätte er sonst gemacht." Braun dachte nach. „Als Sie geflohen sind, ist Ihnen da etwas aufgefallen, was uns vielleicht zu dem Versteck führen könnte?"

„Nein, ein Bachbett, aber sonst nichts." Britta schüttelte den Kopf. „An mehr kann ich mich nicht erinnern."

„Versuchen Sie doch, den Bunker und die Umgebung zu beschreiben. Wir schicken einen Suchtrupp in die Gegend und finden dort sicher Spuren", fragte er weiter.

„Vielleicht war der Bunker in Tschechien, wir haben ganz in der Nähe der Grenze gezeltet", sagte Britta, nachdem sie einige Minuten lang nachgedacht hatte.

„Der Eiserne Vorhang, stimmt. Da gibt es Bunkeranlagen auf tschechischer Seite. Wo könnte das gewesen sein?"

„Keine Ahnung."

„Kommen wir jetzt zu Ihrem Entführer zurück. Gibt es ein auffälliges Detail, hat er zum Beispiel gehinkt oder Ähnliches."

„Nein, doch halt. Der Mann ist mir begegnet, als ich geflohen bin und mich versteckt habe. Da habe ich ihn gesehen, er hat rötliche Haare, und seine Stimme ist hoch, fast ein wenig kindlich, wenn Sie verstehen, was ich meine."

„Meinen Sie, er hatte eine Fistelstimme?"

„Ja, genauso klang es für mich. Es hörte sich ein wenig beschränkt an."

„Beschränkt. Sie meinen, der Mann war nicht richtig im Kopf."

„Nicht direkt, aber vielleicht ein wenig zurückgeblieben. Es klang jedenfalls so, als er seinem Hund vorgesungen hat."

„Er hat für seinen Hund gesungen?"

„Ja, ich höre sie noch ganz deutlich. Er hat ein Kinderlied gesungen." Britta drückte ihre Fingerspitzen gegen die Schläfen und presste die

Augen fest zusammen. „Warum nur hat der Mann Ulla getötet? Sie hat für mich ihr Leben geopfert. Immer war sie die Mutigere von uns, die Entschlossenere. Sie hat sich gewehrt, wollte mich verteidigen, dann flüchten. Wir sind durch das Gras gehetzt und der Mann hinterher. Er hat so komische Laute ausgestoßen, gehechelt wie sein Hund." Erschöpft hielt Britta inne und fuhr sich mit der Hand über die Stirn.

„Bitte geben Sie mir etwas zu trinken", krächzte sie.

„Natürlich, gerne." Braun reichte ihr ein Glas Wasser und machte eine einladende Handbewegung. „Bitte erzählen Sie doch weiter. Woran können Sie sich denn noch erinnern. Was war das für ein Hund, den Sie vorhin erwähnt haben?"

„Weiß nicht, aber der Hund hat gehechelt und geknurrt. Ich höre dieses Knurren ganz deutlich in meinen Ohren. Ich habe mich versteckt und der Hund kommt näher. Das Hecheln, es ist in mir. Es ist in meinem Kopf." Brittas Stimme wurde schrill und sie machte einen leicht hysterischen Eindruck. Braun klopfte ihr beruhigend auf die Hand.

„Lassen Sie sich Zeit. Denken Sie in Ruhe nach."

„Es war ein großer Hund."

Erschöpft sank Britta zurück und sah Braun mit ihren großen blauen Augen flehentlich an.

„Glauben Sie, dass er mich noch immer verfolgt? Werden Sie mich beschützen, wenn er jetzt durch die Tür kommt? Kann er mir etwas antun?"

„Nein, das kann ich mir nicht vorstellen. Außerdem sind Sie hier in Sicherheit. Es steht ein Polizist vor der Tür und passt auf Sie auf. Hier passiert Ihnen nichts. Sie brauchen keine Angst zu haben."

„Die habe ich aber. Bald kommt mein Freund und wird mich beschützen. Er weiß immer, was zu tun ist."

„Sollen wir Ihren Freund informieren?", fragte Braun.

„Nein, nicht nötig." Britta lächelte und ihre Augen leuchteten kurz auf. Sie deutete zu ihrem Nachttisch. „Ich habe mein Handy dabei."

„Wer ist denn Ihr Freund? Ist es Manuel?", fragte er aufs Geratewohl, denn Herzfeld, der Sozialarbeiter, hatte nichts von einem Freund erwähnt.

„Nein. Manuel ist ein lieber Freund. Auf ihn kann ich mich verlassen. Sagen Sie ihm das bitte."

„Mache ich natürlich gerne. Ich schicke gleich einen Zeichner vorbei, der wird ein Phantombild nach Ihren Angaben machen. Fühlen Sie sich dazu imstande?"

„Das geht schon in Ordnung, Inspektor Braun. Dann brauch ich aber etwas Ruhe", meinte Britta höflich und lächelte leicht.

Für einen kurzen Moment hatte Braun den Eindruck, als wäre dieses Lächeln verführerisch, doch als er sich an der Tür noch einmal zu Britta umdrehte, sah er nur ein junges Mädchen, das mit ängstlicher und verwirrter Miene in einem Krankenbett lag.

35

Drei Geländewagen fuhren die gewundene Straße in Richtung tschechische Grenze hoch. Die Männer in den Fahrzeugen trugen schwarze Overalls und hielten Sturmgewehre in den Händen. Ihre Mienen waren konzentriert, denn sie bereiteten sich auf einen Einsatz vor. Bereits in wenigen Minuten würden sie an ihrem Ziel sein und ein heruntergekommenes Haus umstellen. Es waren die Männer des Sondereinsatzkommandos Cobra, und sie wurden immer dann gerufen, wenn ein besonders gefährlicher Gewaltverbrecher verhaftet werden sollte.

Braun und Greg saßen im Heck des vordersten Geländewagens und blickten angespannt nach draußen. Beide trugen schusssichere Westen und hatten ihre Waffen griffbereit in der Hand. Obwohl es ein strahlend schöner Tag war, lag die Straße im Dunkeln, denn die hohen Bäume hielten das Sonnenlicht ab und die Landschaft, die an ihnen vorbeiraste, wirkte düster und abweisend.

An einer Abzweigung verlangsamten die Fahrzeuge das Tempo und bogen in einen engen Schotterweg ein.

„Wie gehen wir weiter vor?“ Der Fahrer beugte sich nach hinten zu Braun. „Von dem Haus bei der alten Mühle aus kann man uns bald sehen. Dann ist der Überraschungseffekt verloren.“

„Stimmt“, gab Braun dem Fahrer recht. Er studierte die Karte auf seinem Navigationsgerät. „An der nächsten Biegung halten wir. Dann sind es vielleicht noch hundert Meter Fußweg bis zur Mühle. Wenn wir uns seitlich durch den Wald schlagen, kommen wir ungesehen bis ganz nach oben. Was meinst du?“

Fragend blickte er Greg an, dieser nickte zustimmend und kaute an seiner kalten Zigarre herum.

„Holen wir uns dieses Schwein!“, war sein einziger Kommentar, als sie gemeinsam ausstiegen und durch den Wald nach oben schlichen. Schon bald sahen sie das alte Mühlenhaus, das am Ende des Schotterwegs in einer Senke lag. Es hatte die typischen Mauern aus unbehauenen Steinen, wie sie in dieser Gegend überall zu finden waren. Verschiedene Anbauten verunstalteten das Haus und machten es noch deprimierender, als es ohnehin schon wirkte. Die Mühle war schon einige Jahre nicht mehr in Betrieb. Das hölzerne Mühlenrad war zum Teil geborsten und hing schief in dem kleinen, jetzt ausgetrockneten Bach. Das Dach des Hauses war mit einer grünlichen Moosschicht bedeckt, denn in die Senke kam nur spärlich das Sonnenlicht. Soweit sie es erkennen konnten, gab es nur eine einzige Eingangstür vorne und hinten ein großes Tor, das aus einem angebauten, windschiefen Schuppen führte.

Im Schutz der Bäume pirschten sich die Männer des Sondereinsatzkommandos näher an die Mühle heran und warteten auf den Einsatzbefehl.

„Sind alle Mann auf ihren Posten?“, flüsterte Braun und entsicherte seine Pistole. „Glaubst du, dass man uns gesehen hat?“

„Nein, auf keinen Fall. Wir warten noch einige Minuten und dann legen wir los.“ Greg setzte sich einen Polizeihelm auf. „Ich will bei meinem letzten Einsatz nichts riskieren“, sagte er, als er Brauns überraschten Blick bemerkte.

Wie würde der Killer von Ulla und mutmaßliche Entführer von Britta reagieren? Würde er aggressiv werden und sich zur Wehr setzen? Oder einfach zusammenbrechen, sich ergeben und insgeheim froh darüber sein, dass es jetzt vorbei war. Braun hatte beide Verhaltensmuster schon mitbekommen. Aber die Minuten vor dem Zugriff waren immer unerträglich, denn man wusste nie, was einen erwartete. Diese Momente hasste Braun, aber das war eben auch ein Teil seines Jobs.

Wie immer spürte er das Adrenalin durch seine Venen rauschen und alle seine Sinne arbeiteten auf Hochtouren und nahmen jedes Geräusch, jede Bewegung noch intensiver wahr. Er hatte den Eindruck, als würden plötzlich die Vögel im Wald verstummen, als würde sich eine atemlose Stille über die Landschaft legen, es war die Ruhe vor dem Sturm, bevor ein kurzer Befehl die Anspannung lösen und das Gewitter orkangleich über das Forsthaus und die Bewohner hereinbrechen würde.

Aber noch hieß es zu warten, bis alle Mann in Stellung waren. Braun dachte kurz an die Pressekonferenz, die nach dem Auftauchen von Britta Walek am gestrigen Tag einberufen worden war und die sehr emotional verlief. Die anwesenden Journalisten hatten einen nervös wirkenden Polizeipräsidenten Wagner mit Fragen nach dem Ermittlungsstand bombardiert, dann auch die beiden ermittelnden Beamten Keller und Braun über den Zustand des Mädchens befragt und wollten vor allem wissen, ob Britta den Mörder ihrer Schwester erkannt hatte. Besonders der Journalist Zauner hatte sich aufgeplustert und wichtiggemacht. „Ein siebzehnjähriges Mädchen muss die Arbeit der Mordkommission übernehmen und selbst aus ihrem Gefängnis entkommen. Die Polizei war ja nicht fähig, sie zu finden." Zum Glück konnte Greg mit seiner besonnenen Art Zauner in die Schranken weisen, Braun hingegen hätte ihm am liebsten so richtig die Meinung gesagt.

„Es gibt eine Phantomzeichnung des mutmaßlichen Entführers", hatte Braun zum Schluss gesagt und das Porträt des Mannes hochgehalten, das nach den Angaben von Britta gezeichnet worden war. „Wir würden Sie bitten, dieses Phantombild sofort in den Online-News, der nächsten Ausgabe Ihrer Zeitungen und im Lokalfernsehen zu veröffentlichen."

Greg hielt nichts von solchen medialen Aufrufen. Damit schürt man nur das Feld für Trittbrettfahrer und Psychopathen, war seine Meinung. Deshalb hatte er auch nicht so recht an einen Erfolg dieser Aktion geglaubt.

Aber diesmal hatte Greg nicht recht gehabt, denn bereits am nächsten Tag war ein entscheidender Hinweis eingegangen und nach einer genauen Überprüfung passte alles zusammen. In einer alten Mühle, ungefähr fünf Kilometer von der tschechischen Grenze entfernt, wohnte eine Roberta Hauser mit ihrem Sohn Leo. Roberta Hauser hatte noch einen weiteren Sohn namens Josef, aber dieser war abgetaucht, da er wegen illegalen Waffenhandels gesucht wurde, und versteckte sich vermutlich in Tschechien. Der Telefonanrufer hatte Leo Hauser auf dem Phantombild erkannt und wusste auch, dass sich dieser mit seinem Hund ständig im Wald herumtrieb und geistig ein wenig zurückgeblieben war. Deshalb waren sie hier und warteten auf den Einsatzbefehl, der von Greg kommen musste.

Als Greg den Arm hob, stürmten die Männer der Cobra-Sondereinheit los, liefen geduckt auf das Haus zu, zwei Mann hielten den Rammbock bereit, Braun und Greg postierten sich mit ihren Waffen im Anschlag links und rechts von der Tür.

„Aufmachen, Polizei!“ Gregs Stimme durch den Lautsprecher zerschnitt die nervöse Stille wie ein Rasiermesser, trennte die Fiktion von der Wirklichkeit, denn jetzt wurde das Einsatzszenario nicht mehr in Gedanken durchgespielt, sondern in der Realität.

Keine Reaktion aus dem Inneren der Mühle nach Gregs Aufforderung. Deshalb rief er nochmals.

„Aufmachen, Polizei. Öffnen Sie die Tür, sonst stürmen wir das Haus!“

Die Stille, die sich über die alte Mühle, den Wald und über die ganze Landschaft gelegt hatte, war angespannt. Kein Laut war zu hören, ja selbst die Vögel hatten aufgehört zu zwitschern. Es war die Ruhe vor dem Sturm.

„Hier spricht die Polizei. Kommen Sie mit erhobenen Händen heraus! Wir öffnen jetzt die Tür!“, dröhnte die Stimme von Greg durch das Megafon.

„Dann mal los, Leute!“, murrte Greg, legte das Megafon zur Seite und gab den Männern mit dem Rammbock ein Zeichen.

Doch gerade in diesem Moment wurde die Tür aufgerissen und ein Mann mit wirren roten Haaren stand im Hausflur. Hinter ihm hockte ein brauner Hund mit gefletschten Zähnen.

„Sind Sie Leo Hauser?“ Der Mann zuckte nur unbestimmt mit den Schultern. Er hielt die Hände hinter dem Rücken und starrte mit ausdrucksloser Miene auf die Polizisten. Dann trat er einen Schritt zurück, stand jetzt im Halbschatten des Flurs, sein Gesicht wirkte mit einem Mal angespannt und Brauns Bauchgefühl signalisierte: Gefahr.

„Greg, Achtung“, schrie er, doch da war es bereits zu spät. Hauser riss eine Pumpgun hinter seinem Rücken hervor und schoss.

36

„Verdammt!“, rief Greg noch und hechtete hinter die schützenden Treppenstufen, während Braun und die anderen Cobra-Männer sofort eine Salve auf Hauser abfeuerten. Doch Hauser war bereits in dem dunklen Hausflur verschwunden.

„Alles in Ordnung? Hat er dich erwischt?“ Braun robbte zu dem am Boden liegenden Greg, während die Männer der Cobra mit angelegten Sturmgewehren in den Hausflur stürmten.

„Das war jetzt knapp. Der Kerl hätte mich beinahe umgelegt.“ Wütend riss sich Greg den Helm vom Kopf und tippte sich an die rechte Schulter. „Nichts weiter. Nur ein kleiner Kratzer. Los, holen wir uns den Kerl.“

Der Hausflur war dunkel und es roch nach Pulver, abgestandener Luft und Moder. Geduckt schlichen sie weiter, traten eine Tür nach der anderen auf, aber nirgends eine Spur von Leo. Doch weiter vorne war plötzlich ein leises Hecheln zu hören. Als Braun und Greg sich vorsichtig näherten, sahen sie den Hund in einer Blutlache auf dem Boden liegen.

„Kümmert sich wer um den Hund!“, rief Braun nach hinten und schlich weiter. Hatte etwa Hauser seinen eigenen Hund erschossen? Oder war das Tier von einer verirrten Cobra-Kugel getroffen worden? Aber Braun hatte keine Zeit, sich jetzt um das verletzte Tier zu kümmern, denn ein leises Gluckern war hinter einer grob gezimmerten Holztür zu vernehmen. Mit den Fingerspitzen stieß er die Tür auf, sah, dass sie in das ehemalige Mühlenhaus führte. Das Gluckern wurde lauter und war manchmal von einem schrillen maschinellen Kreischen unterbrochen.

„Was zum Teufel ist das für ein Lärm?“, hörte er Gregs Stimme in seinem Rücken.

„Keine Ahnung“, flüsterte Braun und schob sich an der Wand entlang, die Pistole im Anschlag. Das Gluckern wurde immer lauter, und als die LED-Scheinwerfer der Cobra-Männer wie weiße Leuchtbänder durch den Schuppen glitten, sah Braun, dass dieses Gluckern von dem Dieselmotor eines alten tschechischen Panzerspähwagens kam, der einfach nicht mehr anspringen wollte.

„Hauser will mit einem Panzer abhauen!“

„Der Kerl ist völlig verrückt! Wie will er das denn schaffen? Dreht der Mann jetzt komplett durch?“

Doch gerade dieser verzweifelte Rundumschlag machte Hauser jetzt noch gefährlicher. Denn wenn ein Mann nichts mehr zu verlieren hat, dann kämpft er mit allen Mitteln, will so viele Gegner wie möglich mit sich in den Abgrund reißen, will verbrannte Erde hinter sich zurücklassen. Das alles ging Braun in Sekundenschnelle durch den Kopf, und er riss Greg zu Boden, drückte seinen Kopf in den Staub.

„Spinnst du!“

„Achtung“, flüsterte Braun und deutete auf den Panzerwagen.

Oben auf dem Dach hatte der Panzerwagen hinter einer Blende ein drehbares Maschinengewehr und plötzlich erstarb auch das Gluckern und eine Gestalt tauchte am oberen Rand der Blende auf. Der Lauf des Maschinengewehrs machte eine kreisende Bewegung, und ehe die hinter Brettern und verschimmelten Getreidesäcken verschanzten Cobra-Männer schießen konnten, spuckte das Maschinengewehr eine tödliche Botschaft durch den Raum. Sofort schossen die Männer zurück, und Braun und Greg konnten nichts anderes tun, als sich flach auf den Boden zu legen, um nicht im Kugelhagel, der das Mühlenhaus durchsiebte, draufzugehen.

Der Lärm war ohrenbetäubend, Schüsse peitschten durch die Luft, das Maschinengewehr ratterte wie eine Todesorgel Salve um Salve in den Raum. Mauerteile stürzten auf den Boden und die Holzwände des Schuppens wurden im Kugelhagel pulverisiert. Staub, Steinbrocken und Holzstücke prasselten auf Braun, der flach auf dem Boden lag und den Kopf erst wieder hob, als sich der Lärm plötzlich gelegt hatte. Über den ganzen Schuppen hatte sich eine beinahe undurchdringliche Wolke aus Pulverdampf und Staub gelegt, in der Panzerwagen und Cobra-Männer verschwunden waren und erst wieder als schwarze Schatten auftauchten, als sich der Rauch ein wenig verzogen hatte.

Die Cobra-Männer pirschten sich nach vorne, vorbei an dem Panzerwagen, der mit seinem nach oben gerichteten Maschinengewehr in dem Dunst wie ein modernes todbringendes Kunstwerk wirkte. Ein schmaler Lichtstreifen drang durch den Rauch, er kam von einer schief in den Angeln hängenden Tür, die sich an der Seite des Schuppens befand. Durch diese Tür war Hauser anscheinend geflohen. Braun rannte los, gefolgt von den Cobra-Männern. Als er nach draußen stürmte und in der Dämmerung die Schatten der Mauern und Bäume unendlich lang und unwirklich schienen, sah er Hauser den Hügel hinauflaufen. Immer wieder rutschte er auf dem Gras aus, versuchte den Waldrand zu erreichen, um im Schutz der Dunkelheit zu entkommen.

„Nicht schießen, wir brauchen ihn lebendig“, rief Braun und hetzte Hauser hinterher. Es gab so viele ungeklärte Fragen, die niemand mehr beantworten würde, wenn Hauser tot war. Warum hatte er Ulla getötet und Britta entführt? Wohin hatte er sie gebracht, und gab es vielleicht auch noch andere Mädchen, die er in den geheimen Bunkern an der Grenze gefangen gehalten hatte?

Hauser hatte jetzt beinahe den Waldrand erreicht, Braun war ihm aber dicht auf den Fersen. Sie hatten Greg und die Cobra-Männer weit hinter sich gelassen. Vielleicht zehn Meter trennten die beiden jetzt voneinander. Hauser war durchtrainiert und kroch behände auf allen vieren den steilen Hügel hinauf. Aber Braun war ein guter Läufer und machte Meter um Meter gut.

„Nicht schießen!“, schrie er immer und immer wieder und forcierte sein Tempo. Jetzt waren sie vielleicht noch fünf Meter auseinander, und Hauser wurde langsamer, schien zu spüren, dass seine Zeit abgelaufen war, dass ihn Braun jeden Moment packen und festnehmen würde.

Plötzlich blieb Hauser stehen und drehte sich um. Er streckte Braun den Zeigefinger wie eine Pistole entgegen, zielte damit auf ihn und krümmte den Finger.

„Feuer!“, hörte Braun Gregs Stimme in seinem Rücken.

Er schrie noch: „Hauser ist unbewaffnet!“, doch es war bereits zu spät.

Wie von einer unsichtbaren Faust getroffen, wurde Hauser zurückgeschleudert und schlug schwer auf dem Boden auf. Mitten auf seiner Stirn hatte er ein hässliches rotes Loch, aus dem ein wenig

Blut tropfte und wie eine dünne Schlange über seine wächserne Stirn kroch.

„Scheiße. Scheiße. Scheiße!“ Braun spürte, wie ihn die Emotionen zu übermannen drohten. „Hauser war unbewaffnet. Er wollte sich ergeben und ich hätte ihn verhaftet.“

„Das sah aber aus unserer Perspektive ganz anders aus“, sagte Greg ohne sonderliches Bedauern und trat zu dem Toten. „Alle haben geglaubt, Hauser will dich erschießen.“

„Wir wissen jetzt nicht, wo der Bunker von Hauser ist, in dem er Britta festgehalten hat.“

„Aber wir haben den Sommermädchen-Mordfall gelöst.“ Greg klopfte Braun beruhigend auf die Schulter. „Mach dir nichts daraus. Hauser war eindeutig unser Mann, da gibt es nichts daran zu rütteln.“

„Was ist da unten los?“ Braun deutete zu einem winzigen würfelförmigen Häuschen, das sie zuvor überhaupt nicht beachtet hatten. Dort öffnete sich eine Tür und eine Gestalt humpelte auf einen Stock gestützt heraus. Langsam schleppte sie sich den Hügel herauf, wurde zu einer alten Frau, die mit bebenden Lippen „Oh Gott!“ so durchdringend rief, dass man es bis zu ihnen oben auf dem Hügel hören konnte.

„Verdammt, das ist Roberta Hauser, die Mutter von Leo.“ Braun wandte sich an den Cobra-Einsatzleiter. „Wieso habt ihr die kleine Hütte übersehen?“

„Die ist von unten nicht zu erkennen, es sieht aus wie ein Anbau. Wir wussten nicht, dass sie einen eigenen Eingang hat.“

„Los, durchsucht die Frau“, unterbrach Greg den Einsatzleiter, als die alte Frau schon gefährlich nahe war. „Vielleicht ist sie bewaffnet und will den Tod ihres Sohnes rächen. Man weiß ja nie.“

Mit entsicherten Waffen gingen zwei Cobra-Männer der Frau entgegen und stoppten sie auf halbem Weg.

„Sie ist sauber“, rief einer von ihnen, nachdem sie gründlich durchsucht worden war, und ließ sie nach oben. Als die Frau bei Braun angelangt war, sah sie ihn nur hasserfüllt an und spuckte vor ihm auf den Boden. Braun wollte etwas sagen, doch Greg hielt ihn zurück.

„Die Trauer einer Mutter“, flüsterte er. „Du musst das verstehen!“

Als die alte Frau den Leichnam ihres Sohnes sah, begann sie zu weinen, warf ihren Stock weg und ging in die Knie.

„Josef!“, rief sie und kniete sich neben den Leichnam. „Josef, mein Sohn. Warum haben sie dich getötet!“

„Josef? Wieso nennt sie ihn Josef?“ Braun runzelte die Stirn und ging zu der zeternden Frau.

„Ist das nicht Leo Hauser, Ihr Sohn?“

„Nein, das ist mein Sohn Josef! Gehen Sie weg!“ Tränen liefen über ihr altes, verrunzeltes Gesicht und sie krümmte die Finger zu Krallen. „Leo wird seinen Bruder rächen! Das verspreche ich Ihnen! Und diese Rache wird fürchterlich sein!“

37

Leo Hauser blickte aus dem Fenster hinaus auf die wenig befahrene Straße. Gestern hatte er sich nach einem heftigen Streit mit seinem Bruder entschlossen, nach Linz zu fahren, um sein Mädchen zu suchen. Dass sie in der Stadt war, wusste er aus dem Radio, und als die Stimme des Moderators von dem entführten Mädchen sprach, da wurde ihm so richtig warm ums Herz. Sein Bruder Joe wollte ihn nicht weglassen, denn er wusste, dass Leo in der großen Stadt leicht die Übersicht verlieren konnte und in Panik verfiel.

„Wieso hängst du die ganze Zeit am Radio?", fragte ihn Joe. „Hast du etwas mit dieser Entführung zu tun?"

„Nein, wie kommst du darauf?", hatte Leo geantwortet und Joe mit hängender Lippe angeglotzt.

„Stimmt. Dafür bist du ja viel zu dämlich."

Wenn Joe wüsste, wie clever er gewesen war, als er sich aus dessen Zimmer die Adresse einer verschwiegenen Pension geholt hatte.

„Ich gehe in den Wald", hatte er gerufen.

„Nimmst du den Hund nicht mit?“ Oh, seine Mutter war nicht auf den Kopf gefallen – wenn er ohne Ginger loszog, war das immer ein schlechtes Zeichen.

„Ginger hat sich die Pfote verletzt, kann nicht laufen.“ Erstaunlich ... diese Lüge war ihm so leicht herausgerutscht, dass es sogar seine Mutter glaubte. Mit der Lokalbahn war er dann nach Linz gefahren, bei einer früheren Station ausgestiegen, wo es keine Kameras gab. Auf dem Stadtplan hatte er die Straße gesucht, wo die Klinik war, in dem sein Mädchen lag, denn er hatte sich geschworen, nicht ohne sie zurückzukehren.

Alle Welt hielt Leo für ein wenig zurückgeblieben und schwerfällig, aber da täuschten sie sich, denn wenn es darauf ankam, dann war Leo sehr zielorientiert und konnte seine wenigen grauen Zellen zu ungeahnten Aktivitäten anspornen. So hatte er auch ohne große Probleme die eine Pension ausfindig gemacht, wo man keine Fragen stellte und wo er ungestört seinen verqueren Ideen nachhängen konnte. Die kleine Pension, in die er sich eingemietet hatte, lag in einer tristen Häuserzeile an der Peripherie von Linz. Gegenüber sah er in einen verwilderten Garten mit einem schrottreifen Wohnwagen. Das war ein ziemlich langweiliger Anblick, aber Leo war nicht hier, um die Aussicht zu genießen, Leo wollte sein Mädchen wieder zurück. In dem winzigen Fernseher, der in seinem Zimmer stand, hatte er sein Porträt gesehen und sich im ersten Augenblick darüber gefreut, dass man ihn so gut getroffen hatte. Auf dem Bild, das ihn eine halbe Minute lang aus dem Bildschirm anstarrte, sah er richtig klug aus. Nicht so dumm, wie ihn sein Bruder Joe immer hinstellte.

Als die Nachrichten längst vorüber waren und wieder das Kinderprogramm lief, das Leo so gerne sah, fiel ihm ein, dass man ihn jetzt ja erkennen konnte. Diese Erkenntnis durchfuhr ihn wie ein Blitzstrahl und sofort war es mit seiner Ruhe vorbei. Nervös ging er in seinem Zimmer auf und ab, blickte ängstlich zur Tür und ärgerte sich, dass er seine Hündin Ginger im Haus seiner Mutter zurückgelassen hatte. Ja, wenn Ginger hier wäre, dann hätte er wenigstens jemanden zum Reden und müsste keine Angst haben. Denn immer, wenn er seinen Hund stundenlang streichelte, verschwanden die bösen Geister in seinem Kopf und er konnte wieder klar denken. Aber jetzt war Ginger nicht da.

Er strengte seinen Verstand an. Sein Mädchen hieß Britta, das hatte er mitbekommen, und sie war in einer Klinik, um sich von dem Schrecken und den Strapazen der Entführung zu erholen. Er wusste auch, wo diese Klinik war, denn das Auffinden von Spuren war seine Stärke, das hatte er im Wald auch schon oft bewiesen. Aber was würde er dann mit ihr anfangen? Der Bunker war weit weg und hier in der Stadt kannte er kein Versteck. Langsam kroch die Panik wieder in ihm hoch, und fast hätte er es bereut, dass er nicht auf seinen Bruder gehört hatte, der ihn davor warnte, allein in die große Stadt zu fahren. Nervös ging er in seinem kleinen Zimmer auf und ab, warf einen kurzen Blick aus dem Fenster und sah plötzlich gegenüber eine Gestalt durch den verwilderten Garten auf den ramponierten Wohnwagen zugehen.

Es war eine junge Frau und sie war sehr dünn. Sie hatte kurze Haare und ihre Haut war bleich. Hastig holte er seinen Feldstecher aus dem Rucksack und stellte ihn scharf, zoomte die Frau näher. Sie war zwar das genaue Gegenstück zu seiner Britta, aber sie gefiel ihm trotzdem. Ihre kurzen braunen Haare weckten in ihm das Bedürfnis, sie zu streicheln, so wie das braune Fell von Ginger. Die Augen der Frau sahen traurig zu Boden, mit ihrer dünnen Figur und dem schmalen Gesicht wirkte sie wie jemand, den man beschützen musste, den er beschützen musste.

Es war ein gutes Zeichen, dass sie ausgerechnet in dem Augenblick durch das Gras gestapft war, als er zum Fenster hinausgeblickt hatte. Nur eine Minute später und er hätte sie nicht gesehen. Dann wäre nichts passiert, aber jetzt war sie in seinem Kopf gelandet wie ein kleines Sandkorn, das rieb und rieb und ihn immer daran erinnerte, dass es diese junge Frau gab. Wie eine exotische Blüte musste man sie daher einfach aus ihrem Wohnwagen holen und zu der anderen Blume legen. Sie waren wie zwei gegensätzliche Blumen, und deshalb würden diese beiden Frauen gut zusammenpassen. Oh ja, er würde dann seine Blüten aus einem geheimen Versteck heraus immer stundenlang beobachten, sie beschützen und dafür sorgen, dass es ihnen an nichts fehlte. Erst als die Frau schon längst in dem Wohnwagen verschwunden war, ließ Leo den Feldstecher sinken und sackte schwer auf das durchhängende Bett.

Alles der Reihe nach. Zuerst musste Britta aus der Klinik geholt werden und wieder zu ihm kommen. Dann würde er sich mit der jungen Frau in dem Wohnwagen beschäftigen. Die junge Frau war also ein weiteres Ziel. Überhaupt gefiel ihm dieser Wohnwagen und er hatte schon wieder eine Idee.

So viele Ideen, so viel zu denken, das machte ihn ganz nervös. Wieder kramte er in seinem Rucksack herum und zog seinen zerlegten Bogen hervor. Baute ihn Stück für Stück zusammen und zog auch den Taiga Arrow auseinander und ließ die Teile einrasten. Er stellte sich an das Fenster, spannte den Bogen und zielte auf den Wohnwagen. In einem der winzigen Fenster, die zur Straße zeigten, war ein Schatten zu erkennen. Das war die junge Frau, die genauso wie er ruhelos umherging. Sollte er einen Pfeil durch das Fenster jagen? Der Taiga Arrow würde es spielend schaffen, das dünne Plastikfenster zu durchstoßen.

Er ließ den Bogen sinken und öffnete das Fenster, visierte das Fenster des Wohnwagens an. Hinter sich hörte er die beruhigende Stimme des Moderators aus dem Fernseher, der von einem Polizeieinsatz im Mühlviertel berichtete. Als der Name „Hauser" fiel, drehte er sich um und starrte auf den Bildschirm. Sah das Haus seiner Mutter, sah schwer bewaffnete Polizisten mit Gewehren und Helmen umherstapfen, sah für einen kurzen Augenblick eine Leiche auf dem Boden liegen, ehe sich eine Moderatorin ins Bild schob und davon berichtete, dass Josef „Joe" Hauser, ein gesuchter Waffenschieber, bei einem Polizeieinsatz ums Leben gekommen sei.

Leo schluckte und horchte in sich hinein, hörte auf sein Herz, ob er dort etwas wie Trauer verspürte, als er vom Tod seines Bruders erfuhr. Doch da war nichts – nur Gleichgültigkeit. Auch als man seine weinende Mutter zeigte, empfand er wieder nur diese kalte Gleichgültigkeit, die wie ein zugefrorener See war, der ein wenig knackte, wenn ihn Sonnenstrahlen erwärmten, die jedoch niemals sein Eis zum Schmelzen bringen konnten. Die Kamera schwenkte zu dem Hauseingang, der von den Scheinwerfern der Polizei grell erleuchtet war. Ein Polizist mit einer kugelsicheren Weste trug gerade ein Bündel die Stufen hinunter, aus dem schlaffe Pfoten heraushingen. Leo erstarrte und seine Augen weiteten sich. Die hinteren Läufe waren braun mit weißen Punkten, es waren die Hinterläufe von seinem Hund, von Ginger.

„Ginger", stammelte er und stierte auf den Bildschirm, wo gerade ein Polizist mit längeren Haaren über einen Fahndungserfolg redete. Mit zusammengekniffenen Augen las er das Insert: „Tony Braun, Mordkommission Linz", dann hob er den Bogen und jagte den stählernen Pfeil durch den Bildschirm in den Kopf des Polizisten.

38

Greg stand in der völlig zerstörten Mühle und sah sich um. Nach dem Amoklauf mit dem Maschinengewehr war von dem Haus nicht mehr viel übrig geblieben. Ein Polizeiassistent hatte einen Laptop auf eine Holzkiste gestellt, und Greg scrollte sich durch die Informationen, die sie über Josef „Joe" Hauser hatten.

Verdammt, sie hatten den falschen Mann erschossen. Dem würde zwar auch niemand eine Träne nachweinen, aber es war nun einmal nicht der Mann, der Britta Walek entführt hatte. Er konnte den Fall also noch immer nicht abschließen. Braun hatte zwar vor den Kameras von einem „schönen Fahndungserfolg" gesprochen, aber im Grunde wussten sie, dass sie mit der Suche nach Leo wieder von vorne beginnen mussten. Vor der Mühle standen noch immer die Fernsehwagen, die live von dem Cobra-Einsatz berichtet hatten. Philip Zauner interviewte gerade Roberta Hauser, und an ihrem Gesichtsausdruck konnte er erkennen, dass sie sicher nichts Positives zu erzählen hatte.

„Wieso ist Joe Hauser hier gewesen? In Österreich wurde er doch gesucht. Ich dachte, der sei in Tschechien abgetaucht."

„Das glaubten wir alle." Greg kaute an seiner erloschenen Zigarre herum. „Aber wir haben die alte Mühle natürlich nicht observiert. Außerdem hat Hauser hier im Grenzgebiet einen gewissen Einfluss, er versorgt die Bauern mit gestohlenen Gewehren, damit sie als Wilderer auf die Jagd gehen können."

„Woher weißt du das?"

„Steht alles hier drinnen." Greg deutete auf den Laptop. „Wäre klug gewesen, sich vorab auch über den Bruder zu informieren."

„Bei dem Einsatz ging es ausschließlich um Leo Hauser."

„Joe Hauser ist als Waffenschieber bereits amtsbekannt", antwortete Greg nach einer längeren Pause. „Die Brüder Joe und Leo haben auch in dem kleinen Ort im Mühlviertel ein Schreckensregiment geführt. Joe hat im Rausch wahllos Menschen verprügelt, wenn ihm danach gewesen ist. Und keiner hat aufgemuckt. Der Onkel war ja eine Zeit lang Bürgermeister und einen Polizeiposten hat es schon lange nicht mehr gegeben. Da konnten die beiden tun und lassen, was sie wollten."

„Und Joe Hauser hat sich ein riesiges Waffenlager zugelegt." Braun drehte sich in dem Schuppen umher und wies auf die verschiedenen Sturmgewehre, MGs, Panzerfäuste und Handgranaten. „Das hier ist immerhin ein Panzerwagen. Den bekommt man doch nicht so einfach."

„Nach dem Fall des Eisernen Vorhangs begann zwischen Österreich und der damaligen Tschechoslowakei ein schwunghafter Handel mit Militärgütern, und Joe Hauser war mittendrin. Er hat Gewehre, Pistolen und Panzerabwehrraketen gekauft und über Mittelsmänner in den Nahen Osten verschoben."

„Das kann doch nicht unentdeckt geblieben sein."

„Blieb es auch nicht. Joe Hauser wurde längere Zeit vom Verfassungsschutz beschattet und schließlich auf frischer Tat erwischt. Er saß zwei Jahre im Knast, hat aber seine Mittelsmänner nicht verraten. Später hat sich dann ein EUROPOL-Team mit dem Fall beschäftigt." Greg stieß mit dem Fuß ein Stück Mauer zur Seite. „In der Zwischenzeit war aber auch Leo nicht untätig. Er begann den Mädchen intensiv nachzustellen."

„Das heißt, es gab Vergewaltigungen?", fragte Braun und blieb stehen. „Da hat keiner etwas dagegen gemacht? Das glaube ich nicht."

„Es gab nur eine Anzeige wegen Stalking. Da hat man Leo eingelocht, aber der Amtsarzt hat ihn haftunfähig geschrieben. Da war er auch im Handumdrehen wieder draußen."

Greg stieß eine Tür auf, die in die halbwegs intakte Küche führte, der Rest des Gebäudes war von dem Maschinengewehr völlig zersiebt worden, und es hatte den Anschein, als würde das Haus bald in sich zusammenstürzen. An dem rechteckigen Tisch saß jetzt wieder Roberta Hauser und hatte den Kopf auf die Hände gelegt. Jetzt war nichts mehr von ihrer Wut und ihrem Zorn zu spüren, jetzt war sie nur noch eine gebrochene Frau, die still vor sich hin weinte.

„Wo ist das Zimmer Ihres Sohnes Leo?", fragte Greg ruhig und blieb breitbeinig vor Roberta stehen.

„Du hast mir meinen Sohn Josef, meinen Buben genommen", jammerte Roberta und deutete auf Braun. „Leo wird sich rächen!"

„Wo ist das Zimmer von Leo?", fragte Greg erneut und ließ sich durch das Gejammer von Roberta nicht aus der Ruhe bringen.

„Leo ist ein guter Junge. Wenn er jetzt etwas Böses tut, dann seid ihr schuld, ihr ganz alleine. Ihr habt ihm seinen Bruder genommen." Roberta deutete mit ihrer gichtverkrümmten Hand an die Decke.

„Hören Sie bloß auf damit." Greg sah, wie sich Braun über den Tisch beugte und seine Kiefermuskeln zuckten. Es fehlte nicht viel und Braun würde gleich losbrüllen. Doch seine Stimme war überraschend ruhig.

„Ihr Sohn Leo hat wahrscheinlich ein Mädchen brutal ermordet, ihr mit einem Messer den Körper zerstochen und er hat ein zweites Mädchen entführt. Deshalb sind wir hinter ihm her."

„Lass gut sein. Sehen wir uns das Zimmer von Leo einmal an", meinte Greg und ging zur Tür.

Schweigend stiegen sie über eine abbröckelnde Treppe nach oben in den Dachboden. Die Decke war niedrig und die Dachschrägen reichten bis zum Boden hinunter. Beide mussten den Kopf einziehen und konnten sich nur gebückt vorwärtsbewegen. Der rückwärtige Teil des Dachbodens war dilettantisch mit einer Sperrholzwand abgeteilt, in die eine Tür gesägt worden war. Greg und Braun zogen sich Latexhandschuhe an und stießen die Tür auf. Das also war das Reich von Leo Hauser.

„Das ist doch total abgedreht", sagte Braun, als sie eintraten.

„Kann man wohl sagen. Sieht aus wie bei einem kleinen Buben."

Das Zimmer von Leo Hauser, einem 25-jährigen Mann, sah aus wie das Zimmer eines siebenjährigen Jungen. Von der Decke hingen Kampfflugzeuge aus Plastik und Balsaholz und gegenüber dem Bett gab es ein bunt bemaltes Kasperltheater mit zugezogenen Vorhängen. In einem kleinen grünen Plastikkorb lagen die passenden Handpuppen. Sie waren ordentlich aufgereiht, so als würde noch mit ihnen gespielt werden.

„Er spielt Puppentheater?", fragte Braun. „Findest du das nicht ein wenig merkwürdig?"

„Ich würde sagen, das ist krank. Leo ist nicht richtig im Kopf."

Sie sahen sich weiter um. Auf einem himmelblau gestrichenen Bord hinter dem Bett lag ein zerlesenes Kinderbuch und daneben standen drei kleine Plastikzwerge, einer davon sollte wohl eine

Frau sein, denn sie hatte lange blonde Haare. Greg strich über den vorsintflutlichen Kassettenrekorder auf dem Nachttisch. Der Rekorder war aus blauem Plastik und mit silbernen Glitzersternchen beklebt und trug einen Aufkleber mit dem Namen „Betty Blue".

„Ziemlich scheiße dieses Zimmer für einen erwachsenen Mann."

Greg stieß mit dem Fuß gegen das Bett. Dann warf er die Matratze auf den Boden und hob den Lattenrost an. Außer einem Mickey-Mouse-Pyjama lag aber nichts unter dem Bett.

„Nichts", konstatierte er missmutig. „Aber ich bin sicher, dass Leo ein geheimes Versteck hat."

Während Greg den Schrank durchwühlte und die wenigen Kleidungsstücke von Leo hinter sich auf den Boden warf, klopfte Braun die Holzverkleidung der Dachschrägen ab. Oberhalb des Bettes klang es hohl, und als er an dem Holzbrett rüttelte, gab es sofort nach.

„Da haben wir ja die kleine Wunderwelt von Leo", rief Braun und holte vergilbte Zeitungsbilder hervor, auf denen verschiedene Mädchen in Trachtenkostümen, Jeans oder Röcken zu sehen waren.

„Keines dieser Mädchen ist nackt", murmelte Greg, der ihm über die Schulter geblickt hatte. „Er hat sich wohl nur am Anblick der Mädchen aufgegeilt."

„Wenn er bloß ein Spanner ist, weshalb bringt er dann Ulla um?" Fragend zuckte Braun mit den Schultern.

„Leo hat sich eben weiterentwickelt. Wollte mal sehen, was es so unter den Röcken zu sehen gibt", antwortete Greg völlig ungerührt. „So ist das immer mit den Psychopathen. Der Anblick von Mädchen reicht ihnen nicht mehr, sie wollen mehr. Die Sache läuft aus dem Ruder und schon wird man vom Spanner zum Mörder."

„Was hast du noch gefunden?", fragte Greg.

„Hier ist eine Haarsträhne. Sie ist mit einem roten Bändchen zusammengebunden, an denen ein Herz hängt. Die kommt gleich ins Labor", antwortete Braun.

„Das war's dann wohl." Greg richtete sich auf und zog noch rechtzeitig den Kopf ein, bevor er an die Decke stieß. „Mit dem Zimmer soll sich jetzt die Spurensicherung befassen."

„Warte. Da ist noch etwas." Braun langte mit seinem Arm weit in das geheime Versteck von Leo hinein, fühlte einen Stoff zwischen den Fingern. Behutsam zog er den Stoff heraus. Es war eine rote Jacke und sie war auf der Vorderseite voll mit eingetrocknetem Blut.

„Das ist ja ein Ding", sagte Greg und wusste, dass sie damit ein Indiz hatten, das Leo überführen würde, auch wenn er leugnen sollte.

„Der Stoff passt zu dem Wollfaden, den wir am Tatort gefunden haben. Ich wette, dass es die Jacke der ermordeten Ulla ist", hörte er Braun wie durch einen Nebel sprechen, denn er stellte sich gerade vor, wie Leo seinen Kopf in der Jacke vergraben hatte, um den betörenden Duft des toten Sommermädchens einzuatmen.

„Natürlich ist das Ullas Jacke. Gib her."

Greg langte nach der Jacke und drückte die Wolle sanft zusammen. Es war eine simple rote Strickjacke mit silbernen Fäden in den Nähten, die im Licht leicht glitzerten. Es war eine Jacke, wie sie junge Mädchen gerne tragen, wenn sie ausgehen. Es war eine rote Jacke, die hervorragend zu abgeschnittenen Jeans in heißen Sommernächten passt, wenn es zu vorgerückter Stunde ein wenig kühl wird. Es war eine Jacke, die den Duft nach Leben verströmte. Unbewusst hielt Greg die Jacke an sein Gesicht, atmete den Duft ein, versuchte sich das Mädchen, das diese Jacke getragen hatte, lebend vorzustellen, um die ganze Tragweite der Tragödie zu erfassen. Er wollte begreifen, warum man dieses unschuldige Mädchen so brutal ermordet hatte. Er musste es einfach irgendwann begreifen, denn er verstand es noch immer nicht.

39

Olin wurde plötzlich von einer inneren Unruhe erfasst, die sich in ihrem Bauch ausbreitete, so als würde ein Ballon in ihrem Inneren aufgeblasen werden und immer heftiger gegen die Narben auf ihrer Brust drücken. Sie schälte sich aus der Patchwork-Decke und ging unruhig in dem engen Wohnwagen auf und ab. Vor dem Gefrierschrank blieb sie stehen, öffnete ihn und ein unbeschreiblicher Gestank schlug ihr entgegen. Verschimmelter Käse lag in einem Fach, eine geöffnete Milchflasche mit ranzigem Inhalt steckte im Seitenfach, aber nirgends eine Flasche mit eisigem Wodka, den ihre Großmutter immer getrunken hatte.

Mit dem Fuß schlug sie die Gefrierschranktür wieder zu und sah aus dem winzigen Fenster nach draußen. Die Plastikscheibe war völlig zerkratzt und so konnte sie die Außenwelt nur verzerrt, gebrochen und zerschnitten wahrnehmen. Gegenüber blitzte es in einem Fenster auf, aber es war nur ein kurzer Lichtstreifen, den sie gesehen hatte, und als sie genauer hinschaute, war das Fenster wieder anonym und grau wie die Fassade des Hauses.

„Du kannst es nicht länger hinauszögern. Du willst wissen, wer deine Familie getötet hat. Also musst du dem Schrecken ins Gesicht sehen. Du darfst dich nicht mehr verstecken. Du musst handeln", hörte sie die mahnenden Worte ihrer Großmutter, und nach einem kurzen Zögern atmete sie tief durch und öffnete die Tür des Wohnwagens. Sie sah das hohe Gras im Sonnenlicht funkeln und leuchten, ein Kind hatte einen roten Ball über die Mauer geworfen, und dieser lag jetzt wie eine blutende Schusswunde im Gras.

„Schusswunde", flüsterte Olin und drehte sich wieder um, stürzte in den Wohnwagen, zog das T-Shirt aus und betrachtete ihre Narben in dem halb blinden Spiegel. Mit den Fingerspitzen strich sie darüber und spürte den Schmerz. Dann griff sie nach dem durchlöcherten Pullover, der an dem Haken hing, und zog ihn über.

Wieder trat sie hinaus in das gleißende Sonnenlicht, das sie blendete, aber diesmal zögerte sie nicht, sondern ging festen Schrittes über die geborstenen Betonfliesen und stand nach wenigen Augenblicken vor der verschlossenen Tür des Tankstellenshops. Sie steckte den Schlüssel ins Schloss und öffnete die Tür. Die Luft in dem Shop war muffig und abgestanden. Olin ging an den Regalen vorbei zum Tresen. Auf dem Boden sah man noch die Kreideumrisse von Sarah und ein dunkler Fleck getrockneten Blutes. Olin gestattete sich keine Trauer. Konzentriert strich sie über ihren Pullover, fühlte die Einschusslöcher, ertastete die Narben, spürte den Schmerz, erinnerte sich endlich an jenen Morgen vor drei Monaten.

Ich habe gerade meinen Mann Theo und meine kleine Tochter Sarah zum Auto begleitet. Sarah hat ihre bunte Kindergartentasche auf die Rückbank geworfen und ist in den Kindersitz geklettert.

Dann sind sie losgefahren. Ich höre das Auto wegfahren, während ich den Tankstellenshop aufsperre. Drinnen ist es noch dunkel und ich schalte das Licht ein. Gehe zum Computer und stelle verärgert fest, dass die Überwachungskameras noch immer nicht funktionieren. Theo hat wieder vergessen, die Firma wegen der Reparatur anzurufen. Wahrscheinlich denkt er, wir müssen sparen. Das stimmt, wir haben alle unsere Wünsche und Träume in den Shop gelegt und auch unser ganzes Geld investiert. Wir verdienen im Moment so wenig, dass wir uns die Nachmittagsbetreuung für Sarah nicht leisten können. Theo kümmert sich deshalb um Sarah, während ich dann alleine den Tankstellenshop betreibe und abends meist todmüde hinaufkomme. Trotz allem sind wir eine glückliche Familie.

„Wir sind eine normale Familie."

„Hör auf mich", sagt die mahnende Stimme meiner Großmutter.

„Nein, ich will die Bilder nicht sehen."

Draußen fährt ein Lieferwagen vor. Ich höre nicht auf meine Großmutter, die sich einfach nicht wegsperren lassen will, sondern zu schreien beginnt, dass ich glaube, mir platzt der Schädel. Aus dem Wagen steigen zwei Gestalten, aber durch die Scheibe kann ich sie nicht genau erkennen, es ist noch zu dunkel und die Beleuchtung trübe. Sekunden später wird die Tür aufgerissen und ich höre eine jugendliche Männerstimme: „Überfall!"

Für einen kurzen Augenblick herrscht Stille in meinem Kopf, denn auch die Stimme meiner Großmutter ist verstummt. Mit großen Augen sehe ich auf die beiden schwarz gekleideten Gestalten, die beide Motorradhelme tragen. Ein Motorradhelm hat einen gezackten roten Blitz an der Seite. Diese Person hält einen riesigen Revolver in der Hand, der auf mich gerichtet ist.

„Kohle her", höre ich die Stimme. „Los, wir haben keine Zeit."

Während ich die Kasse aufschnappen lasse und mit zitternden Fingern das bisschen Wechselgeld heraushole, zielt die andere Person mit dem Blitzhelm weiter auf mich, was mich ganz nervös macht.

„Das ist alles?“

Beklommen nicke ich und sehe zu, wie die Person die Münzen und Scheine in die schwarze Jacke schiebt.

Plötzlich bimmelt die Glocke vorne beim Eingang und Sekunden später stürmt Sarah in den Shop.

„Ich habe etwas vergessen“, kräht sie fröhlich und stürzt auf den Tresen zu, fischt sich eine Handvoll Süßigkeiten heraus. Wie angewurzelt bleibt sie stehen, als sie die beiden Personen mit den Motorradhelmen sieht.

„Sarah, du sollst Mama erst fragen!“ Die Stimme von Theo ertönt vom Eingang.

„Was ist denn hier los, lassen Sie meine Frau in Ruhe. Ich rufe sofort die Polizei!“, ruft er und dreht sich um, will nach draußen. Die Person mit dem Revolver zögert keinen Augenblick, sondern dreht sich um und schießt. Einmal, zweimal. Theo fällt durch die Glasscheibe nach draußen, Sarah beginnt laut zu kreischen.

Die Person macht eine halbe Drehung und zielt auf Sarah, ohne zu zittern. Ich sehe, wie sich der Zeigefinger krümmt, die Kugel den Lauf verlässt, sich ihren Weg durch die Luft bahnt, bis sie ihr Ziel erreicht, und dieses Ziel ist die Stirn meiner Tochter. Sarah fällt zu Boden und hat plötzlich keinen Hinterkopf mehr, sondern nur noch eine formlose, blutige Masse, die sich mit ihren Haaren vermischt und wie ein Muster über den Boden fließt.

„Was tust du da?“, schreit die andere Gestalt, die das Geld eingesteckt hat, panisch und die Stimme kippt über. „Spinnst du! Du hast auf das Kind und den Mann geschossen.“

Aber die Gestalt mit dem roten Blitz am Helm antwortet nicht, sondern dreht sich jetzt zu mir. Das heruntergeklappte Visier des Helms ist schwarz, ich kann die Augen nicht erkennen.

Langsam weiche ich an die Wand zurück. „Bitte nicht. Ich muss zu meinem Kind", höre ich meine Stimme durch den Raum schweben. „Meine Tochter braucht mich jetzt."

Keine Reaktion, nur der laute Knall, als gefeuert wird. Dann spüre ich die Kugeln. Zuerst eine oberhalb meines Herzens, dann die zweite durch die Brust. Die Schüsse sind so stark, dass ich gegen die Wand geschleudert werde und leblos nach unten rutsche.

Olin stand mitten in dem dunklen Tankstellenshop und zitterte am ganzen Körper. Die Schusswunden brannten wie Feuer, aber es waren nicht nur die Verletzungen, sondern ihr Herz stand in Flammen. Es war ein Feuer aus Trauer und Wut, aus Verzweiflung und Hoffnung.

Sie konzentrierte sich auf die beiden Gestalten und ging zwischen ihnen durch den Shop. Es waren junge Personen, denn sie waren sehr schlank. Die Person mit dem Blitzhelm und der Waffe war klein und die andere hatte eine jugendliche Stimme. Olin ging um die Person mit der Waffe herum, versuchte die Gesichtszüge hinter dem schwarzen Visier zu erkennen, aber es gelang ihr nicht. Sie hielt ihre Handfläche ganz nahe an die Gestalt, um die Aura zu spüren. Ein kalter Hauch huschte über ihre Fingerspitzen und verflüchtigte sich schnell wieder. Die Person verströmte eisige Kälte.

Sie ging zu der Gestalt am Tresen, die nach den Schüssen in Panik geraten war. Auch diese hatte ein schwarzes Visier und ihr Gesicht war unsichtbar. Mit dem Zeigefinger drückte sie auf ihre Wunde,

Schmerz durchflutete sie und sie wurde wieder zur Zuschauerin ihres eigenen Dramas. Die Person nahm das bisschen Geld vom Tresen, stopfte es in die Jackentasche. Dabei rutschte ein Schlüssel heraus, den sie geschickt auffing und schnell wieder in die Tasche steckte. Doch nicht schnell genug, denn jetzt sah Olin plötzlich einen Anhänger, der an dem Schlüssel baumelte. Sie stoppte das Bild, trat näher. Die Aufschrift auf dem Anhänger war schon ein wenig verblichen, aber noch zu lesen: „Mike & the Mechanics".

Als sie die Schrift erkannt hatte, brach Olin schluchzend zusammen. Die Figuren verschwanden und der Tankstellenshop, in dem sie noch immer stand, war wieder düster und kalt.

Nachdem sie den Shop verlassen hatte, ging sie zurück in den Wohnwagen, setzte sich auf die Patchworkdecke und tippte den Namen in ihr Handy. Es gab nur einen Eintrag mit diesem Namen. Olin stand auf und suchte in der alten Werkzeugkiste ihrer Großmutter nach dem kompakten Hammer. Sie steckte den Hammer in die Fransenumhängetasche ihrer Großmutter und sperrte den Wohnwagen gewissenhaft ab, als sie ging. Die Sonne stand tief und tauchte den Wohnwagen in ein goldenes Licht. Es war, als würde sie dieses warme Licht in ihrem Vorhaben bestärken. Heute würde sie nur zu der Adresse gehen und sich umsehen. Morgen hatte sie anderes im Sinn. Denn sie wusste jetzt genau, was morgen zu tun war.

40

Durch den Feldstecher sah er die schlanke Frau aus dem Wohnwagen kommen. Sie hatte eine Umhängetasche aus braunem Leder dabei, deren perlenverzierte Fransen im Wind schaukelten. Ihm gefielen diese bunten Kugeln, die ihn an die bunten Taschen der Indianer aus den Fernsehsendungen erinnerte. Aber noch besser gefiel ihm die junge Frau, die jetzt schnell über die gesprungenen Betonfliesen ging, so als hätte sie ein bestimmtes Ziel vor Augen.

Wie ein kleiner Junge, der etwas Verbotenes tut, biss er sich auf die Zunge und zoomte mit seinem Feldstecher die Frau näher und immer näher, bis er jede Pore auf ihrer Haut erkennen konnte. Er konnte sich gar nicht sattsehen an ihren Bewegungen, an ihrem Körper, der anmutigen Krümmung ihres Nackens. Aber am besten gefielen ihm die kurzen braunen Haare, die wie das Fell von Ginger aussahen. Dementsprechend enttäuscht war er auch, als sie plötzlich an der Garage vorbei um die Ecke ging und damit aus seinem Blickfeld verschwunden war.

Schnaufend ließ sich Leo wieder auf das Bett fallen, musste aber immer wieder an diese geheimnisvolle Frau aus dem Wohnwagen denken und wie schön es wäre, sie auf dem Bett zu betrachten. Diese Gedanken waren so intensiv, dass er laut aufseufzte. Vielleicht würde er dieser Frau auch bald ein Geschenk machen und ihr ein Kaninchen vorbeibringen, dem er vorher die Haut abgezogen hatte.

Mit dem zerlegten Bogen im Rucksack schlich er die Treppe nach unten, zum Glück gab es keine Rezeption und der Inhaber der Pension saß wie immer vor seinem Computer und versuchte sein Glück beim Online-Poker. Deshalb war es für Leo auch nicht weiter schwierig, unbemerkt die Pension zu verlassen. Die Straße lag bereits im Dämmerlicht, und es war wenig Verkehr, als er sie überquerte. Langsam ging er an der Betonmauer entlang, stellte sich auf die Zehenspitzen, um einen Blick hinüber auf die Wiese mit dem Wohnwagen zu erhaschen. An der Straßenecke hing ein Plastiksack mit Zeitschriften und darüber ein Pappplakat mit der marktschreierischen Überschrift: „Wo ist der Sommermädchen-Killer?" Darunter war ein Foto von ihm, das seine Mutter gemacht hatte. Leo trat näher heran und fuhr mit den Fingerspitzen über den Text. Wiederholte „Sommermädchen-Killer", konnte sich aber nichts darunter vorstellen. Außerdem war seine Mutter keine gute Fotografin, denn auf dem Foto sah er einfältig aus und seine Augen blickten stumpf in die Ferne. Da hatte ihm die Zeichnung aus dem Fernsehen schon besser gefallen. Vielleicht würde er sie als Geschenk erhalten, denn es war ja sein Porträt. Er hatte sich schon gedacht, dass man ihn suchte, deshalb trug er auch eine Baseballkappe und hatte den Schirm tief ins Gesicht gezogen. Jetzt sah er völlig normal aus.

Beinahe dachte er, er hätte sich verlaufen, doch dann kam er an einer geschlossenen Tankstelle vorbei, die er auch von seinem Pensionsfenster aus gesehen hatte. Hinter der Tankstelle war eine Garage, vor der noch ein Auto stand. Er warf einen neugierigen Blick hinein und sah eine bunte Tasche auf dem Rücksitz liegen. Die gefiel ihm, und er nahm sich vor, sie bei nächster Gelegenheit aus dem Auto zu holen. Aber jetzt musste er den Wohnwagen finden. Neben der Garage war eine rostige Eisentür, die sich leicht öffnen ließ, und da war auch die Wiese mit dem Wohnwagen, der versteckt im hohen Gras am hinteren Rand stand.

Genauso wie die junge Frau ging auch er jetzt über die gesprungenen Betonfliesen zum Wohnwagen. Aus der Nähe wirkte der Wohnwagen wie ein verschimmeltes Hexenhäuschen, überall waren Rostflecken auf der glatten Fläche, die wie kleine Inseln in einem großen Metallmeer wirkten.

Gedankenverloren drehte er den Türknopf, doch die Tür war verschlossen. Er rüttelte, aber das Blech war verstärkt worden, und wenn er die Tür aufbrach, dann würde die Frau es mit Sicherheit bemerken, wenn sie zurückkam.

Wo konnte sie bloß den Schlüssel versteckt haben? Zufällig fiel sein Blick auf einen Blumentopf neben dem Wagenrad. Hatte nicht seine Mutter auch ihre Schlüssel immer unter einem Blumentopf versteckt? Vor Freude klatschte er in die Hände, als er den Blumentopf hochhob und tatsächlich darunter einen verrosteten Schlüssel fand.

Sekunden später war er bereits in dem Wohnwagen und legte sich auf eine alte Decke aus lauter bunten Flicken. Leo war glücklich. Die Decke war weich und er schmiegte seine Wange an den Stoff und atmete tief ein. Atmete den Duft der jungen Frau ein, die bald zu ihm in den Wohnwagen zurückkehren würde. Hier würde ihn niemand finden, hier war er mit seinen beiden Mädchen in Sicherheit, hier konnte er glücklich werden. Wenn nur Ginger bei ihm gewesen wäre. Bei dem Gedanken an seine tote Hündin wurde er ganz traurig und kuschelte sich in die Decke, die nach fremden Ölen und fernen Ländern roch.

So verging die Zeit und langsam senkte sich die Nacht über die Wiese und den Wohnwagen. Draußen war es still, und Leo wartete, er wartete auf die Blume, die er pflücken wollte.

41

„Endlich bist du gekommen. Ich habe so oft versucht, dich anzurufen!“, rief sie und strich sich schnell noch über die Haare.

„Ich war unterwegs, Britta“, antwortete er ausweichend und setzte sich an das Bett. „Geht’s dir wieder besser?“

„Wenn ich dich sehe, dann sicher.“ Sie lächelte und strich Magnus Herzfeld sanft über den Handrücken. Herzfeld sah ein wenig bedrückt aus, und das verwunderte sie. Es war doch alles gut, so wie es war. Doch dann musste sie wieder an ihre Schwester denken, die man ermordet hatte, und an den Mann, der sie in dem Bunker beobachtet hatte.

„Hast du ein Problem?“, fragte sie Herzfeld, der noch immer abwesend an die Wand blickte.

„Ich? Mir geht deine tote Schwester nicht aus dem Kopf.“ Herzfeld schluckte und sein Adamsapfel hüpfte auf und ab.

„Ja, das ist wirklich schlimm“, flüsterte sie und ihre Augen füllten sich mit Tränen. „Ich kann mir ein Leben ohne sie überhaupt noch nicht vorstellen.“

„Ich habe sie im Leichenschauhaus identifizieren müssen, während du von diesem Monster verschleppt worden bist. Es war so unwirklich. Sie hat ausgesehen, als würde sie nur schlafen. Aber sie war tot und ihr Bauch war mit Messerstichen übersät. Wer macht so etwas?“

„Das war ein sehr böser Mensch“, antwortete sie. Ja, wer macht so etwas? Eine Stimme in ihrem Inneren flüsterte wieder: Es war sicher der Mann mit den dicken Brillengläsern. Dem war alles zuzutrauen. Er hatte ihr den abgehäuteten Hasen in den Bunker geworfen, hatte sie verfolgt, und irgendwie spürte sie, dass er auch jetzt noch irgendwo draußen auf sie lauerte.

„Bringst du mich zurück in die Wohnung?“, fragte sie Herzfeld und drückte seinen Arm. „Bitte.“

„Deswegen bin ich ja hier. Ich habe mit dem Arzt gesprochen. Er meint auch, dass du in deiner gewohnten Umgebung das Trauma schneller überwindest.“

Sie seufzte glücklich. Magnus war so gut zu ihr, er konnte Gedanken lesen und wusste immer sofort, was sie sich wünschte. Aber noch immer schien ein dunkler Schatten auf seiner Seele zu liegen und eine Frage war auf seine Stirn gemeißelt:

„Wusstest du, dass Ulla schwanger war?“, fragte er dann auch ganz vorsichtig.

„Natürlich wusste ich davon. Aber ich habe ihr versprochen, es keinem zu erzählen. Es war unser großes Geheimnis.“

„Wer ist der Vater? Sie hat zwar immer von einem fixen Mann in ihrem Leben geredet, aber gesehen habe ich ihn nie. Du vielleicht?“

„Nein, das wollte sie nicht. Ulla wirkte zwar nach außen immer sehr offen, aber den Namen behielt sie für sich.“

Britta schwieg und schob die Bettdecke zur Seite. Dann sprang sie so leicht wie eine Feder aus dem Bett und strich Herzfeld über die Wange.

„Ich packe meine Sachen zusammen. Dann können wir die Klinik verlassen."

Als sie hinaus auf den Korridor traten, saß der Polizist, der sie bewachte, wie immer auf seinem Stuhl und trank Kaffee. Schweigend fuhr sie mit Herzfeld nach unten, fühlte sich, als würde der Lift bis in den Mittelpunkt der Welt rasen, dort, wo die Erde glühend heiß ist und alles ringsum verbrennt, so heiß wie ihr Herz.

Im Foyer herrschte ein geschäftiges Treiben, und Herzfeld ging mit ihr zum Tresen, um die Entlassungspapiere zu unterschreiben. Am Tresen lehnte auch ein Mann, den sie zunächst nicht gesehen hatte, doch dann erkannte sie ihn, als er sich umdrehte. Es war der interessante Polizist mit den längeren Haaren, Tony Braun, der sie vor einigen Tagen so nett befragt hatte. Was machte er hier in der Klinik? War vielleicht der Mann, der sie beobachtet und wahrscheinlich auch entführt hatte, irgendwo in der Nähe? Vorsichtig klopfte sie ihm auf die Schulter.

„Hallo, Inspektor Braun", sagte sie und lächelte ihn freundlich an. „Wollen Sie zu mir? Ich bin aber gerade dabei, die Klinik zu verlassen."

Braun drehte sich um und antwortete: „Was für ein Zufall! Ja, ich brauche noch einige Informationen von Ihnen."

Dabei holte er sein Notizbuch aus der Jackentasche hervor.

„Gehen wir doch nach hinten, da sind wir ungestört."

„Gerne." Britta wandte sich zu Herzfeld.

„Entschuldige bitte, es dauert nicht lange."

Mit gesenktem Kopf folgte sie Braun in ein leeres Schwesternzimmer und setzte sich ihm gegenüber an einen weißen Tisch. Sie blickte Braun fragend an, doch dieser blätterte in seinem Notizbuch.

„Sie haben gesagt, der Mann hätte Sie und Ulla im Wald überrascht und verfolgt. Sie sind gestürzt und haben dann einen Schlag auf den Kopf bekommen. Hat sich dann der Täter sofort auf Ihre Schwester gestürzt? Können Sie sich daran erinnern? Versuchte er, Ihre Schwester Ulla zu vergewaltigen, ehe er sie tötete."

„Ich weiß es nicht mehr. Alles ist noch immer dunkel und die Erinnerung tut mir so weh", antwortete Britta.

Braun griff in die Innentasche seiner Jacke und holte ein Foto hervor. „Ist das die Jacke Ihrer Schwester?", fragte er.

Britta musste heftig schlucken, als sie die blutig rote Jacke von Ulla mit den silbernen Fäden sah.

„Nein", flüsterte sie beinahe tonlos. „Das ist meine Jacke. Es ist meine Lieblingsjacke. Woher haben Sie die?"

„Wir haben sie in einem Versteck des mutmaßlichen Verdächtigen gefunden."

„Das wird mir alles zu viel. Ich brauche meine Ruhe."

„Tut mir leid, wenn ich Sie das alles fragen muss, aber ein mutmaßlicher Täter läuft noch immer frei herum, deshalb kann ich auch keine besondere Rücksicht auf Ihren Zustand nehmen. Ich hoffe, Sie verstehen das."

„Natürlich bin ich Ihnen gerne behilflich. Aber jetzt will ich nur nach Hause."

„Rufen Sie mich an, wenn Sie sich wieder besser fühlen", sagte Braun und gab ihr eine reichlich verknitterte Visitenkarte. „Vielleicht fällt Ihnen noch etwas ein, damit wir den mutmaßlichen Täter so schnell wie möglich finden."

„Weshalb sprechen Sie immer von einem mutmaßlichen Täter? Ich habe ihn doch genau beschrieben. Er hat doch meine Schwester getötet und mich verschleppt?“, fragte sie Braun.

„Solange wir kein Geständnis von Leo Hauser haben und es noch Unklarheiten über den Tathergang gibt, ist das die gängige Formulierung.“

Sie verkniff sich die Frage, welche Unklarheiten Braun wohl meinte, und spürte die Blicke des Inspektors in ihrem Rücken, als sie wieder zum Empfang zurückging, wo Herzfeld auf sie wartete.

Inspektor Braun war hartnäckig, da war sich Britta sicher, und er würde nicht eher aufgeben, bis er den Mann mit der dicken Brille gefasst hatte. Erst dann konnte sie wieder beruhigt schlafen und ihren Frieden finden. Doch solange dieser böse Mann auf freiem Fuß war, würde sie immer die Angst verspüren.

Draußen auf dem Parkplatz hielt ihr Herzfeld die Wagentür auf und Britta stieg ein. Die Gestalt, die am Rand des Parkplatzes im Schutze der Bäume stand und sie beobachtete, bemerkte sie nicht.

42

Er sah dem Auto hinterher, das langsam über den Parkplatz fuhr und in der Nacht verschwand. Sie hatte die Klinik verlassen, und jetzt musste er erneut ihre Spur aufnehmen, sie finden und zurückholen. Er ärgerte sich, dass er so viel Zeit in dem Wohnwagen verbracht hatte. Besser wäre es gewesen, sofort hierherzukommen, um Britta zu holen.

Aber er hatte auf die junge Frau gewartet. Doch niemand war gekommen und er war des Wartens müde geworden. Es war bereits dunkel, als er den Wohnwagen wieder verlassen hatte und zu Fuß zur Klinik gegangen war. Zuerst Britta holen, hatte er sich vorgesagt, dann das Mädchen aus dem Wohnwagen. Aber irgendwie war alles durcheinandergeraten, und so hatte er sich nicht entschließen können, was er zuerst tun sollte. Deshalb hatte er keines seiner Mädchen wieder bei sich. Das war sehr ärgerlich.

Wieder verspürte Leo diese unbestimmte Wut, diesen Zorn, den er nicht herauslassen konnte. In seinem Kopf purzelten die Gedanken umher und wollten einfach keine Ruhe finden. Wenn bloß Ginger jetzt hier gewesen wäre, dann hätte er sein Gesicht in ihrem kurzen braunen Fell vergraben und seine Wut hätte sich verflüchtigt.

Als er an seinen Hund dachte, sah er eine Gestalt aus der Klinik kommen. Er kniff die Augen zusammen, konnte sie aber nicht erkennen, denn es war zu dunkel. Er holte das Nachtsichtgerät aus seinem Rucksack und setzte es sich auf. Sofort verwandelten sich der Parkplatz und die Klinik in grünlich wabernde Umrisse, und die Gestalt, die sich mit jemandem vor der Klinik unterhielt, wurde zu einer Person, wurde zu dem Inspektor aus dem Fernsehen, der seinen Hund getötet haben musste. Endlich wusste Leo, wohin mit seiner Wut, und er wurde ruhig. Vorsichtig holte er die Teile seines Bogens aus dem Rucksack und baute ihn zusammen. Spannte die Sehne und schraubte die tödliche Spitze auf den Taiga Arrow.

Wieder wurde sein Arm eins mit dem Pfeil und er hielt den Atem an. Er spannte den Bogen, der leise sirrte, und verfolgte durch das Nachtsichtgerät die Bewegungen des Inspektors mit den längeren Haaren. Dieser Mann war schuld, dass Ginger tot war, also war es nur gerecht, dass auch er sterben musste. Das war eine gute Idee, fand Leo. Ginger ist tot und bald auch der Inspektor. Dann waren sie quitt. Er konzentrierte sich wieder auf sein Ziel und ließ den Pfeil los. Mit einem leisen Wischen zischte der Taiga Arrow durch die Nacht, flog lautlos über die parkenden Autos und erreichte sein Ziel.

43

Braun hörte ein leises Zischen und hatte gerade noch Zeit, den Polizisten, mit dem er sich gerade unterhalten hatte, zur Seite zu stoßen. Aber es war zu spät. Ein silbrig glänzender Metallpfeil bohrte sich in den Arm des Mannes, der mit einem lauten Stöhnen zu Boden sank.

„Verdammte Scheiße!", rief Braun überrascht. „Was war das?" Er zog seine Pistole und spähte über den Parkplatz zu den Bäumen hinüber. Von dort war der Pfeil gekommen, und er konnte auch die schattenhaften Umrisse eines Mannes sehen, der zwischen den Bäumen stand.

„Kümmert euch um den Kollegen!", rief Braun zwei Sanitätern zu, die aus der Klinik gelaufen kamen.

„Alle weg von der Tür!", rief er noch hinterher, als sie den verletzten Polizisten in Sicherheit brachten, und lief geduckt über den Parkplatz. Der Schütze hatte in der Zwischenzeit einen weiteren Pfeil eingelegt und den Bogen gespannt. Wieder sirrte der Pfeil durch die Luft und Braun warf sich augenblicklich auf den Asphalt. Mit einem lauten Knirschen bohrte sich der

Pfeil in die Kühlerhaube eines parkenden Autos und blieb dort stecken.

Braun robbte auf dem Bauch zwischen den Autos entlang, um den Rand des Parkplatzes zu erreichen. Noch war es zu gefährlich, einen Schuss abzufeuern, denn dafür hätte er sich aufrichten müssen und wäre so zum perfekten Ziel für den Bogenschützen geworden. Als er den Rand erreicht hatte, duckte er sich hinter einigen Büschen.

„Halt, Polizei!“, rief er und wartete, wie der Schütze reagieren würde, der noch immer im Halbschatten der Bäume verborgen war. Als er Brauns Ruf hörte, drehte er sich langsam um und in dem matten Schein der Parkplatzbeleuchtung sah Braun, dass es Leo war, der sich eine Baseballkappe tief ins Gesicht gezogen hatte.

„Leo Hauser“, sagte Braun und versuchte, so ruhig wie möglich zu bleiben. „Hören Sie doch mit dem Unsinn auf! Wollen Sie noch mehr Menschen töten?!“

Leo schwieg, spannte erneut den Bogen und zog sich wieder hinter einen Baumstamm zurück.

Plötzlich waren Sirenen zu hören und mehrere Streifenwagen fuhren auf den Parkplatz vor der Klinik. Rotierendes Blaulicht beleuchtete den Platz und tauchte ihn in ein gespenstisches, unwirkliches Licht.

„Leo, machen Sie keinen Unsinn! Es ist überall Polizei. Geben Sie auf!“

„Mein Hund ist tot.“ Leos Stimme klang schrill, nervös und gehetzt.

„Was?“

„Sie haben meinen Hund getötet. Hab’s im Fernsehen gesehen“, hörte Braun wieder die grelle Fistelstimme von Leo. „Ginger ist tot.“

„Ich habe Ihren Hund nicht getötet. Wieso glauben Sie das?“

„Im Fernsehen ist es so gewesen.“

Braun erinnerte sich an die Szene. Er hatte mit einem Journalisten gesprochen und hinter ihm wurde der tote Hund aus der Mühle getragen. Leo hatte sich daher zusammengereimt, dass Braun auch den Hund getötet haben musste.

„Der Hund lag tot im Flur. Wahrscheinlich hat Ihr Bruder den Hund getötet", sagte er ganz ruhig zu Leo.

„Du lügst. Joe würde so etwas nie tun. Er liebt Ginger."

Während Leo abgehackt und schrill redete, pirschte sich Braun langsam heran. Die Büsche waren keine richtige Deckung gegen einen Pfeil, aber wenn Leo den Bogen hob, dann musste Braun schneller sein und schießen.

„Wir können ja darüber reden, wenn du willst."

„Worüber?"

„Über deinen Hund Ginger und über die Mädchen."

„Ahh!" Es klang wie ein leichtes Seufzen, doch dann sah Braun, dass Leo mit einer unglaublichen Schnelligkeit den Bogen gehoben und einen Pfeil abgeschossen hatte. Braun warf sich geistesgegenwärtig hinter einem Busch auf den Boden und spürte den Windhauch, als der Pfeil nur wenige Zentimeter über seinem Kopf in die Dunkelheit hinauszischte.

Sofort war er wieder auf den Beinen, denn das war seine einzige Chance. Leo würde länger brauchen, bis er den nächsten Pfeil eingelegt hatte, und das gab Braun die Zeit, ihn zu überwältigen. Hinter sich hörte er die eiligen Schritte der Streifenpolizisten, die ihm zu Hilfe kamen. Braun sprang über die Büsche und rannte los. Leo sah ihn kommen, doch anstatt den Bogen zu heben, drehte er sich um und rannte einfach über die Fahrbahn, ohne auf den Verkehr zu achten. Ein wüstes Hupkonzert und schrilles Quietschen von Bremsen war die Folge, doch Leo schaffte es, die Straße zu überqueren.

„Schneidet ihm mit dem Auto den Weg ab!", rief Braun den Streifenpolizisten zu, die jetzt ebenfalls den Rand des Parkplatzes erreicht hatten. „Er darf uns nicht entkommen!"

Er sprintete ebenfalls über die Straße, doch Leo hatte in der Zwischenzeit einen gehörigen Vorsprung, den Braun nicht so schnell wettmachen würde. Jetzt bog Leo in eine schmale Seitengasse ein, an deren Ende eine Treppe nach oben auf eine steinerne Brücke mit Balustrade führte. Es war eine Sackgasse, aber von der Treppe aus hatte man die Gasse gut im Blick, und das würde Leo wahrscheinlich ausnutzen. Als Braun um die Ecke bog, sah er Leo bereits über die Stufen hinaufhetzen. Geschickt sprang er über die Balustrade, drehte sich um und spannte den Bogen.

„Stehen bleiben, Polizei!", rief Braun, der sich im Schatten der Hausmauern vorwärtsschob, um kein Ziel abzugeben. „Leo Hauser, geben Sie auf!"

‚Wo bleiben bloß die verdammten Streifenwagen', dachte Braun. In diesem Moment öffnete sich eine Haustür und eine Frau mit einem kleinen Hund trat heraus. Der Hund bellte und dieses Bellen schien Leo zu irritieren.

„Das ist mein Hund!", rief er schrill. „Mein Hund!"

„Das ist nicht Ihr Hund, Leo!"

Doch Leo hatte bereits seinen Pfeil abgeschossen und die Frau sackte lautlos zusammen. Braun sah, wie sich Leo hinter der Balustrade duckte und in der Dunkelheit verschwand. Aber er konnte ihn jetzt nicht weiter verfolgen, er musste sich zuerst um die Frau kümmern.

„Bleiben Sie ruhig liegen", flüsterte Braun und legte seine Jacke unter den Kopf der Frau. Hastig holte er sein Handy hervor und alarmierte den Notarzt.

„Sie schaffen das, haben Sie keine Angst."

Die Frau sah ihn mit angsterfüllten Augen an und tastete nach dem silbrig glänzenden Pfeil, der in ihrer Brust steckte.

„Ein Pfeil hat mich getroffen“, sagte sie ungläubig und schloss die Augen.

44

Als Britta und Magnus Herzfeld in der Wohnung waren, holte sie das Prepaidhandy hervor und wählte die Nummer. Doch wie so oft zuvor hob niemand ab. Sie setzte sich an den Küchentisch und vergrub enttäuscht den Kopf zwischen ihren Armen.

„Warum meldest du dich nicht? Bitte, bitte so melde dich doch."

„Wen rufst du denn andauernd an?" Herzfeld stand in der Tür zur Gemeinschaftsküche.

„Ach, niemanden", wiegelte sie traurig ab. Dann stand sie auf und ging an ihm vorbei in das Zimmer, das sie gemeinsam bewohnt hatten. Es sah genauso aus wie damals, als sie es verlassen hatte, als sie so glücklich zu dem Sonnwendfeuerfest aufgebrochen waren, als ihr ihre Schwester anvertraut hatte, dass sie schwanger sei. Es erschien ihr so, als wäre das in einem anderen Leben gewesen, einem Leben, das mit ihr nicht mehr das Geringste zu tun hatte.

Sie holte wieder ihr Handy hervor, und jetzt war es ihr gleichgültig, ob ihr Magnus stirnrunzelnd dabei zusah, wie sie die Nummer wählte. Es läutete zweimal, dann wurde plötzlich abgehoben. Sie war so überrascht, dass sie kein Wort hervorbrachte. Endlich hatte sie sich wieder gefasst und hörte eine Weile zu, ehe sie aufgebracht unterbrach.

„Ich muss dich unbedingt sehen. Es ist mir egal, ob das jetzt unpassend ist oder nicht." Doch sofort wurde aufgelegt. Resigniert steckte sie das Handy weg.

Mit erhitzten Wangen stand sie mitten im Zimmer. Der Mond schien in den engen Raum, und in den fahlen Lichtstreifen tanzten aufgewirbelte Staubkörner wie eine Armee des Zerfalls, so als wollten sie ihr zurufen: Auch du wirst bald zu Staub werden wie deine Schwester. ‚Asche zu Asche', dachte sie und drehte sich zu dem Kleiderschrank ihrer Schwester.

„Alles muss raus", sagte sie mit leiser Stimme und mit einem Schwung öffnete sie den Schrank ihrer Schwester. Es war alles genauso wie in ihrem Schrank, nur das Parfüm ihrer Schwester roch anders, roch schwerer. Sie riss die Kleider von den Bügeln und warf sie nacheinander hinter sich auf den Boden. Es war wie ein reinigendes Ritual. Schließlich kamen die Schuhe an die Reihe. Die gefährlich hohen Jimmy-Choo-Stilettos mit den Schnüren und Schnallen. Jede von ihnen hatte ein Paar, es gab getragene und ungetragene Schuhe. Die getragenen warf sie auf den Haufen hinter sich.

„Britta! Was machst du denn?", hörte sie die überraschte Stimme von Herzfeld. Ja, was machte sie denn? Sie wollte einfach neu beginnen. Ihre Schwester war tot, und sie würde es nicht aushalten, täglich an sie erinnert zu werden. So einfach war das. Sie wollte nicht ständig mit dem Tod leben. Das sagte sie auch Magnus und sie redete einfach weiter.

„Meine Schwester war böse. Ich will, dass dieses Böse aus unserem Leben verschwindet, Magnus. Ich will nur mehr an das Gute im Leben denken."

„Du hast recht. Ulla war manchmal böse zu den Menschen in ihrem Umfeld, aber sie war auch deine Zwillingsschwester. Ihr wart eine Einheit, wie Yin und Yang, wie Schwarz und Weiß, wie Gut und Böse. In gewisser Weise habt ihr euch ergänzt, man konnte euch nur in der Gesamtheit verstehen. Ihr habt euch in gewisser Weise ergänzt."

„Das ist sehr schön erklärt von dir, aber ich will durch nichts an den Tod meiner Schwester erinnert werden. Richtig philosophisch, aber du musst nicht mit der Erinnerung an ihren Tod leben. Ich will jetzt nur noch eine lichtdurchflutete Welt um mich haben und eine Zukunft, die nicht schwarz und düster ist, sondern golden und hell. Ich will, dass alles gut wird."

Plötzlich klingelte es an der Tür und Britta und Herzfeld sahen sich überrascht an.

„Wer kann dich um diese Zeit noch besuchen?", fragte Herzfeld.

„Ich weiß es nicht. Aber sehen wir doch einmal nach." Britta ging aus dem Zimmer hinaus auf den Flur.

„Bleib hier. Lass mich das machen." Herzfeld hielt Britta am Arm zurück und schob sie hinter sich.

„Wer ist da?"

„Polizei! Machen Sie die Tür auf."

Herzfeld schob den Riegel zurück und öffnete die Tür.

Britta spürte, wie ihr Herz wild zu pochen begann. Doch draußen stand Chefinspektor Keller und sie atmete erleichtert auf. Vor Aufregung wurde sie ganz rot im Gesicht.

„Ach Sie sind das. Haben Sie mich aber erschreckt", flüsterte sie.

„Es besteht kein Grund zur Beunruhigung."

„Das glaube ich nicht. Wieso kommen Sie so spätabends?"

„Leo Hauser ist in Linz", sagte Greg und lehnte sich an die Wand. „Er hat vor der Klinik versucht, meinen Kollegen Tony Braun mit einem Pfeil zu töten."

„Oh mein Gott. Ist ihm etwas passiert?“, fragte sie mit zittriger Stimme und hielt sich die Hand an die Brust.

„Nein, ihm ist nichts passiert. Aber auf seiner Flucht hat Hauser eine Frau mit einem Pfeil schwer verletzt.“

„Haben Sie ihn gefasst?“ Herzfeld wischte sich den Schweiß von der Stirn.

„Darf ich fragen, was Sie um diese Zeit hier machen, Herr Herzfeld?“

„Ich kümmere mich um Britta. Das ist meine Pflicht. Ich habe sie von der Klinik abgeholt“, antwortete Herzfeld und fragte erneut: „Haben Sie Leo Hauser gefasst?“

„Leider nein. Deswegen bin ich auch hier. Allem Anschein nach hat Hauser vorgehabt, in die Klinik einzudringen. Das kann nur einen Grund haben, nämlich um Britta dort zu kidnappen.“

„Das heißt, er ist immer noch hinter ihr her.“ Herzfeld schüttelte den Kopf. „Und die Polizei schafft es nicht, den Mann zu fassen. Unglaublich, einfach unglaublich.“

„Wir tun unser Bestes. Im Augenblick läuft eine Großfahndung nach Leo Hauser. Wir sind sicher, dass wir ihn bald haben.“

„Und in der Zwischenzeit entführt er Britta und bringt sie um“, redete Herzfeld dazwischen.

„Deshalb bin ich ja hier. Es ist übrigens besser, wenn Sie nach Hause gehen, Herr Herzfeld. Ich persönlich sorge für die Sicherheit von Britta Walek. Ich bleibe in der Wohnung, dann kann ihr nichts passieren.“

„Nein, mit Ihnen kann mir nichts passieren“, sagte Britta und ging zurück in ihr Zimmer. An der Tür drehte sie sich um. „Danke, dass Sie das für mich tun.“

„Das ist mein Job“, antwortete Greg, fischte sein Sprüchebuch aus der Tasche und setzte sich in die Küche.

45

Die Fahndung nach Leo Hauser war erfolglos geblieben, er war wie vom Erdboden verschluckt. Braun hatte Greg über den Anschlag informiert, und Greg war auch sofort erschienen, um sich selbst ein Bild zu machen. Anschließend war er zu Britta Walek gefahren, um sie vor diesem Psychopathen zu schützen, wie er sich ausdrückte.

Nachdem sich Braun über den Zustand des Polizisten und vor allem dem der schwer verletzten Frau erkundigt hatte, stand er vor der Klinik und sah sich um. Der Parkplatz war geräumt worden und die Spurensicherung ging daran, alles gründlich abzusuchen, um vielleicht doch einen kleinen Hinweis auf das Versteck von Leo zu erhalten.

„Schon was gefunden?“, fragte Braun einen Mann von der Spurensicherung, der in seinem weißen Anzug wie ein Außerirdischer wirkte.

„Nichts, nur die Pfeile haben wir. Russisches Fabrikat.“

„Stammen wahrscheinlich von Hausers Bruder Joe“, meinte Braun und betrachtete die Pfeilspitzen. Die Pfeile waren perfekt geeignet zum lautlosen Töten.

Leo hat sich in den Kopf gesetzt, Britta wieder zu entführen. Er ist zwar beschränkt, aber das macht ihn nicht weniger gefährlich. Ja vielleicht sogar noch unberechenbarer, da er nicht nach rationalen Mustern vorgeht. Das heißt, um ihn zu fassen, musste man mit unkonventionellen Methoden arbeiten. Da hatte er plötzlich eine Idee.

Braun zog sein Handy aus der Tasche und wählte eine Nummer.

„Olin, sind Sie das?", fragte er, da er die leise Stimme zunächst nicht gleich erkannt hatte.

„Ja, was ist los, Inspektor?"

„Tut mir leid, dass ich Sie noch so spät anrufe, aber ich brauche Ihre Hilfe."

„Meine Hilfe? Geht es um den Mörder meiner Familie?"

„Nein, aber es geht ebenfalls um einen Mord."

„Sie wollen meine Hilfe in einem anderen Mordfall. Finden Sie nicht, dass dieses Ansuchen ein bisschen zu viel verlangt ist?"

„Sie haben natürlich recht", sagte Braun. „Es tut mir leid. Das war wirklich dumm von mir."

„Um welchen Mordfall handelt es sich denn?", fragte Olin plötzlich.

„Es geht um den Mord an dem jungen Mädchen Ulla Walek und die Entführung ihrer Zwillingsschwester Britta. Sie wissen sicher darüber Bescheid."

„Ich habe davon gehört. Was soll ich dabei tun?"

„Der Täter ist noch immer auf freiem Fuß und hält sich irgendwo in Linz versteckt. Vielleicht können Sie mir mit Ihren Fähigkeiten etwas weiterhelfen." Brauns Stimme wurde immer leiser und das Gespräch wurde ihm zusehends unangenehm. „Vergessen Sie das, es ist mir peinlich", sagte er plötzlich.

„Aber es muss Ihnen nicht peinlich sein. Kommen Sie doch bei mir vorbei, ich kann sowieso nicht schlafen." Olin nannte Braun eine Adresse.

„Danke. Bis gleich."

Als er auflegte, sah er hinauf zu den Sternen. War er im Begriff, eine Riesendummheit zu machen? Das war keine ernst zu nehmende Polizeiarbeit, ein Medium um Hilfe zu bitten. Aber vielleicht steckte mehr dahinter? Vielleicht war das nur ein Vorwand, um in der Nähe von Olin zu sein.

Er stieg in den Range Rover und fuhr zu der angegebenen Adresse, parkte vor der geschlossenen Tankstelle. Das große Fenster des Shops war mit Brettern verrammelt. Im ersten Stock, wo die Wohnung von Olin war, brannte kein Licht. Langsam ging er um das Haus. Ein ziemlich verdreckter Wagen stand vor der Garage und weiter hinten eine zerbröckelnde Steinmauer mit einem offenen Eisentor, von dem aus man auf ein ungepflegtes Grundstück kam. Das Gras war so hoch, dass man den Wohnwagen beinahe nicht sehen konnte. Braun zögerte und ging dann weiter, er klopfte an die Tür und Olin öffnete. Im diffusen Licht des Wohnwagens erschien sie ihm noch dünner, noch durchscheinender, noch zerbrechlicher.

„Sagen Sie mir, was ich tun soll", sagte sie mit kaum hörbarer Stimme, als sie ihn hereingebeten hatte. Olin setzte sich auf ein Schlafsofa mit einer bunten Patchworkdecke und Braun gegenüber auf einen Klappstuhl. Die Atmosphäre war angespannt, und Braun fühlte, dass es keine gute Idee gewesen war, hierherzukommen.

„Wir suchen diesen Mann", sagte er und legte ein Foto von Leo Hauser auf den Tisch. Olin blickte das Bild lange an, ohne es jedoch in die Hand zu nehmen.

„Tut mir leid. Ich habe keine Ahnung, wo er sein kann", sagte sie schließlich und zog mit ihrer flachen Hand Kreise über das Foto. „Nein, ich kann mich einfach nicht konzentrieren."

„Macht nichts. Ich will Sie auch nicht länger stören." ‚Es war absoluter Blödsinn, hierherzukommen', dachte er und nahm das Foto wieder an sich. Er stand auf und sah Olin nachdenklich an. Auch sie war aufgestanden, und wortlos standen sie sich gegenüber. Olin wich seinem Blick nicht aus und ihre unterschiedlichen Augen faszinierten ihn aufs Neue. Doch anders als früher schimmerte jetzt ein harter Glanz durch.

„Geht es Ihnen schon besser?“, fragte er ganz leise. Sie verschränkte die Arme vor der Brust, und erst jetzt bemerkte er, dass sie den Pullover mit den Schusslöchern trug. Nein, es ging ihr nicht gut.

„Ich bin o. k., aber ich kann mein Herz nicht mehr spüren.“

Als sich Olin an ihm vorbeizwängte, um die Tür des Wohnwagens zu öffnen, nahm er einen Geruch wahr, der nach Patschuli, Liebe und Tod duftete.

„Es ist besser, wenn Sie jetzt gehen.“

46

„Ich werde aus dem Mädchen nicht schlau“, sagte Braun, während er mit seinem Freund Stefan Szabo die Donau entlangjoggte. Der Himmel hatte eine purpurne Färbung und wirkte wie ein Samttuch, das man über die Landschaft gespannt hatte, um die restliche Welt mit ihren Morden und Tragödien einfach auszusperren. In diesen frühmorgendlichen Stunden fühlte sich Braun ausgeglichen, als ein Mann, der mit beiden Beinen auf dem Boden steht, aber sensibel genug ist, um auch die nicht ausgesprochenen Zwischentöne und Stimmungen zu erfassen. Szabo hatte natürlich in den Nachrichten von dem Anschlag auf Braun gehört, fragte aber nicht weiter nach. Das war einer der Pfeiler ihrer Freundschaft. Szabo war nicht im Geringsten neugierig, und er hörte zu, wenn Braun etwas erzählte. Wie etwa von dem gestrigen zufälligen Treffen mit Britta. Da war ihm das Mädchen unglaublich nervös erschienen, abwesend, ängstlich und stark zugleich.

„Sie war gestern nicht von dieser Welt“, redete er weiter mit Szabo, der im gleichen Tempo neben ihm lief und trotz ihres Tempos ruhig aus- und einatmete.

Szabo war Kreativdirektor in einer Linzer Werbeagentur und ein fanatischer Marathonläufer. Die beiden hatten sich bei einem Marathon in Padua kennengelernt und festgestellt, dass sie beide aus Linz stammten. Daraus hatte sich eine lose Freundschaft entwickelt, die aber über das gemeinsame Lauftraining nicht hinausging.

„Es ist, als würde ein großes Fragezeichen über ihr schweben, vielleicht ein düsteres Geheimnis aus ihrer Vergangenheit, über das sie aber nicht sprechen will oder kann."

„Wahrscheinlich steht sie noch unter Schock, immerhin ist ihre Schwester ermordet worden und sie wurde einige Tage eingesperrt. Das steckt man nicht so einfach weg. Da ist man traumatisiert."

„Hast du schon einmal jemanden sterben sehen?"

„Ich? Nein, wie kommst du darauf! Was soll diese Frage?", sagte Szabo und beschleunigte unvermittelt, sodass auch Braun einen Sprint einlegen musste. Es war noch früh am Morgen und die Luft angenehm kühl. Hinter den Hügeln zeigte sich bereits die Sonne, es würde erneut ein unglaublicher Sommertag werden.

„Wie geht es übrigens der Frau mit den Bowie-Augen?", fragte Szabo, als Braun wieder auf gleicher Höhe mit ihm war. Braun hatte Szabo von Olin erzählt, aber nichts von ihrem gestrigen Treffen.

„Sie hat noch schwer mit sich zu kämpfen, schließlich hat sie ihre ganze Familie verloren", sagte Braun und zog wieder an Szabo vorbei. Doch wenn er geglaubt hatte, er könne Szabo abhängen, dann hatte er sich getäuscht. Scheinbar mühelos tauchte dieser wieder neben ihm auf und verlangsamte dann sein Tempo, um mit Braun auf gleicher Höhe zu sein.

„Das kann ich verstehen. Wenn man erlebt, dass die Familie getötet wird, dann ist das schlimm."

Beide beschleunigten jetzt ihr Tempo und zogen an anderen Läufern vorbei.

„Ich habe dir doch vor einiger Zeit von meiner Bewerbung bei EUROPOL erzählt. Gestern habe ich eine Nachricht bekommen", sagte Braun. „Bei dem Test in Tschechien habe ich die höchste Punktezahl erzielt und ich bin ihr Favorit für den ausgeschriebenen Posten."

„Gratuliere", antwortete Szabo trocken. Braun kannte das bereits an Szabo. Dieser war nicht der Typ, der große Emotionen zeigte. Eine Gratulation war bereits das höchste der Gefühle.

„Trotzdem habe ich damit ein Problem", redete Braun weiter, während sie zügig unter der historischen Eisenbahnbrücke durchliefen, die wie eine geschwungene gusseiserne Klammer die Donau überspannte.

„Was für ein Problem? Das klingt doch gut und das hast du dir doch so gewünscht?"

„Ich habe eine Einladung nach Brüssel bekommen. Aber das würde auch heißen, dass ich, wenn ich das Angebot annehme, bald ganz dahin übersiedeln müsste. Und was mache ich dann mit meiner Familie?"

„Die können doch mitkommen?" Szabo drehte den Kopf ein wenig zu Braun und sah ihn mit seinen blauen Augen an. „Ist doch toll, sich in einer anderen Stadt ein neues Leben aufzubauen."

„Du kennst Margot nicht", antwortete Braun. „Die ist mit dem Bio-Laden hier glücklich in Linz verwurzelt. Obwohl es nicht ihre Heimatstadt ist und sie aus dem hohen Norden kommt, will sie nie irgendwo anders mehr leben. In diesem Punkt sind wir grundverschieden."

„Nur in diesem einen Punkt?" Szabo zog amüsiert die Augenbraue hoch. Sein Freund hatte leicht reden. Soweit Braun wusste, war Szabo mit einer Kunstfotografin verheiratet, die in der Welt umherjettete und eine echte Kosmopolitin war. Margot hingegen hatte ihren Bio-Laden und alle ihre Freunde in Linz, und natürlich war da ja auch noch Jimmy, ihr 9-jähriger Sohn, der hier zur Schule ging.

„Wir haben natürlich unsere Auseinandersetzungen und Streitereien, aber wenn ich zu EUROPOL nach Brüssel gehe, dann ist das etwas ganz anderes, es ist so endgültig“, sagte er, doch Szabo schien ihm nicht zuzuhören, denn er deutete mit dem Arm auf ein Containerschiff, das die Donau stromabwärts Richtung Bratislava durchpflügte.

„Los, wir versuchen jetzt, das Containerschiff zu überholen“, rief Szabo plötzlich und rannte sofort los. Auch Braun erhöhte das Tempo, und während sie neben dem Containerschiff liefen und Meter für Meter gut machten, sah er, dass die Matrosen auf dem Schiff dieses Wettrennen mitbekommen hatten. Der Kapitän winkte ihnen aus dem turmartigen Steuerhaus zu, gab einige kräftige Hornsignale ab und das Containerschiff erhöhte die Geschwindigkeit um ein paar Knoten, so jedenfalls kam es Braun vor, der ein wenig zurückfiel, während Szabo das Tempo scheinbar mühelos halten konnte. Innerhalb weniger Minuten hatten sie die Autobahnbrücke erreicht, liefen jetzt über eine Schotterpiste, und Braun verdoppelte seine Anstrengungen, überholte tatsächlich das Containerschiff und war wieder gleichauf mit Szabo, obwohl er spürte, dass ihm bei diesem Tempo gleich die Puste ausgehen würde. Zum Glück war aber die Laufstrecke zu Ende, denn ein Wasserarm mündete in einen kleinen Hafen für Sportboote.

„Wie sieht es denn in Linz mit deiner Karriereleiter aus?“, fragte Szabo unvermittelt.

Szabo hatte also doch mitbekommen, was Braun zurzeit sehr beschäftigte. Braun antwortete nicht sofort, sondern sah dem

Containerschiff nach, das die Donau durchpflügte, und im Licht der aufgehenden Sonne hatte Braun das Gefühl, als wäre dieses Schiff der einzige Ort, an dem man die Freiheit wirklich spüren könnte.

„Der Polizeipräsident hat mir den Posten des Chefinspektors angeboten. Das bedeutet auch, dass ich die Mordkommission leiten würde."

„Klingt doch auch gut." Szabo bückte sich und schöpfte mit beiden Händen kaltes klares Wasser aus dem Fluss und goss es sich ins Gesicht. „Das ist doch eine Perspektive, die du nicht außer Acht lassen solltest."

In gemäßigtem Trab liefen sie zurück und Braun spürte die wärmenden Sonnenstrahlen auf seinem Rücken. ‚Das Leben könnte so angenehm sein', dachte er, wenn er nicht diese verdammte Unruhe in sich verspüren würde. Die beiden Mordfälle, die noch immer ungeklärt waren, ließen ihm zur Zeit keine Ruhe. Da konnte er nicht einfach abschalten, wenn er nach Hause kam. Die Bilder der Opfer verfolgten ihn bis in seine Träume, und manchmal erwachte er mitten in der Nacht, weil er dachte, er hätte ein entscheidendes Indiz übersehen. Dann tappte er durch die dunkle Wohnung, setzte sich an seinen Schreibtisch und studierte die Akten. Natürlich passierte es ihm dabei auch manchmal, dass er vor Müdigkeit über diesen Akten wieder einschlief und Jimmy am Morgen die Fotos des Tatorts und der Toten zu Gesicht bekam, da er vergessen hatte, sie wieder in die Mappen zurückzulegen.

Als er Szabo davon erzählte, zuckte dieser nur gleichmütig mit den Schultern.

„Kinder kennen das doch auch aus dem Fernsehen", meinte er gelassen und blieb bei einer Bank stehen, um seine Stretchingübungen zu machen. „Überall gibt es Krieg, täglich verhungern Kinder. Wo ist das Problem, wenn er Tote auf den Fotos sieht?"

„Nicht Jimmy ist das Problem, sondern Margot“, antwortete Braun. „Sie flippt regelmäßig aus, wenn sie das mitbekommt. Dann ist eine Woche lang nicht mehr mit ihr zu reden.“

„Sie versteht dich einfach nicht. Du bist eben ein anderer, wenn es um deine Arbeit geht. Vielleicht kommt sie mit dieser Facette deiner Persönlichkeit nicht klar.“

„Aber sie wusste, wen sie geheiratet hat. Ich war immer Polizist und ich werde es auch immer bleiben.“

„Mich brauchst du nicht zu überzeugen. Bring das besser deiner Frau bei“, unterbrach ihn Szabo kühl. „Liebst du Margot eigentlich noch?“

„Ob ich sie liebe?“ Wieso wusste er darauf keine schnelle Antwort? „Ich habe mich damals in Margots Blick verliebt.“ Braun dachte kurz nach. „Ihre Augen haben mich immer an das Eismeer erinnert. Helle unberührte Landschaft, klare Luft und die grenzenlose Freiheit.“

„Schön gesagt. Aber es beantwortet nicht meine Frage.“

„Vielleicht habe ich im Moment einfach keine Antwort auf deine Frage. “

47

Ein Motorrad lehnte an der Hauswand. Sie strich mit der Hand über den Tank, der goldbronzefarben lackiert war. In den verchromten Auspuffrohren brach sich das Licht der aufgehenden Sonne. Es war ein Motorrad wie geschaffen für einen heißen Sommertag, und für einen kurzen Augenblick vergaß sie, weshalb sie hier war, und träumte sich weit weg auf eine endlose Landstraße, wo der kühle Fahrtwind über ihr Gesicht strich und die Fahrt bis über den Horizont hinausging, bis ans Ende der Welt. Doch genauso schnell, wie er gekommen war, verschwand dieser Tagtraum auch schon wieder, als sie den Hammer in ihrer Fransentasche spürte.

Auf dem Parkplatz vor der Werkstätte wurde ein Abschleppwagen gestartet. Schnell versteckte sich Olin hinter einem verbeulten Kastenwagen und wartete, bis der Abschleppwagen verschwunden war. Nachdenklich hockte sie hinter dem Wagen und strich mit den Fingern über den Lack. ‚Bei dem Überfall könnte dieses Fahrzeug benutzt worden sein‘, dachte sie, und noch etwas beschäftigte sie schon den ganzen Morgen.

Weshalb hatte sie letzte Nacht so unruhig geschlafen? Sie hatte sich unter der Decke vergraben, war dann aber sofort wieder hervorgekrochen und hatte am ganzen Körper gezittert.

„Jemand war hier", hatte sie geflüstert und vergeblich auf die Stimme aus der anderen Welt gelauscht. Doch dort war es nur still. Mit angezogenen Beinen hatte sie auf der engen Bank gekauert und das Bett mit der Decke angestarrt. Davon hatte sie Tony Braun nichts erzählt, als er in der Nacht so überraschend aufgetaucht war. Es hatte eine Spannung zwischen ihnen geherrscht, die sie so schon lange nicht mehr gespürt hatte, die sie aber auch nicht spüren wollte. Sie hatte nicht gelogen, als sie ihm sagte, dass sie ihr Herz nicht mehr fühlen könnte.

Wie auch immer, jetzt war sie hier und hatte das Gesetz des Handels an sich gerissen. Sie stand auf und trat hinter dem Kastenwagen hervor, setzte eine riesige Sonnenbrille auf, die sie aus ihrer Fransentasche nahm, lehnte sich wieder an das Motorrad und studierte die Vorderfront der Autowerkstätte.

„Mike & the Mechanics" stand auf einem rostzerfressenen Schild, das auf die Baracke genagelt worden war, die auch schon bessere Zeiten erlebt hatte. Die Vorderfront bestand aus kleinen quadratischen Scheiben, die an einen Wintergarten erinnerten. Doch die meisten der Gläser waren blind oder durch Bretter oder Pappe ersetzt worden. Das war keine Autowerkstätte, sondern ein besserer Schrottplatz, dachte sie und stützte sich abwartend auf das Motorrad. Nach einigen Minuten wurde die Tür geöffnet und ein junger Mann trat heraus, wischte sich die Hände an einem schmutzigen Lappen ab und blinzelte in die Sonne. Erst jetzt bemerkte er sie und ging neugierig auf sie zu.

„Hallo, was kann ich für Sie tun?", fragte er, und Olin musste sich zusammenreißen, um sich nicht zu verraten. Kein

Zweifel, es war dieselbe Stimme, die sie bei dem Überfall gehört hatte, es war derselbe schlaksige Körper, derselbe Gang, sie hatte einen der Täter gefunden.

„Ich interessiere mich für das Motorrad“, sagte sie und zu ihrer eigenen Überraschung klang ihre Stimme völlig normal.

„Das ist eine KTM Enduro mit Bronzelackierung“, sagte der junge Mann, fügte dann aber gleich bedauernd hinzu: „Die ist leider nicht zu verkaufen.“

„Schade“, antwortete Olin. „Wem gehört denn diese Maschine? Vielleicht kann man mit dem Besitzer darüber reden.“

„Der Besitzer bin ich“, antwortete der Junge stolz und blinzelte in die Sonne. Als er mit der Hand seine Augen abschirmte, zuckte er überrascht zurück. „Haben wir uns nicht schon einmal gesehen? Sie kommen mir so bekannt vor.“

„Kann schon sein“, antwortete Olin einsilbig. „Ist der Chef da?“, fragte sie dann beiläufig.

„Nein, der hat auswärts zu tun.“

„Dann gehen wir am besten in das Büro. Ich schlage Ihnen ein Geschäft vor, das Sie nicht ablehnen können.“

„Das klingt interessant“, sagte der Junge, dessen Neugierde geweckt worden war. „Nehmen Sie doch die Sonnenbrille ab, ich bin sicher, dann fällt es mir wieder ein, wo ich Sie schon gesehen habe.“

„Ich sage Ihnen drinnen, woher wir uns kennen“, antwortete Olin verschwörerisch und wies mit dem Daumen zur Tür. „Wie heißen Sie übrigens?“

„Ich heiße Manuel und Sie?“

„Wenn wir drinnen sind, erfahren Sie alles Weitere.“

„Da bin ich aber neugierig.“

In dem Büro gab es nur zwei Schreibtische und einen niedrigen Schrank für Ordner, auf dem ein Kopierer stand. An einer Wand hing ein Wochenplan mit einer Arbeitseinteilung. Ein Blick genügte Olin, um festzustellen, dass in der Werkstätte nicht gerade viel zu tun war. Nach hinten war das Büro offen und man konnte direkt in den Werkstättenbereich mit zwei Hebebühnen gehen.

Auf einem Schreibtisch lag der rote Schlüsselanhänger, den sie bei dem Überfall bemerkt und an den sie sich plötzlich wieder erinnert hatte. In ihrem Inneren breitete sich eine Eislandschaft aus und die Narben auf ihrer Brust begannen wie verrückt zu jucken. Sie hatte kein Herz mehr.

„Also, was ist das für ein Geschäft?" Manuels Augen glänzten gierig und Olin musste lächeln. Wahrscheinlich dachte der Junge an den illegalen Verkauf von gestohlenen Autos oder Motorrädern.

„Überlegen Sie genau, woher wir uns kennen", flüsterte Olin und nahm ihre Sonnenbrille ab. Manuel starrte auf ihre Augen, abwechselnd in das blaue und das grüne, sein Blick irrte umher und er wurde bleich wie das Eis, das in Olin immer höher kroch.

„Was wollen Sie?", krächzte er und musste hektisch schlucken. „Ich, ich kenne Sie nicht!" Neurotisch schüttelte er den Kopf. „Ich habe Sie noch nie gesehen! Und jetzt gehen Sie bitte."

„Nein, das werde ich sicher nicht", sagte Olin und griff nach einem Kugelschreiber, der auf dem Schreibtisch lag. „Warum haben Sie meine Familie getötet?" Sie nahm den Kugelschreiber wie ein Messer in ihre Hand und ging auf Manuel zu, der langsam zurückwich und sich mit zitternden Fingern durch die Haare fuhr.

„War es, um sich den Traum vom eigenen Motorrad zu erfüllen? Oder war es einfach nur so, um zu fühlen, wie es ist, wenn man jemanden tötet."

Sie machte eine Pause und war jetzt ganz nahe bei Manuel. Wenn sie gewollt hätte, dann könnte sie ihm den Kugelschreiber ins Auge stoßen und weiter bis ins Gehirn, dort lebenswichtige Zentren zerstören und aus Manuel einen sabbernden Idioten machen.

Aber würde das ihre Familie zurückbringen oder ihre Fragen beantworten?

„Was für ein Gefühl war es, als Sie meine Tochter erschossen haben?"

„Ich, ich habe nicht geschossen." Manuels Stimme war nur noch ein heiseres Wispern. Auf dem niedrigen Ordnerschrank stand eine aufgerissene Schachtel mit langen Nägeln.

Vielleicht sollte ich seine Hände an die Wand nageln, um endlich Antworten zu erhalten. Um endlich die Wahrheit zu erfahren. Langsam griff sie in die Schachtel, ohne Manuel aus den Augen zu lassen. Auf seiner Stirn hatten sich kleine Schweißperlen gebildet und sein Atem ging stoßweise. Die Nägel klirrten leise, als Olin einen davon herauszog und die Spitze auf Manuels Brust richtete.

„Ich bin hierhergekommen, um Sie zu töten", sagte sie mit einer Stimme, die sich wie ein kalter Winterhauch über Manuel legte und ihn in eine Eissäule verwandelte, die zu keiner Gegenwehr mehr fähig war.

„In meiner Tasche habe ich einen Hammer, mit dem wollte ich Ihnen den Schädel einschlagen." Wieder wurden ihre Worte zu einem Eissturm der Gefühle, und noch immer wusste sie, dass sie kein Herz mehr hatte.

Dann gab sie sich einen Ruck und trat ein wenig zurück, zog den Hammer aus ihrer Tasche. Blitzschnell hielt sie Manuel den Nagel an die Stirn und holte mit dem Hammer aus. Manuel wimmerte und sein Blick war starr vor Entsetzen.

Dann ließ Olin den Nagel sinken und steckte den Hammer wieder ein.

„Ich werde Sie nicht töten, sondern die Polizei verständigen. Ich habe einen guten Freund bei der Mordkommission."

„Ich habe mit den Morden nichts zu tun." Die Stimme von Manuel war nun nicht mehr als ein raues Flüstern. „Sie können mir nichts beweisen."

„Das brauche ich nicht. Ich weiß, dass Sie dabei waren." Olin presste die Lippen zusammen und griff in ihre Fransentasche. Vielleicht sollte sie doch kurzen Prozess machen und Manuel zu einem Geständnis zwingen? Wäre das nicht viel besser, als sich hier die ganzen Lügen anzuhören?

„Ich weiß, dass Sie nicht geschossen haben. Wer war Ihr Komplize? Ich will einen Namen wissen, und ich will verstehen, warum ihr das gemacht habt."

„Ich kann es nicht sagen. Es ist einfach aus dem Ruder gelaufen", keuchte Manuel. „Wir wollten doch niemandem etwas tun!"

„Aber ihr habt meine Familie ausgelöscht: meinen Mann und meine kleine Tochter." Olin tippte auf ihren Pullover, der noch immer die grau verfärbten Einschusslöcher hatte, die ihn wie ein exklusives Designstück aussehen ließen.

„Ich wurde von zwei Kugeln getroffen, die durch diesen Pullover gingen."

„Es tut mir leid." Manuels Augen füllten sich mit Tränen, aber Olin verspürte nicht das geringste Mitleid mit ihm. In ihrem Inneren war alles zu Eis gefroren.

„Wenn Sie wollen, dann schenke ich Ihnen das Motorrad", sagte er hektisch und räusperte sich. „Ja, das hat Sie doch interessiert. Nehmen Sie das Motorrad und hauen Sie einfach ab."

„Ich brauche dein Motorrad nicht. Ich will Antworten und einen Namen. Wenn du mir bis morgen Abend nicht den Namen deines Kumpels sagst, dann informiere ich meinen Freund bei der Mordkommission. Und glaube mir, der bekommt alles aus dir heraus."

Olin packte Manuels Arm und sah ihm lange in die Augen.

„Du wirst wegen zweifachen Mordes verurteilt werden. Ich spüre, dass du im Gefängnis nicht lange durchhalten wirst, sondern dort bald stirbst."

Aber Manuel schwieg, und Olin wusste, dass sie ihn verloren hatte.

„Ich komme morgen wieder", sagte sie noch beim Hinausgehen. Draußen auf dem Hof war alles gleich geblieben. Die Sonne stand eine Spur höher, und die Welt ging ihren gewohnten Gang, so als hätte Olin niemals eine Familie besessen, als wäre alles nur Einbildung gewesen aus einer anderen Realität.

Als sie an der KTM Enduro vorbeikam, stoppte sie und drehte sich um.

‚So kann es nicht enden', dachte sie und umfasste den Hammer in ihrer Fransentasche. Die Sonne wärmte ihren Rücken, als sie ihn aus der Tasche nahm. Sie musste ein Exempel statuieren, jetzt und sofort.

48

Braun saß an seinem Schreibtisch und studierte die eingegangenen Hinweise auf den Verbleib von Leo Hauser. Es waren Dutzende von protokollierten Telefonanrufen und die meisten davon waren absolut unbrauchbar. Als das Telefon klingelte, legte er die Protokolle zur Seite und war dankbar für die Unterbrechung.

„Da ist jemand für Sie am Empfang, Inspektor“, hörte er die Stimme des Beamten in der Eingangshalle. „Der Mann will mit Ihnen selbst sprechen. Es geht um einen Hinweis auf den gesuchten Leo Hauser.“

„Soll hochkommen.“

Der Mann, der kurz darauf Brauns Büro betrat, sah aus wie ein typischer Wichtigtuer und war Braun augenblicklich unsympathisch. Trotz der sommerlichen Temperaturen trug der Mann ein mausgraues Blouson und Jeans mit Bügelfalte, was Braun echt zum Kotzen fand. Aber er riss sich zusammen, denn vielleicht hatte der Mann ja doch einen brauchbaren Hinweis zu liefern.

„Es geht um den gesuchten Mann, nach dem überall gefahndet wird“, druckste der Mann umständlich herum und drehte dabei eine karierte Kappe zwischen seinen Händen. „Sie wissen schon, von dem das Bild im Fernsehen war und heute Morgen der Bericht über den Anschlag."

„Wissen Sie, wo dieser Mann sein könnte?", fragte ihn Braun. War das vielleicht eine heiße Spur?

„Nun, ich habe da so eine Beobachtung gemacht. Aber zunächst möchte ich noch die finanzielle Seite klären."

„Welche finanzielle Seite? Ich verstehe nicht recht. Was meinen Sie damit?" Braun runzelte die Stirn und klopfte mit seinem Stift auf eine Papierunterlage.

„Es gibt doch sicher eine Belohnung für zweckdienliche Hinweise. Das sieht man immer in den Fernsehserien", kam der Mann schnell auf den Punkt.

„Zunächst einmal müssen Sie uns den Hinweis geben. Dann wird über eine eventuelle Belohnung entschieden." Er beugte sich ein wenig vor und sah dem Mann in die Augen. „Leo Hauser ist gefährlich. Er hat gestern zwei Menschen schwer verletzt. Wenn Sie also etwas wissen, dann kann das nur von Vorteil sein. Für uns beide." Er lehnte sich wieder in seinem Stuhl zurück. „Sie verstehen, was ich damit sagen will?"

„Ja natürlich." Die Augen des Mannes begannen zu leuchten. ‚Wahrscheinlich zählt er bereits das Geld aus der Belohnung', dachte Braun.

„Es ist meine Pflicht als Staatsbürger, meine Beobachtungen sofort mitzuteilen", sagte der Mann dann. „Ich habe diesen Leo Hauser gesehen, und zwar schon ein paarmal."

„Wo haben Sie ihn denn gesehen?", fragte Braun mit einer Stimme, als ob er Kreide gefressen hätte. „Geht's ein bisschen genauer?"

„Ich habe eine kleine hübsche Wohnung in der Nähe der Wienerstraße. Das ist zwar nicht die beste Gegend, aber die Wohnung ist günstig, und das reicht doch für einen alleinstehenden, älteren Herren. Ich kann da ganz gut die Gegend überblicken und sehe ab und zu aus dem Fenster, was sich so abspielt in der Umgebung. Ganz in meiner Nähe ist auch dieser Tankstellenshop, der vor einiger Zeit überfallen wurde", flüsterte der Mann verschwörerisch und blickte Braun treuherzig an.

„Bringen Sie da nicht etwas durcheinander? Der Überfall auf den Tankstellenshop hat doch nichts mit dem Mord an dem Mädchen zu tun", unterbrach ihn Braun. ‚Ist vielleicht Olin in Gefahr?', dachte er. Aber nein, es gab keine Verbindung von ihr zu Leo Hauser.

„Inspektor, darauf wollte ich ja gerade hinaus. Neben dem Tankstellenshop ist ein verwilderter Garten und dort steht ein Wohnwagen."

„Ich kenne den Wohnwagen. Was ist damit?"

Der Mann machte eine kurze Pause und fragte Braun mit einem lauernden Gesichtsausdruck: „Sind das nicht interessante Informationen? Wie hoch wird denn ungefähr die Belohnung sein? Meinen Sie, dass sich ein kleiner Urlaub in die Türkei davon finanzieren lässt?"

„Hängt von dem weiteren Verlauf ab", antwortete Braun vage. „Wir sind bei dem Wohnwagen stehen geblieben."

„Ich habe den Mann öfter durch den Garten gehen sehen. Er hat einen Rucksack mit und trug eine dieser amerikanischen Kappen. Aber einmal hat er die Kappe abgenommen und da habe ich seine roten Haare gesehen."

„Sind Sie da ganz sicher?"

„Aber natürlich, ich habe ihn genau durch mein Fernglas betrachtet. Es besteht kein Zweifel. Es ist dieser Mann. Vielleicht versteckt er sich ja in dem Wohnwagen. Das kann doch durchaus sein."

„In dem Wohnwagen wohnt aber jemand. Tut mir leid, aber Sie müssen sich da getäuscht haben."

„Bekomme ich jetzt die versprochene Belohnung?"

„Wir müssen Ihre Angaben zunächst überprüfen. Das verstehen Sie doch sicher." Braun lächelte den Mann freundlich an.

„Aber das ist doch ein Hinweis, oder?", fragte der Mann verunsichert.

„Danke, Sie haben uns sehr geholfen." Braun klopfte dem Mann auf die Schulter und schob ihn zur Tür hinaus. „Hinterlassen Sie bitte draußen Ihren Namen und Ihre persönlichen Daten, falls wir Sie noch einmal kontaktieren müssen."

„Ein geldgieriger Typ", meinte Braun, als er Greg von dem Gespräch erzählte.

„Da hast du schon recht." Greg kratzte sich im Nacken und drehte sich dann zu Braun. „So sind die Menschen nun einmal. Immer hinter dem Zaster her."

„Mich kotzt das an, wenn die Leute nur hinter einer Belohnung her sind. Es geht um ein totes Mädchen und nicht um das Scheißgeld."

„Hör doch auf damit. Willst du die Welt retten oder was?"

Er beugte sich über den Schreibtisch und sah Braun direkt in die Augen.

„Wir sind Polizisten, vergiss das nicht. Wir müssen jeden Hinweis aus der Bevölkerung ernst nehmen. Und Geld ist nun einmal einer der besten Motivationsfaktoren, um sich an etwas zu erinnern."

„Aber was sollte Leo Hauser mit Olin zu tun haben?", fragte Braun. „Ich war gestern abends noch bei ihr, da machte sie einen ganz normalen Eindruck."

„Du warst bei ihr? Weshalb denn das?", fragte Greg erstaunt.

„Ach, ich hatte da so eine blöde Idee. Wollte ihre medialen Fähigkeiten ausprobieren, um so das Versteck von Hauser zu finden."

„Du spinnst wohl. Vergiss so etwas sofort wieder. Die Presse zerreißt dich in der Luft, wenn das rauskommt. Dann kannst du vielleicht noch Verkehrspolizist in Timbuktu werden."

„Ich weiß, ich weiß. War dumm von mir."

„Trotzdem fahren wir dort einmal ohne großes Aufsehen vorbei und sehen uns den Wohnwagen selbst an", schlug Greg vor. „Vielleicht hat unser Informant da etwas durcheinandergebracht. Ich sehe überhaupt keine Verbindung zwischen dem Überfall auf den Tankstellenshop und dem Mord an Ulla Walek."

Als sie nach unten in die Tiefgarage fuhren, musste Braun wieder an Olin denken. Gestern hatte sie überhaupt nicht normal gewirkt, sondern so, als hätte sie eine Entscheidung getroffen und wäre am Ende eines Weges angekommen.

Wie es ihr wohl heute ging? Er zog sein Handy aus der Tasche und wählte ihre Nummer, um ihr zu sagen, dass er gleich mit einem Kollegen vorbeikommen würde. Während er das gleichförmige Tuten hörte, dachte er an ihre zweifarbigen Augen. Ob sich diese Augen über die Sonne und den blauen Himmel freuen konnten, ob sie das strahlende Licht überhaupt registrierten oder ob sie die Welt nur durch schwarze Gläser wahrnahmen? Wahrscheinlich war das Leben für Olin nur eine beschwerliche Reise durch die Finsternis, ohne Aussicht, jemals wieder das die Wunden heilende Licht zu erreichen. Als ihre Mailbox ansprang, legte er auf. Er würde es später noch einmal probieren. Dann musste er an die medialen Fähigkeiten denken, von denen sie gesprochen hatte. Und gerade da war etwas unklar: Warum hatte sie eigentlich den Mord an ihrer Familie nicht vorhergesehen?

49

Leo kroch unter dem Wohnwagen hervor und klopfte sich den Schmutz von den Kleidern. Auf der Flucht vor der Polizei war er auf die Idee gekommen, sich bei dem Mädchen zu verstecken, aber als er vor dem Wohnwagen stand und das Licht durch die Scheiben kleine Rechtecke nach draußen in das Gras geworfen hatte, da hatte ihn der Mut verlassen. Die Frau mit den kurzen Haaren war zu Hause und er würde mit ihr reden müssen. Aber das wollte er nicht. Deshalb hatte er sich auch unter dem Wohnwagen versteckt. Er hatte die Stimme des Polizisten gehört, der sie besucht hatte. Er war wieder wütend geworden, aber nur ein bisschen, deshalb hatte er gewartet. Der Polizist war schnell wieder verschwunden und Leo lag wach und fantasierte von der Frau, die über ihm in dem Wohnwagen schlief.

Als die Frau am Morgen den Wohnwagen verlassen hatte, lag er noch eine Zeit lang still in seinem Versteck. Dann holte er den Schlüssel und öffnete den Wohnwagen. Im Inneren war alles an seinem gewohnten Platz. Die Haarbürste in dem winzigen Waschraum, der nach Plastik, aber vor allem nach IHR roch, lag auf dem Bord. Mit einem Finger tippte er auf die Borsten, nahm dann die Bürste und strich sich damit durch die Haare. Fuhr sich immer wieder durch die roten Haare, so lange, bis seine Kopfhaut brannte. Dann legte er die Bürste wieder zurück auf das Regal und nahm ihren Morgenmantel vom Haken. Er schlüpfte hinein und schritt damit in dem schmalen Gang des Wohnwagens auf und ab.

„Hallo, wie geht es dir?", sagte er mit seiner hohen Stimme.

„Oh, du siehst gut aus", ahmte er eine Frauenstimme nach.

„Darf ich dein Haar streicheln?"

„Aber natürlich. Ich bin doch dein Mädchen."

„Darf ich dich lange anschauen?"

„So lange du willst", sagte er mit der verstellten Frauenstimme und setzte sich mit dem Morgenmantel auf die Matratze.

„Wo hast du deine Wäsche?"

„Im Schrank, nimm sie ruhig heraus."

Schnell öffnete er den Schrank und begutachtete die Unterwäsche, die sie gekauft hatte.

„Riecht sie auch nach dir?"

„Aber ja doch, mein Geruch ist überall. Probier es doch aus", antwortete er mit der hohen Mädchenstimme.

Gierig sog er ihren Duft aus der Unterwäsche ein, nahm ein weißes Höschen mit Spitzenbesatz, legte es auf sein Gesicht und kuschelte sich in die bunte Decke.

Mit einem leisen Seufzer zog er die Decke über den Kopf und schloss die Augen, träumte von der jungen Frau mit den kurzen Haaren, die zu seinen Füßen saß und deren Haare er kraulte, so wie er das immer bei Ginger gemacht hatte. Mit seinen beiden Blumen lebte er in dem Wohnwagen und die Welt ringsum existierte nicht mehr. Es war, als hätte man eine gläserne Glocke über den Garten mit dem Wohnwagen gestülpt, und unter diesem unsichtbaren Glas lebten sie und blühten auf, denn es gab niemanden, der sie dabei störte.

Während er, wie so oft, an nackte Haut, leuchtende Augen und junge Mädchenkörper dachte, hörte er ein Geräusch, das nicht in die Szene passte, es war, als würde jemand einen Schlüssel in ein Schloss stecken. Kurz darauf erklang das schrille Läuten eines Handys. Panisch riss Leo die Augen auf. Oh mein Gott, er war tatsächlich auf der Matratze eingeschlafen und jemand machte sich an der Tür des Wohnwagens zu schaffen. Was sollte er tun? Entsetzt schlug er sich die Hände vor den Mund, um nicht zu schreien, und in seinem Kopf überschlugen sich die Gedanken, aber es waren so viele, dass er keinen zu fassen bekam, also schloss er ganz fest die Augen und zog sich die Decke wieder über den Kopf, um auf diese Weise die böse Welt auszublenden.

50

Olins Handy klingelte, als sie gerade die Tür zu ihrem Wohnwagen aufsperrte. Es war schon wieder Inspektor Braun und er fragte sie nach dem Wohnwagen auf ihrem Grund.

„Was ist mit dem Wohnwagen? Ich stehe direkt davor." Nervös griff sie in ihre Fransentasche und spürte den Griff des Hammers, erinnerte sich daran, wie sie zugeschlagen hatte.

„Es hat sich ein Zeuge gemeldet, der angibt, dass sich eine verdächtige Person auf Ihrem Grundstück in der Nähe des Wohnwagens herumtreibt."

„Mir ist nichts aufgefallen", sagte sie, und im selben Augenblick fiel ihr ein, dass dieses vertraute Gefühl von Sicherheit in dem Wohnwagen seit einiger Zeit verloren gegangen war. Aber das konnte sie Braun natürlich nicht erzählen. Er würde sie für verrückt halten.

„Wir sind bereits auf dem Weg zu Ihnen", sagte Braun. „Es wäre besser, Sie halten sich von dem Wohnwagen fern. Gehen Sie in Ihre Wohnung."

„Das kann ich nicht. Da erinnert mich zu viel an Theo und Sarah."

„Natürlich, das kann ich verstehen. Dann stellen Sie sich einfach an die Tankstelle und warten, bis wir kommen."

„Ich finde, Sie übertreiben ein wenig", sagte sie abweisend, denn sie wollte keine Polizei mehr sehen. Nicht heute, nachdem sie bei dem jungen Mann Manuel gewesen war. Heute musste sie alleine sein und nachdenken. „Ich gehe jetzt in meinen Wohnwagen und will nicht gestört werden. Sehen Sie sich meinetwegen draußen um, aber bitte gönnen Sie mir die Stille."

„Wir machen das nicht, um Sie zu quälen, sondern um Sie zu schützen", sagte Braun, und sie dachte, dass es schöne Worte waren, trotz ihrer völlig gegensätzlichen Bedeutung.

Olin zögerte kurz. Sollte sie Braun sagen, dass sie wahrscheinlich wusste, wer an dem Überfall beteiligt gewesen war? Aber sie sagte nichts, noch nicht, denn sie musste sich selbst erst über ihren weiteren Weg klar werden, sie musste nachdenken und zur Ruhe kommen. Und sie durfte ihre Mission nicht vergessen, denn das hatte sie ihrer Großmutter fest versprochen.

„Wenn Sie wollen, kann ich ja einmal nachsehen, ob sich da jemand herumtreibt", sagte sie deshalb.

„Nicht nötig. Bleiben Sie im Wohnwagen. Wir sind gleich bei Ihnen und sehen uns dort selbst einmal genauer um."

„Sparen Sie sich die Mühe. Ich habe nichts bemerkt, und wenn jemand eingebrochen ist, dann ist es auch egal. Der Wohnwagen bedeutet mir nichts", log sie und horchte auf ihr Herz, doch da war kein Schlagen, kein Pochen. Sie hatte ihr Herz verloren. Diese Erkenntnis mündete in eine unendliche Trauer, die sich wie Lava durch ihren Körper wälzte. Sie musste sich zusammenreißen, um nicht laut aufzuschluchzen.

„Wir kommen trotzdem", antwortete Braun kurz angebunden und legte auf. Olin antwortete nicht mehr, sondern öffnete die Tür und trat ein.

51

Leo hörte, wie sich die Tür des Wohnwagens öffnete, und spürte das leichte Vibrieren des Bodens, als die junge Frau mit federnden Schritten umherging. Mit wem hatte sie zuvor telefoniert? Würde sie ihn unter der Decke finden? Er machte sich ganz klein und rutschte unmerklich an den Rand des Bettes. Es war genauso wie zu Hause, wenn er sich vor seinem Bruder versteckt hatte, der ihn verprügeln wollte. Auch da hatte er sich in den schmalen Schlitz zwischen Bett und Wand gezwängt und den Atem angehalten. Er hatte die Hände zu Fäusten geballt und die Augen so fest zusammengedrückt, dass ihm der Kopf richtig wehtat. Millimeter um Millimeter schob er sich zur Seite, um so zwischen Bett und Wand zu verschwinden. Aber da gab es keinen Spalt, sondern nur die Matratze, die er ein wenig zur Seite schieben konnte, um sich auf das Brett daneben zu legen.

Fieberhaft begann er zu überlegen: Auf dem Tisch standen viele Flaschen, alle waren staubig, so als würden sie schon lange dort stehen. Hinter diesen Flaschen war er sicher, denn sie versperrten die Sicht auf das Bett. Aber wie lange würde er sich verstecken können?

War es nicht besser, aufzustehen und sich mit der jungen Frau einfach zu unterhalten? So wie es normale Menschen tun?

Warum benimmst du dich nicht wie ein normaler Mensch? Das hatte ihn sein Bruder oft gefragt und ihm dabei mit der Faust einen Schlag auf den Kopf verpasst. Du glotzt die Mädchen mit deinem Feldstecher an, dass sie sich fürchten. Rede doch einfach mit ihnen! Du bist ein echter Freak! Zack, und schon wieder spürte er die Faust seines Bruders auf seinem Hinterkopf.

Nein, er war kein Freak, er war jemand, der seine Blumen eben gerne von der Ferne aus betrachtete. Aber jetzt würde er mit ihr reden. Also riss er sich zusammen, warf die Decke zur Seite und stand auf. Auf dem Tisch mit den Flaschen lag auch ein angerostetes Messer, das er mitnahm, weil er sich fürchtete. Er hatte noch nie mit einer Frau gesprochen. Vorsichtig lugte er aus dem Verschlag, in dem sich das Bett befand. Die junge Frau stand vor der Spüle und starrte durch das zerkratzte Fenster aus Kunststoff nach draußen. Ihre Fransentasche mit den bunten Perlen lag auf der Arbeitsfläche. Sie schniefte unentwegt, und er sah verwundert, dass ihr die Tränen über die Wangen liefen. Er konnte nicht begreifen, dass sie an einem so schönen Tag weinen musste. Davon abgesehen war doch er jetzt bei ihr. Er hatte in seinem Leben nur ein Mal geweint, als er im Fernsehen seinen toten Hund Ginger gesehen hatte. Hatte sie vielleicht auch ihren Hund verloren? Ja, wahrscheinlich hatte sie einen kleinen Hund gehabt, der gestorben war. Er riss sich zusammen und schlich langsam nach vorne, hielt das Messer weit von sich gestreckt. Mit seiner hohen Fistelstimme fragte er:

„Ist dein Hund auch tot?"

52

Olin hörte plötzlich eine Stimme in ihrem Rücken und schrie vor Schreck laut auf. Blitzschnell wirbelte sie herum und sah einen bleichen jungen Mann mit wirren rötlichen Haaren vor sich stehen.

„Ist dein Hund auch tot?", wiederholte er mit einer unnatürlich hohen Stimme und betonte dabei jedes Wort, als würde es ihn Mühe kosten, zu reden. Sie kannte dieses Gesicht, hatte es vor Kurzem in den Zeitungen gesehen, es war der Mann, den man überall fieberhaft suchte. Braun hatte also doch recht gehabt, sie hätte nicht in den Wohnwagen gehen sollen. Langsam kam der Mann näher. Ohne ihn aus den Augen zu lassen, tastete Olin nach dem Hammer in ihrer Fransentasche. Erst jetzt bemerkte sie das alte Messer ihrer Großmutter, das er in der Hand hielt. ‚Oh mein Gott, er wird mich umbringen', dachte sie, und während sich diese Erkenntnis in ihrem Kopf ausbreitete, spürte sie plötzlich eine innere Gelassenheit, und eine geradezu friedvolle Ruhe senkte sich über sie. Es würde nicht mehr lange dauern, dann war sie mit ihren Liebsten vereint, dann hatte dieses elende Dahinvegetieren endlich ein Ende. Selbst war sie zu feige, einen Schlussstrich zu ziehen, aber dieser Mann, der bereits gemordet hatte, würde es für sie tun.

„Ich habe keinen Hund“, sagte sie. „Aber mein Mann und meine Tochter sind tot. Deshalb weine ich.“

Der junge Mann starrte sie nur verständnislos an und krauste die Stirn. Fuhr sich mit der Zunge über die Lippen. Was war bloß los mit diesem Mann?

„Aha. Ich habe auch wegen meinem Hund geweint. Ginger war sehr lieb. Mit ihm konnte ich reden. Der Polizist hat ihn getötet. Da war ich sehr traurig und dann wütend. Ich habe mit einem Pfeil auf den Polizisten geschossen.“

„Du warst das also“, sagte Olin leise. „Es ist überall in den Nachrichten. Du wirst gesucht.“

Der Mann sah sie mit betrübten Augen an, so als würde er nicht verstehen, was sie soeben gesagt hatte.

„Ich suche auch jemand“, sagte er nach einer Weile mit seiner grellen Stimme.

„Wen suchst du?“, fragte Olin. Es war eine merkwürdige Schwingung, die von ihm ausging, es war, als wären sie beide Schiffbrüchige in einem Meer der Verzweiflung und wären plötzlich aufeinandergestoßen.

„Ich suche mein Mädchen“, sagte der junge Mann und starrte sie noch immer mit großen Augen an.

„Wo ist dein Mädchen?“

„Ich weiß es nicht. Aber ich werde sie finden. Denn sie gehört mir.“

„Wie heißt du?“, fragte sie, denn an den Namen des gesuchten Mörders konnte sie sich nicht mehr erinnern.

„Ich bin Leo.“ Er fuchtelte mit dem Messer in der Luft herum. „Du?“, sagte er und blickte sie fragend an.

„Ich heiße Olin.“

„Olin! Das klingt schön. Schön wie eine Blume. Mein Mädchen heißt Britta." Er machte einen Schritt auf Olin zu.

‚Gleich wird er mir das Messer in den Bauch rammen. Lieber Gott, lass mich schnell sterben', dachte sie und wich nicht zurück. Zwischen ihren Fingern spürte sie den Hammer. Natürlich könnte sie jetzt nach dem Hammer greifen und versuchen, ihm den Schädel einzuschlagen. Aber war es das wert? Hatte das Leben für sie überhaupt noch einen Sinn? Langsam glitten ihre Finger von dem Griff des Hammers und sie suchte den Blick von Leo. Nervös blickte er zur Seite, versuchte ihrem Blick zu entrinnen. Endlich hatte sie ihn erreicht und ließ ihn nicht mehr aus den Augen, während sie einen Schritt auf ihn zu machte.

„Schau mich an", sagte sie leise, als er den Kopf zur Seite drehen wollte. Sie waren beide fast gleich groß und sie konnte seinen Atem spüren.

„Heb deine Hand mit dem Messer." Sanft umfasste sie seine Finger und zog seine Hand nach oben.

„Was machst du da?"

„Frag nicht so viel. Tu das, was ich will." Das alte rostige Messer ihrer Großmutter war jetzt zwischen ihnen und die stumpfe Spitze kitzelte ihren Bauch.

„Aber so werde ich dir wehtun." Er versuchte das Messer zurückzuziehen, aber Olin hielt seine Hand fest.

„Du tust mir nicht weh. Niemand kann mir mehr wehtun, denn ich habe kein Herz", flüsterte sie.

„Aber ein Messer im Bauch tut weh. Die Tiere schreien, wenn man ihnen wehtut." Leos Stimme wurde immer höher, schriller, ängstlicher.

„Ich nicht. Ich werde nicht schreien. Ich bleibe ganz ruhig, während du zustichst, das verspreche ich dir."

Das Messer würde bloß ein weiteres Loch in dem Pullover zurücklassen, der von den Schüssen bereits zerfetzt war. Der genauso zerfetzt war wie ihr Leben.

„Wenn ich zusteche, dann bist du tot."

„Das stimmt. Dann bin ich tot." Fest umklammerte sie die Hand von Leo, spürte die Spitze des Messers. Dieses Messer war wie ein Zauberstab, der sie gleich in eine andere, eine bessere Welt bringen würde.

„Töte mich jetzt", flüsterte sie. „So, wie du das Sommermädchen getötet hast."

53

Braun stieg aus dem Wagen, den Greg direkt vor der Tankstelle abgestellt hatte. Das Gebäude sah trostlos und grau aus. Das war ihm in der Nacht zuvor überhaupt nicht aufgefallen. An der dreckverschmierten Tür, die in den Tankstellenshop führte, hing ein Schild mit dem Wort „Geschlossen“. In der Wohnung darüber waren alle Rollläden heruntergezogen. Olin hatte die Wahrheit gesagt, sie war tatsächlich nie wieder dort gewesen. Mit einem Seufzer riss er sich von dem Anblick los und folgte Greg, der schon um die Tankstelle herumgegangen war und sich suchend umblickte.

„Der Wohnwagen ist dahinten“, sagte Braun, während sie um die Ecke bogen.

„Schon lange nicht mehr benutzt worden, die Karre“, brummte Greg, als sie an dem verdreckten Auto vorbeigingen.

„Olin lebt jetzt in dem Wohnwagen“, sagte er, als sie vor dem rostigen Gartentor standen. „Wir müssen diskret vorgehen.“

„Hab’s verstanden. Wir sehen uns ja bloß um.“ Greg wies nach hinten, wo in dem hohen Gras der Wohnwagen fast nicht zu sehen war. „Die ganze Sache gefällt mir nicht. Es ist alles so unübersichtlich. Wir können in einen Hinterhalt geraten. Der Typ ist doch ein hervorragender Bogenschütze. Ich will nicht mit einem Pfeil in der Brust enden."

„Das passt doch gut zu deiner Amerikaliebe."

„Du warst früher auch schon witziger." Greg hielt Braun zurück. „Ich gehe an der Mauer entlang, bis ich hinter dem Wohnwagen bin. Du kommst von vorne, klopfst an die Tür und siehst dich auch unter dem Wohnwagen um. Sollte Hauser sich irgendwo im Gras verstecken, nehmen wir ihn in die Zange."

„Glaubst du wirklich, dass er hier ist?" Braun machte ein zweifelndes Gesicht.

„Keine Ahnung, aber sicher ist sicher. Der Mann ist brandgefährlich."

Während er auf den Wohnwagen zuging, löste Braun den Verschluss seines Holsters, um im Notfall seine Pistole schneller zu ziehen, und versuchte, etwas durch die zerkratzten Fenster zu erkennen. Aber das Plastik des Fensters reflektierte das Sonnenlicht so stark, dass er nichts anderes sehen konnte als gleißendes Licht.

Greg ging inzwischen seitlich an der Betonmauer entlang, spähte über das Gras und war bald hinter dem Wohnwagen verschwunden. Als Braun vor der Tür stand, spürte er, wie sein Bauch zu rebellieren begann. Mit einem Mal waren die Geräusche der Straße und das Rauschen des Windes ausgeblendet. Es war, als würde sich Braun in einem schalldichten Raum befinden, einem Tunnel, der nur den Blick auf ein Ziel freigab, den Wohnwagen.

„Olin? Ich bin's, Braun. Sind Sie da drinnen?", fragte er und klopfte.

Als niemand antwortete, öffnete er die Tür und trat ein. Er sah Olin mit wachsbleichem Gesicht an der Sperrholzwand stehen, die den Schlafbereich abtrennte. Ihre Augen leuchteten in Panik auf, als sie Braun erkannte.

„Inspektor Braun, ich hatte Sie doch gebeten, mich in Ruhe zu lassen", sagte sie mit zittriger Stimme.

„Ist alles in Ordnung mit Ihnen?", antwortete Braun und griff instinktiv nach seiner Pistole. „Ich möchte mich nur ein wenig umsehen. Ich habe es Ihnen ja am Telefon schon erklärt."

„Gehen Sie bitte", sagte Olin monoton. „Hier ist niemand. Ich brauche Ihre Fürsorge nicht."

„Tut mir leid, wenn Sie das jetzt falsch verstanden haben. Aber wir müssen jedem Hinweis nachgehen. Schließlich geht es um einen Mörder und Gewaltverbrecher", antwortete Braun und versuchte nicht allzu enttäuscht über Olins Verhalten zu klingen. „Was ist dahinten in dem Verschlag?", fragte er und wies auf die Bretterwand.

„Da ist nur mein Bett. Das geht Sie nichts an."

„Natürlich nicht." Braun drehte sich zur Seite, um aus dem Fenster nach Greg zu sehen, konnte ihn aber nirgends entdecken. „Wir sehen uns noch draußen genauer um."

Als er schon bei der Tür war, hörte er ein Geräusch. Geistesgegenwärtig drehte er sich um und sah Leo mit erhobenem Messer auf ihn zustürzen.

„Du hast den Hund getötet."

Braun sprang zur Seite und das Messer krachte in die Tür. Braun warf sich auf Leo, doch der riss sich los und packte Olin, die wie erstarrt mitten im Wohnwagen stand. Noch ehe Braun seine Pistole ziehen konnte, hatte Leo Olin schon zurück in den Verschlag gezerrt und hielt ihr das Messer an die Kehle.

„Weg, gehen Sie weg", sagte er mit einer eigenartig hohen Stimme.

„Kein Problem. Ich mache das sofort", sagte Braun und streckte seine Hände in die Luft. Dann wandte er sich zu Olin: „Bleiben Sie ganz ruhig. Es wird Ihnen nichts passieren. Das verspreche ich Ihnen."

„Keinen Schritt weiter, sonst steche ich zu", drohte Leo mit schriller Stimme. „Pistole weg", befahl er.

Brauns Gedanken rasten. Leo hatte nichts mehr zu verlieren, und er würde nicht einen Augenblick lang zögern, auch Olin zu töten, so wie er Ulla getötet hatte. So wie er versucht hatte, Braun zu töten.

„Bleiben Sie ruhig, Leo." Braun zog mit zwei Fingern seine Waffe heraus. „Ich lege jetzt die Pistole auf den Tisch, wenn Sie das Messer von ihrem Hals wegnehmen. Einverstanden?"

Leo starrte ihn mit halb geöffnetem Mund an und schien zu überlegen. Schließlich nickte er und ließ das Messer sinken, hielt aber Olin weiterhin umklammert.

„Wie soll das weitergehen, Leo? Hier kommen Sie nicht mehr heil heraus. Gleich wimmelt es von Polizisten, die Sie ausräuchern."

„Ich suche mein Mädchen", sagte Leo trotzig und stampfte mit dem Fuß auf dem Boden auf.

„Welches Mädchen?" Während er redete, hielt er beide Hände in die Höhe und riskierte einen schnellen Blick auf den Revolver, der auf dem Tisch lag. Aber es war zu riskant, nach der Waffe zu greifen, um vielleicht einen Schuss auf Leo abgeben zu können. Er musste auf Greg warten.

„Welches Mädchen suchen Sie denn? Vielleicht kann ich Ihnen bei der Suche helfen."

In dem großen Panoramafenster in der Schlafkoje sah er einen Schatten. Greg stand bereits hinter dem Wohnwagen und versuchte ganz leise, das gekippte Fenster zu öffnen. Aber auch er konnte aus seiner Position keinen gezielten Schuss abgeben, ohne Olin zu gefährden.

„Wie heißt denn Ihr Mädchen?"

„Britta. So heißt mein Mädchen." Leo biss sich auf die Zunge und seine stumpfen Augen begannen zu leuchten. „Britta hat Goldfädenhaare."

„Wie schön. Ich kümmere mich darum, dass Britta zu Ihnen kommt. Aber Sie müssen mir auch einen Gefallen tun."

„Gefallen? Wem gefallen?" Leos Augen irrten unruhig umher, und Braun hatte das Gefühl, als würde er sich vor etwas fürchten.

„Sie müssen etwas für mich tun, Leo."

„Was muss ich machen. Wieso?" Leo wurde plötzlich hektisch, und Braun erkannte, dass er Angst hatte, dass er sich überfordert fühlte.

„Nichts Schlimmes", beruhigte er Leo. „Sie müssen nur die junge Frau freilassen. Dann hole ich Britta für Sie." Braun streckte Leo seine Handflächen entgegen, sah, dass Greg das Fenster bereits zu einem Drittel geöffnet hatte und sich lautlos an dem Fensterrahmen hochzog.

„Lassen Sie die junge Frau los." Er streckte Olin die Hand entgegen. „Olin, kommen Sie zu mir. Leo wird Ihnen nichts tun. Nicht wahr, Leo, Sie tun Olin nichts, Sie werden sie nicht verletzen."

„Ich weiß nicht, was ich tun soll."

Plötzlich krachte es laut von hinten und Leo schnellte herum. Greg war durch das Fenster auf das Bett geklettert und sprang jetzt auf Leo zu. Leo stieß Olin zur Seite und hob mit einem hellen Gewinsel das Messer. Er verfehlte Greg nur um wenige Zentimeter und das Messer bohrte sich in die Matratze. Greg schlug Leo den Lauf seiner Pistole über den Kopf, aber der schien nichts zu spüren. Er riss das Messer heraus und schnellte unglaublich kraftvoll vor, versuchte jetzt, Braun mit dem Messer zu erwischen. Braun machte eine Drehung zur Seite und Leos Schwung ging ins Leere. Mit einem bösen Schnauben wollte sich Leo auf Olin stürzen, doch da war Greg bereits hinter Leo und schlug ihm die Faust in den Nacken. Leo blieb noch einen kurzen Moment aufrecht stehen, ging in die Knie und stürzte dann vornüber zu Boden.

„Das war knapp“, sagte Greg und legte Leo Handschellen an. „Er wollte mich doch tatsächlich mit dem Messer umbringen.“ Dann zog Greg sein Handy hervor und verständigte die Einsatztruppe und den Notarzt.

„War übrigens gute Arbeit, wie du ihn mit dem Mädchen abgelenkt hast“, sagte Greg anerkennend.

„Leo hat nur sein Mädchen im Kopf. Dafür macht er alles.“

Braun wandte sich zu Olin, die wortlos und steif an der Spüle lehnte.

„Es ist vorbei.“ Er fasste Olin vorsichtig an den Schultern und zog sie an sich. Ihr Körper war starr und sie blickte an Braun vorbei. Sie war eine Frau, die man behutsam durch die Welt tragen musste, damit sie nicht zugrunde ging. Olin zitterte leicht und auf ihren Wangen waren hektische rote Flecke zu erkennen.

„Das sagt sich so leicht. Für mich ist es noch lange nicht vorbei“, murmelte Olin und verschränkte ihre Arme vor der Brust. „Für mich beginnt es erst.“

Mit dem Fuß stieß Braun die Tür des Wohnwagens auf und schob Olin vorsichtig hinaus. Blinzelnd stand sie im hohen Gras und lehnte sich an die abblätternde Außenhaut des Wohnwagens.

„Vielleicht wäre es besser gewesen, wenn er mich getötet hätte.“ Olin fuhr mit der Hand über den Wohnwagen.

„Sagen Sie so etwas nicht. Irgendwann werden auch Sie wieder zu leben beginnen.“

54

Sie stand vor ihrem Schrank und strich mit den Fingern über ihre wenigen Kleider. Immer wieder zog sie ein Kleid mit dem Bügel hervor, um es dann wieder zurückzuhängen. Denn sie war sich ziemlich unschlüssig, was sie anziehen sollte. Um sich in Stimmung zu bringen, schaltete sie ihren CD-Player ein, und als der harte Bass durch das Zimmer dröhnte, nahm sie ein Kleid nach dem anderen vom Haken, hielt es sich tanzend vor den Körper und warf es mit einer eleganten Handbewegung auf das Bett. Als alle Kleider auf dem Bett lagen und die Musik zu Ende war, verließ sie auch jegliche Freude an dem Auftritt, so als würde ihre Energie durch die Poren ihrer Haut entweichen und sich in Luft auflösen.

In den Nachrichten hatte sie gehört, dass man Leo Hauser in einem Wohnwagen verhaftet hatte. Er hatte dort eine Geisel genommen, aber die Polizei konnte ihn überwältigen. Die Bedrohung war also vorüber, die Angst vorbei.

Britta hockte sich neben das Bett und vergrub den Kopf zwischen ihren Armen. Sie dachte an ihre Schwester und daran, dass sie dieses nächtliche Szenario gleich wieder durchleben musste, und zwar als

Stargast einer österreichweiten Talkshow im Fernsehen, und sie war dementsprechend nervös. Um diese Nervosität abzulegen, beschloss sie, ein Bad zu nehmen. Anja, die andere Mitbewohnerin, war schon vor einigen Tagen ausgezogen, und so hatte sie seit Langem das Bad ganz für sich alleine und musste sich nicht beeilen.

Sie stieg in die Wanne und die wohlige Wärme des Wassers ließ ihre Gedanken kreisen. Dabei glitten wieder die Bilder des unheimlichen Mannes mit dem Hund durch ihr Gedächtnis, der sie mit seiner Brille vom Eingang aus immer so durchdringend betrachtet hatte. Manchmal schreckte sie in der Nacht hoch, weil sie dachte, der Mann würde in ihrem Zimmer stehen, ruhig an die Türschwelle gelehnt, und sie wortlos beobachten. Diese Sprachlosigkeit hatte sie am meisten entsetzt, dieser Mann, der kein Wort zu ihr gesagt hatte, war unheimlich, gefährlich, ein Psychopath. Diese Worte schwirrten ungefiltert durch ihren Kopf, vermischten sich mit anderen Worten und Bildern, an die sie nicht denken wollte, nicht heute, wo sie live befragt werden würde. Warum war Ulla nicht bei ihr?

Aber dann fiel ihr ein, dass im Fernsehen berichtet worden war, dass ihr Entführer geistig ein wenig zurückgeblieben sei. Da hatte sie ja noch einmal richtig Glück gehabt! Nicht auszudenken, wenn der Mann durchgedreht wäre und sie getötet hätte wie ihre Schwester!

„Nicht daran denken“, sagte sie laut und ihre Worte perlten von den weißen Fliesen des Badezimmers zurück in das schäumende Wasser. „Nicht an das Böse denken, nur an das Gute“, sagte sie leise, um sich selbst Mut zuzusprechen.

Als sie sich mit einem Schwamm über das Gesicht fuhr, glaubte sie draußen im Flur ein Geräusch zu hören. Es war, als hätte jemand ganz leise die Tür hinter sich zugezogen.

„Hallo, ist da jemand? Bist du das, Magnus?“, rief sie, in der Hoffnung, es wäre Magnus Herzfeld, und versuchte auf gar keinen

Fall nervös oder ängstlich zu klingen. Neugierig drehte sie den Kopf nach hinten, um durch die Tür ein Stück weit in den Flur zu sehen. Sie lauschte angestrengt, doch außer dem gleichförmigen Rauschen des Verkehrs war nichts zu hören. Langsam löste sich ihre Anspannung wieder und sie sank zurück in die Wanne. Während sie immer und immer wieder im Kopf ihre Geschichte durchging, um bei dem Interview keinen Patzer zu machen, spürte sie einen kalten Hauch in ihrem Nacken. Noch ehe sie sich umdrehen konnte, hatten sie plötzlich zwei starke Arme gepackt und hoben sie leicht wie eine Feder aus der Wanne.

Britta fühlte, wie ihr Herzschlag aussetzte, doch als sie sich umdrehte und einen panischen Blick nach hinten warf, pochte ihr Herz umso stärker.

„Du hast mich erschreckt“, sagte sie leise, kuschelte sich an ihren Freund, der sie fest an sich drückte. Ihr Blick folgte den schimmernden Wassertropfen, die eine feuchte Spur auf seiner Hose hinterließen und sich am Badezimmerboden als kleine Pfützen sammelten.

„Das war auch meine Absicht“, antwortete ihr Freund und trug sie auf den Flur hinaus, ohne dass sie zu einer Gegenwehr fähig gewesen wäre. Mit dem Ellbogen schob er die Tür zu ihrem Zimmer auf und warf sie nass und nackt, wie sie war, auf das schmale Bett.

„Ich erkälte mich noch“, hauchte sie und sah ihn mit großen Augen an.

„Ich sorge schon dafür, dass dir wieder heiß wird“, sagte ihr Freund und schloss die Tür hinter sich ab.

55

Eine Stunde später saß Britta in einer engen Garderobe vor einem mit Dutzenden grellen Lämpchen erleuchteten Spiegel und ließ sich von einer redseligen Visagistin für ihren Fernsehauftritt schminken.

„Stimmt es, dass der Verrückte lebende Tiere vor Ihnen geschlachtet hat?“, fragte die Visagistin atemlos und sah dabei in den Spiegel, so als würde dort die Antwort auf ihre Frage warten.

„Es war fast so. Ich habe in einem pechschwarzen Bunker gelegen, habe gefroren. Plötzlich hörte ich einen Knall, der mich fürchterlich erschreckt hat. Vor mir lag ein schwarzer Sack. Ich habe den Sack geöffnet und hatte plötzlich Blut an den Händen. Er hat ein blutiges, abgehäutetes Kaninchen zu mir hereingeworfen“, antwortete Britta und bei der Erinnerung wurde sie von einem eiskalten Schauer geschüttelt. „Das Kaninchen hat gestunken und die Maden sind schon hervorgekrochen“, flüsterte sie verschwörerisch.

„Das muss entsetzlich für Sie gewesen sein." Die Visagistin machte ein betroffenes Gesicht und flocht weiter die langen blonden Haare von Britta zu zwei sittsamen Zöpfen.

„Ich dachte nicht, dass ich jemals wieder lebend davonkomme. Doch dann habe ich den Luftschacht entdeckt und bin geflüchtet. Aber ich hatte eine wahnsinnige Angst, dass er mich einholt und wieder zurückbringt."

„Nun, jetzt ist der Mörder ja gefasst und Sie können wieder beruhigt schlafen", versuchte die Visagistin sie aufzumuntern.

„Ja, zum Glück hat man meinen Entführer und den Mörder meiner Schwester gefasst. Ich hoffe, dass er für diese bösen Taten bestraft wird und das Gefängnis nie wieder verlassen darf." Mit großen blauen Augen betrachtete Britta interessiert ihr Spiegelbild. Sie hatte Glück gehabt, denn es hätte auch ganz anders kommen können.

„Dieser Mörder hat auch eine Frau schwer verletzt und einen Polizisten. Was ist das nur für ein Monster", entrüstete sich die Visagistin.

„Da haben Sie recht. Das ist ein Monster."

„So, jetzt müssen wir nur noch den weißen Spitzenkragen ausbürsten, dann sind Sie fertig." Die Visagistin nahm das Tuch von Brittas Schultern und wischte mit einer weichen Bürste blonde Haare von dem Kragen, den Britta an dem schwarzen hochgeschlossenen Stoffkleid befestigt hatte. Als sie aufstand, um sich wieder im Spiegel zu begutachten, war sie ganz zufrieden mit ihrem Anblick. Das schwarze Kleid mit dem weißen Kragen und die blonden Zöpfe gaben ihr eine Aura von Unschuld und Jungfräulichkeit.

„Was für ein elegantes Kleid Sie doch anhaben, es passt Ihnen wie angegossen", machte ihr die Visagistin noch ein nettes Kompliment.

„Wo haben Sie es gekauft?"

„Es gehörte meiner Schwester", sagte Britta und öffnete die Tür der Garderobe. „Ich trage es zum Andenken an meine tote Schwester." Sie trat hinaus ins gleißende Rampenlicht des Studios, wo bereits die Kameras Position bezogen hatten und ein redegewandter Moderator auf sie wartete.

56

Nachdem Leo Hauser in Untersuchungshaft genommen worden war, hatte sich Braun von Greg zu einem Abstecher in das Café des Lentos Kunstmuseums überreden lassen. Greg, der sich gerne mit seinem Wissen über Kunst und Kultur brüstete, schien sich in dieser Umgebung richtig wohlzufühlen. Auch die Gäste, die sich unglaublich wichtig nahmen und sich lautstark über moderne Kunst unterhielten, waren so überhaupt nicht nach Brauns Geschmack. Er hätte lieber in einer düsteren Kneipe bei einem Bier gesessen und über das Leben philosophiert.

Sie saßen schon eine Weile an einem Tisch, und Braun blickte auf die vielen Bilder, die an den rohen Betonwänden hingen und von denen ihm einige gefielen, andere hingegen ließen ihn ratlos zurück.

„Na, jetzt kann ich in Ruhe in Pension gehen. Der Fall ist so gut wie abgeschlossen. Vielleicht legt Hauser sogar ein Geständnis ab. Dann sparen wir uns die mühsame Indizienarbeit." Greg klang richtiggehend vergnügt.

„Bleibt noch der Doppelmord bei dem Tankstellenüberfall übrig", korrigierte ihn Braun und winkte dem Kellner, um noch zwei Gläser Bier zu bestellen. „Olin kann sich an zwei Personen erinnern. Eine davon hat geschossen. Aber mehr nicht."

„Tja, das wird wohl an dir hängen bleiben", meinte Greg gleichmütig und stieß Braun dann in die Seite. „Aber mit dem Medium triffst du dich ja gerne."

„Das war rein dienstlich", erwiderte Braun.

„Hallo, die Herren", hörte Braun plötzlich eine Stimme in seinem Rücken. Langsam drehte er sich um und sah Philip Zauner mit einem Glas Weißwein hinter ihrem Tisch stehen. „Die Polizei trinkt schon am frühen Abend? Was gibt es denn zu feiern? Etwa dass sie erst nach Tagen einen zurückgebliebenen Mörder gefasst haben? Dass es dabei mehrere Verletzte gab?" Mit einem lauten Seufzer setzte er sich zu Braun und Greg. „Ich wüsste nicht, was es da zu feiern gibt."

„Ist schon o. k., Zauner", brummte Greg und drehte sein Bierglas. „Bitte keine allzu harte Schlagzeile, schließlich ist der Mörder hinter Schloss und Riegel."

„Das ist aber nicht der Verdienst von Inspektor Braun. Ein Zeuge hat den entscheidenden Tipp gegeben und Sie waren sehr skeptisch." Mit dem Finger deutete Zauner auf Braun, als wolle er ihn aufspießen. „Sie wollen die Nachfolge von Chefinspektor Keller antreten? Da müssen Sie sich aber noch gehörig zusammenreißen."

„Jetzt hören Sie mir einmal zu." Braun stellte sein Bierglas auf den Tisch und beugte sich zu Zauner. „Nummer 1: Niemand hat Sie an unseren Tisch gebeten. Nummer 2: Die alberne Fliege stört mich schon lange."

Während er das sagte, nahm er auch schon die gepunktete Schleife von Zauner und zog sie ihm aus dem Hemdkragen.

„Das finden Sie wohl witzig, Inspektor Braun?" Zauners Gesicht war rot vor Zorn, doch er hatte sich unter Kontrolle. „Sie wissen nicht, mit wem Sie sich da anlegen. Ich kann Sie mit meiner Zeitung vernichten."

„Es ist nicht Ihre Zeitung, Zauner, sondern die vom Papa. Sie selbst wären ohne die Mediaholding ein Nichts und ein Niemand. Ob mit oder ohne alberne Fliege."

„Was ist mit Olivia Maldone, Inspektor? Sie waren gestern noch spät in der Nacht bei ihr. Das hat mein Augenzeuge bestätigt. Läuft da etwas?" Provozierend schnalzte Zauner mit seinen Hosenträgern.

„Lassen Sie Olin aus dem Spiel." Braun erhob sich und schob sich ganz nahe an Zauner heran. „Noch ein schmutziges Wort über diese arme Frau und Sie können etwas erleben."

„Braun." Greg legte ihm die Hand auf den Arm. „Komm, wir wollen nichts übertreiben."

„Ich übertreibe nicht", erwiderte Braun und machte sich los. „Aber von einem Schmierfinken lasse ich mir das doch nicht sagen."

„Was ist, Inspektor?" Zauner lehnte sich zurück und reckte den Kopf. „Knallen Sie mir jetzt eine? Sie sollen ja recht hitzköpfig sein, wie man hört. Ich werde einmal ein wenig recherchieren und einen Artikel über schlagende Polizisten verfassen. Was glauben Sie, wie schnell Sie Ihren Job dann los sind."

„Kommen Sie, Zauner", lenkte Greg ein. „Dieses Streiten bringt doch nichts. Inspektor Braun ist ein guter Mann. Er hat heute Olivia Maldone aus den Händen von Hauser befreit. Darüber sollen Sie schreiben. Über das Positive." Greg klopfte Zauner auf die Schulter und gab Braun ein Zeichen.

„Der Inspektor wollte gerade gehen. Dann können wir uns in Ruhe weiter unterhalten. Ich habe ein paar interessante Details für Sie."

Braun warf Zauners Fliege auf den Tisch und blickte dann auf die Uhr.

„Scheiße, ich habe meiner Frau versprochen, dass ich heute einmal pünktlich zum Essen komme. Wir feiern nämlich unseren Jahrestag."

„Inspektor Braun, der liebende Ehemann. Vielleicht machen wir eine Homestory über Ihre Familie", rief ihm Zauner noch böse lachend hinterher.

‚Arschloch', dachte Braun, hob aber grüßend die Hand und verschwand nach draußen. Er ging über die Nibelungenbrücke und im Wind flatterten seine Haare. Er war doch so anders als Greg, er war einfach nicht der Typ, der für eine positive Schlagzeile vor diesen Journalisten auf dem Boden kroch.

57

‚Warum hatte ich überhaupt keine Angst vor Leo?', dachte Olin, als sie sich mit einem Joghurt auf das breite Bett setzte. Braun hatte sie in einem unauffälligen Hotel untergebracht, wo sie weitgehend vor den Journalisten in Sicherheit war, die sie ständig interviewen wollten. Als sie die Hand von Leo mit dem Messer an ihrem Bauch gefühlt hatte, da wollte sie einfach sofort sterben, deshalb auch ihre Furchtlosigkeit.

Das hatte sie auch Braun gesagt, als sein Kollege Greg den benommenen Leo aus dem Wohnwagen nach draußen befördert hatte. Sie hatte einen schnellen Blick aus dem Fenster geworfen und war schockiert gewesen. Das hohe schützende Gras des verwilderten Gartens war von einer Horde Kameraleute und Journalisten niedergetrampelt, die sich wie ein Schwarm Heuschrecken um Leo drängten, um ihm gierig eine Aussage zu entlocken. Wahrscheinlich hatte einer der Nachbarn die Presse angerufen, um sich ein paar Euros zu verdienen. Brauns Chef hatte in seiner souveränen Art jedoch alle Fragen mit einem nichtssagenden „ein möglicher Tatverdächtiger" abgeschmettert, und als ein Streifenwagen mit Leo wegfuhr, verlagerte sich das Medieninteressc auf Olin.

„Es wird morgen eine Pressekonferenz geben."

„War Frau Maldone eine Geisel von Hauser?", hatte ein Journalist mit gepunkteter Fliege gerufen.

„Sie war kurze Zeit in der Gewalt von Leo Hauser", hatte Braun kurz angebunden geantwortet. „Morgen erfahren Sie alle relevanten Details."

Als Braun jetzt aus dem Hotel verschwunden war, fühlte sie sich plötzlich wie nackt ohne die schützende Haut des Wohnwagens, der von der Aura und den Gerüchen ihrer Großmutter erfüllt war und der für sie trotz der versuchten Geiselnahme durch Leo noch immer so etwas wie ein Rückzugsort war.

Lange hielt sie es nicht auf dem breiten Bett aus, das so viel bequemer war als die harte Matratze in dem Wohnwagen. Barfuß ging sie durch das Zimmer, der synthetische Teppichboden knisterte und lud sie mit elektrischer Spannung auf, die sie in einen noch nervöseren Zustand versetzte. Mehrere Stunden lang drehte sie Runde um Runde in dem Zimmer, ihre Gedanken wurden immer schneller, bis ihr ganz schwindlig war. Dann ließ sie sich erschöpft aufs Bett fallen und schlief sofort ein. Träumte von ihrer Großmutter, die sie mit ihren langen grauen Indianerhaaren und mit einem mahnenden Blick bedachte.

„Du darfst jetzt nicht aufgeben. Du hast einen Täter ausfindig gemacht. Morgen bringst du ihn zur Polizei."

„Aber er wird den Namen seines Komplizen nicht verraten. Ich habe das gespürt, als ich bei ihm war."

„Dann musst du deine Fähigkeiten einsetzen und versuchen, seine Aura aufzuspüren und ihn dann mit deiner toten Familie konfrontieren."

„Ach, ich weiß nicht. Ich habe einfach keine Kraft mehr dazu."

„Du hast eine Mission, vergiss das nicht. Leo hat das gespürt, deshalb hat er dich nicht getötet. Du bist es deiner toten Tochter schuldig."

„Du hast recht, ich bin es ihr schuldig."

„Zerschneide nicht das Band, das uns verbindet. Denn du wirst meinen Rat noch dringend brauchen."

Als sie die Augen wieder öffnete, war es bereits dunkel geworden. Olin schaltete den Fernseher ein, um mit der Geräuschkulisse die Stille zu durchbrechen und ihr den Schrecken zu nehmen. Wahllos zappte sie sich durch die Programme, plötzlich stoppte sie und ließ die Fernbedienung sinken. Mit weit aufgerissenen Augen starrte sie auf den Bildschirm. Dort saß gerade ein lässiger Moderator, der mit einem jungen Mädchen in einem schwarzen Kleid ein Gespräch vor Studiogästen führte. Olin drehte den Ton lauter, hörte die Stimme des Mädchens, die in gewählten Worten von einem Bunker sprach, der sie an eine Gruft erinnert hatte.

Als man das Gesicht des Mädchens in Großaufnahme zeigte, erkannte Olin, wer das war. Es war das entführte Mädchen Britta Walek, deren Schwester Ulla man ermordet hatte. Britta erzählte ziemlich mitreißend über ihre Gefangenschaft, bei sehr emotionalen Szenen gestikulierte sie mit den Händen, um die Dramatik der Situation noch weiter zu unterstreichen.

„Er hat mich wortlos durch seine komischen Brillengläser angestarrt", hörte sie Britta reden, die dabei mit ihrer flachen Hand waagrecht durch die Luft schnitt.

Olin rückte näher, setzte sich auf den knisternden Teppichboden, um ganz nahe an dem Bildschirm zu sein, um die Atmosphäre zu spüren. Mit den Fingerspitzen strich sie über das Gesicht von Britta, die noch immer redete, folgte den Kamerabewegungen, ohne die

Finger von Brittas Gesicht zu nehmen. Plötzlich hatte sie das Gefühl, als könne sie durch den Bildschirm hindurch eine Verbindung zu dem Mädchen aufnehmen, als würde eine unsichtbare, Blitze ausstoßende elektrische Leitung von Brittas Gesicht direkt in Olins Fingerspitzen führen. Die Kontaktaufnahme war so heftig, dass sie glaubte, einen elektrischen Schlag zu erhalten, und stöhnend nach hinten zu Boden sank.

„Ich wusste, dass du mich heute noch einmal brauchst", hörte sie ihre Großmutter in ihrem Kopf so deutlich, dass sie sich unwillkürlich umdrehte.

„Bin ich durch die Trauer verrückt geworden?", flüsterte sie und rückte schnell von dem Bildschirm weg. „Ich will kein Medium sein", flehte sie.

Sie tastete nach hinten auf das Bett, griff nach der Fernbedienung und schaltete den Fernseher aus. Die Spannung war greifbar und Olin fühlte sich wie in einer Funken sprühenden Achterbahn, die an Erinnerungen, Vermutungen und Irrwegen in einem irrwitzigen Tempo vorbeiraste.

Sie musste das alles loswerden, und es gab nur einen Menschen, dem sie vertraute, weshalb, das wusste sie nicht.

„Hallo, kann ich mit Tony Braun sprechen?"

„Wer ist denn da?" Eine Frauenstimme war am Handy und Olin schwieg für einige Augenblicke überrascht. Aber natürlich, Braun war verheiratet und hatte auch einen Sohn, das hatte er ihr doch erzählt.

„Ich bin Olin. Ich muss dringend Tony Braun sprechen. Es ist sehr wichtig."

Stille, die Frau hatte das Handy weggelegt. Ob sie die Ehefrau von Braun gewesen war? Dann zerriss die entfernt klingende Frauenstimme das Warten. Es hörte sich wie ein Streit an.

„Jetzt ruft sie dich auch schon abends an!"

„Wer hat angerufen?" Das war die Stimme von Braun, die verärgert klang.

„Na, die Frau mit den komischen Augen." Die Frauenstimme wirkte gehässig, gekränkt, fast ein wenig eifersüchtig.

„Olin? Was hat sie gesagt? Verdammt, wo ist mein Handy?"

Sekunden später war Brauns Stimme direkt an ihrem Ohr, und atemlos erzählte sie ihm, was sie soeben erlebt hatte. Braun stellte keine Fragen, aber an seinem Schweigen erkannte sie, dass er sehr skeptisch war, dass seine nächste Frage vielleicht „Haben Sie getrunken?" lauten könnte. Dann würde sie auflegen, das hatte sie sich geschworen.

Doch Braun reagierte anders, sensibler. Er war nicht der Grobklotzbulle, als der er sich gerne darstellte, das hatte sie schon festgestellt.

„Das klingt sehr abenteuerlich. Ich lasse mir die Sache durch den Kopf gehen. Vielleicht ist ja was dran." Er machte eine Pause, und an dem fröhlichen Zwitschern der Vögel im Hintergrund konnte sie hören, dass er ins Freie getreten war.

„Ich werde sehen, was ich machen kann, und melde mich morgen bei Ihnen."

Olin ließ das Handy sinken und fiel zurück auf das Bett. An der Decke des Hotelzimmers waren braune Flecke, die man nur flüchtig übermalt hatte und die im schummrigen Licht der Nachttischlampe wie Wolken aussahen. Wolken, von denen aus sie von Sarah beobachtet wurde, die sie beschützte.

58

Mit verschränkten Armen stand Greg am Morgen in seinem Büro und verfluchte sich. Während er aus dem Fenster auf den morgendlichen Stau blickte, verfluchte er seine Feigheit, seine Rückgratlosigkeit, er verfluchte sein Leben. Wie so oft, wenn er ganz unten war, was in letzter Zeit ziemlich oft vorkam, nahm er zwei von seinen Tabletten und umschiffte auf diese Weise eine gefährliche Altersdepression.

Die Tür zu seinem Büro wurde geöffnet, doch Greg drehte sich nicht um, sondern starrte noch immer in den langsam erwachenden Sommertag.

„Leo Hauser sitzt in einem Vernehmungsraum", hörte er Braun in seinem Rücken.

„Ist sein Pflichtverteidiger schon eingetroffen?", fragte er.

„Nein, er hat aber angerufen. Steckt leider im Stau."

„Dann bleibt uns noch ein wenig Zeit, um uns entspannt mit Hauser zu unterhalten."

So wie Greg Leo einschätzte, war dieser schnell einzuschüchtern. Man konnte sicher ein Geständnis aus ihm herausholen, ehe sein

Pflichtverteidiger kam. Verdammt, er wollte Leo als Täter hinter Gitter bringen, dann wäre der Fall abgeschlossen und er könnte beruhigt in das Joshua Tree Inn fahren.

Doch es gab noch den anderen Fall mit den zwei Toten von dem Tankstellenüberfall. Die überlebende Olivia Maldone war von Leo als Geisel genommen worden und so hatten sich die beiden Fälle auf fatale Weise miteinander vermengt und das Medieninteresse an Olin war wieder erwacht.

„Gehen wir", sagte er müde zu Braun. „Bin schon gespannt, was uns Leo so alles zu erzählen hat."

Schweigend fuhren sie mit dem Lift nach unten in den Keller, wo sich die Verhörräume befanden. Greg drehte nervös seine Zigarre in der Sakkotasche, während Braun den Kopf in den Nacken gelegt hatte und die Stockwerksanzeige fixierte. Gregs schlechte Laune breitete sich aus wie der ätzende Gestank einer Kloake.

„Wann lässt du dir die Haare schneiden, Braun?", fragte er, um die Stimmung ein wenig aufzuhellen. „Du siehst bald aus wie ein verdammter Hippie."

„Ist das eine Grundbedingung, um deinen Job zu bekommen?"

„Du könntest dir wenigstens einen Zopf machen."

„Ein Zopf ist etwas für unmusikalische alte Männer, wie Willie Nelson."

„Du magst meine Countrymusik nicht, stimmt's?"

„Ich hasse sie!"

„Dafür gibt's in Nashville lebenslänglich", lachte Greg in einem Anflug von guter Laune.

Leo saß zusammengekrümmt an dem grauen Tisch und hatte die Hände verschränkt, so als würde er in einem Beichtstuhl sitzen. Und der Vernehmungsraum war in der Tat so etwas wie ein Beichtstuhl. So empfand es Greg jedes Mal, wenn er einem Verdächtigen gegenübersaß und diesen mit Fragen löcherte, um etwaige Widersprüche aufzudecken und den Täter zu überführen.

Greg steckte seine Zigarre in den Mund, während Braun den Rechtstext und Leos Personalien in ein Mikrofon leierte.

„Zunächst geht es um den Mord an Ulla Walek." Greg räusperte sich und kniff die Augen zusammen. „Was wissen Sie darüber?"

Leo starrte auf seine Finger und schwieg. Greg kaute gereizt an seiner Zigarre herum und fixierte die Videokamera, deren rotes Licht ihm signalisierte, dass dieses Verhör aufgezeichnet wurde. Was war denn das? Er hielt seine Hand über das Mikro und drehte sich zu Braun.

„Wieso haben wir hier Video?"

„Das ist eine Anordnung von Wagner." Braun zuckte mit den Schultern. „Er will, dass alles korrekt abläuft und er das beweisen kann, wenn's drauf ankommt."

„Immer korrekt bis in den Tod!", meinte er lapidar und drehte sich wieder zu Leo.

„Also, wie haben Sie Ulla getötet? Zuerst haben Sie Britta niedergeschlagen, dann wollten Sie auch Ulla bewusstlos schlagen, aber sie ist Ihnen entkommen, da haben Sie zugestochen. War's so?" Er beugte sich über den Tisch und sah Leo an.

„Schauen Sie mich gefälligst an, wenn ich mit Ihnen rede", sagte er leise, aber sehr bestimmt.

Leo hob seinen Kopf und sagte mit unschuldigem Blick: „ Du magst doch auch meine Blume so gern und spielst mit ihr immer Verstecken."

„Was soll dieser Blödsinn?", fragte Greg. Aber Leo schwieg bereits wieder.

Braun saß neben ihm und machte ein gleichgültiges Gesicht, als würde ihn das alles gar nichts angehen. Er klopfte mit den

Fingerknöcheln auf den Tisch, das war das vereinbarte Zeichen für Braun.

„Sie haben nicht nur einen Mord und eine Entführung begangen. Sie haben außerdem eine Frau als Geisel genommen, einen Polizisten und eine weitere Frau schwer verletzt. Da kommt einiges zusammen", sagte Braun ruhig. „Aber wenn Sie ein Geständnis ablegen, dann kann das vor Gericht zu Ihren Gunsten ausgelegt werden."

„Wo ist Britta?", nuschelte Leo in seine Hände, ohne den Kopf zu heben. „Sie haben gesagt, ich darf Britta sehen."

„Zuerst müssen Sie uns aber einige Fragen beantworten."

Greg stand auf und ging um den Tisch herum. Er stellte sich hinter Leo, während Braun die rote Strickjacke auf den Tisch warf.

„Diese Jacke haben wir bei Ihnen gefunden", sagte Braun und hielt Leo das Kleidungsstück unter das Kinn. „Geben Sie es doch einfach zu, dass Sie Ulla Walek getötet haben. Dann lassen wir Sie auch in Ruhe."

„Ich will Britta sehen." Leo zwinkerte heftig und ballte seine Hände zu Fäusten. „Und auch die andere Frau."

„Sie meinen Olin?", fragte Braun.

„Ja, ich will meine Blumen bei mir haben."

„Das lässt sich einrichten, doch zuerst müssen Sie uns von dem Mord an Ulla erzählen."

„Ich sehe die zwei Mädchen in der Nacht. Eine lag tot am Boden und die andere lief weg. Ich wollte das nicht. Ich wollte sie nicht erschrecken."

„Erschrecken nennst du das? Du hast sie getötet", sagte Greg, der die ganze Zeit regungslos hinter Leo gestanden hatte und jetzt zum Du wechselte, um sich mit ihm auf eine Ebene zu stellen. Er klopfte ihm sanft auf die Schulter, aber Leo zuckte trotzdem furchtsam zusammen.

„Du hast ihr das Messer in den Bauch gerammt, richtig?"

„Ich weiß es nicht." Leos Fistelstimme wurde noch eine Nuance höher.

„Hast du ihr das Messer hineingerammt?"

„Ja, ja, ich bin böse. Ich weiß das." ‚Er ist knapp davor zu gestehen', dachte Greg. Was hat Braun ihm versprochen? Dass er seine Mädchen sehen darf?

„Hast du mit dem Messer zugestochen? Hast du Ulla Walek getötet? Sag Ja", flüsterte Greg Leo ins Ohr. „Dann siehst du deine Mädchen. Kannst sie lange ansehen, ganz lange."

„Vielleicht habe ich das Mädchen getötet." Leos Stimme überschlug sich. Braun setzte an, um noch etwas zu sagen, doch Greg winkte ab.

„Das war ein Geständnis! Leo Hauser hat gestanden."

Zufrieden ging Greg wieder zurück an seinen Schreibtisch und wollte sich gerade setzen, da ging die Tür auf und Leos Pflichtverteidiger erschien verschwitzt und außer Atem.

„Der Stau", sagte er und zuckte entschuldigend mit den Schultern.

„Ihr Mandant hat mehr oder weniger ein Geständnis abgelegt", begrüßte ihn Greg und lehnte sich zurück. „Stimmt's, Braun? Das war ein Geständnis. Wir haben es auf Band und auf Video."

„Ich sehe es mir später an." Der Pflichtverteidiger wischte sich den Schweiß von der Stirn und setzte sich neben Leo, flüsterte ihm etwas ins Ohr. Leo hörte mit offenem Mund zu, an seinem Gesichtsausdruck konnte man deutlich erkennen, dass er keine Ahnung hatte, was sein Anwalt von ihm wollte.

„Mein Mandant will zu der versuchten Geiselnahme und den beiden Verletzten etwas sagen."

„Wir hören."

„Es tut mir leid. Ich wollte das nicht. War nur wegen meinem Hund so traurig und dann wütend."

„Was soll das?“ Greg sah den Pflichtverteidiger ratlos an.

„Es war eine fatale Kettenreaktion und eine Kurzschlusshandlung. Er wollte Frau Maldone nichts tun.“

„Das heißt, wir sollen die Anklage wegen Mordversuch in zwei Fällen und versuchter Geiselnahme abändern?“, fragte Greg und dachte angestrengt nach. Wenn Leo Hauser den Mord an Ulla und die Entführung von Britta Walek gestand, dann war der Fall so gut wie abgeschlossen. Da konnte man vielleicht bei der Geiselnahme auf einfache Freiheitsberaubung zurückschrauben und bei den beiden durch die Pfeile Verletzten auf versuchten Totschlag. Doch das musste Staatsanwalt Ritter entscheiden.

„Gut, wir lassen die Geiselnahme beiseite, wenn Ihr Mandant den Mord gesteht.“

„Ich denke, er hat bereits gestanden?“, fragte der Pflichtverteidiger.

„Wir möchten, dass er es vor Ihnen wiederholt.“

„Kann ich dann meine Blumen wiederhaben?“, fragte Leo schüchtern. „Ich will sie doch nur anschauen. Nicht anfassen, nur anschauen.“

„Das ist doch wie ein Jackpot für Sie, wenn Ihr Mandant gesteht und die Gerichtsverhandlung ein Medienspektakel wird. Dann sind Sie berühmt.“ Greg lächelte den Pflichtverteidiger verschwörerisch an und drehte sich dann zu Leo.

„Sie gestehen jetzt den Mord, dann sehen Sie Ihre Blumen, versprochen.“ Greg machte eine Pause. „Haben Sie Ulla Walek getötet und Britta Walek entführt?“

„Ja, ich habe Ulla getötet und Britta im Bunker angesehen.“

„Da haben wir’s.“ Greg nickte zufrieden.

Der Pflichtverteidiger füllte noch die erforderlichen Papiere aus, klappte dann seinen Diplomatenkoffer zu und stand auf.

„Dann bis zur Hauptverhandlung, meine Herren", sagte er und drehte sich zu Leo. „Keine Sorge, in fünfzehn Jahren sind Sie wieder draußen."

Doch Leo hörte ihn nicht, sondern blickte gespannt zur Tür, wartete wahrscheinlich darauf, dass sie sich öffnen und Britta gemeinsam mit Olin hereinschweben würde, damit Leo sie ausgiebig betrachten konnte, dachte Greg und zog verächtlich den Mundwinkel hoch. Der Kerl war schwachsinnig und glaubte tatsächlich, dass er die Mädchen jemals wiedersehen würde. Was für ein kranker Mensch.

Als der Pflichtverteidiger verschwunden war, saß Leo noch immer wie angewurzelt auf seinem Stuhl und fixierte die Tür, ließ sie keine Sekunde aus den Augen. Greg warf einen Blick zu Braun und verdrehte die Augen.

Die Tür des Vernehmungsraums öffnete sich und Leos Augen wurden groß und er leckte sich mit der Zunge über die Lippen. Langsam rutschte er auf seinem Stuhl nach vorne, straffte seinen Oberkörper und fuhr sich mit den Fingern durch seine wirren Haare.

Doch es waren nicht Britta und Olin, die eintraten, sondern zwei Polizisten in Uniform, die Leo an den Armen packten und von seinem Stuhl hochhoben.

„Wo sind meine Blumen?", fragte Leo fassungslos und starrte Braun ängstlich an. „Sie haben gesagt, ich darf zu meinen Blumen." Hilflos irrte sein Blick zwischen Braun und Greg hin und her, und es schien, als würde die Erkenntnis erst jetzt in sein Bewusstsein sickern, dass er so schnell nicht wieder ein Mädchen sehen würde.

„Ich bin kein Mörder! Ich will sie doch immer nur ansehen!"

59

Es war ihm nicht sonderlich wohl in seiner Haut, als er das Hotel betrat. Er wusste, dass er damit dünnes Eis betrat, dass es seine Karriere abwürgen konnte. Er hatte das schon vor einigen Tagen versucht, aber damals war nichts dabei herausgekommen. Warum sollte es jetzt anders sein? Warum war er dann trotzdem hier? Er wusste die Antwort.

„Haben Sie die Bilder mitgebracht?", fragte Olin, die so plötzlich neben Braun an der Bar stand, dass er überrascht hochsah.

„Sie sehen schon wieder etwas besser aus", machte er Olin ein halbherziges Kompliment, das sie mit einem Lächeln quittierte.

„Zeigen Sie mir bitte die Bilder?", sagte sie mit einer samtweichen Stimme.

„Hier in der Lobby ist das keine gute Idee." Braun deutete auf den Barkeeper, der interessiert zu ihnen herüberblickte. Wahrscheinlich hatte er Olin aus den Nachrichten erkannt.

„Sie haben recht. Gehen wir auf mein Zimmer."

Als Olin die Tür zu ihrem Zimmer öffnen wollte, zuckte sie plötzlich zurück.

„Oh, ein elektrischer Schlag", sagte sie.

„Das kommt von dem verdammten Teppichboden aus Kunstfaser", antwortete Braun.

„Bitte, wo sind die Bilder?" Olin machte sich nicht einmal die Mühe, ihre verstreuten Kleidungsstücke wegzuräumen, sondern setzte sich sofort an den kleinen Plastiktisch beim Fenster. Braun zog einen Umschlag aus seiner Lederjacke, zögerte ein wenig, doch dann legte er das erste Foto auf den Tisch.

„Das letzte Mal haben Sie nichts gespürt", sagte er zweifelnd.

„Es war eine angespannte Situation", erwiderte Olin ruhig. „Jetzt sind die Fronten zwischen uns geklärt." Dabei sah sie ihn länger an als nötig.

„Es ist schon komisch. Ich glaube im Grunde überhaupt nicht, dass Sie mit Ihren medialen Fähigkeiten etwas vorhersagen oder erkennen können, trotzdem mache ich das mit", sagte Braun.

„Wer ist dieses Mädchen?"

„Das ist die tote Ulla Walek." Er beobachtete Olins Reaktion. Sie fuhr mit den Fingerspitzen über das Foto, aber zu seiner Enttäuschung sagte sie nichts dazu. Es war genauso wie in ihrem Wohnwagen mit dem Bild von Leo Hauser.

„Haben Sie noch ein anderes Foto von ihr?"

„Ja, ich habe ein Bild der Zwillinge mitgebracht. Da sind sie zwar ein wenig jünger, aber vielleicht können Sie etwas damit anfangen."

Wieder legte Braun das Bild auf den Tisch und wieder strich Olin mit den Fingern langsam darüber. Dann berührte sie ganz vorsichtig die Gesichter von Ulla und Britta, fuhr ihre Konturen entlang, kehrte wieder zurück und ihre Finger verharrten auf Ulla.

„Welches der Mädchen ist das?"

„Das ist Ulla Walek." Braun wollte noch etwas dazu sagen, doch Olin unterbrach ihn.

„Sie trägt das Böse in sich", sagte sie mit einer Stimme, aus der alle Sanftheit verschwunden war. „Ich kann es noch nicht genau sagen, aber in ihr lauert das Böse."

„Das wissen wir bereits."

Olin stand so schnell auf, dass sie sich an der Tischkante festhalten musste, um nicht das Gleichgewicht zu verlieren.

„Alles in Ordnung mit Ihnen?" Braun war ebenfalls aufgestanden und fasste nach ihrem Arm. „Ist das zu anstrengend für Sie?"

„Nein, nein!" Olin schüttelte Brauns Hand ab und trat ein wenig zur Seite. „Seien Sie bitte ruhig", sagte sie schließlich mit ihrer neuen harten Stimme. „Ich muss mich jetzt konzentrieren."

Braun verkniff sich eine Bemerkung und setzte sich auf das Bett. Er beobachtete aber weiterhin Olin, die jetzt vor dem Tisch stand und beide Hände auf die Platte stützte. Sie hatte den Kopf gesenkt und starrte auf die beiden Fotos. Unschlüssig drehte Braun den Umschlag in seinen Händen. Er hatte noch weitere Fotos mitgebracht, Tatortfotos, Fotos, die man sofort nach ihrer Flucht von Britta gemacht hatte.

„Ich brauche noch ein Foto der beiden, aber ein aktuelles", unterbrach Olins Stimme seine Gedanken.

„Hier, das ist ein Foto, das die Zwillinge erst eine Woche vor dem verhängnisvollen Ausflug gemacht haben." Braun kramte das Bild aus dem Umschlag. „Der Junge, der mit auf dem Bild ist, war ein Freund."

Als er das Bild auf den Tisch zu den anderen legte, war es, als würde Olin von einem unsichtbaren Schlag getroffen. Sie öffnete den Mund, aber es kam nur ein unartikuliertes Stammeln heraus, und sie hielt sich die Hände an die Schläfen. Ihre Augen weiteten sich und sie ließ sich auf einen Stuhl fallen.

Unauffällig sah Braun auf seine Uhr, denn die ganze Sache gefiel ihm immer weniger. Zum Teufel, er hätte Olin einfach auf einen Drink einladen sollen, anstatt sich hier mit diesem Mumpitz zu beschäftigen. Das wäre viel klüger gewesen. Aber jetzt musste Schluss damit sein.

„Können wir jetzt damit aufhören? Ich weiß, Sie haben Schlimmes durchgemacht. Ich weiß, dass es schwer für Sie ist, die Realität von der Fantasie zu unterscheiden. Aber es war ein Fehler, hierherzukommen."

„Dieses Mädchen hat geschossen", sagte Olin mit matter Stimme, so als hätte sie überhaupt nicht mitbekommen, was Braun soeben gesagt hatte.

„Welches Mädchen?" Braun konzentrierte sich auf das Foto.

„Dieses." Olin tippte auf das Gesicht von Ulla Walek und Braun atmete hörbar genervt aus.

„O. k., das war's jetzt. Ich vergeude hier nur meine Zeit. Im Büro wartet jede Menge Arbeit auf mich. Ich muss jetzt gehen."

„Wieso glauben Sie mir nicht? Sie ist eine Mörderin. Ihr schwarzer Motorradhelm hatte einen roten Blitz an der Seite. Sie ist die Mörderin meiner Familie."

„Ulla Walek ist tot. Sie wurde höchstwahrscheinlich von Leo Hauser ermordet. Er hat auch ein Geständnis abgelegt. Ich dürfte Ihnen das gar nicht erzählen, aber ich will Ihnen nur sagen, dass Sie völlig falsch liegen."

„Wieso glauben Sie mir nicht." Olin presste die Lippen zusammen und ballte die Fäuste. „Sie müssen sie festnehmen."

„Verdammt, sie ist tot. Wieso hätte sie das denn überhaupt tun sollen? Es gab nicht die geringste Verbindung zu Ihnen und Ihrem Mann. Wenn es eine Verbindung gegeben hätte, dass wüssten wir es. Es tut mir leid."

„Fragen Sie den Jungen. Fragen Sie Manuel. Sehen Sie nur, wie er sie auf dem Foto ansieht."

„Sie waren befreundet, das hat er bei der Vernehmung auch zugegeben."

„Ich spreche von dem Mord an meiner Familie. Er und dieses Mädchen haben den Überfall durchgeführt."

„Sie haben die Namen aus der Zeitung und reimen sich da etwas zusammen." Braun steckte die Bilder zurück in den Umschlag und wandte sich zum Gehen. „Sie haben viel durchgemacht. Da bringt man einiges durcheinander. Die tote Ulla kann sich nicht mehr gegen ihre Anschuldigungen wehren. Suchen Sie sich professionelle Hilfe, Olin. Oder rufen Sie mich an, wenn Sie nicht mehr weiter wissen. Sie haben ja meine Nummer."

„Wieso glauben Sie mir nicht?", fragte Olin verzweifelt und blickte Braun ratlos an. „Suchen Sie Manuel. Er arbeitet in einer Autowerkstätte."

„Ich weiß, wir haben seine Adresse. Und ich werde das morgen überprüfen."

„Gehen Sie zu ihm. Er wird gestehen."

Als Braun vor dem Hotel stand, klingelte sein Handy. Es war eine Privatnotiz, die er selbst eingegeben hatte:

„Noch vier Stunden bis zur Entscheidung."

60

Braun saß an seinem Schreibtisch und drehte nachdenklich ein Formular zwischen seinen Händen. Das Gespräch mit Olin war nicht besonders zielführend gewesen, und sie kam ihm vor wie eine Blinde, die sich an den Wänden entlangtastet, um vielleicht die Tür zu finden, hinter der eine Erklärung für ihr Schicksal liegt. Aber immer wieder öffnet sie eine falsche Tür und muss unverrichteter Dinge wieder nach draußen.

Seufzend holte er sich einen Kaffee, warf einen kurzen Blick zu Greg, der in den Abschlussbericht des Mordfalls Ulla Walek vertieft war.

„Das ging ja alles ziemlich schnell, findest du nicht?", fragte Braun.

„Wie ich gesagt habe, Leo ist einfach eingeknickt und hat gestanden. Solche Täter wünschen wir uns immer."

„Aber wir haben ihn aufs Glatteis geführt mit unserem Versprechen, dass er seine Mädchen sehen darf."

„Na und? Hör mal, hast du nichts zu tun? Ich muss den Abschlussbericht noch fertiglesen."

„Ist schon gut."

Mit seiner Kaffeetasse setzte sich Braun wieder an den Schreibtisch und starrte auf das Formular. Dieses unsägliche Stück Papier, das ein Eigenleben entwickelt hatte, das von ihm eine Entscheidung wollte, ja gerade danach bettelte. Er lehnte sich zurück und verschränkte die Hände im Nacken. Bilder zogen vor seinem inneren Auge vorbei, Bilder, die ihn an glückliche Zeiten erinnerten. Er sah sich an einem froststählernen Wintertag in einem Spitalzimmer stehen und seinen neugeborenen Sohn Jimmy auf dem Arm halten. Stolz sah er in das winzige Gesicht des Babys, suchte nach Gemeinsamkeiten und wollte seinen Sohn gar nicht mehr zurück zu Margot auf das Bett legen. Als er die beiden so nebeneinanderliegen sah, da wusste er plötzlich, dass es sich lohnte, als Polizist für eine bessere Welt zu kämpfen, dass es sich lohnte, für eine Familie da zu sein. Margots klare Augen in ihrem attraktiven Gesicht hatten noch heller gestrahlt als sonst, als sie zu ihm gesagt hatte: „Bist du glücklich?"

Ja verdammt, damals war er glücklich gewesen, damals hatte er noch geglaubt, alleine die Welt aus den Angeln heben zu können. Es war eine unverschämte Glücksphase gewesen, so viel Glück, dass man anschließend nur noch Pech haben konnte. Margot, die schöne Blonde aus dem Norden, die behütete Professorentochter, hatte sich doch tatsächlich in einen Polizisten verliebt, den Sohn eines Hausmeisters. Kurz darauf hatten sie geheiratet, und als Jimmy zur Welt kam, schien das Glück perfekt. Doch in der Zwischenzeit hatte sich der Alltag eingeschlichen, und Margots klare Züge hatten viel von ihrem Glanz verloren, aber noch war es nicht zu spät, das Strahlen und Leuchten früherer Tage wieder hervorzuzaubern, es lag alles in seiner Hand.

Gleichzeitig aber sah er sich in einem fensterlosen Besprechungsraum mit Dutzenden von Monitoren an den Wänden, in dem harte Männer an einem Tisch saßen und über Einsatzplänen brüteten. Natürlich gab es dabei auch Frauen, aber sie waren so anders als Margot, sie waren durchtrainiert und zielorientiert, wollten genauso wie er internationalen Verbrecherbanden das Handwerk legen. Deshalb hatte er sich auch bei EUROPOL beworben und war in die Probeeinheit übernommen worden. Dort hatte er sich bewährt, neue Freundschaften gewonnen und eine Perspektive für sein weiteres Berufsleben erhalten.

Wie sollte er sich also entscheiden? Wenn er an Brüssel oder das Trainingslager in Tschechien dachte, dann fühlte er sich wie knapp unterhalb der Bergspitze, wo nur noch wenige hundert Meter fehlen, um siegreich den Gipfel zu erklimmen. Diese wenigen hundert Meter aber verlangten eine Entscheidung: Aufstieg und alles hinter sich zurücklassen oder Abstieg, mit dem Gefühl, niemals die Gipfelluft verspürt zu haben.

Es war einfach eine verdammte Scheiße! Auf keinen Fall wollte Braun so enden wie sein Vater, als ausgebrannter Hausmeister, der es nicht geschafft hatte, seinen Lebenstraum zu verwirklichen und in Hamburg das Kapitänspatent zu machen. Ein Mann, der unglaublich tolle Geschichten erzählen konnte, der von großen Kapitänen und von Joseph Conrad schwärmte, aber immer in Linz blieb und von seiner Frau ein Leben lang in ein zu enges Korsett gezwängt worden war. Bis eben zu jener verhängnisvollen Kurzschlusshandlung, die ihn das Leben gekostet hatte.

Aber Braun war anders. Er würde alles richtig machen. Konzentriert setzte er sich auf, ließ nochmals alle Bilder durch seinen Kopf rasen, es war ein Kaleidoskop der Stimmungen und Gefühle, und schließlich hatte er eine Entscheidung getroffen. Konzentriert füllte er das Formular gewissenhaft aus und setzte seine Unterschrift darunter. Dann öffnete er den Link auf seinem Computer, loggte sich mit dem Passwort ein. Ein Fenster öffnete sich und er klickte einige Kästchen an. Er zögerte ein wenig, ehe er den Sendebutton drückte, aber dann klickte er das Fenster weg und loggte sich aus.

Das Formular steckte er in einen Umschlag, mit dem er zur Poststelle ging. Die Polizeiassistentin sah ihn fragend an, als sie sah, an welche Stelle das Schreiben adressiert war.

„Bitte abschicken", sagte Braun. Er hatte eine Entscheidung getroffen und fühlte sich glücklich.

61

Wehmütig betrachtete Manuel seine KTM Enduro, die jetzt nichts weiter war als ein fast wertloser Schrotthaufen. Im Licht der aufgehenden Sonne sahen die Beschädigungen noch schlimmer aus als am Abend, und er wusste, dass es zwecklos war, das Motorrad wieder instand zu setzen. Wie eine Furie hatte die Frau mit dem Hammer auf das Motorrad eingeschlagen, und Manuel hatte vom Bürofenster aus panisch zugesehen, wie seine geliebte Maschine Stück für Stück zerstört wurde.

Gestern war Olin – so hieß die Frau – nicht wieder erschienen, und er dachte schon, dass dieser Zornausbruch vielleicht alles beendet hatte. Aber so richtig glaubte er nicht daran. Sicher würde bald die Polizei in der Werkstätte auftauchen und ihn zu dem Tankstellenüberfall befragen. Er hatte keine Ahnung, wie lange er durchhalten würde, aber wenn es die beiden Polizisten waren, die ihn bereits wegen des Mordes an Ulla verhört hatten, dann würde er es nicht lange durchstehen. Besonders Braun, der Inspektor, war gefährlich, er war aufbrausend und stellte die richtigen Fragen, auf die er keine Antworten wusste.

Langsam ging Manuel über den Parkplatz und sah sich die schrottreifen Autos an. Sein Chef war irgendwo in Tschechien auf der Suche nach Ersatzteilen für eine Karre, deshalb war Manuel auch die ganze Woche alleine in der Werkstätte. Da hatte er viel Zeit zum Nachdenken, und als ihm ein alter Kumpel eine Mail schickte mit einem Jobangebot irgendwo in Afrika, da wusste Manuel plötzlich, was zu tun war. Er wollte sich aus dieser bösen Umgebung zurückziehen, wollte endlich wieder frei atmen können und nicht mit der ständigen Angst leben, demnächst in den Knast zu wandern.

Aber er würde im Gefängnis landen, wenn er so weitermachte wie bisher. Gestern hatte er ein Telefonat geführt und sich natürlich cool und zuversichtlich gegeben. Er hatte gesagt, dass man sich auf ihn verlassen könne. Während des Telefonats hatte er das selbst geglaubt, hatte sich stark und unbesiegbar gefühlt. Das war auch immer so, wenn sie sich trafen: Immer fühlte er sich stark, war von dem Bösen aufgeheizt und sein Blut war wie schwarzer Teer, der seinen Körper stählte. Doch wenn er alleine war, dann begannen seine Gedanken zu rasen, drehten sich schnell und immer schneller und kamen schlussendlich zu dem Punkt, dass er den Dunstkreis des Bösen verlassen musste. Deshalb hatte er beschlossen, der Polizei einen Deal vorzuschlagen, den sie nicht ablehnen konnten. Das würde ihm Straffreiheit garantieren, das hatte er oft im Fernsehen gesehen. Ja, mit dem Deal könnte er ein neues Leben beginnen.

Aus der Gesäßtasche seiner Jeans holte Manuel einen Zettel, den ihm sein Chef geschrieben hatte. Darauf standen die Autos, die er notdürftig reparieren musste, damit man sie in Tschechien verkaufen konnte. Er blieb vor einem tiefer gelegten Opel stehen, der vorne auf der Kühlerhaube eine Airbrush-Kriegerin hatte. Die Bodenplatte war durchgerostet, aber mit ein wenig Geschick ließen sich die ärgsten Schäden beheben.

Manuel bockte den Wagen auf einer Seite mit dem Wagenheber auf und rollte auf seinem Bord darunter. Der Wagen sah schlimmer aus als befürchtet, aber sein Chef hatte einen Käufer für die Karre, also hieß es für Manuel: Ran an die Arbeit. Er war so beschäftigt, dass ihm die hellen Sneakers nicht auffielen, die neben dem Wagen auftauchten. Erst als er eine weiche Stimme hörte, schreckte er aus seiner Arbeit hoch.

„Ich frage mich die ganze Zeit, wann du zur Polizei gehst."

„Ich habe doch nichts getan."

„Natürlich hast du etwas getan. Du warst dabei. Du hast gesehen, wie geschossen wurde, und du hast es nicht verhindert. Das macht dich zu einem Mitschuldigen."

„Wie hätte ich es denn verhindern können? Ich war unbewaffnet."

„Du hättest dich opfern können."

„Toller Vorschlag. Ich will endlich aus dem ganzen Schlamassel heraus. Ich will einfach ein neues Leben beginnen."

„Wie stellst du dir denn das vor? Es gibt zwei Tote und du willst einfach so ein neues Leben beginnen? Das glaubst du doch selbst nicht."

„Doch, ich lasse alles hinter mir zurück. Ich habe ein Jobangebot in Afrika. Ich soll dort LKWs reparieren. Die suchen Mechaniker."

„Und was wird aus mir? Hast du dir das schon einmal überlegt. Ich soll wohl alleine zurückbleiben und ständig an die beiden Toten denken."

„Das ist jetzt dein Problem. Ich habe mich entschlossen, reinen Tisch zu machen."

„Du gehst also doch zur Polizei?"

„Das habe ich nicht gesagt. Ich will nur einen Schlussstrich ziehen. Endlich wieder schlafen können."

Puh, endlich hatte sich Manuel alles von der Seele geredet, was ihn die letzten Tage, Wochen und Monate bedrückt hatte. Er wollte sich auf seinem Bord unter dem Opel wieder hervorschieben, um ihr das alles direkt ins Gesicht zu sagen, um ihr zu sagen, dass er Schuld auf sich geladen hatte und dass er sich etwas überlegt hatte. Doch sie hielt plötzlich das Bord mit ihrem Sneaker zurück und sein Herz begann wie verrückt zu schlagen.

„Mach keinen Blödsinn, lass mich heraus", sagte er so cool wie möglich, obwohl ihm der Schweiß ausbrach.

„Du willst dich von deiner Schuld freikaufen, das kann ich spüren. Du willst den Weg des geringsten Widerstands gehen und mich mit zwei Toten alleine zurücklassen. Aber das kann ich nicht akzeptieren."

Er sah, wie sie mit ihrem Sneaker auf die Hydraulik des Wagenhebers trat, der mit einem leisen Zischen nach unten ging.

„Spinnst du!"

Die rostige Bodenplatte des Opels näherte sich so schnell seinem Gesicht, dass er nicht mehr weiterreden konnte, und er hatte auch keine Chance, sich von dem Bord herunterzurollen. Er sah auch nicht, dass sich die Trägerin der hellen Sneakers langsam entfernte und dabei ein Lied pfiff. Er spürte den grellen Schmerz, als die Bodenplatte auf seinen Kopf knallte. Dieser Schmerz war so brennend hell wie Sonnenlicht, das von einem Brennglas in der Wüste reflektiert wurde.

62

Braun hatte eine Entscheidung getroffen und er fühlte sich unglaublich erleichtert. Es war, als hätte er mit dieser Entscheidung die Tür zu einem neuen Leben aufgestoßen, es war, als würde er sich neu erfinden.

Während er sich sein neues Leben in pastelligen Farben vorstellte, schob sich plötzlich wieder das Gesicht von Olin dazwischen. Ihr entsetzter Ausdruck, als Braun die Bilder zusammengerafft hatte und verschwunden war. Noch immer hatte er ihre weiche Stimme im Ohr. „Warum glauben Sie mir nicht?"

Warum glaubte er ihr nicht? Weil er von diesem ganzen Kontakt mit der verstorbenen Großmutter einfach nichts hielt, weil er mit beiden Beinen auf dem Boden stand, weil er sich als Polizist zwar auf sein Bauchgefühl verließ, aber deshalb noch lange keine Geister aus der anderen Welt kontaktierte.

Mit offenem Fenster fuhr er aus der Tiefgarage und hatte *London Calling* auf volle Lautstärke gedreht. Heute Abend würde er Margot von seiner Entscheidung erzählen, dann würde er sehen, wie sie reagierte. Plötzlich hatte sein Leben eine neue Qualität und das Licht und die Farben bekamen eine ungeahnte Intensität.

‚Es ist so einfach, glücklich zu sein', dachte er. Man muss nur die richtige Entscheidung treffen.

Braun dachte an das gestrige Gespräch mit Olin und die Erwähnung des schwarzen Motoradhelms mit roten Streifen. Weshalb musste er ausgerechnet jetzt an diesen Helm denken? Natürlich, er hatte ihn schon einmal gesehen! Mit quietschenden Reifen zweigte er von der Autobahn ab und fuhr in die Innenstadt. Vor dem umgebauten Kloster stellte er den Range Rover direkt ins Halteverbot. Im Laufschritt durchquerte er den Innenhof mit dem abgestorbenen Baum, rannte die Treppe nach oben und sah, dass bereits jemand die Tür zu der Wohnung geöffnet hatte. Als er eintrat, sah er zwei Möbelpacker, die ein Bett zerlegten.

„Was wird das?", fragte er.

„Anordnung von einem Herrn Herzfeld vom Sozialamt. Die Wohnung wird aufgelöst und Frau Britta Walek übersiedelt."

„Was ist mit ihren Sachen?"

„Die werfen wir in eine Kiste und bringen sie zu der neuen Adresse."

„Haben Sie ihren Schrank schon abgebaut?", fragte er aufgeregt.

„Nein, das Ding kommt auf den Sperrmüll, wenn wir hier fertig sind."

„Danke, Jungs."

Schnell ging Braun in das Zimmer der Zwillinge und öffnete die Schranktür. ‚Glück gehabt', dachte er und atmete tief durch. Die Fotos hingen noch an der Innenseite der Tür. Auf den ersten Blick fand er das Foto, das er gesucht hatte, und steckte es ein.

Erst jetzt fiel ihm ein Geruch auf, den er nicht einordnen konnte. Flüchtig sah er sich um. Das Bett war zerwühlt und ungemacht, das schwarze Kleid, das sie bei ihrem TV-Auftritt getragen hatte, lag auf dem Boden und die hochhackigen Jimmy-Choo-Schuhe waren in eine Ecke gefeuert worden. Braun steckte die Hände in seine Jeans und drehte sich rundum. Etwas in diesem Zimmer hatte sich verändert.

Er trat ans Fenster und blickte hinunter auf die Straße. Vor dem vergitterten Fenster hing ein völlig vertrockneter Blumenkasten mit verwelkten Blumen. Dazwischen hatte jemand seine Zigarre ausgedämpft. Braun stutzte, öffnete das Fenster, holte einen kleinen Plastikbeutel aus seiner Lederjacke und steckte die Zigarre hinein. Ein Zigarrenraucher war nach der Spurensicherung noch in dem Zimmer von Britta gewesen.

Doch Braun kam nicht dazu, sich länger darüber Gedanken zu machen, denn sein Handy schrillte. Es war ein Polizist von der Bereitschaft.

„Wir haben eine Leiche gefunden."

„Eine Leiche. Wo?"

„In Urfahr, die Werkstätte mit dem Schrottplatz."

„Kenne ich. Was ist passiert?"

„Ein Mechaniker wurde von seinem Auto erdrückt. Sieht aus wie ein Unfall."

„Ist die Spurensicherung schon alarmiert?"

„Ja, ist schon unterwegs. Auch Paul Adrian ist bereits hier."

„Weiß man schon, wer der Tote ist?"

„Ja, es ist Manuel Kühbauer, er arbeitet in der Werkstatt als Mechaniker."

„Ach du Scheiße! Bin schon auf dem Weg."

Grußlos verließ er die Wohnung und wählte draußen auf dem Flur die Nummer von Olin. Aber sie hatte ihr Handy ausgeschaltet.

„Verdammt!", fluchte er und ließ sich mit ihrem Hotel verbinden.

„Nein, Frau Maldone hat heute ausgecheckt."

„Hat sie eine Adresse hinterlassen?"

„Nein. Sie hat bar bezahlt und ist zu Fuß weggegangen."

Braun setzte sich in den Range Rover und fuhr durch die Stadt. Aber nicht zu sich nach Hause, auch nicht nach Urfahr, wo die Leiche des jungen Mannes war. Er fuhr die endlose Wienerstraße entlang, vorbei an den rußgeschwärzten Häuserzeilen und dem sich endlos ausdehnenden Stahlwerk. Als er die Tankstelle erreicht hatte, hielt er den Wagen an und stieg aus. Das rostige Tor, das in den Garten führte, war offen, das hohe Gras von den Fernsehteams niedergetrampelt, der rostige Wohnwagen reflektierte dumpf die Sonnenstrahlen. Die Tür war unversperrt, und als Braun eintrat, wäre er fast über die Sneakers gestolpert, die achtlos auf dem Boden lagen.

„Olin. Sind Sie hier?", rief er nach hinten in den Verschlag, über dessen Durchlass ein Batiktuch wie ein Vorhang drapiert war. Als er nach hinten trat, sah er das leere Bett und darauf Olins Seesack mit der zusammengerollten Patchworkdecke. Daneben lag ein zerknülltes Foto, das Olin gemeinsam mit ihrem Mann und ihrer Tochter zeigte. Braun hatte den Eindruck, als hätte sie das Foto in großer Wut zusammengeknüllt und dann wieder versucht, es zu glätten. Alles deutete darauf hin, dass Olin auch eine Entscheidung getroffen hatte.

63

Leo Hauser saß in der Zelle des Untersuchungsgefängnisses und wartete auf den Haftrichter. Man hatte ihm gesagt, dass er bald in ein anderes Gefängnis verlegt werden würde, und das machte ihm Angst. Große Angst sogar, denn Leo hatte Angst vor Veränderungen. Und Veränderungen hatte es in seinem Leben plötzlich viele gegeben.

Immer wieder musste er an seine Blumen denken, und wenn er auf seiner Pritsche lag und gegen die Decke starrte, dann sah er ihre Gesichter ganz nahe vorbeischweben. So nahe, dass er mit den Händen danach greifen konnte, aber da war nichts, nur Luft. Warum nur durfte er sein Mädchen nicht mehr sehen? Das konnte er einfach nicht begreifen. Er hatte doch alles richtig gemacht. Die beiden Polizisten hatten ihm gesagt, was er antworten sollte, und das hatte er getan. Es war genauso wie mit seinem Bruder. Auch der hatte immer bestimmt, was Leo zu sagen hatte, wenn wieder einmal die Polizei vor der Tür stand.

Die Luke in der Tür wurde mit einem lauten Krachen aufgeschoben und Leo schreckte aus seinen Gedanken. Ängstlich schob er den Arm über seine Augen, um nichts mehr sehen zu müssen, um sich einzubilden, dass er wieder in seinem Zimmer unter dem Dach lag mit seinen verborgenen Schätzen.

„Ich verstehe nicht, warum wir nach diesem Kerl alle dreißig Minuten sehen müssen!“, hörte er eine Stimme von draußen. „Bloß weil man Angst hat, dass er sich vielleicht was antut.“

„Das ist eine Anweisung vom Chef. Es soll sich keiner in der U-Haft umbringen“, antwortete eine andere Stimme mit einem gelangweilten Unterton.

„Wo sind meine Blumen?“, fragte er mit seiner hohen Stimme.

„Blumen?“, hörte er wieder die Stimme des Wärters.

„Damit meint er die Mädchen, die er immer ansieht, der Spanner“, antwortete jemand anders.

„Komm her, deine Blumen warten auf dem Korridor.“

„Wirklich, darf ich sie sehen?“ Leo stand von seiner Pritsche auf und ging schnell zu der Stahltür. Der Polizist hatte also nicht gelogen. Seine Blumen warteten dort auf ihn.

„Wo sind sie? Wo sind sie?“, fragte er neugierig und versuchte, durch die Luke nach draußen zu spähen.

„Da wirst du lange darauf warten können“, lachten die Gefängniswärter und knallten die Luke vor seinem Gesicht zu.

Leo blieb alleine zurück in der Zelle, die so klein und eng war, dass er Angst davor hatte, sich zu bewegen, da sonst die Luft weniger werden würde. Also blieb ihm nichts anderes übrig, als still auf dem Rücken zu liegen und an die Decke zu starren, wo manchmal seine Blumen auftauchten.

Wieder schlich er durch die labyrinthischen Gänge bis in den Bunker, in dem Britta eingesperrt war, durch sein Nachtsichtgerät beobachtete er das schlafende Mädchen und sah etwas aufblitzen. Blinzelnd öffnete er die Augen, drehte den Kopf umher, aber er war noch immer in der Zelle. Was hatte er in dem Bunker aufblitzen sehen? Ein Schmuckstück, ja, es musste ein Schmuckstück sein, etwas, das für Britta oder Olin bestimmt war, etwas, das er ihnen schenken konnte. Aber wie sollte er jemals aus dieser Zelle gelangen?

Unruhig wälzte er sich umher, versuchte wieder, von dem Bunker zu träumen und von dem Schmuckstück, doch es war zwecklos. Ja, wenn Ginger hier bei ihm gewesen wäre, dann hätte er sie einfach losgeschickt, das Schmuckstück aus dem Bunker zu holen, aber Ginger war tot. Mutlos sackte er zurück, kniff die Augen zusammen, um eine Lösung zu finden, doch das Denken war sehr kompliziert und anstrengend. Leo atmete heftig aus und ein und hielt sich dann erschrocken die Hand vor den Mund. Er würde die ganze Luft in der Zelle verbrauchen, wenn er sich nicht zusammenreißen konnte.

Doch plötzlich fiel ihm ein, dass es vielleicht doch kein Schmuckstück gewesen war, sondern etwas anderes, etwas Böses. Aber er kam nicht dazu, sich dieses Böse genauer vorzustellen.

Wieder wurde die Luke mit Getöse aufgerissen, und Leo hielt sich so wie immer den Arm schützend über die Augen, um nicht das grimmige Gesicht eines Polizisten zu sehen, das ihn immer hänselte.

„Los, mitkommen, Hauser. Du hast Besuch."

Die Stahltür wurde aufgesperrt und ein großer Wärter trat ein.

„Hände nach vorne strecken", kommandierte er, und Leo tat, was man von ihm verlangte.

„Wo bringen Sie mich hin?", sagte er mit kieksender Stimme.

„Wirst schon sehen", antwortete der große Wärter einsilbig und befestigte die Handschellen an seinen Gelenken.

Sie kamen in einen großen Raum, in dem mehrere Tische mit je zwei Stühlen standen. Bis auf einen Stuhl waren alle anderen leer.

Auf diesem Stuhl saß eine junge Frau mit kurzen zerzausten Haaren und mit verschiedenen Augen. Es war Olin, seine Blume!

„Leo, du hast böse Dinge gemacht und dafür musst du auch bezahlen." Die Stimme von Olin war so weich, so schön wie eine Blumenwiese im Mai, sie erreichte sein Herz genauso wie das freudige Bellen von Ginger, wenn sie in den Wald mitkommen durfte.

„Ich weiß, dafür werde ich bestraft."

„Ich wollte mich von dir verabschieden, denn ich fahre weg", sagte Olin und Leo lächelte schüchtern. „Ich habe mir heute auch einen Hund gekauft. Soll ich ihn Ginger nennen?"

„Einen Hund?" Leo schluckte und seine Augen wurden nass. „Warum hast du dir einen Hund gekauft?"

„Damit ich nicht so einsam bin."

„Darf ich deinen Hund abrichten?"

„Ja, wenn du wieder aus dem Gefängnis kommst, dann darfst du meinen Hund abrichten."

„Du kannst ihn Ginger nennen", sagte Leo und lehnte sich zurück, um sie zu betrachten.

„Der Polizist war ehrlich", sagte er, denn plötzlich war ihm etwas eingefallen.

„Braun? Meinst du ihn?", fragte Olin.

Leo nickte und beugte sich jetzt über den Tisch.

„Er hat gesagt, dass du kommst. Er hat es mir versprochen und du bist da. Darum verrate ich ihm auch jetzt ein Geheimnis."

Leo begann plötzlich hektisch zu flüstern.

„Warte, ich kann mir das nicht alles merken", stoppte ihn Olin, nahm ihr Handy aus der Tasche und aktivierte die Aufnahmefunktion.

Leo redete abgehackt, denn er hatte so viele Worte in seinem Kopf, die alle nach draußen wollten, die alle gehört werden wollten, und so perlten sie aus seinem Mund wie winzige ungeschliffene Rohdiamanten, die nur beim ersten Eindruck wertlos erschienen. Er redete über das Sommersonnwendfeuer und über die schönen Blumen Ulla und Britta. Aber Leo redete auch über das Böse.

64

Die Abenddämmerung tauchte den Himmel bereits in ein flammendes Rot, als Braun das Polizeipräsidium verließ. Den ganzen Nachmittag über hatte er sich auf dem Gelände der Werkstätte aufgehalten, wo man den toten Manuel Kühbauer unter einem aufgemotzten Opel gefunden hatte. Die Spurensicherung hatte das Gelände genau abgesucht, aber keinen brauchbaren Hinweis gefunden, der auf Fremdeinwirkung hingedeutet hätte.

Der pneumatische Wagenheber war ein altes Modell, das durchaus von selbst zusammenklappen konnte, wenn das hochgehobene Gewicht zu groß wurde. Die Fußabdrücke auf dem Wagenheber waren verwischt, sodass man die Schuhgröße nicht mehr feststellen konnte, aber das Muster der Sohle war identisch mit dem von Manuels Sneakers.

„Ich kann kein Fremdverschulden erkennen", meinte auch Paul Adrian, der den Toten untersucht hatte. „Der junge Mann wurde von dem Wagen erdrückt. Es muss ein schlimmer Tod gewesen sein, denn sein Gesicht ist durch das Gewicht des Wagens völlig zerschmettert worden."

Auch der Zeuge, der die Leiche gefunden hatte, konnte nur vage Angaben über eine junge Frau machen, mit der sich Manuel länger unterhalten hatte. Aber wann das genau war, ob das an diesem Tag oder einem anderen gewesen war, konnte er nicht sagen, denn sein Gedächtnis hatte zeitweise Aussetzer. Nein, an ihr Aussehen könne er sich nicht erinnern, hatte der Zeuge gesagt. Wahrscheinlich wollte sie Manuel das schrottreife Motorrad abkaufen, denn bei dem hatte sie eine Zeit lang gestanden.

Braun hatte die Maschine, eine KTM Enduro, schon bei seinem Eintreffen gesehen, sie war durch Hagel oder Steinschlag ziemlich ramponiert und eigentlich nur noch ein Schrotthaufen. Wer konnte jetzt noch Interesse an diesem Motorrad haben? Wohl nur ein Bastler oder KTM-Freak.

Er hatte noch einige Zeit auf dem Schrottplatz verbracht und auch im Büro der Werkstätte nach Spuren gesucht, die auf ein Verbrechen hindeuteten. Aber da war nichts zu finden. Nach mehreren Versuchen hatten sie endlich den Chef von Manuel erreicht, der sich gerade in Tschechien befand. Auch er konnte nichts Neues sagen, Manuel war die letzten Tage ziemlich niedergeschlagen gewesen, was aber kein Wunder war, wo doch seine Freundin ermordet worden war, so Manuels Chef.

Braun wollte noch den abschließenden Bericht der Spurensicherung abwarten und auch die schriftliche Analyse von Adrian, dass es sich um einen bedauerlichen Unfall gehandelt hatte.

Es war bereits gegen Abend gewesen, als ein Beamter aus dem Untersuchungsgefängnis anrief und Braun mitteilte, dass Leo Hauser Besuch von einer jungen Frau bekommen habe. Das sei zwar gegen die Vorschriften gewesen, aber die Frau habe so insistiert, dass der zuständige Beamte ein Auge zugedrückt hatte. Erst viel später hatte er festgestellt, dass die Frau jene Olin gewesen war, die Leo Hauser als Geisel genommen hatte. Deshalb hatte er auch sofort Braun angerufen.

„Was führt sie im Schilde? Was hat sie nur vor? Hat sie vielleicht das Stockholmsyndrom?", hatte Braun gemutmaßt und vergeblich versucht, Olin auf dem Handy zu erreichen. Was zum Teufel bezweckte sie damit?

Das alles ging ihm durch den Kopf, während er auf dem Parkplatz zu seinem Range Rover ging. Es war Freitagabend, und er konnte es kaum erwarten, Margot endlich seine Entscheidung mitzuteilen. Vielleicht würden sie sich noch etwas Schickes anziehen und ausgehen. Es würde ein toller Abend werden. Margot war mit einer Freundin später am Nachmittag noch ins Kino gegangen, in eine unsägliche Loveromance, mit der Braun so gar nichts anfangen konnte. Vielleicht sollte er sie vom Kino abholen?

Während *Perfect Kiss* von New Order aus den Lautsprechern dröhnte, fuhr Braun langsam durch die Stadt. Er hätte zwar die Stadtautobahn zum Kinocenter nehmen können, aber ihm gefiel es, abends durch die mit Paaren und Passanten belebten Straßen der Stadt zu gondeln und die Leute auf den Gehsteigen zu beobachten. Es war ein milder Sommerabend und die Straßencafés waren brechend voll mit verliebten und glücklichen Menschen. Eine Ampel schaltete auf Rot, und Braun musste stehen bleiben.

Ein Stück weiter vorne traten gerade zwei Menschen aus einem Hausflur. Es waren ein Mann und eine Frau. Vor der Tür küssten sich die beiden lange und intensiv. Die Frau hatte ihr blondes Haar nachlässig hochgesteckt, so als wäre sie gerade aus dem Bett gestiegen, und trug ein weißes Strickkleid, wie auch Margot eines hatte. Jetzt fasste der Mann die Frau um die Hüften und wirbelte sie herum. In der Drehung konnte Braun das Gesicht der Frau erkennen. Sie hatte klare Züge und sehr helle Augen, die verliebt strahlten. Auch die Augen von Margot hatten so gestrahlt, als sich Braun in sie verliebt hatte. Und diese Frau, die sich verliebt hochheben und küssen ließ, war Margot!

Mit offenem Mund starrte Braun nach vorne, sah, wie die beiden untergehakt die Straße entlanggingen, wie sich seine Frau immer weiter von ihm entfernte, wie ein Stern, der sein Leben mit Licht erfüllt hatte, aber jetzt in eine andere Umlaufbahn einschwenkte und ihn in der Dunkelheit alleine zurückließ. Genauso fühlte sich Braun, als Margot am Arm des Unbekannten im Gewirr der Passanten verschwand.

65

Das Joshua Tree Inn in Kalifornien verdankt seine zweifelhafte Berühmtheit der Tatsache, dass sich in Zimmer 8 der sechsundzwanzigjährige Country-Rock-Sänger Gram Parsons mit einer Überdosis Alkohol und Drogen in den Musikerhimmel befördert hatte. Der Sarg mit den sterblichen Überresten wurde wenig später auf dem Los Angeles International Airport von Parsons Manager gemeinsam mit der Sängerin Emmylou Harris gestohlen, um die Leiche im magischen Joshua Tree National Park rituell zu verbrennen. Doch die halb verbrannte Leiche wurde von einem Sheriff gefunden und seither irrt der Geist von Gram Parsons ruhelos durch das Joshua Tree Inn und erscheint den Gästen in Room Nr. 8.

So oder ähnlich stand es in dem Prospekt des Joshua Tree Inn, den Greg auf seinem Schreibtisch liegen hatte und aus dem er laut vorlas.

„Das klingt doch unglaublich abenteuerlich, findest du nicht?", fragte er seinen Gast. Doch dieser zuckte nur gelangweilt mit den Schultern.

„Weiß nicht, für mich hört sich alles unprofessionell an. Wie kann man nur eine halb verbrannte Leiche zurücklassen."

„Aber das ist der Mythos, das macht Gram Parsons unsterblich."

„Du langweilst mich mit deinen Countrygeschichten."

Greg schwieg und öffnete die Schreibtischschublade. Er holte seine Beruhigungstabletten hervor und spülte zwei davon mit Wasser hinunter. Durchhalten, sagte er sich vor. Nur noch eine Woche, dann den Resturlaub nehmen und ab nach Amerika. Durchhalten. Ob er das schaffen würde? Natürlich würde er das. Er musste es, so kurz vor dem Ziel durfte er nicht schlappmachen. Nicht nach alledem, was passiert war.

In Amerika würde er ein neues Leben beginnen und endlich langsam vergessen. Er würde seine Nervosität ablegen und könnte endlich auf die verdammten Beruhigungstabletten verzichten. Die Dinger waren stark, er bestellte sie aus dem Internet und hatte keine Ahnung von den Nebenwirkungen, aber sie halfen ihm durch den Tag, halfen ihm dabei, den ruhigen und besonnenen Bullen zu mimen, der er in Wirklichkeit ja überhaupt nicht mehr war. Ja, was war er eigentlich?

Ehe er sich dieser entscheidenden Frage widmen konnte, hatte sich sein Gast geschmeidig aus dem bequemen Sessel erhoben und einfach die CD mitten während des Songs „Wild Horses" der Flying Burrito Brothers aus dem Player genommen und ihm wie eine Frisbeescheibe an den Kopf geworfen.

„Ich kann dieses Gesülze nicht mehr hören."

Um jede weitere Diskussion über Musik im Keim zu ersticken, setzte sich sein Gast die Kopfhörer auf und versank in einem tranceartigen Zustand, nachdem er eine Techno-CD eingelegt hatte, die für Greg der wahre Albtraum war.

Doch nicht nur diese Musik war für Greg ein Albtraum, sondern auch sein Gast, der unangemeldet erschienen war und ihm von einem bedauerlichen Zwischenfall berichtet hatte, der sich am Morgen auf einem Schrottplatz in Urfahr zugetragen hatte.

„Wie viele willst du noch töten?", hatte Greg gefragt, doch sein Gast hatte ihn nur mit großen Augen angestarrt.

„Ich weiß nicht, wovon du redest."

„Doch, das weißt du genau! Ich rede von den Toten!"

„Und ich von den Lebenden! Denn noch bist du am Leben."

66

In jedem Leben gibt es eine Weggabelung, an der man sich entscheiden muss. Man kann analysieren, eine Münze werfen oder einfach seiner Intuition folgen. In jedem Fall fühlt man sich anschließend erleichtert, denn man hat eine Entscheidung getroffen. Fatal ist nur, wenn man kurz darauf feststellt, dass der Weg, den man eingeschlagen hat, in eine Sackgasse mündet und man einfach nicht mehr umkehren kann.

So ging es Braun, der wie betäubt langsam an der Donau entlangfuhr und versuchte, das Gesehene zu verarbeiten. Er hatte seine Frau Margot mit einem anderen Mann gesehen. Es hatte nicht nach einer flüchtigen Bekanntschaft oder nach einem One-Night-Stand ausgesehen, sondern nach einem vertrauten Zusammensein, so als hätten die beiden schon lange eine gemeinsame Affäre. Braun hatte keine Ahnung, wie er sich verhalten sollte. Er verfluchte sich, vor zwei Tagen die falsche Entscheidung getroffen zu haben, als er das Ablehnungsschreiben an EUROPOL abgeschickt hatte. Er parkte den Range Rover an einer Hafenmole, stieg aber nicht aus, sondern lehnte sich zurück und starrte hinaus auf die Donau, wo sich ein Lastkahn mit Containern wie eine riesige Wasserschlange durch die Fluten wälzte und die Positionslichter am Bug wie tückische Augen leuchteten.

„Scheiße!" Er schlug auf das Lenkrad und öffnete die Tür. Ächzend wie ein alter Mann stieg er aus, ging schwankend auf die Mole zu. Er hatte sprichwörtlich den Boden unter den Füßen verloren, das Fundament seines Lebens war ihm abhandengekommen. Als er langsam die Mole entlangging und das leise Klatschen der Wellen an die Kaimauer der Sound zu seinen Gedanken war, sah er weiter vorne einen beleuchteten Container am Wasser stehen. Beim Näherkommen bemerkte er auch die wenigen Stehtische, die auf dem breiten Kai ziemlich verloren wirkten. Zwei mit Lichtgirlanden grotesk geschmückte Plastikpalmen spendeten ein wenig Licht und über dem Container hing schief eine bunte Leuchtschrift mit dem Namen „Anatolu Grill".

„Gibt's hier was zu trinken?", fragte er den Mann hinter dem Tresen, der mit einem schmierigen Lappen versuchte, Gläser sauber zu wischen.

„Oh, Sie schickt der Himmel", rief der Mann, als er Braun bemerkte. „Natürlich haben wir etwas zu trinken."

Er blickte Braun fragend an.

„Whiskey, Wodka, egal … irgendetwas."

„Leider, wir führen keine harten Getränke."

„O. k., dann einen kräftigen Rotwein", entschied Braun nach einer kurzen Nachdenkphase.

„Haben wir nicht. Aber ich kann Ihnen Bier anbieten." Der Mann lächelte so treuherzig, dass ihm Braun unmöglich böse sein konnte.

„Es gibt also nur Bier in Ihrem Laden", sagte er. „Na egal, welche Sorten führen Sie denn?"

„Im Augenblick haben wir San-Miguel-Bier aus Spanien. Stammt von einem Containerschiff und war ursprünglich für Tschechien bestimmt. Ist aber hier liegen geblieben“, plapperte der Mann munter drauflos. „Da habe ich zugeschlagen und einige Paletten ersteigert.“

„Her damit! Vielleicht wird es ja meine neue Lieblingsmarke.“ Braun machte eine einladende Handbewegung. „Wie heißen Sie übrigens?“, rief er dem Mann noch hinterher, der in seinem Container verschwand.

„Ich heiße Kemal und ich komme aus Anatolien.“

„Das habe ich mir fast gedacht“, murmelte Braun und öffnete sein erstes Bier. Das schmeckte überraschend gut und Braun trank die Dose fast in einem Zug leer. Er konnte sich nicht mehr daran erinnern, wann er sich das letzte Mal besoffen hatte, aber es war schon ziemlich lange her. In letzter Zeit hatte er mit Stefan Szabo für einen Triathlon trainiert und da war Alkohol sowieso tabu gewesen. Doch nach dem dritten Bier war es ihm so ziemlich egal, was aus dem Training morgen werden würde.

„Bier ist sehr nahrhaft, damit sparen Sie sich das Essen“, erklärte ihm Kemal und stellte eine neue Bierdose auf den wackeligen Stehtisch. „Die geht aufs Haus.“

„Aber hallo. Wie komme ich zu der Ehre?“, fragte Braun, der langsam das viele Bier im Kopf spürte. Er hatte verdammt lange nichts mehr getrunken und vertrug daher nicht sonderlich viel.

„Sie sind mein erster Gast. Ich habe abends aufgesperrt und Allah gebeten, mir Gäste zu schicken. Dann sind Sie gekommen.“

„Deshalb auch Ihre Begrüßung: Sie schickt der Himmel.“ Braun überlegte kurz. „Ich dachte, Moslems dürfen keinen Alkohol trinken?“

„Ich habe mit Allah eine Sondervereinbarung", sagte Kemal und zwinkerte Braun zu.

Braun trank noch einige Bier und ließ sich von Kemal mit türkischen Beats berieseln. Schließlich hatte er genug und wankte zu seinem Range Rover. Doch beim Aufschließen verlor er seine Schlüssel, und als er über den Boden kroch, um sie in der Dunkelheit zu finden, sah er plötzlich zwei glänzende Schuhe vor sich. Kräftige Arme zogen ihn nach oben und Kemals besorgtes Gesicht tauchte auf.

„Als Polizist solltest du wissen, dass man nicht betrunken Auto fahren darf."

„Seit wann duzen wir uns?", wunderte sich Braun.

„Wir haben vorhin Brüderschaft getrunken." Kemal blickte ihn tadelnd an.

„Habe ich dir erzählt, dass ich Polizist bin?"

„Nein, aber du hast beim Bezahlen deine Brieftasche mit dem Ausweis liegen lassen." Kemal schwenkte Brauns Brieftasche in der Hand.

„Ich rufe dir ein Taxi", sagte Kemal, und Braun hatte keine Kraft mehr, ihm zu widersprechen. Während Kemal telefonierte, sank Braun auf den Boden und blickte hinauf in den sternenübersäten Himmel, in dem jedoch sein Nordstern erloschen war.

67

Braun stand an der Spüle und versuchte, die rasenden Kopfschmerzen mit einer Dosis Paracetamol zu bekämpfen. Die Sonne knallte durch das schmale Fenster, und er hätte am liebsten eine Sonnenbrille aufgesetzt, aber das hätte die Stimmung noch schwärzer aussehen lassen, als sie ohnedies schon war.

„Ich hatte Stress mit den Mordfällen. Deshalb habe ich ein wenig zu viel getrunken", log Braun und vermied es, Margot, die am Küchentisch saß und mit beiden Händen eine Kaffeetasse umklammerte, direkt anzusehen. Ihr klares Gesicht wurde von der Sonne angestrahlt wie von einem Scheinwerfer, aber sie drehte sich nicht zur Seite und blinzelte nicht ein einziges Mal. Margot war ein Wunder an Selbstbeherrschung.

„Ich glaube dir kein Wort."

„Es war aber so. Ich bin unten am Hafen in einer neuen Kneipe hängen geblieben. Anatolu Grill oder so ähnlich."

„Das ist doch erbärmlich. Eine Hafenkneipe."

„Na und wenn schon, das passt eben zu mir. Ich bin ja auch der Sohn eines Hausmeisters."

„Musst du bei fast jedem Streitgespräch zwischen uns auf deinen Vater anspielen?“, fragte Margot und verlor für einen kurzen Moment die Beherrschung. „Ich hab’s mittlerweile kapiert, dass du deinen Vater gemocht hast und er eben Pech im Leben und die falsche Frau hatte.“

„Vielleicht habe ich Angst, dass sich die Geschichte wiederholt“, antwortete Braun spontan, und als er Margots Miene sah, bereute er sofort, was er gesagt hatte.

„Ich bin also die falsche Frau.“ Margot schluckte und presste die Lippen zusammen. „Gut zu wissen.“

Scheiße! Was hatte er sich dabei gedacht? Warum fragte er sie nicht einfach nach dem Typen oder setzte einen seiner Leute darauf an. Oder noch besser, er würde dem Kerl eine scheuern. Aber natürlich wusste er, dass Gewalt keine Lösung war.

„So habe ich das nicht gemeint“, verteidigte sich Braun. Verdammt, warum spreche ich jetzt nicht über den Mann, mit dem ich sie gesehen habe? Warum kann ich das nicht? Er atmete heftig aus und ein, die Kopfschmerzen steigerten sich zu einem Trommelwirbel, und er glaubte, dass er gleich kotzen müsste.

„Ich muss mit dir reden“, sagte er und setzte sich ebenfalls an den Küchentisch. Er würde sie jetzt darauf ansprechen, egal was sie dazu sagte. Es musste sein. Doch während er das dachte, verließ ihn der Mut. Männer sind feige, da war etwas Wahres dran, sie fressen alles in sich hinein, bis sie innerlich völlig leer sind, und diese Leere wollen sie mit uferlosem Sport, sinnlosem Saufen oder endlosen Affären füllen.

„Ich wüsste nicht, was wir zu besprechen hätten“, lautete Margots kühle Antwort, mit der er überhaupt nicht gerechnet hatte.

„Wieso?“ Braun war ehrlich verblüfft über diese Reaktion.

„Du weißt nicht mehr, was gestern passiert ist?“ Margot beugte sich über den Tisch. „Du kommst sturzbetrunken nach Hause, mit völlig verdreckten Kleidern, und das Erste, das du machst, ist, dass du in deinen verdammten Platten wühlst, weil du eine David-Bowie-Platte auflegen willst. Aber du hörst gar nicht auf die Musik, sondern stierst das Cover an und hast noch die Frechheit zu sagen: Olin hat tatsächlich die gleichen Augen wie Bowie. Aus dieser Frau werde ich einfach nicht schlau."

„Ich war betrunken. Außerdem ist sie Zeugin eines Mordfalls, bei dem ihre Familie getötet wurde. Und gestern war sie bei einem dringend Tatverdächtigen im Untersuchungsgefängnis. Das geht mir eben im Kopf herum."

„Ach, komm schon. Du warst mit dieser Verrückten unterwegs, gib es wenigstens zu."

Ehe Braun darauf antworten konnte, klingelte sein Handy, und nach einem schnellen Blick auf das Display sah er, dass es Paul Adrian war.

„Entschuldige, aber ich muss rangehen."

„Das ist wieder typisch." Margot stand auf und trat hinaus auf die Terrasse.

„Was gibt's?", fragte Braun und ging in eine dunkle Ecke der Küche, wo ihn die Sonne weniger blendete.

„Ich habe die Zigarre, die du mir gestern gegeben hast, von Anthea untersuchen lassen", hörte er Adrian zu, der spürbar Mühe hatte, die richtigen Worte zu finden, und ständig lange Pausen machte.

„Mach es doch nicht so spannend. Ist es das, was ich mir denke?"

„Es ist schlimmer. Wir haben die DNA gespeichert."

„Ach? Das wundert mich. Mir ist davon aber nichts bekannt. Worum geht es denn genau?" Brauns Kopfschmerzen wurden stärker, aber er biss die Zähne zusammen.

„Ich will darüber nicht am Telefon reden. Kannst du in die Gerichtsmedizin kommen?“

„Geht klar, ich bin gleich bei dir.“

„Ich muss in die Gerichtsmedizin. Es gibt neue Entwicklungen in einem unserer Fälle“, rief er nach hinten in das Schlafzimmer, wo Margot auf dem Bett saß und Fotos ordnete.

„Ach, das sind wir ja mit Jimmy, als er noch ganz klein war“, versuchte er etwas Nettes zu sagen, als er auf das Foto deutete.

„Das war einmal“, sagte Margot ruhig. „Doch jetzt ist Jimmy groß und unsere Liebe klein.“

Braun wollte noch etwas sagen, aber dann überlegte er es sich anders und ging langsam hinaus durch die helle, sonnendurchflutete Wohnung, in die plötzlich so viele Schatten gekommen waren.

68

„Was sind denn das nun für bahnbrechende Erkenntnisse, die du nicht am Telefon besprechen kannst“, fragte Braun Paul Adrian, der mit verschränkten Armen an der Ziegelwand in den Katakomben der Gerichtsmedizin lehnte.

„Anthea soll dir die technischen Details erklären“, antwortete Adrian ausweichend und nickte Anthea zu, die trotz der sommerlichen Temperaturen ihre schwarze Lackjacke trug.

„Wir haben die DNA, die wir auf der Zigarre gefunden haben, durch unseren Computer laufen lassen. Und es gab einen Treffer.“

„So viel habe ich auch schon mitbekommen“, sagte Braun, doch Anthea ließ sich dadurch nicht beeindrucken.

„Der Treffer stammt von der toten Ulla Walek“, setzte sie nach.

„Wow!“ Braun schüttelte den Kopf. „Verstehe ich nicht, wie kann das sein? Das gibt's doch gar nicht. Habt ihr euch da nicht getäuscht? Hat Ulla Zigarren geraucht?“

„Nein, Anthea hat alles doppelt überprüft. Das Ergebnis stimmt zu siebenundneunzig Prozent. Wir haben 15 Genorte mit dem ‚Short Tandem Repeat'-Marker markiert und eine STR-Analyse durchgeführt."

„Wir wissen übrigens jetzt auch definitiv, von wem die Zigarre stammt", sagte Anthea und zog ein weiteres Blatt aus einer dünnen Mappe. „Vor Jahren gab es eine Reihenuntersuchung, damit man bei Mordfällen gefundene DNA sofort aussondern konnte, wenn sie von Polizisten stammte. Nun … einer, von dem natürlich eine Probe genommen wurde, war Keller."

„Verdammt. Ich dachte mir so etwas, deshalb habe ich die Zigarre auch mitgenommen." Braun dachte angestrengt nach. Hatte das etwas zu bedeuten? Konnte es im Grunde nicht ganz harmlos sein?

„Greg ist der Vater von Ulla Walek", sagte er ins Blaue hinein, „und damit natürlich auch von Britta. Denn die beiden sind ja Zwillinge."

„Falsch!" Anthea schüttelte den Kopf und hielt das zweite Blatt mit den bunten grafischen Linien in die Höhe. „Wir wissen doch, dass Ulla schwanger gewesen ist."

Langsam sickerte die Erkenntnis in Brauns Gehirn durch. Ulla war von Greg schwanger gewesen! Was hieß das für den Mordfall?

„Ulla war von Greg schwanger", sagte er und seine Stimme hörte sich unwirklich und kratzig an.

Adrian und Anthea nickten beide und schwiegen betreten.

Braun legte den Kopf in den Nacken und dachte angestrengt nach. Das Bild, das er von Greg hatte, seinem Chef und dem Polizisten, der mit seiner ruhigen besonnenen Art so etwas wie eine Vaterfigur für Braun gewesen war, wurde mit einem Mal brüchig. Greg hatte ein Verhältnis mit der jungen Ulla Walek gehabt, die ermordet worden war. Und er hatte nichts von dieser Verbindung und der Schwangerschaft erzählt. Weshalb nicht?

Als Braun die Gerichtsmedizin verließ, war es bereits Nachmittag. Weshalb hatte Greg geschwiegen? Er hätte doch niemals an dem Fall mitarbeiten dürfen. Hatte Greg von der Schwangerschaft gewusst? Natürlich musste er davon gewusst haben, er war ja schließlich bei der Obduktion dabei gewesen. Braun dachte an Gregs Verhalten während der Obduktion, als Adrian von der Schwangerschaft redete. Mit keiner Miene hatte Greg darauf reagiert. Aber kein Mann war so abgebrüht, wenn es um sein Kind ging. Das konnte sich Braun nicht vorstellen. Vielleicht wusste Greg gar nichts von der Schwangerschaft und hatte deswegen nichts erwähnt? Was also war der wahre Grund für Gregs Verhalten? Wie tief steckte er wirklich in der Scheiße?

Schlagartig hatte sich Brauns Welt in den letzten Tagen so massiv verändert, dass er glaubte, in einer Parallelwelt aufgewacht zu sein, in der alles, was er bisher für positiv gehalten hatte, sich ins Negative verkehrte. War der ewige Sommer, der das Land schon seit Wochen im Griff hatte, so etwas wie die umgekehrte Hölle, eine grelle Hölle, die ihm ständig vor Augen führte, dass seine Ideale und Werte geradezu lachhaft waren und dass er alleine auf dieser Welt war. Die Menschen, auf die er sich verlassen hatte, waren plötzlich andere unbekannte Wesen: Seine Frau traf sich mit einem fremden Mann und sein Mentor Greg Keller war irgendwie in einen Mordfall verstrickt.

Dazu noch seine falsche Entscheidung, den Job bei EUROPOL abzulehnen, um mehr Zeit für seine Familie zu haben. Zum Glück war sein Sohn Jimmy in einem Ferienlager und bekam nichts mit von den Spannungen, die zu Hause herrschten. Er wusste, dass er mit Margot über alles reden musste. Doch zuvor ging es um Greg und seine Verwicklung in den Mord an Ulla Walek.

Braun ging über die Spittelwiese im Zentrum von Linz und betrat einen Friseursalon. In seiner Hand trug er einen sorgfältig eingepackten schwarzen Anzug, den er sich kurz zuvor gekauft hatte. Er hatte lange überlegt, aber jetzt war die Zeit gekommen für große Veränderungen. Braun gab dem Friseur hinter sich ein Zeichen, und dieser begann emotionslos, seine Haare abzuschneiden. Als er sich auf den Stuhl setzte und sein Gesicht in dem großen Spiegel betrachtete, wusste er, dass er niemals so werden wollte wie Greg.

69

Britta lag nackt auf dem Bett und hatte die Augen geschlossen. Obwohl die Vorhänge zugezogen waren und ein verchromter Ventilator an der Decke die stickige Luft durcheinanderwirbelte, war es drückend heiß. Sie hatte zwar kurz zuvor geduscht, aber sie fühlte schon wieder einen leichten Schweißfilm auf ihrer Haut, wenn sie mit dem Finger darüberstrich. Wie so oft in den letzten Tagen dachte sie an ihre tote Schwester und daran, dass ein böser Teil von ihr damit gestorben war. So war das oft mit Zwillingen, hatte sie gelesen, sie sind nur gemeinsam ein Ganzes. Stirbt einer von ihnen, bleibt der andere hilflos zurück. Genauso fühlte sie sich jetzt. Sie war alleine und hilflos und musste sehen, wie sie zurechtkam. Aber wenigstens war das Böse verschwunden.

Im Nebenzimmer klingelte das Telefon.

„Keller. Was gibt's?", meldete sich Greg. Er klang müde, ausgebrannt und schleppte sich nur noch durch die Tage bis zu seiner Pensionierung. Wie oft hatte er davon geredet, sie konnte es einfach nicht mehr hören.

„Ach, du bist es, Braun.“ Sie hörte durch die Tür, wie Greg sich räusperte.

Als Britta den Namen Braun hörte, setzte sie sich aufrecht auf das Bett. Braun, das war der Inspektor mit den braunen Augen, die tief bis in ihre Seele blicken konnten, der laut und unbeherrscht war und vor dem Manuel solche Angst gehabt hatte. Bei dem Gedanken an Manuel wurde Britta plötzlich wieder traurig. Auch er hatte sie wieder allein gelassen. ‚Alle sterben‘, dachte sie und stand leise auf, schlich barfuß zur Tür, um kein Wort zu verpassen.

„Was musst du mir persönlich mitteilen? Ich habe keine Ahnung, worum es geht. Hat das nicht Zeit bis Montag. Jetzt ist Wochenende.“

Vorsichtig öffnete Britta die Tür des Schlafzimmers, glitt nach draußen. Jetzt musste alles schnell gehen. Greg telefonierte im Wohnzimmer, und so nutzte sie die Gelegenheit, um in sein Arbeitszimmer zu huschen. Die Schreibtischlade zu knacken war ein Kinderspiel und schnell wurde sie fündig. Sie hatte zuvor doch richtig gesehen. Greg hatte ganz altmodische Sparbücher in der Lade. Es waren mehrere und sie waren mit einem Gummiband zusammengehalten. Genauso leise, wie sie gekommen war, schlich sie auch wieder zurück ins Schlafzimmer und breitete die Sparbücher auf dem Bett aus. Hastig addierte sie die Summen. ‚Dreißigtausend Euro, das ist eine Menge Geld‘, dachte Britta. Weshalb hat er mir nichts davon erzählt? Will er sich mit diesem Geld aus dem Staub machen?

„Nein, du kannst nicht vorbeikommen, Braun, um etwas mit mir zu besprechen. Verdammt, du musst meine Privatsphäre respektieren.“

Wieder folgte ein längeres Schweigen von Greg, und Britta versteckte die Sparbücher unter der Matratze, damit er sie nicht fand, wenn er überraschend zur Tür hereinkam.

„Was soll das heißen, du kommst mit einem Streifenwagen? Bist du betrunken oder was ist los mit dir. Na gut, wenn du unbedingt eine große Nummer abziehen willst, dann komm alleine vorbei."

Sie hörte, wie Greg langsam den Hörer auf die Gabel legte. Er hatte ein ganz altmodisches Telefon mit Wählscheibe. Er fand das cool, Britta nur anstrengend, denn das Telefon hatte keinen Nummernspeicher. Stille, wahrscheinlich nahm er jetzt wieder seine Beruhigungspillen, um nicht auszuflippen, denn zum Ausflippen gab sie ihm ja reichlich Gelegenheit. Dann hörte sie die charakteristischen, schleppenden Schritte, die sich langsam durch den Flur bis zum Schlafzimmer bewegten. Sekunden später wurde die Tür aufgerissen, und er stand in der Tür, groß und einschüchternd, ein Mann, an den man sich anlehnen konnte, das hatte sie sich immer gewünscht. Sie richtete sich auf und streckte ihren Busen nach vorne, wollte jetzt noch einmal mit ihm ins Bett, ein letztes Mal, denn es würde kein weiteres Mal geben, das hatte sie soeben beschlossen.

„Du musst sofort verschwinden", sagte er stattdessen, ohne sie auch nur einmal anzusehen, und warf ihr die abgerissenen Jeans und das enge Top zu. „Los, zieh dir etwas an, und dann ist es am besten, du gehst über die Bahntrasse. Dann sieht dich niemand. Ich bekomme gleich Besuch."

„Wieso soll ich abhauen?", fragte sie und plötzlich war sie wieder da, diese Verzweiflung und verwandelte sie. „Was, wenn ich das nicht tue?"

„Ich habe keine Lust auf Spielchen, also zieh dich an und verschwinde endlich. Ich rufe dich später wieder an."

Britta rollte sich auf dem Bett hin und her, griff dann unter die Matratze und zog die Sparbücher hervor.

„Ich verschwinde nur, wenn du mir das Geld gibst", sagte sie und fächelte sich mit den Sparbüchern frische Luft zu. „30.000 Euro und ich verschwinde aus deinem Leben. Niemand erfährt, dass du mich gefickt hast."

„Woher hast du meine Sparbücher?", schnaubte Greg und zog die Augenbrauen so böse zusammen, dass sich Britta fast fürchtete – aber nur fast.

„Ich bin nicht dumm. Ich habe gesehen, wie du sie in deinem Schreibtisch versteckt hast, und jetzt gehören sie mir."

„Du hast meinen Schreibtisch aufgebrochen und die Sparbücher gestohlen."

„Ja und wenn schon. Es ist ja sowieso mein Geld."

„Du irrst dich. Es ist das Geld, das ich mir für meinen Amerikatrip zusammengespart habe. Du weißt doch, das Joshua Tree Inn, von dem ich dir erzählt habe. Da werden wir eine magische Nacht verbringen."

„Wieso redest du von ‚wir'?", fragte Britta und sie ließ den Blick über Greg schweifen. Er sah noch immer gut aus, war ruhig und besonnen, war der Papa, den sie sich immer gewünscht hätte, aber mit ihm durch Amerika reisen? Auf einem Motorrad? Das würde sie niemals tun.

„Ich fahre nirgendwo mit dir hin", sagte sie und schlug mit den Sparbüchern auf ihre Brust. „Hast du das verstanden? Ich fahre nicht mit dir nach Amerika."

„Aber das haben wir doch so geplant", antwortete Greg mit einem völlig überraschten Gesichtsausdruck. „Du magst doch Motorradfahren."

„Das stimmt schon. Aber nicht mit dir. Nicht mit einem alten Knacker. Mit Manuel hat es Spaß gemacht."

„Ich kann dir aber das Geld nicht geben. Ich brauche es. Ich kann sonst nicht nach Amerika."

„Amerika, Amerika", äffte sie ihn nach, denn die Verzweiflung hatte sich wie ein Mantel über ihre verschwitzte Haut gelegt und versuchte ständig, durch die Poren nach draußen zu gelangen. „Amerika wird es für dich nie geben, wenn ich zur Polizei gehe. Dann bist du erledigt."

Ruhig bleiben, ermahnte sie sich. Er gibt dir das Geld. Du wirst sehen, Daddy lässt sein kleines Mädchen doch nicht im Regen stehen.

„Du gibst mir das Geld, und ich gehe nicht zur Polizei, sondern verschwinde."

„Das ist Erpressung", sagte er mit einem mutlosen Unterton. Britta gratulierte sich innerlich. Sie hatte gewonnen. Gleich würde er ihr die Sparbücher überlassen und montags würden sie auf der Bank das Geld abheben.

Während sie an den Montag und an das Geld dachte, klingelte es an der Tür.

„Verdammt, wieso ist der schon hier?", stammelte Greg und sprang auf. „Los, los, verschwinde." Hektisch blickte er umher und deutete auf das Fenster. „Steig aus dem Fenster, dann kann er dich nicht sehen."

Seine Hand schnellte plötzlich nach vorne, und er riss ihr so schnell die Sparbücher aus der Hand, dass sie überrascht aufschrie.

„Was machst du?", rief sie, doch dann krachte seine große starke Faust an ihre Schläfe und alles rings um sie begann zu zittern.

„Ich habe mir fest vorgenommen, nach Amerika zu fahren", hörte sie ihn noch flüstern, dann versank sie in der Nacht und die Verzweiflung holte sie ein.

70

Gregs Gesicht war schweißnass, als er Braun die Tür öffnete. „Komm herein", sagte Greg und trat zur Seite. Auf Braun wirkte Greg extrem nervös, und er bemerkte, dass Gregs Hemd am Rücken völlig durchgeschwitzt war.

„Ich habe hinten in meinem Büro gearbeitet", sagte Greg, als er Brauns Blick bemerkte. „Deshalb habe ich auch die Klingel nicht sofort gehört."

Als Braun das Wohnzimmer betrat, in dem er so viele Male gewesen war, um mit Greg in einer entspannten Atmosphäre Fälle zu besprechen, spürte er, wie sich sein Herz zusammenzog. Verdammt, es war so schwierig, Greg mit seinem Verdacht zu konfrontieren, denn er war für ihn mehr als ein Chef gewesen, er war ein Freund, der Monolith, der ruhig und besonnen agierte, auch wenn rings um ihn die Welt in Trümmern lag. Und jetzt musste Braun mit seinem Verdacht diese Freundschaft zerstören.

„Ich habe wenig Zeit, also was ist so geheimnisvoll, dass du es mir am Telefon nicht mitteilen kannst?"

Greg lehnte an seiner Bücherwand und hatte die Arme vor der Brust verschränkt und musterte Braun von oben bis unten.

„Neues Styling?", fragte er und verzog den Mund zu einem ironischen Grinsen. „Siehst gut aus mit den kürzeren Haaren und dem schwarzen Anzug. Ich habe dir ja gesagt, nimm dir Johnny Cash zum Vorbild. Nur die Schuhe passen nicht dazu. Das sind doch Springerstiefel."

„Das ist eben mein eigener Stil", erwiderte Braun kurz angebunden. „Aber deswegen bin ich nicht hier."

In dem Wohnzimmer war es heiß und stickig und durch die zugezogenen Vorhänge sickerten nur einzelne Lichtfäden, in denen der Staub tanzte und die eine albtraumhafte Stimmung erzeugten.

„Ich habe im Zimmer von Ulla und Britta eine Zigarre gefunden", begann Braun und räusperte sich verlegen. „Diese Zigarre habe ich für eine DNA-Analyse ins Labor mitgenommen."

„Du glaubst natürlich, die Zigarre stammt von mir, deshalb bist du ja gekommen?" Greg stieß sich von der Bücherwand ab und stellte sich breitbeinig in die Mitte des Zimmers. „Warum sagst du es nicht einfach geradeheraus, was ich im Zimmer der Mädchen zu suchen hatte? Du bist doch sonst nicht so zimperlich."

„Weshalb warst du denn dort?"

„Denk mal nach. Ich habe Britta bewacht, weil der Psycho Leo Hauser noch auf freiem Fuß war. Weil du ihn nicht erwischt hast. Das Mädchen hat sich gefürchtet und ich habe es beruhigt. Dabei eine Zigarre geraucht. Zufrieden?"

Braun nickte enttäuscht. Ob Greg tatsächlich glaubte, dass Braun nichts anderes in der Hinterhand hatte? Hielt ihn Greg für so naiv? Wieder einmal musste er eine Entscheidung treffen, und diesmal fiel es ihm noch schwerer, denn es ging um den Mann, von dem er viel gelernt und den er bewundert hatte.

„Du steckst in der Scheiße“, sagte er und versuchte ruhig zu bleiben, obwohl es innerlich in ihm brodelte.

„Wie redest du mit mir!“, schnaubte Greg und wischte sich den Schweiß von der Stirn. „Ich will, dass du jetzt gehst. Auf der Stelle.“

„Ich bin noch nicht fertig.“ Braun zog ein gefaltetes Blatt Papier aus der Sakkotasche. „Das ist ein DNA-Vergleich, den wir mit der toten Ulla durchgeführt haben. Du weißt ja, dass Ulla schwanger gewesen ist.“

„Natürlich, ich war doch bei der Obduktion dabei“, knurrte Greg und rieb sich den Nacken. „Wenn das alles war, was es an Neuigkeiten gibt, dann kannst du ja endlich abhauen.“

Sekundenlang trafen sich ihre Blicke, und es wurde zu einem spontanen Kräftemessen, denn keiner wollte nachgeben, wollte den Kopf als Erster zur Seite drehen. Schließlich sagte Braun, ohne Gregs eisigem Blick auszuweichen:

„Das Kind der toten Ulla ist von dir, Greg.“

Jetzt war es gesagt, jetzt hatte Braun das Monument Greg von seinem Sockel gestoßen. Er kam sich erleichtert und gleichzeitig ungeheuer mies vor, so als hätte er seinen Freund gerade ans Messer geliefert. Aber hier ging es um die Wahrheit und diese Wahrheit konnte manchmal schmerzen und bitter sein.

„Das kann nicht sein!“ Greg stierte ihn verblüfft an und alle Farbe war aus seinem Gesicht gewichen. „Das muss ein Irrtum sein. Es ist unmöglich.“

„Du weißt genau, dass es bei solchen Tests selten einen Irrtum gibt.“ Braun hielt Greg das Blatt mit der DNA-Analyse hin, Greg griff danach, zuckte jedoch im letzten Moment zurück, so als würde er sich an dem Papier die Finger verbrennen. Langsam segelte das

Blatt mit den bunten Grafiken zwischen den beiden Männern zu Boden, ein wissenschaftlicher Beweis, der im Zwielicht wie ein abstraktes Gemälde wirkte und Gregs Schicksal besiegelte.

„Mein Gott!“, stammelte Greg und taumelte nach hinten, krachte so stark an das Bücherregal, dass einige US-Bildbände mit lautem Getöse herausfielen.

„Es war die Falsche. Sie haben getauscht. Oh mein Gott, es war die Falsche!“

Fassungslos starrte Greg auf Braun, streckte die Hände in die Luft, als würde er von einer unsichtbaren Macht Zuspruch und Hilfe erflehen, doch für Greg gab es keine Absolution mehr.

„Was habe ich nur getan?“, seufzte er entsetzt. „Es war das falsche Mädchen. Das falsche Mädchen“, flüsterte er immer und immer wieder.

Ganz langsam breitete sich eine Erkenntnis in Brauns Schädel aus, eine Möglichkeit, an die er zunächst überhaupt nicht gedacht hatte, die sich aber jetzt rasend schnell wie eine Lawine zu einer bösen Ahnung verdichtete, die alles, was er bisher über Greg und seine Verbindung zu den Mädchen gedacht hatte, augenblicklich unter einem fürchterlichen Verdacht begrub.

„Hast du Ulla ermordet?“, flüsterte er und beobachtete Greg, der aber überhaupt nicht auf Brauns Frage reagierte, sondern sich ganz langsam an seinem Buchregal entlangschob und mit dem Finger über die CD-Cover strich, die dort gestapelt lagen. Braun versuchte logisch zu denken, sich nicht von seinen Emotionen leiten zu lassen. Ulla war von Greg schwanger gewesen, vielleicht hatte sie ihn damit erpresst und die Sache war aus dem Ruder gelaufen. Aber die Messerstiche waren mit großer Wut und Heftigkeit durchgeführt worden. Das passte nicht zu Greg. Andrerseits nahm Greg schon seit Längerem

Beruhigungstabletten, auch das musste einen Grund haben. Aber was meinte er mit: „Es war das falsche Mädchen?“ Hatte er etwa vorgehabt, Britta zu töten?

„Hat Ulla Walek dich erpresst? Oder wollte sie das Kind abtreiben und dir hat das nicht gepasst? Ich will endlich eine Antwort! Greg! Hörst du mir zu!“

Doch Greg schwieg und suchte wie besessen in seinen CDs herum. Endlich war er fündig geworden und legte eine CD ein. Als die ersten Töne aus den Boxen klangen, wusste Braun nicht, ob es eine Art Schwanengesang für Greg war, es war eine Countryschnulze, zu der Greg leise summte.

„Schalte die verdammte Musik aus.“ Braun wusste, es fehlte nicht viel, dann würde er losbrüllen und sich auf Greg stürzen, der ihn mit seiner gespielten Betroffenheit einfach für dumm verkaufen wollte.

„Hast du Ulla Walek ermordet?“, fragte er noch einmal, und als wieder keine Antwort kam, zog er sein Handy hervor.

„Gregor Keller, ich verhafte Sie jetzt unter dem dringenden Tatverdacht, Ulla Walek getötet zu haben. Ich rufe jetzt einen Streifenwagen.“

Langsam drehte sich Greg um, so als wäre er aus einer Art Trance erwacht und würde erst jetzt verstehen, was Braun gesagt hatte.

„Du willst mich verhaften?“

„Richtig. Du stehst unter dringendem Tatverdacht.“ Braun hielt sein Handy in die Höhe. „Wir können mit meinem Wagen ins Präsidium fahren. Sonst rufe ich einen Streifenwagen.“

Mit Gregs Verhalten ging eine plötzliche Veränderung vor. Seine Schultern strafften sich und er richtete sich wieder kerzengerade auf. Noch immer summte er den Song leise mit, dann redete er gegen das Bücherregal und die Wand.

„Du bist ein Idiot! Ich lasse mir von dir doch nicht mein Leben zerstören."

Langsam drehte Greg sich um und fixierte Braun mit einem eiskalten Blick. In seiner Hand hatte er eine Waffe. Es war ein Colt Anaconda 44er Magnum mit langem Lauf. Genauso eine Waffe war bei dem Tankstellenüberfall verwendet worden. Greg hatte doch gesagt, dass er seinen Colt verkauft hatte? Steckte Greg auch bei dem Tankstellenüberfall mit drin?

„Leg das Handy auf den Tisch", befahl Greg und machte mit dem Revolver eine Bewegung. „Los, mach schon!"

Braun legte das Handy auf den Tisch und sah Greg fragend an.

„Das bringt doch nichts. Willst du mich abknallen? So wie im wilden Westen? So wie den Mann und das Kind von Olin? Die Ballistik hat die Kugeln. Paul Adrian kennt die DNA-Analyse. Beides ist im Computersystem. Du kannst doch nicht die ganze Stadt ausrotten."

„Du redest Scheiße. Ja, das ist der Colt vom Tankstellenüberfall. Das Ganze war ein Unfall, das hat sie mir doch gesagt. Es war nur ein verdammter Unfall. Die Waffe ist einfach losgegangen. Das hat sie gesagt und ich habe ihr geglaubt. Aber das wird dir nichts nützen. Gib das Handy und deine Waffe her."

Vorsichtig zog Braun seine Pistole und legte sie zusammen mit dem Handy auf den Tisch. Greg griff nach hinten und zog ein paar Handschellen hervor, die er Braun zuwarf.

„Los, leg sie um dein rechtes Handgelenk und fest zusammendrücken." Braun wollte etwas sagen, doch Greg spannte den Hahn des Revolvers. „Ein Wort und ich drücke ab", zischte er. Schweiß tropfte von seiner Stirn, rann in Bächen über seine Wangen, sammelte sich an seinem Hemdkragen, der bereits schwarz war. „Und jetzt hänge das andere Ende um das Heizungsrohr. Na los, mach schon."

„Du kommst damit nicht durch." Unter Gregs wachsamen Augen fesselte er sich an das Heizungsrohr. Was hatte Greg bloß vor? Er musste doch wissen, dass er nicht den Funken einer Chance hatte.

„Schnauze!", fauchte Greg, steckte den Colt Magnum in seinen Hosenbund und lief aus dem Zimmer. Kurze Zeit später kam er schnaufend zurück und zerrte ein Mädchen hinter sich her. Als er es auf den Boden fallen ließ, sah Braun, dass es Britta Walek war. Sie hatte die Augen geschlossen und blutete aus einer Wunde an der Schläfe. Hektisch begann Greg, sie mit Paketklebeband zu fesseln.

„Was machst du mit dem Mädchen? Lass sie frei."

„Ich kann nicht. Du verstehst das nicht. Sie und ich, wir fahren nach Amerika."

Greg biss mit den Zähen das restliche Paketband ab und atmete schwer. Mit dem Colt deutete er zum CD-Player.

„Der Song ist übrigens ‚Love Hurts' von Gram Parsons und Emmylou Harris. Habe ich dir eigentlich schon die Geschichte vom Joshua Tree Inn und dem Room Nr. 8 erzählt."

„Schon tausendmal."

„Dachte ich es mir doch." Gregs Blick wurde wieder stahlhart. „Wie auch immer. Ich habe eine Entscheidung getroffen."

Er bückte sich, hob die gefesselte Britta hoch und warf sie sich über die Schulter.

„Du hast doch nicht die geringste Chance", sagte Braun und zerrte an den Handschellen. „Lass wenigstens das Mädchen frei. Willst du nach Ulla jetzt auch noch Britta ermorden?"

„Du begreifst nichts!" Greg betrachtete ihn mit einem wehmütigen Lächeln. „Absolut gar nichts."

Dann rannte er mit Britta aus dem Wohnzimmer, und Braun hörte noch, wie die Tür hinter Greg ins Schloss fiel. Als der Song zu Ende war, herrschte nur noch eine tödliche Stille.

71

Braun zerrte an der Handschelle, um den niedrigen Tisch zu erreichen, auf dem seine Pistole und sein Handy lagen. Der eiserne Ring drückte sich wie eine Messerklinge in sein Handgelenk, und er biss die Zähne zusammen, um vor Schmerz nicht laut aufzuschreien. Endlich berührte er mit den Fingerspitzen den Kunststoffgriff der Glock. Aber er konnte sie noch nicht fassen. Nervös versuchte er es neuerlich, aber jetzt rutschte die Glock ein Stück zur Seite und wäre um ein Haar unerreichbar gewesen.

Tief durchatmen. Cool bleiben, ermahnte er sich, denn am liebsten hätte er vor Wut laut geflucht und versuchte es erneut. Wieder schoss der glühende Schmerz in sein Handgelenk, als er sich streckte, wieder erreichte er den Kunststoffgriff, wieder glitten seine Fingerspitzen darüber. Aber jetzt konnte er endlich die Pistole ein Stück näher heranziehen und den Griff umfassen. Mit der Pistole in der Hand ließ er sich schwer atmend zurückfallen, hielt den Kopf zur Seite und schoss in das Heizungsrohr. Dann riss er die Handschelle aus dem kaputten Rohr und stürmte aus der Wohnung.

Er hastete die Treppe hinunter, sah im Eingangsflur, dass die Hintertür offen stand. ‚Was hat Greg bloß vor?', dachte Braun, als er ins Freie kam. Der Wohnblock hatte hinten einen winzigen Garten mit Wäscheplatz, von dem man über eine Böschung direkt zu den Gleisen des Bahnhofs gelangen konnte. Er schirmte seine Augen mit der Hand ab, um etwas zu erkennen, und sah Greg, der mit Britta über der Schulter gerade über eine Bahntrasse sprang. Greg war vielleicht ein paar hundert Meter entfernt und Braun nahm sofort die Verfolgung auf.

Er steckte die Pistole weg und rutschte seitlich den Hang hinunter, erreichte nach wenigen Sekunden die ersten Gleise. Schnell sprang er über die Böschung, hätte um ein Haar einen langsam anfahrenden Zug übersehen und konnte nur durch einen Sprung im letzten Moment ausweichen. Aber jetzt hatte er Greg aus den Augen verloren, denn ein endlos langer Containerzug nahm ihm die Sicht. Als der letzte Waggon endlich vorüber war, sah er Greg weit vor sich. Greg hatte ihn noch nicht bemerkt und hastete über die Gleise, sprang von einer Böschung auf die nächste. Britta hing noch immer leblos über seiner Schulter und ihre langen Haare flatterten träge im Wind der einfahrenden Züge.

Was bezweckte Greg mit dieser sinnlosen Flucht? Glaubte er tatsächlich, er könnte sich einfach mit Britta in einen Waggon schwingen und flüchten? Aber Greg wirkte, als hätte er einen Plan, so absurd dieser auch sein mochte.

Greg kletterte jetzt über den Rand einer Böschung, die zu den Schnellzuggleisen führte, und zerrte Britta wie ein Bündel hinter sich her. Braun warf sein Sakko zu Boden und forcierte sein Tempo. Machte Meter um Meter gut, bis ihn Greg bemerkte und schwer atmend auf der Böschung stehen blieb. Er ließ die gefesselte Britta zu Boden sinken und stellte sich breitbeinig über sie.

„Wenn du noch einen Schritt näher kommst, dann stirbt das Mädchen!“, rief Greg gegen den Lärm der Züge an, zerrte Britta an den Haaren hoch und hielt ihr den Colt Magnum an die Schläfe. „Du weißt, ich meine es ernst.“

„Lass das Mädchen frei. Britta kann doch nichts dafür. Sei kein Feigling und stehe wie ein Mann zu deinen Verfehlungen. Du warst doch einmal ein verdammt guter und grundehrlicher Bulle. Und du warst mein Freund.“

„Das sind doch nichts als leere Worte. Ich bin schon lange kein guter Bulle mehr. Diese Mädchen sind so unschuldig und rein, wenn sie jung sind. Da haben sie noch keinen Schimmer von dem Bösen, das die Welt beherrscht und das wir immer erfolglos bekämpfen. An diese jungen Nymphen habe ich mein Herz verloren. Und als ich Ulla und das Böse in ihr kennengelernt habe, da ist auch mein Verstand flöten gegangen und ich rutschte immer tiefer in die Scheiße ab.“

„Spar dir deine Entschuldigungen. Du hast ein Mädchen getötet. Du bist erbärmlich, Greg. Verhalte dich endlich wie ein Mann, steh zu deinen Fehlern wie einer von den Cowboys, die du so bewunderst.“

Greg antwortete nicht darauf, und für einen kurzen Moment glaubte Braun schon, seine Worte hätten Eindruck auf Greg gemacht, ihn vielleicht dazu bewogen, aufzugeben. Aber das Gegenteil war der Fall, denn Greg drückte den Lauf des Colts nur noch fester gegen Brittas Schläfe.

„Du musst mir eines versprechen“, rief Greg und seine Stimme wurde von einem vorbeirauschenden Schnellzug beinahe verschluckt. „Denke an meine guten Eigenschaften. Erinnere dich an die Dinge, die ich dir beigebracht habe: Folge deiner Intuition, egal, was andere denken, verbünde dich mit den Opfern, versuche ihren Schmerz zu fühlen, erst dann wirst du die Stärke haben, um die Täter zu jagen und ihrer gerechten Strafe zu übergeben.“

„Du bist ein Täter und ich jage dich“, antwortete Braun. „Wir können über alles reden, wenn du das Mädchen freilässt. Du hast jemanden getötet, es muss nicht noch ein Opfer geben.“

„Amerika ist mein Traum und wird es immer bleiben.“ Greg zerrte Britta an den Haaren in die Höhe und drückte ihr den Lauf des Revolvers jetzt gegen die Stirn. „Ich will mit ihr nach Amerika. Ich will ihr die unglaubliche Freiheit dieses Landes näherbringen, ihr den Joshua Tree National Park zeigen und dort mit ihr vielleicht noch die letzten Jahre genießen.“

„Daraus wird nichts!“, rief Braun. „Und das weißt du doch genau. Das ist nur ein albernes Hirngespinst von dir. Du kommst hier nicht lebend davon, wenn du nicht aufgibst.“

„Vielleicht hast du ja recht“, keuchte Greg. „Vielleicht stimmt das, was du sagst. Es ist alles nur ein dummes Hirngespinst, eine verdammte Illusion. Genauso eine Illusion wie die Liebe. Ich habe ja von ihr auch geglaubt, dass sie mich wirklich liebt.“ Wie zur Bestätigung schlug er mit dem Revolver Britta gegen die Schläfe und ihre Wunde begann erneut zu bluten.

„Du musst der Realität ins Auge sehen. Amerika hat dich am Leben erhalten, es war dein Ziel, aber jetzt ist dieses Ziel in weite Ferne gerückt. Jetzt gibt es für dich nichts mehr.“

Während er redete, schob sich Braun Zentimeter um Zentimeter an Greg heran. Wenn er nahe genug wäre, dann könnte er einfach lossprinten und Greg überrumpeln. Wieder fuhr ein Schnellzug mit schrillem Pfeifen in den Bahnhof und in dem Fahrtwind schwankte Greg oben auf der Böschung. Greg überlegte einen Moment, dann packte er Britta am Genick und stieß sie die Böschung hinunter zu Braun, der sie überrascht auffing und vorsichtig zu Boden gleiten ließ.

„Du weißt ja nicht, was für ein Teufel dieses Mädchen ist!“, schrie Greg verzweifelt.

Das Pfeifen eines Schnellzugs tönte schrill durch die Luft. Greg griff in seine Hosentasche und zog ein abgegriffenes Notizbuch hervor, das er wortlos die Böschung hinunterwarf. Dann drehte er sich um und trat auf die Gleise.

„Greg, nicht!", schrie Braun, aber in seinem Inneren wusste er, dass Greg nicht auf ihn hören würde, sondern bereits auf dem Weg in den Joshua Tree National Park war.

Der Zug war vielleicht noch ein paar Meter entfernt und sein Pfeifen wurde immer durchdringender. Greg hielt den Colt in der erhobenen Hand und wirkte im Gegenlicht der Sonne wie eine schwarze mythische Gestalt.

„Wir waren ein verdammt gutes Team, Braun!", rief Greg noch zurück und ging direkt auf den heranrasenden Schnellzug zu.

Am Rand der Böschung lag das Notizbuch, dessen vollgeschriebene Seiten im Wind flatterten. Es war Gregs Sprüchebuch. Braun hob es auf und las den letzten Eintrag:

„Wir sind Krieger des Lichts, nicht die apokalyptischen Reiter der Dunkelheit."

72

Britta hockte zitternd im Gras neben der Böschung und starrte Braun mit ängstlichen Augen an. Das ganze Gebiet um die Gleise war großräumig abgesperrt, Polizei und Rettungsfahrzeuge parkten neben der Böschung.

„Wollte Greg mich wirklich töten?“, fragte sie leise und hielt sich die Hände über die Lippen. „Er wollte gemeinsam mit mir sterben. Habe ich recht?“

„Ich weiß es nicht“, antwortete Braun, obwohl er genau dasselbe gedacht hatte. Greg hatte vorgehabt, Britta mit auf seine Reise zu nehmen, eine Reise, die nur ein Ziel hatte: den Tod.

„Jetzt brauchen Sie keine Angst mehr zu haben, es kann Ihnen nichts passieren. Sie sind in Sicherheit“, sagte Braun beruhigend und wartete, bis ein Sanitäter die Wunde an ihrer Schläfe versorgt hatte.

„Was ist mit Greg?“, fragte Britta mit zittriger Stimme. „Was ist passiert. Ist er wirklich tot?“

„Ja, er ist tot.“

„Tot.“ Wiederholte Britta leise. „Was für eine Befreiung. Endlich hat der Albtraum ein Ende. Endlich kann ich wieder zu leben beginnen." Sie begann zu schluchzen. „Ich kann es noch immer nicht glauben, dass alles vorbei ist."

„Doch, es ist vorbei", sagte Braun und winkte einer Krankenschwester. „Es kommt gleich jemand und kümmert sich um Sie. Haben Sie das verstanden?"

„Ja, ja. Ich rühre mich nicht von der Stelle." Hilflos streckte sie die Arme in die Luft. „Ich bin Ihnen so dankbar."

„Weshalb waren Sie überhaupt bei Greg?", fragte Braun plötzlich. Britta blickte ihn panisch an.

„Er hat gesagt, wenn ich nicht komme, dann geht es mir wie meiner Schwester. Dann wird er mich auch töten", schluchzte sie und wischte sich mit ihrem Top die Tränen aus dem Gesicht.

„Warum sind Sie nicht schon früher zur Polizei gegangen?", fragte Braun und im selben Augenblick kam ihm diese Frage unglaublich dumm vor.

„Aber er ist doch der Chef der Polizei! Niemand hätte mir geglaubt und er hätte mich umgebracht." Wieder wurde sie von einem Weinkrampf geschüttelt, schniefte laut und redete dann weiter. „Er hatte mit meiner Schwester seit vier Jahren ein Verhältnis. Er hat sie damit erpresst, dass er sie anzeigen wird, weil er sie bei einem Diebstahl erwischt hat. Aber sie wollte nicht wieder in ein Heim. Natürlich hat sie mir alles erzählt. Aber wir haben aus Angst geschwiegen. Nur zu Manuel haben wir etwas gesagt. Der wollte dann auch zur Polizei, aber jetzt ist er tot." Wieder bekam Britta einen Heulkrampf, keuchte und schniefte.

Braun trafen diese Aussagen von Britta wie ein Schlag und er ging beinahe zu Boden. Der harte Greg Keller hatte einen Hang zu minderjährigen Mädchen. Er hatte mit der dreizehnjährigen Ulla ein Verhältnis begonnen, hatte sie mit seiner Funktion als Polizist erpresst und ihr mit Heim und Gefängnis gedroht. Natürlich, deshalb wusste Greg auch, wo sich das Zimmer von Ulla in der Wohnung befand, als sie das erste Mal dort waren. Greg war nicht besser als die Typen, die er jahrzehntelang gejagt hatte.

Doch dann tauchte auch wieder das Bild des anderen Greg auf, des Polizisten, der eine hohe Aufklärungsrate hatte, der neue Methoden bei der Mordkommission eingeführt hatte. Greg war ein Gefangener seiner schwarzen Fantasien. Jemand, der ständig nur mit Schmutz und Abschaum zu tun hatte, war vielleicht empfänglich für das Reine und das Unschuldige, das dieses Mädchen verkörpert hatte. So hatte er es jedenfalls gesagt. Aber das war keine Entschuldigung.

Er wollte noch eine Frage stellen, als sein Handy klingelte. Es war Olin und sie rief zum denkbar ungünstigsten Zeitpunkt an.

„Ich muss Sie dringend sprechen." Olins Stimme war weich und trotzdem mit einem insistierenden Unterton.

„Ich bin an einem Tatort und kann hier nicht weg. Worum geht es? Vielleicht können wir das telefonisch klären."

„Nein, das geht unmöglich."

„Vielleicht später abends", sagte er ausweichend.

„Sagen Sie mir eine Uhrzeit, ich erwarte Sie in dem Wohnwagen."

Braun nannte ihr aufs Geratewohl eine Zeit, obwohl er sich nicht sicher war, ob er bis dahin schon alles erledigt hatte.

„Ich warte auf Sie", sagte Olin und legte auf.

Auf dem Weg zu den Schienen, wo die Rettungskräfte und Spurensicherung gerade dabei waren, die sterblichen Überreste von Greg zu bergen, kam ihm die Krankenschwester mit Britta entgegen. Brittas Gesicht war kreidebleich und ihre großen blauen Augen umwölkt. Als sie Braun bemerkte, blieb sie stehen und nahm seine Hand.

„Sie sind mein Retter", flüsterte sie.

73

Ein greller Lichtschein huschte durch die Nacht, strich über verängstigte Tiere, wischte über ein ausgetrocknetes Flussbett, um schließlich zitternd an einem unscheinbaren Loch zu verharren und dieses anzustrahlen. Zwei Personen beugten sich über diese Öffnung und leuchteten mit der Lampe hinein.

„Ich kann überhaupt nichts erkennen", flüsterte Braun und löschte vorsichtshalber die Lampe, denn er befand sich auf tschechischem Staatsgebiet, und was er vorhatte, war illegal. Die Person an seiner Seite war Olin, die das Handy ans Ohr presste und zum wiederholten Mal Leo Hausers Stimme abspulte.

„Fünfzig Schritte das Flussbett entlang", sagte sie leise, „dann bei einem niedrigen Strauch halten und zwei Schritte nach oben, dort ist der Eingang."

„Was, wenn er uns auf den Arm genommen hat?", gab Braun zu bedenken, dem bei der ganzen Sache immer unwohler wurde.

Nachdem es am Tatort nichts mehr zu tun gab, war er am späten Abend zu Olins Wohnwagen gefahren. In der Dunkelheit sah der

Wohnwagen wesentlich weniger heruntergekommen aus als bei Tageslicht, ja, er wirkte sogar einladend und auf seine Weise gemütlich.

„Was war das für ein Tatort?“, hatte ihn Olin gefragt. „Du klangst so angespannt, irgendwie gestresst.“

„Ein Kollege von mir hat Selbstmord begangen“, hatte Braun ausweichend geantwortet und sich gewundert, dass ihn Olin so einfach duzte. Aber er hatte sich die Frage nach dem Warum verkniffen, denn es war in Ordnung. „Britta Walek spielt dabei eine zentrale Rolle. Mehr darf ich dazu nicht sagen. “

„Ich verstehe dich. Oh, jetzt habe ich dich schon wieder geduzt. Darf ich denn das? Du bist der einzige Mensch, den ich zurzeit habe und dem ich vertraue. Bis auf meinen neuen Freund.“ Olin hatte wie immer unergründlich gelächelt und auf einen kleinen schwarzen Hund gezeigt, der auf ihrer Patchworkdecke in dem hinteren Verschlag schlief. „Der Hund heißt Ginger und Leo wird ihn irgendwann für mich abrichten.“

„Leo Hauser wird aber lange im Gefängnis sitzen. Warum hast du ihn eigentlich im Untersuchungsgefängnis besucht? Tut dir Leo leid?“

„Leo ist ein kranker Mensch und in gewissem Sinn auch ein Opfer. Er will dir helfen, deshalb habe ich dich auch gebeten zu kommen.“ Sie griff in die Fransentasche, die neben ihr auf der engen Couch lag, und zog ihr Handy hervor. „Hör dir das einmal an.“

Es war Leo, der stockend, keuchend und mit den Worten ringend irgendetwas von einem Bunker gestammelt hatte und von einer roten Tüte, in der sich „das Böse“ befinden sollte. Es folgte eine detaillierte Wegbeschreibung und fragend blickte Braun zu Olin.

„Was sollen wir in dem Bunker denn finden? Leo redet nur völlig wirres Zeug. Was soll das Böse denn sein?“

„Das Böse ist die Lösung für deinen Fall“, hatte Olin leise gesagt und dabei ihre Hand auf Brauns Arm gelegt. „Du musst mir vertrauen.“

„Sind das jetzt wieder deine medialen Fähigkeiten?“ Braun wollte ironisch klingen, aber es hatte nur ausgesprochen peinlich geklungen.

„Du wirst sehen, dass ich recht habe. Vertrau mir doch einfach“, hatte sich Olin nicht aus der Ruhe bringen lassen. „Morgen wirst du alles in einem ganz anderen Licht sehen.“

Sie waren noch in derselben Nacht in Brauns altem Range Rover die gewundene Straße fast bis zur tschechischen Grenze gefahren und hatten sich dann über Forststraßen und verschwiegene Güterwege durch den düsteren Böhmerwald gekämpft, und Braun war überrascht gewesen, wie präzise doch die Angaben von Leo gewesen waren. Schließlich war mit dem Range Rover kein Vorwärtskommen mehr möglich gewesen und sie hatten zu Fuß weitermarschieren müssen.

Jetzt erreichten sie den Eingang des Bunkers und fanden sich auch in dem Gewirr der Gänge schnell zurecht. Braun leuchtete mit seiner Stablampe in den glatt verputzten grauen Betonraum, in dem Britta festgehalten worden war. Es war ein Ort für klaustrophobische Ängste. Es gab nur die glatten Wände, die sich nach oben im Dunkel verliefen und auf diese Weise suggerierten, dass der Raum unendlich hoch war. Auf dem Boden lag noch immer das verfaulte Kaninchen, in dem es von Maden und Würmern nur so wimmelte. Weiter hinten sah Braun im Schein der Taschenlampe eine leere Wasserflasche und eine rote Plastiktüte.

„Das ist die Tüte, von der Leo gesprochen hat“, flüsterte Olin, als der Strahl der Lampe darüberstrich. „Das hat er als ‚das Böse‘ bezeichnet.“

Braun fischte Einweghandschuhe aus seinem Sakko und bückte sich. Mit zwei Fingern schob er die Plastikränder auseinander und blickte hinein. Er leuchtete mit der Lampe über den Inhalt. Vorsichtig nahm er die ganze Tüte und steckte sie in einen durchsichtigen Plastiksack der Spurensicherung.

„Du hast recht", sagte er und drehte sich zu Olin. „Es war das Böse. Aber dieses Böse werden wir jetzt besiegen."

74

Drei Tage später hielt Braun mit seinem Range Rover vor einem unscheinbaren Haus, in dem Britta Walek jetzt ohne ihre Zwillingsschwester Ulla wohnte. Es war ein schmales Haus mit kleinen Fenstern, einem winzigen Garten, in den man über die Terrasse gelangte, die sich an der rückwärtigen Seite befand. Das Haus stand in einer stark befahrenen Straße mit lauter identischen Häusern, die im vorigen Jahrhundert von der Eisenbahngesellschaft für ihre Arbeiter billig errichtet worden waren. Nachdem die Häuser lange Jahre leer gestanden hatten, waren sie von der Stadt Linz gekauft worden und wurden als vorübergehende Sozialunterkünfte genutzt.

Bevor er ausstieg, blieb Braun noch eine Weile in dem Range Rover sitzen und dachte nach. Er griff in seine Sakkotasche und holte das zerknüllte Foto hervor, das ihm Magnus Herzfeld bei der Identifizierung der Leiche von Ulla Walek gegeben hatte. Lange betrachtete er das Bild. Es zeigte eine ausnehmend hübsche Frau mit verlorenem Drogenblick, die ein junges Mädchen umarmt hielt. Das junge Mädchen hatte knapp unterhalb des Nabels einen herzförmigen Leberfleck. Auf der Rückseite stand „Mama mit ihrem Wildfang Ulla."

Gestern hatte er sich an das Foto erinnert und es aus der Akte genommen. Er war damit zu Paul Adrian in die Gerichtsmedizin gefahren und hatte sich lange mit ihm beraten. Schließlich waren sie zu einem Ergebnis gekommen.

Aber das war noch nicht alles. Er hatte auch ein Geschenk für Britta dabei. Und deswegen war er gekommen. Er wollte ihr etwas zurückgeben. Langsam stieg Braun aus und ging auf das schief hängende Gartentor zu. Der Sommer hatte seinen Höhepunkt überschritten und in der Ferne türmten sich schwarze Wolken zu einem riesigen Gebirge auf. Als er vor der Haustür stand, hörte er plötzlich Stimmen, die von der Terrasse kamen.

„Nicht wahr, jetzt sind wir sehr froh, dass dieses böse Mädchen nicht mehr bei uns ist."

„Aber manchmal vermissen wir sie. Besonders wenn es Abend wird und der Wind auffrischt und heulend um das Haus jagt, an den Fensterläden rüttelt, eindringen will, um mich zu holen."

„Du hast recht. Da war sie unerschrocken und hat mich verteidigt, wie es eine Schwester eben tut."

Mit wem redete Britta da? Es war unverkennbar ihre Stimme, doch den merkwürdigen Tonfall der anderen Person hatte er noch nie gehört. Sie sprach höher als Britta und betonte manche Worte ganz merkwürdig, was den Sätzen eine unheimliche Färbung gab, sie klang, als wäre sie eine Bühnenschauspielerin, obwohl die Stimme jung wirkte.

Als Braun um die Ecke bog, sah er zunächst nur die blonden Haare von Britta, die von hinten in der Sonne wie ein goldener Helm wirkten. Britta saß mit angezogenen Beinen in einem Schaukelstuhl und hatte Braun noch nicht bemerkt. Sie redete gerade mit jemandem über Ulla, aber Braun konnte niemanden sehen.

„Ulla war immer böse. Aber jetzt ist sie tot und kommt niemals wieder. Jetzt ist nur noch Britta da."

„Aber dann fehlt ein Teil von dir. Ihr seid doch Zwillinge."

„Ja, das stimmt. Wir sind Gut und Böse."

„Jetzt bleibt nur noch das Gute übrig."

„Ja, alles wird gut."

Braun hatte nicht die Zeit, sich über Brittas merkwürdiges Verhalten weitere Gedanken zu machen, denn er stieß gegen einen Blecheimer, der mit lautem Geschepper umfiel. Britta schreckte hoch und drehte sich um. Sie blinzelte verwirrt und hielt sich die Hand über die Augen, um im Sonnenlicht etwas zu erkennen.

„Sie sind es, mein Retter."

Ein Lächeln huschte kurz über ihr Gesicht, dann sprang sie leichtfüßig von der Terrasse und ging auf Braun zu.

„Haben Sie mich aber erschreckt", hauchte sie und hängte sich sofort bei ihm ein.

„Möchten Sie eine Limonade, ich habe gerade Limonade gemacht. Ulla mochte keine Fruchtsäfte, sie trank immer nur Alkohol."

„Ich habe etwas für Sie", unterbrach sie Braun und schob vorsichtig ihren Arm von seinem Sakko.

„Was ist es denn? Sie haben ein Geschenk für mich? Sie sind ein echter weißer Ritter, ein strahlender Prinz und ich? Bin ich eine glückliche Prinzessin?"

„Britta, hören Sie mit diesem kindischen Gerede auf." Braun fischte einen Anhänger aus seiner Sakkotasche.

„Das ist die Kette mit dem Medaillon von Ulla. Die gebe ich Ihnen zurück. Als Andenken an Ihre Schwester."

Braun wollte noch etwas sagen, doch ein schrilles Quietschen zerschnitt seine Worte zu unhörbaren Lauten. Sekunden später war es wieder ruhig und die Vögel zwitscherten in den Bäumen.

„Was war das für ein Lärm?"

„Das sind die Lastzüge, die Container von den Schiffen in die Lagerhäuser bringen. Die Schienen verlaufen direkt vor den Häusern", sagte Britta und lächelte ihn verklärt an und sah dann auf den Anhänger.

„Der gehört Ulla. Wenn ich den Anhänger trage, brauche ich mich nicht mehr zu fürchten. Ulla hatte nie Angst, ich habe immer Angst. Aber das Medaillon von Ulla wird mir diese Angst nehmen. Ist es schlimm, wenn man Angst hat?"

„Nein, das ist überhaupt nicht schlimm", sagte Braun und beugte sich verschwörerisch zu Britta. „Im Vertrauen, auch ich habe manchmal Angst. Morgen zum Beispiel muss ich zum Arzt und mir ein Muttermal am Bauch wegmachen lassen. Davor habe ich Angst."

Braun zog sein T-Shirt in die Höhe und tippte auf einen schwarzen herzförmigen Fleck neben seinem Nabel.

„Ich habe auch ein herzförmiges Muttermal", rief Britta begeistert aus und schob ihr T-Shirt in die Höhe. „Ich dachte immer, nur ich habe dieses schwarze Herz." Mit dem Finger tippte sie auf das Muttermal unterhalb ihres Nabels. Während sie darüberstrich, erstarb plötzlich ihr Lachen und ihr Mund verzerrte sich zu einem dünnen Strich.

„Das war eine Falle", zischte sie.

„Sie sind Ulla!" Braun zog das Foto hervor, das Ulla mit ihrer Mutter zeigte, und wies auf das Muttermal. „Ihrer toten Schwester fehlt dieses Muttermal."

Ulla wollte nach dem Foto greifen, doch Braun steckte es schnell wieder ein.

„Ulla Walek, warum haben Sie Ihre Schwester Britta ermordet?"

„Sie, Sie gemeiner Kerl. Sie wollen mich wieder böse machen", fauchte Ulla. „Aber es wird alles gut."

Langsam ließ sie sich wieder in den Schaukelstuhl sinken, zog die Beine an und legte ihr Kinn auf die Knie.

„Sie wollten mich alleine lassen. Alle beide."

„Wer wollte Sie alleine lassen?"

„Greg und Britta. Sie hat es mir gesagt, an dem Tag, an dem das Sonnwendfeuer war. Überglücklich hat sie mir ins Ohr geflüstert: ‚Ich bin schwanger. Ich bin schwanger. Ich erzähle Greg davon und dann kaufen wir uns ein kleines Hotel in Amerika und werden eine richtige Familie.'" Ulla begann zu zittern und schlang ihre Arme um ihren Oberkörper. „Britta war so schüchtern und hatte erst einmal mit einem Jungen geschlafen. Da habe ich sie überredet, es einmal mit Greg zu versuchen. Zunächst hat sie sich gesträubt, aber als ich ihr gedroht habe, dass ich sie verlassen werde, da hat sie zugestimmt. Wir haben Greg getäuscht, und als er mit Britta geschlafen hatte, dachte er, das wäre ich gewesen. Keiner konnte wissen, dass Britta gleich schwanger wird." Mit einem lauten Schniefen unterbrach Ulla ihr Geständnis und starrte ins Leere. Dann redete sie weiter.

„Aber Greg war mein Daddy. Den durfte sie mir nicht wegnehmen. Alles nur, weil sie schwanger war."

„Deshalb haben Sie Ihre Schwester Britta in der Nacht in den Wald gelockt und mit einem Messer getötet."

„Nein, nein, das war dieser unheimliche Mann mit den dicken Brillengläsern. Der hat mich auch entführt. Er hat das getan." Ulla hatte sich wieder gefasst, richtete sich auf und ihre Augen funkelten. „Ich war doch sofort bewusstlos."

„Das ist eine Lüge, Ulla." Braun zog ein Foto aus seinem Sakko. „Schauen Sie sich das Foto an."

„Ja und? Da ist ein Messer darauf und es ist blutig."

„Auf dem Messer sind nur Ihre Fingerabdrücke. Wir haben das Messer in dem Bunker gefunden, wo man Sie angeblich gefangen hielt. Es ist eindeutig das Messer, mit dem Britta ermordet wurde."

„Wieso kennen Sie den Bunker?", fragte Ulla leise und blickte Braun von unten herauf an. Ihr Gesicht wirkte angespannt, und Braun erinnerte sie an eine in die Enge getriebene Wildkatze, die nach einem Ausweg sucht. Braun hatte das Gefühl, als hätte sich die Persönlichkeit des Mädchens schlagartig geändert. Sie hatte sich wieder von Britta in Ulla verwandelt.

„Greg hat doch gesagt, niemand kennt den Bunker. Als ich Britta den schwangeren Bauch zerstochen habe, rief ich Greg an und habe es ihm gebeichtet. Ich bin hinauf zur Straße gelaufen und habe auf ihn gewartet. Ich wusste, dass er sein Mädchen nie im Stich lässt. Er hat mich auch nicht verraten, als ich seinen Revolver gestohlen habe. Greg ist dann gekommen und hat mich in den Bunker gebracht und gesagt, ich soll auf ihn warten: Warte auf Daddy. Dann wird alles gut. Das hat Greg gesagt."

„Hat Greg gewusst, dass Sie Ihre Schwester Britta ermordet haben?"

„Nein, Greg hat das erst am nächsten Tag erfahren. Ich war ja völlig außer mir. Meine Schwester war tot und ich ganz alleine. Da ist er gekommen und hat mich versteckt. Wer hat Ihnen von dem Bunker denn erzählt?"

„Leo Hauser, der Mann, der sie dabei beobachtete, wie sie Britta erstochen haben, und der sie nicht aus dem Bunker lassen wollte. Dieser Mann hat Olivia Maldone davon erzählt", sagte Braun.

„Maldone? Ist das die Frau aus dem Tankstellenshop? Schade, dass sie überlebt hat. Ich hätte sie auch kaltmachen sollen", zischte Ulla und ihr Blick wurde eisig.

„Sie haben ihren Mann und ihre Tochter erschossen." Braun richtete sich auf. „Olin hatte doch recht. Sie haben einen Motorradhelm mit einem roten Blitz an der Seite. Ich habe ein Foto bei Ihnen gesehen. An den Helm konnte sich Olin erinnern."

„Wir wollten nur das Geld für eine Spritztour. Manuel war abgebrannt, aber ich wollte wegfahren. Dann sind plötzlich der Mann und das Kind in dem Shop gewesen. Der dumme Mann wollte einfach die Polizei rufen, da musste ich doch schießen."

„Wer hat Ihnen die Waffe gegeben?"

„Greg war so naiv und hat mir das Schießen beigebracht, und ich wusste auch, wo er den Schlüssel für den Schrank aufbewahrt hat."

„Ich verstehe einfach nicht, warum Greg Sie immer gedeckt hat."

„Weil er mich geliebt hat und ohne mich nicht leben konnte", sagte Ulla und lächelte höhnisch.

Braun fuhr sich über die kurzen Haare und hielt sein Gesicht in die Sonne. Er verstand nicht, weshalb die Sonne noch immer schien und der Himmel so blau war. Die Gewitterwolken am Horizont hatten sich verzogen, und die Vögel zwitscherten, als wäre nichts passiert. Die Welt ging ihren gewohnten Gang und scherte sich nicht darum, dass in einem idyllischen Garten ein Mädchen saß, das drei Menschen kaltblütig ermordet hatte. Wahrscheinlich sogar vier, denn der Unfall von Manuel war sicher kein Zufall gewesen.

„Greg kam einfach nicht los von mir. Er mochte doch sein kleines Mädchen so. Wenn ich mein Röckchen gehoben habe, dann ist er ganz kirre geworden. Aber dann war ich Britta und es war damit vorbei."

„Britta war anders?"

„Britta war die Gute. Manchmal bin ich Ulla, dann wieder Britta. An manchen Tagen bin ich sogar wir beide. Das gefällt mir am besten, denn dann weiß ich, dass Britta und ich für immer zusammen sind."

‚Was für ein armes Mädchen', dachte Braun. ‚Oder ist sie tatsächlich so schizophren, dass sie glaubt, manchmal ihre eigene Schwester zu sein, wenn sie es leid ist, immer nur die Saat des Bösen zu verstreuen?'

Ulla schien Brauns Gedanken zu spüren, denn sie verzog plötzlich den Mund zu einem spöttischen Grinsen.

„Sie können mir überhaupt nichts nachweisen. Ich leugne alles, was ich bisher gesagt habe. Vielleicht sage ich auch, dass Sie mich verführen und vergewaltigen wollten. Dann sind Sie erledigt."

„Halten Sie mich wirklich für so naiv, dass ich alleine zu Ihnen gekommen bin", sagte Braun und lächelte leise. Er deutete auf den kleinen Button an seinem Revers. „Das ist ein Mikro. Damit kann man Gespräche auf große Entfernung aufnehmen und auch übertragen. Zum Beispiel in ein unauffälliges Polizeifahrzeug, das vorne auf der Straße parkt."

Hektisch blickte Ulla umher, suchte verzweifelt einen Ausweg, eine Fluchtmöglichkeit, doch dann sah sie die Polizistin, die in Begleitung einer Psychiaterin, die sich als Karen Jansen vorgestellt hatte, langsam um die Hausecke kam und wusste, dass Braun nicht gelogen hatte.

Ulla sackte in sich zusammen und zog die Beine an, begann langsam in dem Schaukelstuhl vor und zurück zu wippen. Sie senkte den Kopf und vergrub ihr Gesicht zwischen ihren Knien. Sonnenstrahlen strichen sanft über ihre blonden Haare, die wie Goldfäden über ihren Rücken fielen. Ganz leise hörte Braun noch ihre Stimme, als er an ihr vorbei durch den Garten ging:

„Daddy kommt und alles wird gut."

Epilog

Braun parkte den Range Rover vor dem Linzer Hauptbahnhof im Halteverbot. Er knallte ein „Polizei im Einsatz"-Schild auf das Armaturenbrett und sprintete los. Nach der wochenlangen Hitzewelle regnete es jetzt bereits den zweiten Tag und das Verkehrschaos hatte ihn ziemlich viel Zeit gekostet. Er blickte auf die Anzeigetafel. Der Zug, der über Lyon und Marseille weiter nach Barcelona fuhr, war bereits eingetroffen. Er lief durch die Unterführung und erreichte den richtigen Bahnsteig. Die Türen der Waggons standen offen, doch er sah nur zwei Rucksacktouristen, die noch auf dem Bahnsteig rauchten. Sie war noch nicht da.

Braun ließ die letzten Tage Revue passieren: Wie erwartet war Ulla Walek als unzurechnungsfähig in die Psychiatrie eingewiesen worden. Zusätzlich hatte die Staatsanwaltschaft eine Sicherheitsverwahrung beantragt, der auch zugestimmt werden würde. Ulla wird daher für lange Zeit in einer geschlossenen Anstalt bleiben. Der Tod von Chefinspektor Greg Keller wurde als bedauerlicher Selbstmord infolge eines Burnout-Syndroms hingestellt und nach Abschluss der Ermittlungen schnell in

Vergessenheit geraten. Bei einer Pressekonferenz präsentierte Polizeipräsident Wagner auch stolz den neuen Leiter der Linzer Mordkommission der Öffentlichkeit. Es war der frisch ernannte Chefinspektor Tony Braun, der den Sommermädchenmord und auch den Tankstellenüberfall so zufriedenstellend aufgeklärt hatte.

Mittlerweile fand Braun, dass es die richtige Entscheidung gewesen war, in Linz bei der Mordkommission zu bleiben und nicht nach Brüssel zu EUROPOL zu gehen. Vielleicht würde auch seine Ehe mit Margot wieder neu belebt werden. Er hatte zwar noch immer nicht den Mut gehabt, mit Margot über den Mann zu sprechen, mit dem er sie gesehen hatte, aber trotzdem nahm er sich vor, mehr Zeit für seine Familie aufzubringen und vor allem für seinen Sohn Jimmy, den er eigentlich jetzt vom Bahnhof abholen sollte.

Doch wie das Schicksal so spielte, hatte ihm Olin eine SMS geschickt, um sich zu verabschieden, da sie Linz Richtung Barcelona verlassen würde. Für Braun war es eine Kleinigkeit gewesen, die Abfahrtszeit des Zugs herauszufinden. In fünfzehn Minuten würde der Zug mit seinem Sohn Jimmy einfahren. Er hatte also noch ein wenig Zeit.

Dann sah er die schmale Gestalt am äußersten Rand des Bahnsteigs aus der Unterführung kommen. Sie ging nicht den Bahnsteig entlang bis unter das schützende Dach, sondern blieb mitten im Regen stehen. Der vom Regen durchnässte Parka wirkte viel zu groß für ihre zarte Figur. Sie hatte ihn noch nicht bemerkt, denn sie drehte ihm den Rücken zu. Aus dem Lautsprecher tönte die Aufforderung, einzusteigen und die Türen zu schließen. Braun überlegte nicht lange, sondern ging schnell bis ans Ende des Bahnsteigs und klopfte ihr sanft auf die Schulter.

„Hallo, Olin."

„Schön, dich zu sehen." Olin drehte sich langsam um und war kein bisschen erstaunt darüber, dass er hier war. ‚Vielleicht ist doch etwas dran an ihren medialen Fähigkeiten', dachte er ganz kurz. Der Regen tropfte von ihren kurzen Haaren, sie hatte einen grünen Seesack über der Schulter, aus dem die bunte Patchworkdecke ragte, und ihre Bowie-Augen leuchteten wie schon lange nicht mehr.

„Ich wollte mich nur von dir verabschieden", sagte Braun und sah zu, wie die Regentropfen auf dem Asphalt zerplatzten. „Was wirst du jetzt machen?"

„Ich fahre nach Barcelona, dort wollte meine Großmutter immer hin und den Park Guell von Gaudi sehen. Das mache ich jetzt für sie." Sie sah Braun lange an und lächelte leicht. „Ich muss das machen. Dann werde ich mir im Barrio Alto ein winziges Zimmer mieten und viel nachdenken. Abends an der Barcelonetta entlangspazieren und den Schiffen hinterherblicken, die nach Marseille oder Tanger aufbrechen. Vielleicht kaufe ich mir dann eines Tages ein Ticket und verschwinde nach Tanger, löse mich dort in der weißen Stadt auf."

„Das klingt nicht sehr positiv." Braun fasste sie leicht an den Schultern. Sie war so dünn, dass er Angst hatte, sie würde unter seinem Griff zerbrechen.

„Doch, dort ist das schönste Licht im Sommer." Olin knöpfte ihren verschlissenen Parka auf. Darunter trug sie einen weiten Pullover, der wie neu aussah. „Ich habe den Pullover mit den Schusslöchern weggeworfen. Dieser hier ist ein Neuanfang."

Olin hob ihre Hand und strich ihm sanft über die Wange.

„Wir sehen uns wieder, das weiß ich. Aber du musst auf dich achten, dein Schicksal steht auf Messers Schneide."

„Wie meinst du das? Du hast in die Zukunft geblickt", sagte Braun überrascht.

„Ja, ich habe in die Zukunft geblickt, weil ich wissen wollte, ob es in meinem Leben wieder so etwas wie Glück geben kann."

„Und gibt es so etwas wie Glück für dich?"

„Ich bin keine Hellseherin." Olin schüttelte bedauernd den Kopf. „Aber ich habe etwas anderes gesehen."

Ein lauter Pfiff ertönte, und als Braun sich umdrehte, sah er den Fahrdienstleiter winken.

„Du musst einsteigen, sonst verpasst du deinen Zug."

„Mein Zug ist bereits abgefahren, aber ich nehme einen neuen für mein Leben", antwortete Olin kryptisch. Dann packte sie ihren Seesack und stieg in den Waggon, drehte sich in der Tür noch einmal um, und für den Bruchteil einer Sekunde hatte Braun das Gefühl, als würde Olin ihn jetzt küssen. Doch sie richtete sich wieder auf und sagte schnell:

„In ein paar Jahren wirst du es mit einem sehr gefährlichen Gegner zu tun bekommen. Dieser Mann liebt Ratten und wird versuchen, dir alles zu nehmen. Er sieht es als Spiel. Aber es ist ein Spiel auf Leben und Tod. Pass auf dich auf. Adieu!"

„Was hast du noch gesehen? Wer ist dieser Mann?"

Der Zug setzte sich bereits in Bewegung, und er hörte die letzten Worte von Olin nur mehr verwischt.

„Er hat keine Vergangenheit und wird dich herausfordern. Du wirst bis an deine Grenzen gehen, und es wird ein Kampf, bei dem es nur einen Sieger geben kann. Ich kann nicht sehen, wer dieser Sieger ist, denn dieses letzte Bild ist schwarz."

„DIE ANGST HAT EINEN NEUEN NAMEN!“

Wenn Sie wissen wollen, wer dieser gefährliche Gegner ist und ob Chefinspektor Tony Braun überleben wird, dann lesen Sie ab **8. Oktober 2015** das Taschenbuch „Rattenkinder“, ein neuer Fall für Tony Braun, aus dem Bastei Lübbe Verlag.

Ab **14. Juli 2015** kann der Tony-Braun-Thriller „Rattenkinder“ als e-Book bereits zum vergünstigten Vorbestellpreis gekauft werden.

NACHWORT DER AUTOREN

Liebe Leserin,
lieber Leser,

wir möchten einmal recht herzlich DANKE sagen, dass Sie unseren Thriller „Totes Sommermädchen" gelesen haben. Hoffentlich haben Sie die spannende Reise aus Tony Brauns Vergangenheit genossen!

Wenn Ihnen dieser Thriller gefallen hat, dann freuen wir uns über eine Rezension bei Amazon.de.

Nicht vergessen: Ab sofort gibt's **B.C.SCHILLER-NEWS**. Sie brauchen sich nur auf unserer website anmelden:
www.bcschiller.com
Wir freuen uns immer über jede Nachricht von Ihnen an unsere B.C. Schiller Email Adresse: bc.schiller@blue-velvet.com

Das war's auch schon. Alles Liebe an Sie und bleiben Sie gesund und glücklich :)

Barbara & Christian Schiller

P.S. Natürlich freuen wir uns auch riesig, wenn Sie unser Fan auf Facebook und/oder Follower auf Twitter werden.

www.facebook.com/BC.Schiller
www.twitter.com/BCSchiller

MEHR THRILLER VON B.C. SCHILLER

Die David Stein Thriller-Reihe:

DER HUNDEFLÜSTERER – David Steins erster Auftrag

SCHWARZER SKORPION – David Steins zweiter Auftrag

ROTE WÜSTENBLUME – David Steins dritter Auftrag

DIE TONY BRAUN THRILLER-REIHE:

TOTES SOMMERMÄDCHEN – wie alles begann

TÖTEN IST GANZ EINFACH – Tony Brauns erster Fall

FREUNDE MÜSSEN TÖTEN – Tony Brauns zweiter Fall

ALLE MÜSSEN STERBEN – Tony Brauns dritter Fall

DER STILLE DUFT DES TODES – Tony Brauns vierter Fall

DIE PSYCHOTHRILLER-REIHE:

DIE FOTOGRAFIN

DIE SCHWESTER

7031318R00228

Printed in Germany
by Amazon Distribution
GmbH, Leipzig